AF279775

Kate S. Stark

ERWÄHLTE DES WERWOLFS

Grey's Halfway House – Band 6

Bibliografische Information der Deutschen
Nationalbibliothek:
Die Deutsche Nationalbibliothek verzeichnet diese
Publikation in der Deutschen Nationalbibliografie; detaillierte
bibliografische Daten sind im Internet über
http://dnb.dnb.de abrufbar.

Coverdesign unter Verwendung von Unsplash
Verlag: BoD · Books on Demand GmbH,
In de Tarpen 42, 22848 Norderstedt, bod@bod.de
Druck: Libri Plureos GmbH, Friedensallee 273,
22763 Hamburg
ISBN: 978-3-7693-5114-9

Für diejenigen,
die auf eine zweite Chance hoffen.

PROLOG
IMMER FÜR EINE ÜBERRASCHUNG GUT

MARKOS

Gemeinsam mit den Greys stehe ich auf den Stufen vor dem Eingangsportal zum Halfway House. Cora und Dale mit ihren letzten Habseligkeiten vor uns. Nach der Party gestern ist nun die Zeit des Abschieds gekommen. Die *Eternal Survivors* sind längst an ihrem neuen Wohnort, einem alten Krankenhaus in Arcania, eingetroffen.

»Ihr seid hier immer willkommen, vergesst das nicht!«, ruft Kitty ihrem Bruder zu und fast sieht es so aus, als würde die sonst so toughe Vampirin gleich weinen.

»Du hörst dich an, als würde ich ans Ende der Welt ziehen, Sis«, sagt Dale lachend, aber auch ihm ist anzusehen, dass ihm der Abschied von Kitty, den Greys und ihrem magischen Gasthaus alles andere als leichtfällt.

»Wohl eher in die schäbigste Bruchbude der Welt«, murrt Cora missmutig und schultert ihre Tasche mit einem Ächzen. Selbst Wochen nach ihrem Kampf mit Celeste scheint sie noch nicht wieder vollkommen auf dem Damm zu sein. Und die letzten Tage, die sie nonstop damit verbracht hat, Dale vor der Hinrichtung zu bewahren, haben ihre Spuren hinterlassen.

»Hier, lass mich«, biete ich deshalb an und will ihr schon die Tasche abnehmen.

»Markos«, knurrt Dale mit finsterem Blick.

Sicherheitshalber trete ich einen Schritt zurück und hebe die Hände. Ein Rogue mag nicht mehr in ihm schlummern, aber ungefährlich ist ein wütender Vampir für uns Werwölfe auch nicht. »Ganz ruhig. Ich wollte nur nett sein.«

»Mhmm«, macht Dale und verengt die Augen zu Schlitzen, ehe er blitzschnell auf mich zurauscht. Erst denke ich, er würde mir gleich eines überziehen, weil er wirklich keinen Spaß versteht, wenn jemand Cora auch nur falsch anschaut. Als er mich stattdessen fest in die Arme schließt, sauge ich überrascht die Luft ein.

»Ich werde dich vermissen, Bello.«

»Ich dich auch, Blutsauger Nummer zwei«, sage ich und klopfe ihm auf den Rücken.

»Nur Nummer zwei?«, fragt Dale mit gespielter Entrüstung, als er sich von mir löst.

»Entschuldige, aber da war ich wohl schneller«, sagt Earl und tritt mit einem Lächeln neben uns.

»Sei bloß froh, dass Kitty dich so sehr mag, sonst wäre ich schneller Nummer eins, als du *Blutsauger* sagen kannst, Earl«, ruft Dale ihm zu, aber das Zucken seiner Mundwinkel verrät, dass er nur scherzt.

Es ist gut, ihn so gelöst zu sehen. Als ich gehört habe, dass Nettleham Dale nach Silverlock verfrachtet hat, bin ich vom

Schlimmsten ausgegangen, aber langsam scheint er wieder er selbst zu werden.

»Kannst du dich nicht einfach damit zufriedengeben, dass du Coras Nummer eins bist?«, frage ich und stoße ihn lachend in die Seite. »Warum sonst hätte sie so viel auf sich genommen, um dich zu be…«

»*Sie* steht direkt neben euch, schon vergessen, Idioten?«, murrt Cora und wirft einen Blick auf ihre Armbanduhr. »Wir sollten los, Dale, bevor die anderen sich bei der Zimmerwahl noch gegenseitig zerfleischen.«

»Bei der Bruchbude wird es wohl kaum einen Unterschied machen, wer welches bekommt, oder?«, sagt Dale und blickt wehmütig zum Halfway House hinauf.

»Ihr solltet wirklich nicht so schlecht darüber sprechen«, mahnt Kitty und springt die Stufen hinunter, um ihren Bruder ein letztes Mal zu umarmen.

Wenn nur jede Schwester so easy-going wäre wie Kitty, denke ich und mag gar nicht an Cassie denken. Sie ist vermutlich noch immer stinksauer, dass ich ihr verboten habe, im *Howling Wolf* zu arbeiten. Und bei Wölfinnen hält sich ein solcher Groll oft ziemlich lange.

»Kit hat recht. Wir können froh sein, dass Harrow auf die Schnelle überhaupt eine passende Unterkunft gefunden hat«, stimmt Earl ihr zu und greift wie selbstverständlich nach Kittys Hand. Nie hätte ich gedacht, dass ich das mal bei ihm sehen würde, aber die Magie des Gasthauses ist einfach immer für eine Überraschung gut.

»Ihr habt leicht reden. Ihr müsst ja nicht da drin wohnen«, murrt Dale. Wahrscheinlich hat er nach den Renovierungen des Halfway House keine Lust schon wieder Hammer und Pinsel in die Hand nehmen zu müssen.

»Ash, Al und ich kommen morgen mit ein paar der Jungs vorbei, um euch zu helfen«, verspreche ich und klopfe Dale aufmunternd auf die Schulter. »Schlimmer als das Gasthaus kann es ja nicht werden, oder?«

Fragend drehe ich mich zu Cora um, weil sie als einzige von uns das *Eternal Grace Hospital* von innen gesehen hat. Sie stößt ein Seufzen aus und schüttelt den Kopf. »Ach, frag lieber nicht, Markos.«

»Sag bloß, du bist sauer, weil sie dich degradiert haben?«, entgegne ich, weil ihr Ton heute noch ruppiger ist als sonst.

»Es war freiwillig«, sagt Cora, klingt aber nicht so, als wäre sie glücklich darüber.

»Keine Sorge, Babygirl. Sobald das Haus steht, machen wir Jagd auf diesen Bastard«, versichert Dale und zwinkert ihr zu.

Cora rollt mit den Augen, aber ich sehe, wie schwer sie es hat, ein Lächeln zurückzuhalten. »Dafür bist du noch lange nicht bereit, Milchbubi.«

»Och, du kannst mir ja dabei helfen«, sagt Dale und wackelt anzüglich mit den Brauen. »Ein paar one-on-one Trainingseinheiten sollten reichen.«

»Ugh! Sucht euch ein Zimmer, Leute!«, ruft Selena vom obersten Treppenabsatz, was uns alle laut auflachen lässt.

»Spätestens zur Wiedereröffnung kommt ihr aber zurück, oder?«, fragt Kitty und hält ihren Bruder eisern fest.

»Mann, Sis, jetzt mach doch nicht so einen Aufstand. Das ist ja schon fast peinl...«, setzt Dale an, bekommt im nächsten Moment aber sämtliche Luft aus den Lungen gepresst, als Kitty ihn erneut umarmt.

»Mach ja keinen Unfug, Dale Jones«, höre ich sie knurren, als sie Dale am Ohr packt und tief in die Augen blickt. »Sonst haben wir uns alle umsonst den Arsch wegen dir aufgerissen.«

»Ich glaube, das muss ich mir merken«, sagt Cora lachend, während sie die beiden beobachtet.

»Bloß nicht, Cora!«, ruft Dale und verzieht das Gesicht, weil Kitty ihm das Ohr nun sogar verdreht.

»Und sei nett zu Cora. Wenn ich auch nur einen Piep höre, dass du blöde Sprüche ablässt, dann ...«, fügt Kitty hinzu und zieht so fest an seinem Ohr, dass ich fürchte, sie könnte es abreißen. *Armer Kerl!*

»Aua! Lass mich los, verdammt!«, ruft Dale und versucht, sich zu befreien, doch lässt Kitty nicht locker.

»Schwör es«, fordert sie und hält ihm den kleinen Finger hin.

Genervt verdreht Dale die Augen, geht aber darauf ein. »Versprochen.«

»Sehr gut«, sagt Kitty und gibt endlich sein Ohr frei.

»Ich zähl' auf dich, Katherine«, sagt Cora mit einem Augenzwinkern, ehe sie Dale packt und hinter sich herzieht. Dabei reibt er sich das Ohr und wirft Kitty wütende Blicke zu.

Vielleicht war ich zu voreilig, was Kitty angeht, denke ich grinsend, während ich den beiden hinterherblicke.

»Hach, endlich wieder Ruhe im Haus«, sagt Kitty mit einem zufriedenen Seufzen. Dale und Cora treten gerade durch das weit entfernte Eingangstor in der Mauer des Anwesens und verschwinden von einer Sekunde auf die nächste.

»Wer hat sich gerade noch die Augen ausgeheult?«, fragt Earl und zuckt erschrocken zurück, als Kittys Hand nun auf seine Ohren zu saust.

»Wie war das?«, fragt sie und zieht eine Braue nach oben.

»Nichts, nichts«, murmelt Earl und eilt die Stufen zum Haus hinauf, bis er Sel und Ash erreicht hat.

»Wann wollte Grace nochmal mit den Neuankömmlingen eintreffen?«, fragt er an Selena gewandt, was mich überrascht aufblicken lässt.

»Ist das schon heute?« Natürlich habe ich mitbekommen, dass das Institut um die Aufnahme neuer Gäste gebeten hat. Offenbar zwei von El Rojos Geiseln.

Ob sie *dabei ist?*, frage ich mich nicht zum ersten Mal, seit ich gehört habe, dass Grace und ihre Kollegen den Nachtclub des wohl gefährlichsten Kriminellen Americas geräumt haben. Bisher sind kaum Informationen über die Opfer an die Öffentlichkeit geraten und Grace hat mich jedes Mal abgewimmelt, wenn ich sie nach Louise gefragt habe.

Ich schlucke und lasse den Kopf hängen. *Wahrscheinlich, weil* sie *nicht dabei war ...*

»Jap. Sie sollten gleich hier sein«, reißt Sel mich aus meinen trüben Gedanken. »Endlich richtige Gäste. Seid ihr auch so aufgeregt wie ich?«

»Und was waren wir dann?«, fragt Galina, die neben Dorian auf den Stufen sitzt, und deutet auf Kitty, Selena und Al.

»Schicksal«, sagt Selena mit einem breiten Grinsen und quietscht leise auf, als Ash sie in die Seite kneift.

»Jetzt solltet ihr euch besser ein Zimmer suchen«, bemerkt Rose mit einem Augenrollen und nickt in Richtung Haus.

»Und mir die Ankunft unserer Gäste entgehen lassen?«, fragt Selena entrüstet und schüttelt den Kopf. »Niemals!«

»Ein Sukkubus, der Se...«, setzt Do mit einem Grinsen an, duckt sich aber sofort, als er Selenas zorniges Gesicht sieht.

»Wage es ja nicht, Scherze über mich und meine Art zu machen, Dorian Wendelin Grey«, faucht sie und bringt uns alle zum Lachen. Nur Dorian nicht. Der sieht noch immer so aus, als hätte er eine Heidenangst vor ihr. Verständlich, wenn man bedenkt, zu was Sel als Sukkubus in der Lage ist. Da hatten wir Glück, dass sie so anders ist als andere ihrer Art.

»Wendelin?«, fragt Rose kichernd. »Kein Wunder, dass du mir nie deinen zweiten Namen verraten hast, Bruderherz.«

»Ach, sei doch still«, murrt Dorian und verschränkt trotzig die Arme vor der Brust. »Als Geist warst du mir echt lieber.«

»Hey!«, ruft Rose und will einen Satz auf ihn zu machen, als ein leichtes Beben durch den Boden geht und uns alle sofort zum Tor hinüberblicken lässt.

»Sie sind da!«, ruft Selena und springt aufgeregt die Stufen hinunter, um die drei Frauen in Empfang zu nehmen, die durch das Tor treten.

»Haltet euch lieber zurück, Jungs«, sagt Kitty an Ash, Al und mich gewandt. »Grace meinte, sie wären bei Männern sehr ängstlich. Vor allem, wenn sie so … muskulös sind.«

»Hallo? Was ist mit mir?«, fragt Dorian empört und springt von seinem Platz auf.

»Dein wichtigster Muskel ist hier drin«, sagt Galina lachend und klopft ihm gegen den Kopf.

»Sicher?«, fragen Earl und Ash zweifelnd, aber ein mahnender Blick von Kitty lässt uns zurückweichen.

»Kommt, wir gehen in die Küche. Zu viele neue Leute auf einmal ist sicher nicht gut für sie«, schlägt Ash vor, was uns allen zustimmendes Gemurmel entlockt.

Während sie sich schon umdrehen und auf das Halfway House zusteuern, kommt ein leichter Wind auf, der plötzlich einen Geruch zu mir herüberträgt. Seit fast zwei Jahren ist er mir nicht mehr in die Nase gestiegen.

Wildrosen und Tannennadeln, denke ich und wirbele zu den Neuankömmlingen herum. *Kann das sein?*

Augenblicklich beschleunigt sich mein Puls, während alte Schuldgefühle in mir aufkommen, weil ich ihr damals nicht helfen konnte. Weil ich nicht länger geblieben bin, um sie zu beschützen.

Mit zugeschnürter Kehle betrachte ich die vier Frauen, die den Schotterplatz vor dem Halfway House nun fast erreicht haben. Selena geht ihnen voran, erzählt sprudelnd wie ein Wasserfall von der Gründung des Gasthauses und was seitdem hier geschehen ist. Grace läuft direkt hinter ihr und winkt

ihrem Sohn und Galina zu, die vor der Eingangstür des Gasthauses warten.

Die zwei Frauen, die Grace aus dem Krankenhaus Arcanias
mitgebracht hat, sind langsamer. Sie gehen schwerfällig, als
hätten sie kaum Kraft, sich auf den Beinen zu halten. Sie
wirken mager und blass, als hätte man ihnen sämtliche Farbe
ausgesaugt.

Nicht Farbe, sondern Lebenskraft, denke ich, weil ich mich
nur zu gut daran erinnere, was El Rojo diesen Frauen angetan
hat. Als Inkubus hat er ihnen die Lebenskraft ausgesaugt und
sich so von ihnen ernährt.

*Und wer weiß, was dieser Bastard noch alles mit ihnen an-
gestellt hat*, denke ich wütend und fletsche die Zähne. Wenn
ich mich recht erinnere, sind es ein knappes Dutzend Geiseln,
das Grace und ihre Kollegen befreien konnten. Und diese
beiden sind die Ersten, die soweit stabil sind, dass sie sich im
Halfway House ausruhen und neue Kraft tanken können.

Je näher sie uns kommen, umso deutlicher wird der Duft
von Wildrosen und Tannennadeln. *Ihr* Duft. Der Duft der Frau,
die mir vor knapp zwei Jahren nicht nur den Atem, sondern
auch mein Herz geraubt hat, bevor sie verschwunden ist.

Entführt wurde, berichtige ich mich und recke das Kinn, um
erkennen zu können, ob sie es wirklich ist.

Die beiden Frauen haben die Köpfe gesenkt. Graues Haar
hängt ihnen in dünnen Strähnen ins Gesicht, sodass man fast
meinen könnte, es wären Greisinnen, die die Greys bei sich
aufnehmen.

Erst als sie den Schotterplatz vor dem Haus erreichen, ruckt
der Kopf der einen in die Höhe. Sie schnuppert in der Luft und
bleibt dann abrupt stehen.

»Ryan?«, höre ich sie mit erstickter Stimme fragen.

Ich schlucke und blinzele ein paarmal, weil meine Augen brennen. Tränen verschleiern mir den Blick, doch hätte ich diese Stimme überall wiedererkannt.

»Wer zum Teufel ist Ryan?«, fragt Do hinter mir, während Galina mich an Kittys Bitte erinnert, aber ich kann nicht. Ich kann mich jetzt nicht zurückziehen. Ich muss es selbst sehen. Muss mich vergewissern, dass ich mir das alles nicht einbilde. Dass sie es wirklich ist.

Nur am Rande höre ich Grace und Sel meinen Namen rufen, als ich an ihnen vorbeistürme, bis ich die beiden Frauen erreicht habe. Die zweite stößt ein leises Wimmern aus und duckt sich hinter ihre Begleiterin. Ihr spitzes Kinn und die dunklen Augen erkenne ich trotzdem sofort wieder.

»Giana«, flüstere ich, während die Hoffnung in mir steigt.

Ich presse die Lippen fest aufeinander und atme tief durch die Nase ein, ehe ich mich zu der anderen umdrehe. Zu der, die duftet, wie *sie*. Zu der, die mich Ryan genannt hat, weil ich dieses Missverständnis nie aus dem Weg räumen konnte.

Sie ist es wirklich.

»*Louise*«, wispere ich und sacke auf die Knie. »Endlich ...«

KAPITEL 1
DER FALSCHE RYAN

LOUISE

»Ryan?« Ich blicke zu dem Mann auf, der mich vor zwei Jahren hat sitzen lassen. Er sieht noch genauso aus wie früher: dunkle Locken, ein Dreitagebart und dann diese Augen …

»Louise«, flüstert er meinen Namen.

Obwohl mich dieses Arschloch damals so dermaßen belogen hat, reagiert mein Körper sofort darauf. Auf diese ganz besondere Art, wie er meinen Namen betont.

Ich erschaudere und mein Herz macht einen Satz.

»Endlich …«, wispert er und sackt vor mir zusammen. Er klingt so erleichtert, ja fast schon glücklich. Und dann ist dieser Idiot auch noch so dreist und lächelt.

Wütend wende ich den Blick ab und balle meine Hand zur Faust. Die alte Lou hätte ihm wahrscheinlich damit die Nase gebrochen und ihm eine Standpauke gehalten. Sie war stark und selbstbewusst. Und Ryan, oder wie auch immer dieser Kerl wirklich heißt, hätte es sicher bereut, sie betrogen zu haben.

Aber die alte Lou existiert nicht länger.

Sie ist verschwunden, als mein Leben in Flammen aufgegangen ist und ich in El Rojos Hölle gelandet bin. Das, was von ihr übrig ist, ist ein gebrochener Haufen gerade so zusammengehalten von meinem Vertrauen in Agent van Zicht und meine Sorge um meine beste Freundin, die sich hinter uns versteckt.

Warum ausgerechnet jetzt?, denke ich und schwanke, kann mich kaum noch aufrecht halten. *Warum muss ich ihm ausgerechnet jetzt wieder begegnen? Warum hier?*

»Kennt ihr euch?«, fragt die zierliche Frau, die sich uns am Tor als Selena vorgestellt hat. Als hätte sie mir meine schwindenden Kräfte angesehen, stellt sie sich neben mich und legt mir stützend einen Arm um die Hüften.

»Nein«, presse ich hervor und höre, wie der falsche Ryan scharf die Luft einsaugt. »Wir kennen uns nicht.«

»Bitte entschuldigen Sie, Miss Bellard«, erklingt Agent van Zichts Stimme hinter mir. »Ich hatte nicht mit einem solchen Empfangskomitee gerechnet.«

»Cora und Dale sind gerade gegangen, deswegen waren wir hier draußen«, erklärt Selena und drückt kurz meine Schulter. »Ist wohl alles ein bisschen viel gerade, hm?«

Ich schlucke und nicke, bringe aber kein Wort mehr hervor. Ryan wiederzusehen …

Während meiner ersten Wochen bei El Rojo habe ich noch davon geträumt. Dass das alles nur ein blödes Missverständnis war und er nach mir suchen würde. Dass er wie mein Ritter in strahlender Rüstung auftauchen und mich aus den Tiefen des *Infiernos* befreien würde. Dabei ist es mir egal gewesen, ob der falsche oder der echte Ryan kommt.

Lange hat diese Hoffnung der Realität in El Rojos Gefangenschaft aber nicht standhalten können. Genau wie die alte Lou ist sie zerbrochen und zu Staub zerfallen. Nie hätte ich gedacht, dass ich dem fake Ryan zwei Jahre später tatsächlich über den Weg laufen würde.

»Louise, bitte, ich …«, setzt der falsche Ryan an und scheint seine Überraschung überwunden zu haben.

»Bring mich von hier weg«, sage ich tonlos zu Selena, weil ich seine Erklärung nicht hören will. Lange habe ich mich danach gesehnt, aber wenn man wie ich so viel Zeit in der Hölle verbracht hat, wird irgendwann alles bedeutungslos. Ganz besonders das, woran man früher Freude hatte. Die Angst, es gleich wieder zu verlieren, ist einfach zu groß.

»Natürlich«, flüstert Selena und schiebt mich sanft auf die Treppe zum Gasthaus zu.

Eben haben noch eine ganze Horde Leute dort gestanden. Jetzt sind nur noch drei Frauen übrig, die Giana und mich mit einer Mischung aus Mitleid und Entsetzen betrachten.

Es ist genau der gleiche Blick, den die Agenten, Ärzte und das Krankenhauspersonal drauf hatten, als sie mich und meine beste Freundin zum ersten Mal gesehen haben. Als sie gesehen haben, zu was ein Monster wie El Rojo fähig ist.

Giana und ich … Wir hatten noch Glück, andere dagegen …
Ein Schluchzen kommt über meine Lippen und ich muss heftig blinzeln, um die aufkommenden Tränen zu vertreiben.

»Beachte sie einfach nicht«, flüstert Selena so leise, dass nur ich sie hören kann. »Sie können nicht einmal erahnen, was ihr durchgemacht habt.«

Und du schon, oder was?, will ich fragen, doch kommt nur ein leises Wimmern über meine Lippen.

»Louise, warte!«, ruft Ryan uns hinterher, doch drehe ich mich nicht um. Es hat mich schon so viel gekostet, überhaupt hierher zu kommen, da kann ich nicht …

»Lass sie, Markos«, kommt es streng von Selena zurück.

»Markos?«, wispere ich leise und sauge scharf die Luft ein.

Das ist also sein richtiger Name?

»Eines nach dem anderen, Louise«, sagt Selena und stützt mich, als ich mich die Treppenstufen zum Eingang meines vorübergehenden Zuhauses hinaufschleppe. »Jetzt kümmerst du dich erstmal um dich. Wenn du wieder fit bist, kannst du ihm immer noch eines überziehen.«

»Wa…? Woher …?«, frage ich verwundert, weil es mir so vorkommt, als hätte Selena meine Gedanken gelesen. *Aber sie stinkt nicht nach fremdem Blut wie Vampire. Ist sie vielleicht eine Begabte?*

Selena lacht leise und zuckt mit den Schultern. »Nennen wir es Intuition. Fürs Erste zumindest.«

»Hmpf«, mache ich und stöhne erleichtert auf, weil wir endlich die oberste Stufe erreicht haben.

Ein Knarren ertönt direkt vor mir. Die Eingangstür hat sich für uns geöffnet.

»Danke, Kitty«, höre ich Selena sagen, als sie mich über die Schwelle schiebt und ich mich in einem weitläufigen Foyer wiederfinde. »Kümmer dich mal um Markos.«

»Schon unterwegs«, sagt eine der drei Frauen vor dem Eingang. Ich sehe nur einen roten Haarschopf, als sie innerhalb von Sekunden die Treppen hinunterrauscht und erst auf dem Vorplatz innehält.

Vampirin, denke ich und blicke zu Selena auf. Welche magischen Wesen hier noch angestellt sind? Für zwei Gäste ist das ziemlich viel Personal? Oder sind noch mehr Gäste hier?

Bei all den Fragen und Gedanken brummt mir der Schädel. Vielleicht liegt es auch an der Anstrengung, die es gebraucht hat, um das Halfway House zu erreichen. Schwankend mache ich einige Schritte vorwärts und stolpere dabei fast über meine eigenen Füße.

Dein Gleichgewichtssinn war aber auch schon mal besser, Louise, denke ich niedergeschlagen und bin froh, Selena an meiner Seite zu haben.

»Stütz dich ruhig bei mir ab«, sagt sie, als sie mit mir auf eine Treppe zusteuert. »Und zur Not trage ich dich auch.«

»Klar ...«, murmele ich zweifelnd, werde aber gleich ein bisschen fester von ihr gepackt.

»Ich bin stärker, als ich aussehe.«

War ich auch mal ..., denke ich und muss kurz innehalten, weil mich eine Welle des Schwindels erfasst. *Aber jetzt bin ich genauso schwach, wie ich aussehe.*

Oder noch schwächer.

Eine gefühlte Ewigkeit später haben wir es in den ersten Stock des alten Gasthauses geschafft.

»Vielleicht sollten wir doch einen Aufzug einbauen«, höre ich Selena murmeln, als sie vor einer der Türen stehenbleibt. Eine goldene Elf ist darauf angebracht. Meine Glückszahl.

Noch so ein komischer Zufall, schießt es mir durch den Kopf und wieder sehe ich ihn vor mir: Ryan oder Markos, wie der Typ eigentlich heißt.

Schnell schüttle ich den Kopf, kann den Gedanken an ihn aber nicht ganz verdrängen, erst recht nicht die Erinnerung an unser gemeinsames Date vor zwei Jahren. Ein Blind Date, zu dem ich nur Giana zuliebe gegangen bin. Anders als ich hat sie damals noch an die große Liebe geglaubt und ich wollte sie einfach nicht enttäuschen. Dass sie Recht haben könnte, hätte ich nie gedacht, aber diese Nacht mit Ryan ...

Markos!, verbessere ich mich scharf und kralle mich am Türrahmen fest. *Und du vergisst ihn besser gleich wieder.*

So schön es mit ihm auch gewesen ist, es war alles nur eine einzige riesengroße Lüge, um mich ins Bett zu bekommen. In den letzten zwei Jahren mag ich meine Kraft verloren haben, meine Freiheit und den Glauben an das Gute in meinen Mitwesen, aber meinen Stolz ... Den kann mir niemand so leicht nehmen. Weder El Rojo noch dieser miese Lügner.

»Ich dachte, ihr wollt vielleicht zusammen ein Zimmer«, sagt Selena, als sie mich durch die geöffnete Tür schiebt.

Das Gästezimmer dahinter ist geräumig, aber auch sehr gemütlich. Dunkler Dielenboden, zwei Einzelbetten und eine sattgrüne Tapete, die mich an das Blätterdach eines dichten Waldes erinnert. Oder an Markos' Augen.

Verdammt, Lou, reiß dich zusammen!

»Grace hat mir erzählt, dass ihr beste Freundinnen seid und ... na ja ...«, fährt Selena fort und zuckt mit den Schultern. »Wenn ihr lieber Einzelzimmer w...«

»Nein, das ist gut so, danke«, sage ich und drehe mich zu Giana um. Seit ich im Krankenhaus aufgewacht bin, hat sie meine Seite nicht mehr verlassen.

Jetzt klammert sich meine beste Freundin schwach an Agent van Zicht fest und hat den Kopf gesenkt. Ihr schlohweißes Haar verdeckt ihr blasses Gesicht, aber ich spüre den Blick ihrer dunklen Augen dennoch auf mir. »Oder, Gia?«

Ein leiser Ton kommt von ihr, der sich nach Zustimmung anhört. Gesprochen hat Giana schon lange nicht mehr. Irgendwann hat sie einfach damit aufgehört, als hätte sie ihre Stimme zusammen mit ihrer Hoffnung auf Rettung verloren. Das war der Grund dafür, warum ich nach einem Fluchtweg gesucht habe. Und es war der Auslöser dafür, weswegen ich mich jetzt kaum noch auf den Beinen halten kann.

Eines Tages ..., denke ich matt und erschaudere, als ich El Rojos glühend rote Augen vor mir sehe. *... werde ich es dir heimzahlen, du Bastard! Für Giana.*

KAPITEL 2
BRAVER BELLO

MARKOS

»Ist das gerade wirklich passiert?«, frage ich ungläubig, als Ash in der Küche des Gasthauses ein Glas Wasser vor mir abstellt.

»Jetzt sag schon! Woher kennst du die?«, fragt Dorian nicht zum ersten Mal und zupft ungeduldig an meinem Ärmel.

»Und warum hat sie dich Ryan genannt?«, fügt Ash hinzu und mustert mich aus zusammengezogenen Brauen. »Das war nur 'ne Verwechslung, oder?«

»Hach, wenn es nur so wäre ...«, seufzt Earl und klopft mir aufmunternd auf die Schulter. »Habe ich dir nicht gesagt, dass du sie wiedersehen wirst?«

»Du wusstest davon?«, fragt Dorian und wendet seine Aufmerksamkeit nun seinem Bruder zu. »Was ist da zwischen den beiden gelaufen? Erzähl mir alles! Sofort!«

»Hallo? Ich bin auch noch hier«, melde ich mich zu Wort und boxe Dorian in die Seite.

»Und du bist dir sicher, dass sie es ist?« Nun ist es Earl, der mich neugierig mustert und mit ihm die restlichen Bewohner des Halfway House, die sich in der Küche eingefunden haben. Nur von Rose und Galina ist nichts mehr zu sehen.

»Wo sind die anderen?«, frage ich niemanden bestimmten und hoffe, so irgendwie das Thema wechseln zu können.

Denn eine Antwort habe ich nicht, nicht wirklich. Ich muss dieses Wiedersehen erstmal verarbeiten, mehr noch aber die Tatsache, dass Louise die ganze Zeit bei El Rojo gewesen ist.

»Sie sind im Garten, Blumen pflücken für die beiden«, sagt Kitty und stellt neben mein Wasser auch eine Flasche Whiskey. »Falls du nach dem Schock was Stärkeres brauchst.«

»Danke«, sage ich und öffne die Flasche, kann mich dann aber nicht dazu bringen, davon zu trinken. Meine Gedanken sind schon chaotisch genug, da brauche ich nicht auch noch die benebelnde Wirkung des Alkohols.

»Mann, jetzt lenkt doch nicht vom Thema ab!«, ruft Dorian und reißt mir die Flasche aus der Hand. »Woher kennst du die beiden? Und warum weiß Earl mehr darüber als ich?«

»Vielleicht, weil du nie deine große Klappe halten kannst?«, schlägt Ash vor.

»Bla bla bla«, murrt Dorian und streckt seinem ältesten Bruder die Zunge heraus.

»Lass ihn das doch erstmal verdauen«, sagt Kitty und klopft Dorian auf die Schulter. »Und wenn du es unbedingt wissen willst, kannst du doch einen Blick in seine Zu...«

»Bloß nicht!«, rufe ich und schüttle vehement den Kopf. »Wag es ja nicht, Do.«

Während die meisten Menschen sicher gutes Geld für die Vorhersagen des jüngsten Grey-Bruders gezahlt hätten, will ich nicht einmal daran denken. Mag sein, dass ein Großteil seiner Visionen zutrifft, aber ich fürchte, dass dieses Wissen mein Verhalten ändern könnte. Dass ich vielleicht gar nicht erst versuche, mich Louise zu ...

Hast du komplett den Verstand verloren? Wie kannst du auch nur daran denken, wenn sie all das durchgemacht hat?

Fest balle ich die Hände zu Fäusten zusammen und zwinge mich dazu, ruhig zu atmen. Der Wolf in mir, der bisher geschwiegen hat, beginnt zu toben. Der Gedanke daran, was El Rojo ihr angetan haben könnte, gefällt ihm rein gar nicht.

»Was meinst du, Al? Werden sich die beiden hier erholen können?«, fragt Kitty und lässt mich aufblicken.

Aldyr ist so still, dass ich manchmal ganz vergesse, dass er überhaupt da ist. Aber wenn ich ihn dann reden höre, muss ich immer daran denken, wie er Rose aus ihrem Grab gehoben hat. Lebendig, obwohl sie doch vor über drei Jahren gestorben ist, getötet durch einen blutrünstigen Dämon, der damals durch den Rift gekommen ist.

Ein Schauder jagt mir über den Rücken, während ich darauf warte, dass Aldyr Kitty antwortet.

»Hä? Wieso fragst du denn jetzt ihn?«, mischt sich Dorian ein, bevor Al auch nur den Mund aufmachen kann.

»Na, weil er Seelen ähm … sehen kann?«, sagt Kitty zögerlich, scheint sich dabei aber selbst nicht so sicher zu sein. »So war das doch, oder? Mit Rose und mit …«

»Viktor«, sagt Aldyr und nickt. »Könnte man so sagen.«

»Stimmt ja«, sagt Dorian leise und seine Neugier verpufft. Der Tod von Galinas Großvater hat auch ihn schwer getroffen.

»Wie lautet nun deine Einschätzung?«, fragt Earl und dreht sich zum schweigsamen Aldyr um. »Kommen sie durch?«

Ich presse die Lippen aufeinander und halte die Luft an.

»Ich hoffe es«, sagt Aldyr tonlos und lehnt sich auf seinem Stuhl zurück.

Erleichtert stoße ich den Atem aus und schicke ein Dankesgebet Richtung Schicksal, Universum oder was auch immer über uns wacht.

»Aber es wird seine Zeit brauchen«, fügt Aldyr hinzu und schenkt mir einen wissenden Blick.

»Und ... Was ist mit ihrer Seele? Wie ...?«, stammele ich, weiß aber nicht, wie ich diese Frage in Worte fassen soll.

»Sehr mitgenommen und geschwächt«, entgegnet Al mit einem leisen Seufzen. »Eher wie die Seelen alter Leute, aber nicht wie ...«

»Das muss ja nichts heißen, oder?«, falle ich ihm ins Wort und wieder muss ich an Roses Auferstehung denken. »Ich meine, sie ... sie war tot und jetzt ... Dann werden sie sich doch auch erholen, oder?«

Aldyr schließt einen Moment lang die Augen und reibt sich die Schläfen. »Ich weiß es nicht, Markos.«

»Na, das ist ja mal 'ne tolle Antwort, Al«, murmelt Dorian und schiebt mir nun doch die Whiskey-Flasche zu.

Ich stimme ihm mit einem leisen Brummen zu. »Bist du nicht unser Experte auf dem Gebiet?«

»Wohl kaum«, sagt Al und schnaubt kopfschüttelnd. »Nur weil ich Seelen sehe, heißt das noch lange nicht, dass ich verstehe, wie sie ... wie sie funktionieren.«

»Das ist in der Tat ein sehr unerforschtes Gebiet«, stimmt ihm Earl zu. Dabei leuchten die Augen des Halbvampirs, als würde er am liebsten sofort Nachforschungen dazu anstellen wollen. Seit er und Kitty ihren Bericht über die Rogues abgeschlossen haben, scheint ihm die Beschäftigung zu fehlen.

Wart's nur ab, Kumpel, denke ich und mahle mit den Kiefern. Sobald die beiden vom Institut und dem Vampirrat einbestellt werden, um über ihre Forschungsergebnisse zu sprechen, werden Earl und Kitty alle Hände voll zu tun haben.

»Ist es nur mir so vorgekommen, oder hat sie ganz wenig nach Blut gerochen?«, fragt Kitty nach einer Weile, als sie sich neben Earl niederlässt. »Louise meine ich.«

»Wie jetzt? Könnt ihr auch riechen, wie viel Blut jeder von uns rumschleppt, oder was?«, fragt Dorian entsetzt und rückt ein Stück von den beiden Vampiren ab.

»Das und auch, wann du zuletzt deine Ohren gewaschen hast«, sagt Kitty mit vielsagendem Blick. »Bald kann Rose da drin Karotten anpflanzen.«

»Ja, ja, klar«, murrt Dorian und reibt sich verstohlen das Ohr. »Ist doch total sauber.«

»Um auf deine Frage zurückzukommen, Kitty …«, setzt Earl an und wirft seinem jüngeren Bruder einen strengen Blick zu, als er sich einen Finger ins Ohr steckt. »Das ist mir auch schon aufgefallen.«

»Was denn jetzt? Der Ohrenschmalz oder das Blut?«, fragt Dorian und zieht den Finger wieder raus, um ihn zu mustern. »Sag ich doch: Total sauber.«

»Er ist nicht der Hellste«, seufzt Earl kopfschüttelnd.

»Hat Grace nicht erzählt, dass El Rojo ihr Blut abgezapft hat?«, fragt Ash, was mich hellhörig werden lässt.

»Wann hat sie das erzählt? Wie lange wisst ihr überhaupt schon, dass Louise und Giana …«, frage ich und werde mit jedem Wort lauter, wütender.

Wann immer ich Dorians Mutter nach dem Ermittlungsstand zu Louises Entführung gefragt habe, habe ich immer dieselbe Antwort erhalten: keine neue Informationen. Und das sogar noch vor ein paar Tagen, als Louise nach der Razzia in El Rojos Club längst in Sicherheit war.

»Hey, ganz ruhig, okay?«, sagt Ash und wirft mir einen bedeutungsvollen Blick zu.

Beruhig dich, scheint er mir damit sagen zu wollen.

Versuche ich ja, denke ich und atme ein paarmal tief durch. Selena wird es mir sicher übelnehmen, wenn ich mit einer unplanmäßigen Verwandlung ihre Küche verwüste.

»Wir sind an eine gewisse Schweigepflicht gebunden, was unsere Gäste angeht«, sagt Earl.

Dorian schnaubt. »Wer's glaubt! Sind wir Ärzte, oder was?«

»Nein, aber wir kümmern uns um magische Wesen in Not und da muss nicht immer jeder wissen, was sie alles durchgemacht haben«, entgegnet Earl mit strenger Stimme.

»Bin ich jetzt *jeder*, oder was?«, frage ich und muss mich an der Tischplatte festklammern, um nicht den Halt zu verlieren.

»Nein, natürlich nicht«, entgegnet Kitty und drückt meine Schulter. »Aber woher hätten wir denn wissen sollen, dass du sie kennst?«

»Earl wusste davon«, murrt Dorian und bedenkt erst Earl, dann mich mit einem giftigen Blick.

»Spielt das denn jetzt überhaupt eine Rolle?«, fragt Ash und blickt sich in der Runde um. »Wichtig ist doch, dass sie jetzt hier sind und sich erholen können.«

»Und wir sollten ihnen genug Raum und Ruhe dazu geben«, stimmt Kitty ihm mit einem Seitenblick auf mich zu.

Wütend mahle ich mit den Zähnen. Das ist das Letzte, was ich will, nachdem ich so lange auf ein Wiedersehen mit Louise gewartet habe. Aber ich weiß, dass es nicht anders geht. Dass ich noch ein bisschen länger durchhalten muss.

»Hauptsache, sie ist jetzt in Sicherheit und nicht mehr bei diesem … diesem …«, knurre ich und schlage wütend mit der Faust auf den Küchentisch.

»Markos«, sagt Ash mit ruhiger, aber strenger Stimme. »Tief durchatmen.«

Ich nicke, versuche den Anweisungen meines Cousins zu folgen, doch ist der Wolf in mir zu unruhig. Zu aufgebracht.

»Was ich aber nicht verstehe …«, sagt Dorian in die angespannte Stille hinein. »Wieso hat der Arsch überhaupt ihr Blut abgezapft? Der ist doch ein Inkudings und kein Vampir, oder?«

»Inkubus«, verbessert Earl ihn und reibt sich nachdenklich übers Kinn. »Und ja, das finde ich allerdings auch merkwürdig. Er braucht Lebensenergie, um zu überleben, kein Blut.«

»Vielleicht für Celeste?«, überlegt Kitty laut, was uns allen ein wütendes Knurren entlockt. Earls Mutter hat in den letzten Wochen für ziemlichen Wirbel in der Nachtwelt, aber ganz besonders im Leben der Grey-Geschwister gesorgt.

»Auf dass sie für immer in Silverlock verrottet«, murmelt Dorian neben mir.

»Hey!«, brummt Ash und gibt ihm einen Klaps.

»Ähm ... Sorry«, presst Dorian hervor und mustert Earl mit geschürzten Lippen. Celeste ist immerhin seine Mutter.

»Schon gut«, murmelt dieser und seufzt leise. »Es ist für alle besser, wenn sie bleibt, wo sie ist.«

»Amen, Bruder«, stimmt Dorian ihm zu und erhält diesmal einen Tritt von Kitty.

»Mann, hört doch auf damit! Ich hab' keine krassen Selbstheilungskräfte wie ihr Vampire oder Werwölfe«, beklagt er sich und rückt ein ganzes Stück von ihnen ab.

»Dann denk in Zukunft erstmal nach, bevor du was sagst«, raunt ihm Kitty zu, woraufhin er tatsächlich die Klappe hält.

Ich seufze leise und reibe mir die Kiefer. So angespannt, wie ich seit dem Wiedersehen mit Louise bin, tun sie langsam weh.

»Also hat dieses Schwein sie als lebendigen Blutbeutel für seine Geschäftspartner benutzt?«, mutmaße ich und ein Beben geht durch meinen Körper.

Reicht es denn nicht schon, dass er ihr die Lebenskraft ausgesaugt hat? Musste er sie noch mehr misshandeln?

Und was ist, wenn das noch lange nicht alles war?

Diese eine Frage hallt in mir nach wie der Donner eines heftigen Sommergewitters. Sie vibriert durch meinen Körper, bis die Wut ein unbändiges Inferno in mir ist. Schlimmer noch als der Waldbrand vor zwei Jahren, durch den mein Rudel und ich so viel verloren haben.

»Markos!«, ruft Ash alarmiert, doch da ist es schon zu spät.

Ich kann gerade noch vom Tisch aufspringen, als ein Ruck durch meinen Körper geht und der Wolf in mir die Überhand gewinnt. Innerhalb von Sekunden wandelt sich mein menschlicher Körper in den eines Wolfes. Eines sehr großen Wolfes.

»Heilige Scheiße«, höre ich Kitty zischen, als sie und Dorian vor mir zurückweichen. Es ist das erste Mal, dass die Jungvampirin mich bei der Wandlung beobachtet.

»Braver Bello. Ganz ruhig, ja?«, sagt Dorian mit zitternder Stimme. Er hat die Hände erhoben und bewegt sich rückwärts auf die Tür zu.

Ich stoße ein Knurren aus und blecke meine Zähne, weil ich es hasse, wenn er mich wie einen Hund behandelt. Das verstärkt nur die Wut in mir, sodass ich weder ein noch aus weiß. Mein erster Instinkt ist es, zu fliehen.

Aber wohin?

Kitty und Dorian blockieren den Durchgang zum Treppenhaus, und ansonsten gibt es hier keinen Ausgang.

»Markos, hör mir zu«, reißt mich Ashs ruhige Stimme aus meinen Gedanken.

Schnell fahre ich zu meinem Cousin herum. Auch er hat die Hände gehoben und bewegt sich vorsichtig auf mich zu, Earl und Al direkt neben ihm.

»Es wird alles gut«, sagt Ash mit eindringlichem Blick.

Ich gebe ein kehliges Brummen von mir, weil sich das total lächerlich anhört. *Was soll wieder gut werden?*

Nicht einmal die Greys haben einen Zauber oder irgendein magisches Artefakt, das die Zeit zurückdrehen kann. Dass El Rojo davon abhalten kann, Louise all diese ...

»Er wird seine gerechte Strafe bekommen, Markos.« Das ist Earls Stimme, dicht hinter mir. Mit weit ausgebreiteten Armen hat er sich vor Kitty und Dorian gestellt, als müsse er sie vor mir beschützen.

Ich schnaube leise. *Denkst du, ich würde ihnen wehtun?*

Dass er das von mir erwartet, versetzt mir einen Stich. Nie könnte ich ihnen etwas antun. Die beiden gehören für mich genauso zu meiner Familie wie meine nervige kleine Schwester oder Tante Alexia.

El Rojo dagegen ...

Wenn ich dieses Monster in die Pranken bekomme, reiße ich ihm den verdammten Kopf ab.

»Markos, bitte beruhige dich.« Jetzt ist es wieder Ash, der das Reden übernimmt. Er sagt noch mehr, doch sind das alles leere Worte. Sie bringen mir meine Louise nicht zurück. Sie können nicht die Wunden heilen, die ihre Zeit bei El Rojo bei ihr hinterlassen hat. Nichts kann das.

Und helfen kann ich ihr auch nicht, denke ich verzweifelt, was alles nur noch schlimmer macht. *Weil sie mich für einen schamlosen Betrüger hält, verdammt!*

Ein hilfloses Heulen entringt sich meiner Kehle, dann setze ich zum Sprung an. Wenn ich schon nicht durchs Treppenhaus hier rauskomme, dann eben durchs Fenster.

Aber ich muss hier weg.

Ich muss rennen.

Sonst verliere ich mich noch in all der Wut und dann ...

Dann ist niemand mehr vor mir sicher.

KAPITEL 3
ANGST UND SCHWÄCHE

LOUISE

»Hier, leg dich erstmal hin«, sagt Selena und führt mich zu einem der Betten. »Earl und Kitty haben euch einen Schlaftee gemischt, damit ihr euch ausruhen könnt.«

Ich will aber nicht mehr schlafen, denke ich. Alles, was ich in den letzten Monaten getan habe, war, schlafen.

»Du musst ihn nicht trinken«, sagt sie und streicht mir eine Strähne aus dem Gesicht, als hätte sie meine Gedanken gehört.

Wie Gianas ist auch mein Haar weiß, obwohl es einst blond gewesen ist. Als wäre ich in den letzten zwei Jahren um fünfzig Jahre gealtert.

Genauso fühle ich mich auch. Alt und schwach, nicht verwunderlich, wenn man bedenkt, dass mir die Lebensenergie ausgesaugt wurde. Wieder und wieder und wieder.

»Aber er ist da, falls ihr ihn braucht.« Selena deutet auf einen Thermobecher auf dem Nachttisch neben meinem Bett.

Müde blicke ich mich im Rest des Gästezimmers um. Es ist um einiges größer als das Kellerloch, in das man uns bei El Rojo gesperrt hat, sobald unsere Arbeit getan war. Und es ist so viel komfortabler. Kein harter, feuchtkalter Betonboden als Bett, sondern eine bequeme Matratze und weiche Bettbezüge.

Ich seufze wohlig auf, als ich mich in die Kissen sinken lasse. Dieses Bett ist um Meilen besser als das im Krankenhaus und doch wünschte ich, ich bräuchte es nicht. Ich wünschte, ich könnte draußen sein, nie wieder umschlossen von so viel Stein und abgestandener Luft.

Ich will endlich frei sein.

»Kannst du ... Fenster?«, presse ich hervor, meine Stimme so rau wie Sandpapier. Ich versuche, meine Hand zu heben, doch kann ich sie kaum in der Luft halten.

»Entschuldige, das hatte ich fast vergessen«, höre ich Agent van Zicht sagen. Jemand durchquert unser Gästezimmer, dann wird eines der Fenster geöffnet.

Ich nicke dankbar und ziehe die Knie an die Brust. Ein sanfter Windhauch weht herein und bringt einen schwachen Duft nach Blumen und feuchter Erde mit sich.

Ich schließe die Augen und atme tief durch, stelle mir vor, wie ich nicht hier drin in meinem Bett liege, sondern draußen auf der Wiese, die Sonne in meinem Gesicht, die Stimmen der Vögel und anderes Getier um mich herum.

»Wenn ihr euch später besser fühlt, können wir einen Spaziergang durch den Garten machen«, schlägt Selena vor und fast muss ich weinen. Vor ein paar Wochen noch dachte ich, nie wieder die Sonne zu sehen, oder feuchtes Gras zwischen meinen Zehen zu spüren. »Rose und Al haben den Garten hergerichtet, aber hier und da braucht er noch etwas Arbeit.«

»Egal«, wispere ich. Hauptsache, ich komme endlich raus.

»Ruft einfach nach mir, wenn ihr so weit seid. Oder wenn ihr sonst was braucht«, sagt Selena und öffnet auch noch das zweite Fenster neben Gianas Bett. »Es ist immer jemand in der Nähe, falls etwas ist. Und wir wollen euch euren Aufenthalt hier so angenehm wie möglich machen.«

»Aber es wird Zeit brauchen, bis ihr euch vollständig erholt habt, also drängt euch nicht zu sehr«, fügt Agent van Zicht hinzu und schaut dabei zu mir herüber.

Selena nickt energisch und lächelt mich an. »Ihr seid hier so lange willkommen, wie ihr es braucht. Dafür ist das Halfway House da.«

Ich nicke, weil ich von diesem magischen Ort schon gehört habe, und nicht bloß aus Agent van Zichts Erzählungen. In der Nachtwelt scheint jeder dieses alte Gasthaus zu kennen, das angeblich nur für magische Wesen in Not zugänglich ist. Niemand weiß, wo es liegt, oder wie man dorthin kommt. Nur dass es einfach auftaucht, wenn man es wirklich braucht. Wenn man wirklich ein magisches Wesen in Not ist.

Ich wünschte, ich wäre keines, denke ich und rolle mich auf die andere Seite, damit ich die beiden nicht ansehen muss. Ohne die verdammte Wölfin in mir, wäre ich jetzt nicht hier. Ohne diese Werwolfsgene wäre ich nie bei El Rojo gelandet.

Denk nicht daran, dränge ich mich und schließe die Augen.

Seit ich vor einigen Tagen im Krankenhaus erwacht bin, versuche ich, die Erinnerungen zu verdrängen. Am liebsten hätte ich wieder da weitergemacht, wo ich vor meiner Entführung aufgehört habe: die Hochzeit der Rosslings zu planen, mit Gia ihr nerviges *Dirty Dancing* in Endlosschleife gucken und ab und an auf ein von ihr arrangiertes Blind Date zu gehen.

Aber das ist vorbei.

Meinen Job in der Eventagentur bin ich ganz sicher los. Ich kann ja schlecht dort auftauchen und behaupten, ich wäre von einem fiesen, übernatürlichen Verbrecher entführt worden. Mein Chef würde mich dann sicher in die Klapse einweisen, denn von der Nachtwelt und ihren Kriminellen hat er keine

Ahnung. Niemand in der Agentur tut das, was mir damals nur recht war. So konnte ich für den Großteil des Tages vergessen, welche Bestie in mir schlummert, und wie ein ganz normaler, sterblicher Mensch leben.

Und trotzdem hat sie dir das Leben gerettet, denke ich und erinnere mich daran, was mir die Ärzte erzählt haben.

Dass ich Glück hatte. Dass mich die schnelle Heilung durch meine Werwolfsgene gerettet hat. Dass ich dadurch früher als die meisten anderen wieder auf den Damm kommen werde.

Aber was nützt das, wenn mein altes Leben so zerstört ist? Wenn auch die letzten Funken Hoffnung und Freude lange in mir erloschen sind?

Du musst trotzdem weitermachen, sage ich mir und sehe mich nach Giana um. Sie hat sich an die Wand gedrängt und kauert neben einer Kommode. *Für sie musst du zumindest so tun, als wäre die alte Lou noch da. Als gäbe es noch Hoffnung.*

Das bist du ihr schuldig.

»Selena hat meine Nummer, falls ihr noch etwas von mir braucht oder bereit seid, über … über das alles zu sprechen«, unterbricht die Agentin meine tristen Gedanken.

Das alles?

Fest presse ich die Lippen zusammen und zwinge mich zu einem Nicken, auch wenn ich am liebsten schreien würde, bis mir die Stimme versagt. Und selbst das wäre noch nicht genug, um den Schmerz und dieses furchtbare Gefühl der Hilflosigkeit in mir loszulassen.

»Was ist mit ihren Sachen, Grace?«, fragt Selena, als sich die Agentin bereits zum Gehen wenden will.

»Einer der Deputy-Agents bringt sie später vorbei. Er wird aber die Portaltür nutzen«, informiert Agent van Zicht und öffnet dann die Tür zum Gang.

»Bis bald, Miss Bellard, Miss Alcari«, sagt die Agentin und winkt uns zum Abschied zu.

Weder Giana noch ich reagieren darauf. Ich will, dass sie uns einfach in Ruhe lassen.

»Schlaft gut«, höre ich Selena leise sagen, als sie der Agentin auf den Gang folgt. »In ein paar Stunden bringe ich euch euer Abendessen.«

Gia gibt ein Fiepen von sich und huscht zu mir ans Bett.

»Okay«, sage ich bloß kraftlos und zerre an der Decke.

»Soll ich dir helfen?«, fragt Selena. Sie ist schon auf halbem Weg zurück zum Bett, hält dann jedoch inne, als sie meinen flehenden Blick bemerkt.

»Ist gut«, sagt sie und nickt verständnisvoll. »Ich lasse euch jetzt in Ruhe. Schaut euch gerne ein bisschen um, wenn ihr euch dafür fit fühlt. Im dritten Stock ist eine Bibliothek und der Garten draußen ist auch einen Besuch wert.«

Ich höre sie leise seufzen, dann wird die Tür geschlossen und wir sind endlich allein. Schon wieder, nur dass die Tür diesmal geöffnet werden kann. Dass wir hier nicht mehr als Nahrung für El Rojo und seine Geschäftspartner dienen. Dass wir endlich frei sind.

»Komm her«, sage ich und rücke ein Stück beiseite, damit Giana sich neben mich legen kann.

Sofort ist sie bei mir und kuschelt sich an mich wie auch schon im Krankenhaus. Egal, wie oft die Pfleger sie zurück in ihr Zimmer gebracht haben, Giana ist immer wieder zu mir zurückgekommen.

Und das, obwohl ich an allem schuld bin, denke ich und streiche ihr beruhigend durch das weiße Haar.

Giana stößt ein leises Seufzen aus und zieht die Knie an die Brust. Vorsichtig lege ich die Decke über sie und schließe dann selbst die Augen.

Zum ersten Mal seit meinem Erwachen im Krankenhaus von Arcania sehe ich nicht mehr El Rojos leuchtend rote Augen vor mir.

Nein, diese Augen sind waldgrün, mit goldenen Sprenkeln durchzogen. Sie gehören zu dem Mann, den ich nur zu gerne vergessen hätte: Markos.

Warum muss er ausgerechnet hier auftauchen?, denke ich und verfluche mein Herz dafür, dass es allein bei dem Gedanken an ihn zu Rasen begonnen hat.

Ist er auch ein Gast hier?

»Hoffentlich nicht«, murre ich und kann ein Gähnen nicht länger unterdrücken.

Trotz der Aufregung, trotz der Gefühle, die dieses Wiedersehen in mir ausgelöst hat, überrollt mich die Müdigkeit wie eine Lawine. Ich weiß, ich brauche den Schlaf, damit sich mein Körper von den Strapazen der letzten zwei Jahre erholen kann, und doch kämpfe ich dagegen an. Kämpfe um ein paar weitere Sekunden Ruhe, bevor ich in einen Strudel aus Erinnerungen und Albträumen gerissen werde, aus dem ich Stunden später schweißgebadet und laut schreiend erwachen werde.

Das ist nun mein Leben.

Angst und Schwäche.

Und kein Ausweg aus dieser Situation.

KAPITEL 4
ZWEITE CHANCE?

MARKOS

Es ist nicht das erste Fenster, das durch eine Wandlung kaputt-geht. Nicht die ersten Kratzer und Schnittwunden, die ich mir deswegen zuziehe. Heute ignoriere ich das scharfe Brennen an meinen Vorderpranken und meinem Hals, spüre sie kaum in dem wilden Wirbel an Emotionen. In ein paar Stunden werden sie verschwunden sein, was man von meiner Wut aber nicht sagen kann.

Ich will einfach nur hier weg. Will einfach nur rennen, bis mir die Puste ausgeht.

Je mehr ich beschleunige, umso mehr klären sich meine Gedanken. Mein Fokus liegt auf meiner Atmung und der Um-gebung, nicht länger auf meinem Hass für El Rojo oder dem Entsetzen über Louises Martyrium.

Würde ich auch nur einen dieser Gedanken zulassen und mich in meinen Rachefantasien oder Schuldgefühlen verlieren, wäre ich ziemlich schnell gegen einen Baum oder die Grund-stücksmauer der Grey-Ländereien gerannt.

Stattdessen führt mich mein Weg daran entlang, bis ich das Grundstück fast einmal umrundet habe. Als ich in die Nähe der kleinen Siedlung komme, in der sich unser Rudel nach dem Waldbrand zurückgezogen hat, schlage ich einen Haken und rase durch den verwilderten Teil des Gartens.

»Markos?«, ruft Rose Grey, als ich an ihr und Galina vorbeipresche.

Ich lasse mich von ihnen nicht aufhalten. Ich muss weiter, muss rennen, bis ich nicht mehr kann.

In einem dichten, schattigen Waldstück an der nördlichen Grenze komme ich zum Stehen. Das Unterholz ist hier zu dick, um sich so schnell fortzubewegen wie bisher, aber zurück zum Halfway House oder der Siedlung will ich auch nicht.

Seufzend rolle ich mich unter einer alten Eiche zusammen und versuche, wieder zu Atem zu kommen. Mein Verstand ist nun wieder klar, aber ich bin mir sicher, dass sich das ändern wird, sobald ich auch nur in Louises Nähe komme. Sobald ich ihre Stimme höre, oder mir ihr Duft in die Nase steigt.

Wildrosen und Tannennadeln. Wie ein schöner Sommertag auf meiner liebsten Lichtung im Territorium meines Rudels.

Ich hätte nicht gedacht, dass ich das noch einmal riechen würde. Die Lichtung ist damals verbrannt, genau wie der Rest meines Zuhauses, nur ein paar Stunden, nachdem ich Louise verloren habe.

»Kann ich näher kommen, Markos, oder brauchst du noch einen Moment?«, erklingt Earls Stimme Minuten später.

Mit einem leisen Brummen richte ich mich auf und blicke mich nach dem mittleren der Grey-Brüder um. Als Vampir ist er nicht nur verdammt schnell, sondern auch extrem leise.

»Ich habe Klamotten mitgebracht, wenn du reden willst.«

Ein Ast knackt nur ein paar Meter rechts von mir, dann tritt Earl aus dem Unterholz hervor.

»Hier«, sagt er und legt ein Kleiderbündel auf einen Baumstamm zwischen uns, ehe mir den Rücken zuwendet.

Ich schnaube amüsiert, weil er noch immer so verkrampft ist. Dabei ist Nacktsein doch gar nichts Schlimmes, eher etwas ganz Natürliches, vor allem für uns Wölfe.

Aber wenn es unbedingt sein muss ...

Seufzend richte ich mich auf und strecke meine Glieder durch, ehe ich mich in meine menschliche Gestalt zurückverwandele. Die ersten Momente sind immer ungewohnt, kälter und unangenehmer, weil sich nun die vielen kleinen Zweige und Steinchen des Waldbodens in meine nackte Haut drücken, statt in meinem Fell und meinen Klauen hängenzubleiben.

»Du kannst dich wieder umdrehen«, sage ich, nachdem ich die Klamotten angezogen habe. Es sind nicht meine eigenen, sondern dem Geruch nach die von meinem Cousin Ash, aber sie passen.

»Ich wollte nicht in die Siedlung und Cassie oder Alexia um Klamotten bitten«, sagt Earl, als er einen kurzen Blick über die Schulter wagt und dann erleichtert die Luft ausstößt. »Nicht, dass sie sich Sorgen um dich machen und nach dir suchen.«

»Danke«, sage ich und lasse mich auf dem Baumstamm nieder. »Ich kann jetzt wirklich etwas Ruhe gebrauchen.«

»Soll ich gehen?«, fragt Earl und kratzt sich am Hinterkopf.

»Nein, ist schon okay«, entgegne ich und klopfe auf die raue Rinde neben mir. »Solange du nicht Do oder Rose anschleppst, ist alles gut.«

»Keine Sorge, unsere Tratschtanten sind anderweitig beschäftigt«, sagt Earl lachend und setzt sich neben mich.

»So?«

Earl nickt. »Rose und Galina stellen gerade einen Blumenstrauß für Miss Bellard und Miss Alcari zusammen. Als kleine Aufmunterung so zu sagen.«

Ich kann mir gerade noch so verkneifen, mit den Augen zu rollen, weil er schon wieder so förmlich ist.

»Und Dorian wollte ein Bild fertigstellen. Künstler eben.«

»Meinst du nicht, dass er nicht doch neugierig ist und … na ja …?«, setze ich an und beiße mir in die Wange. Ein Teil von mir würde gerne wissen, ob Louise und ich eine gemeinsame Zukunft haben, aber …

»Was glaubst du denn, Markos? Du kennst ihn genauso lange wie ich«, entgegnet Earl mit einer hochgezogenen Braue.

»Natürlich wird er das tun«, sage ich seufzend und schließe einen Moment die Augen.

»Aber er wird dir nicht davon erzählen, wenn du es wirklich nicht wissen willst«, sagt Earl und klopft mir auf die Schulter. »Dafür habe ich gesorgt.«

»Woher willst du wissen, dass er sich daran hält? Es ist immerhin Dorian«, entgegne ich und sehe Do schon mit seinem dicken Skizzenbuch auf mich zurennen, sobald ich auch nur in die Nähe des Gasthauses komme.

»Sagen wir es so … Ich besitze gewisse Fotos, von denen er ganz sicher nicht will, dass Galina sie zu Gesicht bekommt«, sagt Earl mit einem verschmitzten Grinsen, das irgendwie so gar nicht zu ihm passt.

»Earl Grey, du wirst mir immer sympathischer«, sage ich lachend. »Kitty hat wirklich einen guten Einfluss auf dich.«

»Das hat Sel auch schon gesagt«, murmelt er und schweigt eine ganze Weile. Deswegen schätze ich seine Gesellschaft. Bei ihm muss man nicht reden und sich erklären. Earl ist einfach da und hört zu, wenn man es braucht.

Oder er schweigt.

»Nur fürs Protokoll …«, beginnt er nach einer Weile, in der wir unseren Gedanken nachgehangen haben. »Du hast mir nie ihren Namen verraten.«

»Hm?«, mache ich und blicke blinzelnd zu ihm auf.

Mittlerweile hat die Sonne ihren Höchststand erreicht und bricht in feinen Strahlen durch das Blätterdach hindurch.

»Von der Frau damals«, spezifiziert Earl und reibt sich das Kinn. »Du hast mir nie gesagt, wie sie heißt.«

Nachdenklich runzele ich die Stirn. »Stimmt.«

Über Louise zu reden, über den Schmerz, den mir ihr Verlust auch noch zwei Jahre später zubereitet hat, war noch nie einfach. Und ihren Namen auszusprechen, erst recht nicht.

»Hätte ich das gewusst, hätte ich dir erzählt, dass sie unser neuer Gast ist.«

»Wie war das eben mit der Schweigepflicht?«, frage ich und ziehe eine Augenbraue nach oben. »Sonst hältst du dich doch auch so streng an die Regeln.«

»Aber dem Schicksal stehe ich nicht gerne im Weg«, entgegnet Earl und schenkt mir ein schwaches Grinsen. »Scheint so, als hättest du unsere Diskussion gewonnen, Bello.«

»Hätte nicht gedacht, dass ich dich mal bekehren würde, Blutsauger«, erwidere ich lachend, halte dann aber inne. »Was meinst du damit? Dass du dem Schicksal nicht im Weg stehen willst?«

»Na, du musst doch zugeben, dass es sehr überraschend ist, dass deine mysteriöse Werwölfin auf einmal hier auftaucht, oder nicht?«

»Überraschend ja, aber das Halfway House ist noch immer ein Zufluchtsort für magische Wesen in Not, also irgendwie auch nicht«, sage ich und runzele die Stirn. Es ist schon ein großer Zufall. Aber das gleich auf das Schicksal zu schieben, ...

»Dann sieh es als zweite Chance «, entgegnet Earl und boxt mich in die Seite. »Auch wenn sie noch etwas brauchen wird.«

»Zweite Chance?« Ich schnaube. »Ich glaube, ich bin der Letzte, den Louise je wiedersehen wollte.«

»Du meinst wegen deiner kleinen Notlüge?«

»Wie viel habe ich dir davon eigentlich erzählt?«, frage ich, weil ich mich nicht mehr genau an dieses Gespräch erinnern kann. Es muss einer der schlimmen Jahrestage gewesen sein. Entweder der Dämonenangriff auf das Halfway House, oder der Waldbrand in unserem Territorium.

»Du warst ziemlich betrunken«, sagt Earl und lacht leise.

»Wie ich dich kenne, hast du mich schön weiter abgefüllt, damit ich dir davon erzähle.«

»Das ist eher deine Masche«, entgegnet Earl trocken. Das schelmische Glitzern in seinen braunen Augen verrät mir aber, dass ich ihn ertappt habe.

»Wie dem auch sei …«, presse ich hervor und wende mich von ihm ab. »Ich denke nicht, dass das noch etwas wird. Aber immerhin ist sie jetzt sicher und …«

»Zeit heilt alle Wunden«, sagt Earl mit seiner neunmalklugen Streber-Stimme. »Du schuldest Miss Bellard definitiv eine Erklärung. Was daraus wird … Das weiß wahrscheinlich noch nicht einmal Dorian.«

»Zum Glück!«, sage ich und schüttle mich. Es ist wirklich unglaublich, wie tief der jüngste Grey-Bruder in die Angelegenheiten seiner Mitwesen eindringen kann, wenn ihn die Zukunft lässt. Da gab es einige nicht jugendfreie Zeichnungen von Ash und Selena, wenn ich mich recht erinnere.

»Aber ich glaube trotzdem, dass das noch nicht vorbei ist«, fügt Earl nach einer Weile hinzu. »Das hier ist das Halfway House. Bisher hat hier jeder ein Happy End gefunden.«

»Also, als Pessimist und Anti-Romantiker warst du mir echt lieber«, entgegne ich und verdränge dieses warme Gefühl, das Earls Worte in mir ausgelöst haben.

Hoffnung.

Vorfreude.

Dinge, die es mir später umso schwieriger machen werden, Louise loszulassen, sobald sie das magische Gasthaus wieder verlässt. Ohne mich.

»Scheint so, als hätten wir die Rollen getauscht, hm?«

Ich seufze und nicke. »Ja, scheint so.«

Wir schweigen wieder, bis wir Kitty nach Earl rufen hören. Ich klopfe ihm auf die Schulter. »Die Pflicht ruft.«

»Sieht so aus«, sagt Earl und erhebt sich zögerlich. »Wir müssen uns noch auf die Präsentationen vorbereiten.«

»Eure Forschungsergebnisse über die Rogues?«

Earl nickt. »Das Institut hat eine Sonderkommission dafür gebildet. Sogar die Direktorin wird anwesend sein.«

»Na, dann müsst ihr euch wirklich gut vorbereiten«, sage ich und schüttele mich. »Was ich schon alles für Gruselgeschichten über sie gehört habe ...«

»Ich denke, mit harten Fakten kommt man bei Direktorin Finchley weit«, entgegnet Earl mit einer wegwerfenden Geste.

»Wie du meinst«, sage ich und klopfe ihm aufmunternd auf die Schulter. »Viel Glück, Earl.«

»Das hat nichts mit Glück zu tun«, erwidert er ernst und zupft sein Hemd zurecht. »Bleib erstmal vom Halfway House weg, bis sich die beiden ein bisschen eingelebt haben.«

Ich nicke, auch wenn ein Teil von mir nichts lieber getan hätte, als Louise zu beobachten. Allein zu sehen, dass sie atmet, dass sie lebt, wäre genug, um den Wolf in mir zu beruhigen.

»Hatte ich sowieso vor.«

»Es ist nicht für immer, aber du hast ja gesehen, wie Miss Alcari reagiert hat«, fügt Earl hinzu und reicht mir die Hand. »Ash und Aldyr wollten die nächsten Tage Dale und Cora bei den Renovierungen helfen, falls du Ablenkung brauchst.«

»Du kennst mich einfach zu gut«, sage ich und lasse mich von Earl hochziehen.

Er zuckt mit den Schultern. »So würde es mir gehen, an deiner Stelle, meine ich ...«

»Wirst du jetzt sogar einfühlsam?«, frage ich. Früher hatte er es nicht so damit, Gefühle anderer zu erkennen.

»Kitty hat wohl wirklich einen guten Einfluss«, sagt Earl und wendet sich lächelnd in die Richtung, aus der Kittys Rufe zu uns herüberdringen. Earls Augen strahlen dabei regelrecht, was ich schon seit Jahren nicht mehr bei ihm gesehen habe.

Er hat endlich sein Glück gefunden, denke ich und muss lächeln. Nichts anderes habe ich mir für ihn und die restlichen Grey-Geschwister gewünscht. *Das haben sie wirklich verdient, nach allem, was sie durchgemacht haben ...*

»Ah, und noch eine Sache, die mir an deiner Stelle helfen würde ...«, sagt Earl und dreht sich zu mir um. »Schreib ihr einen Brief.«

Verwundert runzele ich die Stirn. »Wem?«

»Na, wem schon? Miss Bellard«, murrt Earl und schüttelt den Kopf. »Damit du später weißt, was du sagen willst. Das ist vielleicht einfacher, als ihr gegenüberzutreten.«

Ich seufze leise und überlege, ob das wirklich eine gute Idee ist. »Nicht jeder ist mit Worten so gewandt wie du, Earl.«

»Vom Herumjammern wird es aber auch nicht besser«, entgegnet er und stemmt die Hände in die Hüften. »Außerdem musst du ihn ihr ja nicht zeigen. Und umschreiben kannst du ihn auch, so oft du willst. Frag mich mal, wie oft ich den Bericht über die Genesung der Rogues neu geschrieben habe.«

»Brauche ich gar nicht«, sage ich lachend und denke daran, wie sehr Kitty sich deswegen beschwert hat. »Aber ich weiß nicht ...«

»Du musst es ja nicht tun«, sagt Earl und zuckt mit den Schultern. »War nur eine Empfehlung, falls es da oben wieder zu viel wird.«

Mit einem Grinsen schnippt er mir gegen die Stirn, wie früher wenn ich bei den Greys zu Besuch war. Diesmal ist er jedoch im Bruchteil einer Sekunde verschwunden, sodass ich mich nicht bei ihm revanchieren kann.

»Dann eben ein anderes Mal«, murmele ich und lasse mich wieder auf den Baumstamm nieder. »Ein Brief, hm?«

Ich schnaube.

Schule und Schreiben haben mir nie gelegen. Da habe ich meine Zeit lieber draußen in der Natur oder mit meinem Rudel verbracht. Bei so vielen Wölfen auf einem Haufen gab es immer etwas zu tun. Und tut es noch.

»Besser, ich sehe mal nach dem Rechten«, sage ich mir und mache mich auf den Weg, bevor sich die anderen noch gegenseitig die Köpfe einschlagen.

Denk dran, was du dir damals geschworen hast, Markos, ermahnt mich eine innere Stimme, die sich ein bisschen nach meinem Vater anhört. *Das Rudel hat immer oberste Priorität.*

KAPITEL 5
DIESE VERFLUCHTEN GENE

LOUISE

Ich bin wach.

Schon seit Stunden.

Schon lange, bevor die Sonne aufgegangen ist.

Aber nicht, weil ich aus einem dieser furchtbaren Albträume hochgeschreckt bin, die mich seit meiner Entführung plagen. Nein, weil ich zum ersten Mal seit ... seit damals wirklich ausgeruht bin.

Das war sicher der Tee, denke ich und rolle mich auf die Seite. Auf dem Nachttisch neben mir steht der leere Thermobecher und ein Glas Wasser. Ich trinke einen Schluck daraus, achte aber darauf, Giana nicht zu wecken.

Auch sie schläft friedlich, schnarcht sogar leise wie früher, wenn sie bei unseren wöchentlichen Movie Nights auf dem gemütlichen WG-Sofa eingeschlafen ist. Und ...

Ist das ein Lächeln?

Überrascht beuge ich mich über sie.

Tatsächlich …

Seit uns El Rojos Handlanger entführt haben, habe ich das nicht mehr bei ihr gesehen, auch im Krankenhaus nicht. Und das, obwohl Giana früher immer die Freude in Person war. Das Strahlen ist in den letzten zwei Jahren erloschen und ich dachte, ich würde sie nie wieder so sehen, aber jetzt … Jetzt lächelt sie wirklich, wenn auch nur schwach.

Immerhin, denke ich und blinzele, weil mir die Tränen kommen. Eine Welle der Erleichterung durchflutet mich und besänftigt das schlechte Gewissen, das ich ihr gegenüber habe.

Vielleicht war es doch keine schlechte Idee, uns ins Halfway House der Greys zu bringen.

Seufzend schiebe ich die Decke weg, weil mir mit Giana an meiner Seite zu warm ist. Sicher auch etwas, das ich der verdammten Wölfin in mir zu verdanken habe.

Noch ist es ruhig im Haus, auch wenn ich mit meinem guten Gehör vorhin schon die ersten Bewohner gehört habe. Selenas leichtfüßige Schritte kann ich mittlerweile gut unterscheiden, nachdem ich zwischen einigen leichten Schlafphasen gestern Nachmittag auf die Geräusche des Hauses gelauscht habe. Auf das Rauschen des Wassers in den Leitungen, die Stimmen und Schritte des Personals und das leise Knarren und Knarzen der Fußböden und Türen.

Das alles hört sich hier so viel ruhiger und entspannter an als im Krankenhaus von Arcania. Erst jetzt wird mir bewusst, wie sehr ich unter der Geräuschlast dort gelitten habe. Unter den Schmerzenslauten und dem Wehklagen aus den anderen Krankenzimmern. Den Stimmen des Pflegepersonals und der Ärzte, wann immer ein Notfall hereingekommen ist. Und die Beschwerden der Angehörigen, wenn sie nach Stunden des

Wartens noch immer keine Nachrichten über den Befund erhalten haben.

Das alles gibt es hier nicht.

Stattdessen zwitschern hier die Vögel vor dem Fenster, das wir auch in der Nacht offengelassen haben. Irgendwo höre ich leises Singen und das Zwicken einer Gartenschere.

Und dann ...

Ein lautes Heulen, gefolgt von mehreren Antworten.

»Wölfe«, flüstere ich und schlucke, weil ich sofort wieder Markos' Gesicht und seine waldgrünen Augen vor mir sehe.

Mein Herz kommt dabei ins Stolpern und beginnt dann zu rasen. Egal, wie sehr ich versuche, den Gedanken an ihn zu verdrängen, er will einfach nicht weichen.

»An was anderes denken«, murmele ich und blicke mich in unserem Gästezimmer um.

Neben der Kommode stehen zwei kleine Koffer mit Gianas und meinen Sachen. Selena hat sie an unserem ersten Abend zu uns ins Zimmer gebracht, gefolgt von einer Frau namens Rose, die einen großen Strauß frischer Blumen hereingetragen und auf der Kommode aufgestellt hat. Mittlerweile sind vier Tage und Nächte an uns vorbeigezogen und die Blumen sehen noch immer so frisch aus wie kurz nach unserer Ankunft.

Ihr Duft hat sich seitdem in unserem Zimmer verbreitet, sodass ich fast das Gefühl habe draußen in einer Blumenwiese zu liegen. Überhaupt fühle ich mich hier im Gasthaus der Greys der Natur weit näher als in Arcania. Alles ist hier so viel lebendiger, was ich während meiner Zeit bei El Rojo, eingesperrt im Keller seines Nachtclubs, viel zu sehr vermisst habe.

Wie ist es dann erst draußen?, denke ich und stehe auf.

Giana stößt ein leises Seufzen aus und streckt sich dann auf dem schmalen Einzelbett aus, als hätte sie nur darauf gewartet, dass ich ihr Platz mache.

Lächelnd ziehe ich die Decke über sie und streiche ihr durch die Haare. Anders als in den letzten Tagen fällt es nun nicht mehr aus. Und es ist auch nicht mehr so weiß, sondern wird langsam silbrig, als würde ihre dunkle Farbe zurückkehren.

Ich schlucke und wende mich von ihr ab, bevor eine erneute Welle der Schuldgefühle über mich hinwegschwappen kann. Schwankend trete ich ans Fenster. Das Laufen fällt mir noch schwer. Nicht gerade verwunderlich, wenn man fast über ein Jahr in einem magischen Koma verbracht hat.

Verschissener Bastard, denke ich und spüre die Wut in mir, spüre die Bestie unter meiner Haut toben.

Meine Angst und Verzweiflung haben sich in den letzten Tagen in Luft aufgelöst. Weil ich begriffen habe, dass wir hier sicher sind. Dass uns niemand zu El Rojo zurückbringen wird.

Nur die Wut ist mir geblieben und wächst von Tag zu Tag. Wenn es so weitergeht, werde ich sie bald nicht mehr im Zaum halten können. Und dann ...

Schnell balle ich die Hände zu Fäusten und zwinge mich, tiefe Atemzüge zu nehmen. Ich darf mich nicht verwandeln.

Nicht hier bei Giana. Nicht allein irgendwo im Wald.

Niemals.

Das hast du dir geschworen, Lou, erinnere ich mich streng. Und im Gegensatz zu meinem Vater halte ich mich eisern an mein Wort.

Warme Sonnenstrahlen streichen über mein Gesicht, als ich es zum Fenster schaffe. Ein lauer Wind weht in unser Zimmer herein und trägt den Geruch nach Erde und Blumen mit sich. Zärtlich streicht er über meine Wange, wie um mich zu trösten. Als wüsste er, was Giana und ich durchgemacht haben.

Ich lasse meinen Blick über den Garten schweifen. Bäume und Büsche präsentieren stolz ihr grünes Blätterkleid, wirken zum Teil aber sehr verwahrlost und verwildert.

»Ah, guten Morgen!«, ruft eine freundliche Stimme zu mir herauf. Rose Grey steht vor einer der wild wuchernden Hecken und winkt mir mit der Astschere in der Hand zu.

Ich nicke, weiß aber nicht, ob es wirklich ein guter Morgen ist. Das wird sich zeigen, sobald Giana aufwacht.

»Ich hab' euch ein paar Liegen aufgebaut, wenn ihr später rauskommen wollt«, ruft Rose zu mir herauf und deutet auf einen alten Eichenbaum einige Meter von ihr entfernt. Unter den langen Vorhängen aus spanischem Moos sind die beiden Holzliegen kaum zu erkennen.

Ich nicke erneut, traue mich aber nicht, ihr zu antworten. Giana braucht ihren Schlaf, da will ich sie nicht wecken.

»Die Hecke ruft«, sagt Rose lachend und wendet sich dann wieder dem Gebüsch zu, um es zurechtzustutzen.

Eine Weile lang beobachte ich sie dabei, sehe die Kraft, mit der sie die Schere bedient, um auch die dicksten, knorrigen Äste zu durchtrennen.

Ob ich je wieder so stark werde?

»Ich hatte Glück ...«, wispere ich und wiederhole dabei das, was mir die Ärzte im Krankenhaus gesagt haben. Die Wölfin in mir hätte mich gerettet.

Ich schnaube und schüttle den Kopf. Das ist das erste Mal, dass diese verfluchten Gene zu etwas gut sind.

Beim letzten Mal ...

Schnell beiße ich mir auf die Lippen, so fest, dass ich Blut schmecke, um die Erinnerung an meine erste Wandlung zu verdrängen. Nachdem der Tag mit einem Lächeln von Giana so gut angefangen hat, will ich nicht, dass er von der Vergangenheit ruiniert wird.

Während Rose draußen den mit Schnittgut vollbeladenen Schubkarren wegschiebt, nähern sich unserem Zimmer tänzelnde Schritte. *Selena.*

»Psst! Sie schläft«, sage ich, als ich die Tür einen Spalt öffne.

»Okay«, kommt es leise von Selena zurück, wobei mir der Duft von frischen Rühreiern, Kaffee und gebratenem Speck in die Nase steigt.

»Ich dachte nur, ihr könntet hungrig sein«, sagt Selena und hebt das riesige Tablett in ihren Händen an. Es ist über und über beladen mit Essen. Manche Schüsseln stapeln sich sogar aufeinander.

Für jemanden, der so klein und zierlich ist wie sie, müsste das doch eigentlich viel zu schwer sein, oder?

»Ich nehm' das«, sage ich und will schon danach greifen, doch schüttelt Selena tadelnd den Kopf. »Hab' ich bei eurer Ankunft nicht gesagt, dass ich dich zur Not auch trage?«

»Ich dachte, das war ein Scherz«, entgegne ich und trete beiseite, um sie in unser Zimmer zu lassen. Recht viel länger hätte sie das schwere Tablett wahrscheinlich auch nicht mehr halten können.

»Nein, das war mein voller Ernst«, entgegnet Selena und schleicht leise zu dem Schreibtisch neben der Badezimmertür. Ohne ein Geräusch zu verursachen, stellt sie das Tablett ab und dreht sich dann mit einem strahlenden Lächeln zu mir um. »Alles für meine Gäste.«

Giana stößt ein leises Glucksen aus und rollt sich dann in ihre Decke ein.

Wenn sie so weiter macht, erstickt sie sich noch selbst damit, denke ich und will sie schon daraus befreien, Selena ist jedoch schneller.

»Iss, bevor es kalt wird«, sagt sie und nickt in Richtung des Tabletts, ehe sie neben Gianas Bett in die Knie geht und die Decke zurechtzieht.

»Schlaf du nur gut, Süße«, flüstert sie Giana zu und streicht ihr kurz durch das wirre Haar.

»Wer soll das denn alles essen?«, frage ich, nachdem Selena sämtliche Schüsseln, Teller und Schälchen auf dem Schreibtisch aufgebaut hat.

»Giana und du. Wer sonst?«, entgegnet Selena gut gelaunt und reicht mir dann Messer und Gabel.

Während der ersten Tage im Halfway House haben wir den Großteil unseres Essens unberührt gelassen. Weder Gia noch ich hatten viel Appetit, aber so langsam kehrt er zu mir zurück. Trotzdem könnte man mit dem Aufgebot an Essen eine ganze Basketball-Mannschaft durchfüttern, was auch Selena zu bemerken scheint: »Vielleicht bin ich mal wieder etwas übereifrig gewesen. Ich wusste nicht, was ihr so mögt, also hab' ich von allem etwas gemacht ...«

Lächelnd zuckt sie mit den Schultern und beginnt dann, mir einen Teller vollzuladen. Es ist das erste Mal, dass sie bleibt, nachdem sie uns Essen gebracht hat. Meistens haben wir geschlafen und gar nicht mitbekommen, wie Selena ins Zimmer gekommen ist.

»Danke, aber ich kann das auch allein«, sage ich und will sie schon wegdrängen, lasse es aber bleiben, als Selena mir einen finsteren Blick zuwirft.

Seufzend lege ich mein Besteck weg und lasse sie machen. Bei Toast und Rührei bin ich ja noch dabei, auch bei den Baked Beans, aber als Selena die erste Scheibe Speck anhebt, schüttle ich energisch den Kopf. »Ich esse kein Fleisch.«

»Hä?« Verwundert lässt Selena die Gabel sinken. »Aber du bist doch eine Werwölfin ...«

»... die kein Fleisch ist«, beharre ich und muss kurz würgen, als die Erinnerungen in mir hochkommen. An all das Blut, diesen widerlichen Gestank und die Tatsache, dass ich keine Ahnung habe, wen die Bestie in mir getötet hat.

»Okay, merke ich mir«, sagt Selena mit einem langsamen Nicken und dreht sich dann wieder zu Giana um. »Aber sie ist keine Vegetarierin, oder?«

»Nein, die isst alles und am liebsten so scharf wie möglich«, sage ich und lächle. Gia hat schon während der Schulzeit mit ihrem Stahlmagen für Verwunderung gesorgt. Die Jungs in unserer Klasse haben sie einmal dazu aufgefordert, ein Chilliwettessen mit ihr zu machen, und haben es schon nach ein paar Bissen bitter bereut.

»Hätte ich jetzt nicht erwartet, aber okay.« Selena lächelt und zieht aus ihrer Hosentasche doch allen Ernstes eine kleine Flasche Tabasco-Sauce hervor. »Falls sie Gelüste bekommt.«

»Du bist aber auch auf echt alles vorbereitet, was?« Kopfschüttelnd betrachte ich die Gasthausangestellte. Bei unserer Ankunft wusste sie sofort, was in mir vorgeht. Wahrscheinlich haben wir es ihr zu verdanken, dass man uns in den letzten Tagen in Ruhe gelassen hat, und heute ...

»Du kannst nicht irgendwie Gedanken lesen, oder so?«, frage ich sie nach ein paar Bissen.

Selena lacht und schüttelt den Kopf. »Ich bin weder eine Begabte noch ein Vampir, falls du das wissen wolltest.«

»Dass du keine Vampirin bist, habe ich schon gerochen«, sage ich, wende dann aber beschämt den Blick ab. Selbst unter den magischen Wesen ist es nicht gerne gesehen, wenn ich sie auf ihren Geruch anspreche.

»Und das ist gut so, stimmt's?«, fragt Selena grinsend.

Ich zucke mit den Schultern. »Ich hab' mit Vampiren kein Problem, wenn sie mich ...«

Bevor ich aussprechen kann, versteift sich mein Körper.

»Louise?«, fragt Selena beunruhigt und legt mir eine Hand auf die Schulter. »Tief durchatmen. Gleich geht es vorbei.«

Ich versuche es, aber es ist auf einmal so, als würde mir die Luft einfach wegbleiben. Ich weiß nicht, was es ist, aber mein Herz rast und kalter Schweiß läuft mir über die Stirn. Meine Kehle ist ganz trocken und meine Hände zittern unkontrolliert.

Weil ich mich wieder daran erinnere, was El Rojo mir angedroht hat. Was er mit mir gemacht hat, nachdem er mich in ein magisches Koma versetzt hat.

»Er hat mir …«, presse ich hervor und ringe um Atem.

»Ich weiß, schschsch, gleich ist es vorbei«, flüstert Selena und streicht mir beruhigend über den Rücken. Wärme geht von ihren Fingern aus und berührt etwas tief in mir, bis dieses Gefühl, bei lebendigem Leib erdrückt zu werden, nachlässt. Eine tiefe innere Ruhe erfüllt mich nun und lässt mich langsam die Luft einsaugen und dann wieder ausstoßen.

»Besser?«, fragt Selena und richtet sich schwankend auf.

»Was …? Was war das gerade?«, frage ich durcheinander und starre auf meine Hände, die wieder ganz ruhig sind.

»Sah mir nach einer Panikattacke aus, aber Expertin bin ich nicht«, entgegnet Selena und lehnt sich gegen den Tisch. Das Strahlen in ihren dunkelblauen Augen ist nun schwächer, ihr Lächeln weniger ansteckend, als wäre sie plötzlich erschöpft.

»Dieses warme Gefühl …«, flüstere ich und streiche mir über den Rücken, genau dort, wo sie mich berührt hat.

»Du hast gefragt, ob ich Gedanken lesen kann …«, beginnt Selena und ihr Lächeln wird wieder breiter. »Das nicht, aber ich kann Gefühle … riechen? Es ist schwer zu beschreiben.«

Verlegen kratzt sie sich am Kopf und nickt dann in Richtung des Tabletts. »Iss erstmal etwas nach dem Schock.«

»Mhm«, mache ich und zwinge mich dazu, mir ein paar Gabeln von ihrem Rührei in den Mund zu schieben. So wirklich schmecken tue ich nichts. Ich weiß, dass ich essen muss. Dass mein Körper die Energie braucht.

Aber wozu das alles? Was fange ich denn jetzt mit diesem verkorksten Leben an?

»Das wird sich alles zeigen«, sagt Selena, wahrscheinlich weil sie wieder meine Gedank... äh ... Gefühle erahnt hat.

»Du klingst ziemlich zuversichtlich«, stelle ich fest und lege die Gabel weg.

»Ich bin der lebende Beweis«, sagt sie lachend und breitet die Arme aus. »Hätte ich das Halfway House und Ash nicht gefunden ... Dann wäre ich nicht mehr hier.«

»Du warst ein Gast?«, frage ich überrascht, weil ich dachte, sie würde hier nur arbeiten.

»Und bin es theoretisch noch«, sagt Selena und kichert leise. »Ist etwas komplizierter, aber auch nicht so wichtig.«

Sie zuckt mit den Schultern und richtet den Blick in die Ferne. »Was ich dir aber mit Bestimmtheit sagen kann: Hier findet jeder sein Happy End, und ich bin mir ziemlich sicher, dass das auch auf Giana und dich zutrifft, selbst wenn es seine Zeit braucht.«

»Das klingt zu gut, um wahr zu sein«, sage ich leise seufzend und drehe mich kurz zu Giana um. »Aber für sie würde ich es mir wünschen.«

»Und für dich selbst nicht?« Selena mustert mich mit einem Blick, den ich nicht ganz deuten kann.

»Ich weiß nicht«, entgegne ich und zucke mit den Schultern. »Ist auch kompliziert.«

»Verstehe«, murmelt sie und dreht sich dann zum Bett um.

Giana hat ein lautes Gähnen ausgestoßen und guckt sich jetzt verschlafen in unserem Zimmer um. Als sie Selena entdeckt, zuckt sie erschrocken zusammen, versteckt sich aber nicht mehr wie noch im Krankenhaus beim Pflegepersonal.

»Guten Morgen, Giana«, sagt Selena mit ihrem strahlenden Lächeln. »Gut geschlafen?«

Gianas Lächeln ist mittlerweile verflogen, aber als sie nickt, kann ich kurz ihre Mundwinkel zucken sehen.

»Ich habe euch Frühstück mitgebracht.« Selena deutet auf den Tisch vor mir. »Esst erst einmal etwas und macht euch frisch. Dann begleite ich euch später raus in den Garten.«

»Aber, was ist, wenn er …«, setze ich an und kann nicht weitersprechen. Ein Kloß hat sich in meinem Hals gebildet.

»Wird er nicht. Aldyr, Ash und Markos helfen Freunden in Arcania, Kitty und Earl sind auch dort für eine Besprechung und die restlichen Wölfe bleiben meistens in der Siedlung«, informiert uns Selena und drückt meine Schulter.

»S... Siedlung? Die restlichen Wölfe?«, frage ich panisch. »Ich dachte, nur er …«

»Nein, es gibt noch eine Menge mehr«, sagt Selena und für einen Moment sieht sie traurig aus. »Sie haben nach einem Waldbrand vor knapp zwei Jahren hier Zuflucht gefunden.«

»Ein Waldbrand vor knapp zwei Jahren?«, frage ich und denke an den Markos von damals. An den verdammten Lügner, der sich als mein Blind Date ausgegeben hat. Der wirkte nicht so, als hätte er vor kurzem einen Brand durchgemacht, aber von der Zeit her könnte es hinkommen.

»Vielleicht auch nicht ganz zwei Jahre … Sie reden nicht so oft darüber, weil sie dadurch so viel verloren haben«, sagt Selena mit einem Seufzen. »Ginge mir an ihrer Stelle ähnlich.«

»Mhm«, mache ich und muss das erstmal verarbeiten. Ein Werwolf in meiner Nähe hätte mir schon gereicht, vor allem wenn es Markos ist. Aber eine ganze Meute?

Es heißt Rudel, Louise, verbessere ich mich und verziehe das Gesicht. Viel weiß ich nicht über mich und meine Art und würde es wirklich gerne dabei belassen.

Andererseits … Ich seufze und schiebe den Teller beiseite. *Der Waldbrand muss schlimm gewesen sein, sonst wären Markos und sein Rudel sicher nicht hier gelandet.*

Hast du jetzt etwa Mitleid mit ihm? Mann, Lou, er hat dich nach Strich und Faden belogen und ist dann auch noch abgehauen, meldet sich die Wut in mir zu Wort und lässt meine Sorge um ihn sofort wieder verfliegen.

Nachdem Selena uns allein gelassen hat, traut sich Giana auch aus dem Bett und kommt zu mir an den Schreibtisch. Als sie die Flasche mit Tabasco-Sauce entdeckt, lässt sie einen verzückten Quietschlaut los. Sie haut sich viel zu viel davon auf die restlichen Rühreier, dass mir allein beim Zuschauen schon der Mund brennt.

»Du und deine scharfen Saucen«, sage ich lächelnd, als sie die erste Gabel mit Ei belädt und sich dann mit einem glücklichen Seufzen in den Mund steckt.

Während Giana sich durch den Berg Rührei isst und auch vor dem Speck nicht Halt macht, bekomme ich kaum etwas herunter. Nur der Erdbeermilkshake, der in zwei Gläsern vor uns steht, wirkt halbwegs appetitlich auf mich. Mit Schokoladengeschmack wäre der mir zwar lieber, aber der Rest ...

»Darauf kann ich echt verzichten«, murmele ich, als Giana mir etwas von ihrem Rührei auf den Teller legt und mich mit bedeutungsvollem Blick mustert. »Iss du das lieber, Gia.«

Vorwurfsvoll sieht sie mich an, aber ich reagiere nicht. Wenn sie nicht spricht, ist es doch auch okay, wenn ich nichts esse, oder?

Mit einem frustrierten Schnauben schiebt Giana mir den Milkshake zu.

Du kennst mich einfach zu gut, Gia.

Seufzend setze ich den Strohhalm an meine Lippen und trinke ein paar Schlucke davon. Überrascht reiße ich die Augen auf, weil ich noch nie einen so guten Shake getrunken habe. Er ist verdammt süß, aber dadurch kommt der Geschmack der Früchte nur noch besser zur Geltung.

Innerhalb kürzester Zeit habe ich ihn leergetrunken und werde mit einem Lachen von meiner besten Freundin belohnt.

»Giana ...«

Sie lächelt mich an und tätschelt mir das Haar, ehe sie mir auch den zweiten Milkshake hinschiebt. »Das ist doch deiner.«

Energisch schüttelt sie den Kopf und schnappt sich dafür die Schüssel voller Obstsalat.

»Also gut, aber wehe, du machst da auch Tabasco drauf«, sage ich lachend und reiche ihr einen der Löffel. »Ich glaube, dann wäre Selena wirklich verwirrt.«

Wieder ein leises Lachen, das mein Herz erwärmt und einen Teil meiner Schuldgefühle und Sorgen verfliegen lässt. Vielleicht hatte Selena vorhin recht. Vielleicht findet Giana hier tatsächlich ihr Happy End oder zumindest einen Weg zurück in ihr normales Leben.

Und ich sollte das auch tun, um mich abzulenken. Je eher, desto besser.

KAPITEL 6
DIE, DIE DIR DEIN HERZ GESTOHLEN HAT

MARKOS

»Markos? Was machst du denn schon wieder hier?«, fragt Sel überrascht, als ich das Treppenhaus des Gasthauses herunterpoltere.

»Ash hat mich geschickt«, sage ich schulterzuckend und blicke mich im Foyer um.

»Sie ist draußen«, sagt Selena mit einem Augenzwinkern. Sicher hat sie geahnt, nach wem ich Ausschau halte, auch wenn ich es eigentlich nicht sollte.

Ich räuspere mich und besinne mich auf meinen Auftrag. Deswegen bin ich hier, nicht, um herauszufinden, ob es Louise inzwischen besser geht.

»Und Galina? Du weißt ja, wie sie ist, wenn ich einfach Zeug aus ihrer Werkstatt mitnehme«, sage ich und nicke in Richtung der Kellertür hinter der Rezeption.

»Sie hilft Rose mit den Spalieren für ihren Gemüsegarten.«

»Okay, dann weiß ich ja, wo ich sie finde.« Ich halte schon auf die Tür zu, werde aber von Sels Stimme zurückgehalten: »Es geht ihnen besser.«

»Ich habe nicht danach ge...«

»Aber du wolltest es trotzdem wissen«, unterbricht sie mich mit einem wissenden Lächeln.

»Sukkuben und Vampire! Müsst ihr euch immer in meine Gedanken einmischen, hm?«, grummele ich und erreiche endlich die Tür.

»Ich wusste nicht, dass Earl Gedanken lesen kann«, sagt Sel verwundert.

»Dale, nicht Earl«, presse ich hervor und frage mich, wieso ich mich mit Kittys Nervensäge von einem Bruder anfreunden musste. »Lex und Cora haben ihm anscheinend davon erzählt und ...«

Wütend balle ich die Hände zu Fäusten und verwünsche ihn für seine verdammte Neugier. Und für seinen Mangel an persönlichen Grenzen.

»Und jetzt lässt er nicht locker«, beendet Selena lachend meinen Satz und trifft den Nagel damit auf den Kopf. »Wusste gar nicht, dass er das kann. So etwas ist doch ziemlich selten, auch bei den Vampiren, oder?«

»Hmpf«, mache ich bloß und mahle mit den Zähnen. »Ich dachte, Dorian wäre schon schlimm ...«

»Psst! Nicht so laut«, sagt Selena lachend.

»Was? Ist er jetzt wie Bloody Mary und taucht auf, wenn wir seinen Namen zu oft sagen?«, frage ich und muss trotz meines Ärgers grinsen.

»Bei Dorian weiß man nie«, sagt Selena lachend. »Bei Dale und den anderen alles in Ordnung?«

Ich nicke. »Außer, dass er mich nicht mehr in Ruhe lässt und das Haus noch immer eine totale Bruchbude ist, schon.«

Erleichtert atmet Selena aus. »Dann sieh das als deine Verschnaufpause an. Vielleicht findet Dale ja jemand anderen zum Nerven, solange du weg bist.«

»Hoffentlich«, murre ich. »Bloß gut, dass Ash mich zurückgeschickt hat, sonst ...«

»Sonst was? Hättest du Dale den Kopf abgebissen?«, fragt Sel und bricht in schallendes Gelächter aus.

»Ha, wer's glaubt!«, ruft Dorian hinter uns und gesellt sich mit einem breiten Grinsen neben Ashs Freundin.

»Fuck, du hattest recht, Selena«, sage ich und deute auf den jüngsten der drei Grey-Brüder. »Bloody Mary in Person.«

»Hä? Ich?« Verwirrt guckt Dorian zwischen Selena und mir hin und her. Weil keiner von uns etwas sagt, zuckt er nur die Schultern und schenkt mir dann ein freches Grinsen. »Sei mir nicht böse, Markos, aber wir alle wissen doch, dass du eher ein Schoßhündchen und kein böser Wolf bist.«

»Wie bitte?«, knurre ich und fahre zu ihm herum.

Hätte Dale mich am Vormittag nicht schon bis zur Weißglut getrieben, hätte ich mich vielleicht zurückhalten können, aber jetzt ... Jetzt geht mir wirklich die Geduld aus, und dem Wolf in mir erst recht.

»Oooh, der große, böse Wolf kommt! Aaaah! Wie habe ich Angst«, ruft Dorian und krümmt sich vor Lachen.

»Do, jetzt ist aber mal wieder gut«, ermahnt ihn Selena, aber da ist es schon zu spät.

Seine Bemerkung bringt das Fass endgültig zum Überlaufen und spült das letzte bisschen Selbstbeherrschung davon. Mit einem lauten Knurren bricht der Wolf aus mir hervor. Meine Klamotten zerreißen mit einem lauten Ratsch und keine fünf Sekunden später steht dieser Nervensäge tatsächlich ein großer, böser Wolf gegenüber.

»Ups!«, höre ich Dorian sagen, bevor er hinter der kleinen Selena in Deckung geht.

Von wegen Schoßhündchen, denke ich grimmig und lasse ein bedrohliches Knurren erklingen.

»Mann, Dorian! Musst du es immer übertreiben?«, flucht Selena und wirft mir einen entschuldigenden Blick zu. »Ich kümmer' mich um den Idioten. Hol du dir was zum Anziehen und sprich dann mit Galina.«

»Aua! Mann, was machst du de... Aaa!«, ruft Dorian, als Selena ihn plötzlich am Ohr packt und hinter sich herzieht.

»Halt, warte!«, ruft Selena mir hinterher, als ich mich zur Tür umdrehe. »Nicht, dass du mir wieder aus dem Fenster springst.«

Vorwurfsvoll kommt sie auf mich zu, mit dem quengelnden und fluchenden Dorian im Schlepptau, um die Tür zu öffnen.

Dankbar neige ich den Kopf, auch wenn ich das schon selbst hinbekommen hätte. Der Griff lässt sich sehr leicht herunterdrücken und dann müsste ich die Tür nur mit meiner Pfote aufschieben. So ist es aber noch einfacher.

»Tschüss, Bello!«, ruft Dorian, als ich das Haus umrunde, stößt aber gleich einen Schmerzensschrei aus, weil Selena ihn wieder am Ohr gepackt hat.

Hechelnd beobachte ich sie dabei, wie sie ihn zurück ins Haus zieht und dann die Tür schließt. Nichts anderes hat dieser neugierige Schlingel verdient.

Auf halbem Weg zur Siedlung verwandle ich mich zurück. Es tut gut, das feuchte Gras unter meinen Füßen zu spüren und die Sonne auf meiner nackten Haut. Außerdem ist in diesem Teil des Gartens selten jemand unterwegs, höchstens die Mitglieder meines Rudels und die stört das nicht weiter.

Ich habe das kleine Waldstück fast erreicht, in dem sich die Siedlung befindet, als ich einen Zweig in meiner Nähe brechen höre. Der Duft von Wildrosen und Tannennadeln steigt mir in die Nase und keine Minute später stehe ich ihr gegenüber.

»Louise.«

»Wa...? Umm ...«, stammelt sie, als sie mich erkennt und reißt die Augen weit auf. Ihr Blick gleitet über meinen Körper, ehe sie sich mit einem nervösen Keuchen von mir abwendet.

»Bist du jetzt auch unter die Exhibitionisten gegangen, oder was?«, fragt sie wütend und wendet mir den Rücken zu.

»Unter die was?«, entgegne ich verwirrt. Ich bin selbst viel zu überrascht, ihr plötzlich gegenüberzustehen. Schon wieder. Und auch wenn ich mir nach ihrer Ankunft geschworen habe, mich auf das Wohl meines Rudels zu konzentrieren, kann ich einfach nicht aufhören, Louise anzustarren.

»Du siehst schon viel besser aus«, sage ich erleichtert, als ich den goldenen Glanz ihrer Haare bemerke. Und nicht nur das. Sie ist ganz allein im Garten unterwegs, scheint kaum noch Mühe zu haben, sich auf den Beinen zu halten, wie noch bei ihrer Ankunft vor ein paar Tagen.

»Ach, ja? Und was kümmert dich das, hm?«, fragt sie und dreht sich abrupt wieder zu mir um. Kurz fliegt ihr Blick unter die Gürtellinie, bevor sie ihn fest auf mein Gesicht richtet. »Du bist schließlich abgehauen, und du ... du hast mich angelogen, du Scheißkerl! Und jetzt tust du so, als wärst du erleichtert?«

Sie schnaubt wütend und baut sich mit finsterer Miene vor mir auf. »Glaubst du ernsthaft, ich falle da drauf rein, *Ryan*?«

Herausfordernd hat sie die Augenbraue nach oben gezogen, was mich so sehr an unser erstes Treffen erinnert. Daran, wie sie mir die Leviten lesen wollte, weil ihr eigentliches Date, viel zu spät war und sie dachte, ich wäre er und ...

Fuck, warum ist der ganze Scheiß so kompliziert?!

»Sei bloß froh, dass dieses Schwein mir meine Lebenskraft ausgesaugt hat, sonst würde ich dich nicht so einfach damit davonkommen lassen, du mieses Arschloch!«, fährt Louise mich an und stößt mir ihren Finger so fest in die Brust, dass ich vor Schmerz und Überraschung aufstöhne.

»Ja, ganz genau. Das ist ein kleiner Vorgeschmack darauf, was dich erwartet, wenn ich mich erholt habe, *Ryan*!«, faucht Louise und stößt gleich nochmal zu. »Also verschwinde lieber. Darin bist du doch eh gut. *Ryan*.«

»Nenn mich nicht so, Louise«, presse ich hervor und packe ihre Hand, als sie zu einem dritten Stoß ansetzt. »Bitte …«

»Wie denn dann, *Ryan*? Ist das nicht dein Name? *Ryan*?«, fragt sie und kommt mir so nahe, dass eine kleine Bewegung nach vorn ausgereicht hätte, um sie zu küssen.

Ich stoße ein gequältes Knurren aus, um jetzt ja nicht das Falsche zu tun. Würde ich dem Drang folgen, der mit jeder Sekunde in ihrer Nähe größer wird, würde ich es mir endgültig mit ihr verscherzen.

»Nein. Das ist nicht mein Name«, gebe ich schließlich zu und presse die Lippen fest aufeinander.

Zwei Jahre habe ich auf diesen Moment gewartet, auf eine zweite Chance, mich erklären zu können. Aber jetzt, da sie hier ist, da ich Louise entgegen all meiner Zweifel wiedersehe, habe ich keinen verdammten Plan, was ich zu ihr sagen soll.

Hätte ich doch nur auf Earl gehört und diesen blöden Brief geschrieben!, denke ich und überlege, wie ich das alles wieder gutmachen kann. Nach unserer gemeinsamen Nacht hatte ich einen Plan, war gerade auf dem Weg zu Louise, um ihr Frühstück zu machen und mich zu erklären, aber dann …

»Es tut mir leid, Louise«, sind die einzigen Worte, die mir in diesem Moment über die Lippen kommen. Die einzigen, die mir einfallen.

»Es tut dir leid?« Louise schnaubt und schüttelt den Kopf.

Was sie dann tut, nämlich mir eine saftige Ohrfeige zu verpassen, hätte mich eigentlich wütend gemacht. So aufgewühlt wie ich dank Dale und Do bin, hätte ich mich verwandelt und …

Heute kann ich nicht anders: Ich muss lachen, während meine Wange zu bitzeln beginnt. Ich kann es einfach nicht zurückhalten, weil ich in diesem Moment so erleichtert bin. Das ist die Louise, die ich kennen und lieben gelernt habe.

»Hast du einen an der Waffel, oder was? Was ist daran verdammt nochmal komisch?«, knurrt sie und weicht zurück.

Fast hätte ich sie gebeten, mir noch eine Ohrfeige zu geben, verdient habe ich die allemal, vermutlich noch ein Dutzend mehr, doch nähern sich uns da eilige Schritte.

»Was ist hier los? Was machen Sie da mit meinem Bruder?«, schallt kurz darauf die wütende Stimme meiner Schwester zu uns herüber.

»Halt dich da raus, Cass«, rufe ich ihr zu, doch ist es längst zu spät. Wir Wölfe sind eben sehr loyal, auch wenn sich Cassie heute den denkbar schlechtesten Zeitpunkt ausgesucht hat, um mir beizustehen.

»Markos? Was machst du hier? Ich dachte du wärst …«, erklingt nun auch Roses Stimme. Sie taucht hinter Cassie auf und kommt mit erhobener Gartenschere auf uns zu. »Oh je!«

»Ja, das frage ich mich auch gerade«, wirft Louise ein und verschränkt die Arme vor der Brust. »Keine Sorge, Louise. Der Garten ist verlassen. Du wirst hier niemandem über den Weg laufen. Ha, von wegen!«

»Wer ist diese aufgeblasene Schreckschraube?«, fragt mich Cassie leise, was Louise nun zu ihr herumfahren lässt.

»Die Frau, die dein lieber Bruder belogen hat, um ihr an die Wäsche zu gehen, und die er dann ohne ein Wort sitzengelassen hat«, faucht sie und schwankt plötzlich gefährlich.

»Louise!« Schnell strecke ich die Hand nach ihr aus, um sie aufzufangen.

»Fass mich nicht an, du Arsch!«, fährt sie mich an und schlägt meine Hand weg. Keine gute Idee, denn plötzlich kippt sie nach vorn und wäre der Länge nach hingefallen, hätte Rose sie nicht gepackt und an sich gedrückt.

»Ich glaube, das war genug Aufregung für heute«, sagt die jüngste der Grey-Geschwister und schiebt Louise auf den Pfad in Richtung Gasthaus zu. »Lass uns zurück zu Giana gehen.«

Nur unter Protest lässt sich Louise von Rose wegbringen. Wäre sie nicht so geschwächt, hätte ich vermutlich noch einige Verwünschungen mehr zu hören bekommen. Und sicher auch einige weitere Ohrfeigen kassiert.

Lächelnd reibe ich mir über meine schmerzende Wange und blicke ihr hinterher. *Meine starke Louise ... Habe ich mir wohl umsonst so viele Sorgen um dich gemacht.*

»Ähm, was zur Hölle ist hier los, Markos?«, reißt mich Cassie aus dieser plötzlichen Euphorie.

»Nicht jetzt, Cass«, brumme ich, ohne Rose und Louise aus den Augen zu lassen, bis sie hinter einer dichten Hecke verschwinden. Erst dann drehe ich mich um und steuere auf die Siedlung zu.

»Halloho? Ich rede mit dir! Wer war diese Verrückte?«, fragt Cassie, als wir die Siedlung fast erreicht haben. Wie ein nerviger, sprechender Schatten folgt sie mir und wird nicht müde, mich mit Fragen zu löchern.

»Geht dich nichts an«, sage ich, nicht zum ersten Mal, was meine Schwester nur noch wütender werden lässt.

»Hey! Tut es wohl. Niemand darf meinen Bruder schlagen«, knurrt sie und rempelt mich von der Seite an.

»Ach, ja? Und was war das gerade?«

»Niemand außer mir, meine ich«, entgegnet sie grinsend, wird aber gleich wieder ernst. »Stimmt es? Das, was sie gesagt hat? Dass du ihr an die ...«

»Nochmal: Das geht dich nichts an, Cassandra«, murre ich und seufze erleichtert auf, als der Ausgang aus dem kleinen Waldstück in Sicht kommt. Irgendwer wird sich schon finden, um mir meine neugierige Schwester vom Hals zu halten.

»War sie die Frau?«, fragt Cassie, diesmal leiser als bei all den anderen Fragen zuvor.

»Ich weiß nicht, was du meinst«, entgegne ich und will mich an ihr vorbeidrängen, doch packt sie mich an den Schultern. »Die, die dir dein Herz gestohlen hat? Die hieß auch Louise, oder nicht?«

Verdutzt halte ich inne und weiche ein Stück von ihr zurück. Diese Frage habe ich nun wirklich nicht erwartet, erst recht nicht von ihr. »Woher ...?«

Eigentlich wissen nur Earl und Grace von meiner Begegnung mit Louise und dass sie mir nicht aus dem Kopf geht.

Wird der Blutsauger noch zur Tratschtante, oder was?

»Woher wohl, du Trottel? Du hast nachts manchmal ihren Namen gesagt«, sagt Cassie und boxt mir fest gegen den Arm. »Und nach dem Brand ... Du warst nicht mehr du und ...«

»Ja, warum wohl, du Trottel?«, entgegne ich und schnippe ihr gegen die Stirn. »Wir haben unser Zuhause und so viele Rudelmitglieder verloren. Dad und ...«

»Ja, aber wir sind darüber hinweggekommen. Es hat seine Zeit gedauert, aber unsere Leben gehen weiter, genau wie Dad, Alec und die anderen es gewollt hätten. Aber du ...«, sagt Cassie mit einem Seufzen. Meine kleine Schwester mustert mich mit einem sorgenvollen Blick, den jemand in ihrem Alter noch gar nicht draufhaben sollte. Das ist eher etwas für Eltern und Großeltern, aber nicht für kleine Schwestern.

»Das bildest du dir bloß ein«, entgegne ich und schaffe es endlich, an ihr vorbeizukommen. »Mir geht es gut.«

»Die anderen magst du damit überzeugen können, aber ich ...«, setzt Cassie an, doch will ich das nicht hören. Nicht jetzt, nicht hier, am besten niemals. Es laut auszusprechen, würde es wahr werden lassen. Würde zeigen, wie sehr mir das alles noch zusetzt, obwohl ich stark sein muss. Für Cassie, für das Rudel, und irgendwie auch für Louise.

»Ryan Brightcliff«, ruft mir meine Schwester hinterher, was mich mitten in der Bewegung innehalten lässt.

»Wusste ich's doch!«, knurrt sie und holt zu mir auf. »Also stimmt es, was sie gesagt hat. Hat sie dich deswegen Ryan genannt?«

»Wie viel hast du gehört?«, frage ich sie.

»Genug«, gibt Cassie lächelnd zu und stemmt die Hände in die Hüften. »Sag mir nicht, du hast dich als Ryan ausgegeben, um ihr an die Wä...«

»So war das nicht, verdammt nochmal!«, knurre ich und werfe wütend die Hände in die Luft. »Das ist alles ein riesiges Missverständnis, aber jetzt ist es zu spät, um es ... Ach, fuck! Wäre ich doch nicht zu diesem blöden Supermarkt gegangen!«

Wütend schlage ich mit der Faust gegen einen altem Baum am Wegrand. Kreischend erheben sich einige Vögel in die Luft, wobei einer doch tatsächlich die Dreistigkeit besitzt, mir auf den Arm zu kacken.

»Blödes Vieh!«

»Karma!«, sagt Cassie lachend, als ich es mit einem Blatt wegwische.

»Haha, sehr witzig«, knurre ich und donnere das dreckige Blatt auf den Boden. »Und jetzt lass mich in Ruhe. Wehe, du mischst dich da ein, verstanden?«

»Verstanden, Bruderherz«, sagt sie, aber das verschmitzte Lächeln auf ihren Lippen zeigt, dass Cassie es nicht darauf belassen wird.

»Warum musstest du ausgerechnet meine kleine Schwester werden, hm?«, grummele ich und marschiere zur Siedlung.

KAPITEL 7
DIE UNFÄHIGEN VÄTER

LOUISE

»Du kannst mich jetzt loslassen, Rose«, sage ich, als wir die Liegen unter dem alten Eichenbaum erreichen, auf der Giana und ich es uns vorhin bequem gemacht haben.

»Sicher?«, fragt Rose und beäugt mich mit hochgezogener Braue. »So, wie du dich gerade aufgeführt hast ...«

»Mhm«, murre ich und lasse mich auf die Liege plumpsen.

Giana gibt einen fragenden Laut von sich, doch habe ich keine Lust, ihr zu erklären, was gerade passiert ist. Ich weiß es ja selbst nicht. Wann immer ich diesem verdammten Markos über den Weg laufe, sehe ich einfach rot. Es ist fast so schlimm, wie wenn ich an Dad denken muss. So schlimm, dass ich mich unter normalen Umständen wahrscheinlich in eine wilde, blut-dürstige Wölfin verwandelt hätte.

»Du solltest jetzt lieber hier bleiben und dich ausruhen«, reißt mich Roses Stimme aus meinen Gedanken. Sacht berührt sie mich an der Schulter und drückt mich zurück auf das dicke

Liegenpolster. »Und ich dachte, wir hätten endlich mal vernünftige Gäste, die sich an den Rat ihrer Ärzte halten ...«

»Der Kerl hat es echt nicht anders verdient«, knurre ich und schlage mit der Faust auf die hölzerne Armstütze.

Giana stößt ein erschrockenes Quietschen aus und hat sich schneller hinter ihre Liege geduckt, als ich gucken kann.

»Am liebsten würde ich ihm den Schwanz abschneiden und seinen Wölfen zum Fraß vorwerfen«, knurre ich und versuche, die Erinnerungen an meine letzte Begegnung mit Markos zu verdrängen. Und doch sehe ich ihn immer wieder vor mir, diese grünen Augen und dann sein Körper und ...

Hör auf, Louise! Hör auf, hör auf, hör auf!

Diesmal lasse ich die Faust fest auf meinen Oberschenkel klatschen, um mich so abzulenken. Natürlich vergebens.

»Du willst ...? Puh, was hast du denn für Fantasien?«, fragt Rose und starrt mich aus weit aufgerissenen Augen an. »Bist du dir sicher, dass Markos das verdient hat? Ich meine ... Ich kenne niemanden, der jemals so wütend auf ihn war.«

»Wenn du mich fragst, ist das noch immer zu wenig«, entgegne ich und rücke auf der Liege herum. »Er ist fast noch schlimmer als mein Dad.«

»Dein Dad?«, fragt Rose neugierig und lässt sich am Ende meiner Liege nieder.

»Ich bin wirklich mit dem verschissenen Unglück gesegnet, nur Arschlöcher in meinem Leben zu haben«, murmele ich und schließe die Augen. Erst mein Dad, dann die ganzen verpatzten Blind Dates, die Giana organisiert hat, dann Markos, El Rojo und jetzt wieder Markos.

Hört das auch irgendwann mal wieder auf?

»Wenn du darüber reden willst ...«, sagt Rose und tätschelt mir kurz das Bein. »Zumindest die unfähigen Väter scheinen wir gemeinsam zu haben.«

»Wirklich?«, frage ich und öffne träge die Augen. Eigentlich habe ich keine Lust, mich weiter zu unterhalten. Eher würde ich mir noch Hunderte Racheszenarien für Markos ausdenken, aber da liegt ein schmerzlicher Unterton in Roses Stimme, den ich nicht ignorieren kann. Sie scheint wirklich mitreden zu können, was dieses Thema angeht.

»Sagen wir einfach, meiner ist verrückt geworden und in den Rift gesprungen«, erzählt Rose mit einem tiefen Seufzen.

»Den Rift?«, frage ich und glaube, mich verhört zu haben.

Natürlich kenne ich die Geschichten über diese magischen Risse, die überall auf der Erde verteilt sein sollen. Angeblich kann man mit ihnen zu fernen Planeten reisen, doch halte ich das für absoluten Humbug. Genau wie Bigfoot oder Nessie.

»Ähm ... Ja, wir haben hier einen im Garten«, sagt Rose und macht eine halbherzige Geste in Richtung des Halfway House.

»Was?«, frage ich überrascht und richte mich auf. »Das ist doch ein Scherz, oder?«

»Nein, leider nicht«, sagt Rose und lässt den Kopf hängen. »Das verdammte Ding ist sehr real. Und sehr gefährlich.«

»Holy shit«, wispere ich und schüttle den Kopf, weil ich das nicht glauben kann. »Ein echter Rift? Mit dem man ...?«

»Ja, manche glauben, dass man ihn nutzen kann, um zu anderen Planeten zu kommen«, sagt Rose und streicht sich die krausen, dunklen Locken hinter die Ohren. »Und mein Dad war einer davon.«

»O shit«, presse ich hervor und hasse mich nun dafür, nachgefragt zu haben.

»Kann man so sagen, ja.« Rose schnaubt leise und blickt wieder zu mir auf. »Aber davor war er wegen seiner Studien und Entdeckungsreisen auch nicht wirklich zu gebrauchen.«

Rose zuckt mit den Schultern und versucht sich an einem Lächeln, doch so wirklich kaufe ich ihr das nicht ab. Da liegt ein Schmerz in ihren grünen Augen, der tiefer geht als das. So viel tiefer. Es muss noch eine ganze Menge mehr hinter dem Verschwinden ihres Vaters stecken.

Genau wie bei meinem, denke ich und seufze.

»Das ist auch einer der Gründe, warum die Wölfe noch hier sind. Sie helfen uns dabei, den Rift zu bewachen«, fährt Rose fort und streicht beim Reden immer wieder über ihre Schulter. »Für den Fall, dass doch mal etwas durchkommt.«

Ihre Stimme ist plötzlich so leise und zittrig, dass mir ganz unwohl wird. So wie sie sich gerade verhält … Irgendwie werde ich das Gefühl nicht los, dass das längst passiert ist. Dass längst irgendetwas durch diesen Rift in unsere Welt gekommen ist. Und dass es die Greys einiges gekostet hat, es aufzuhalten.

»Und was hat deiner angestellt, Louise?«, fragt Rose und sieht wieder aus wie immer: ein freundliches Lächeln auf den Lippen und Neugier im Blick, die die goldenen Sprenkel in ihren Augen aufleuchten lässt.

Ich schlucke den bitteren Geschmack von Wut und Verrat herunter und wende den Blick ab.

»Meiner hat sich auf einen Verbrecher eingelassen, seine Schulden nicht gezahlt und dann mich dafür bürgen lassen«, murmele ich und kralle meine Hände in das Liegenpolster.

Die Erinnerungen kriechen aus ihrem dunklen Versteck empor und drohen, mich wieder mitzureißen. Erinnerungen daran, wie ich allein in meinem Bett erwacht bin, an den Lärm in unserer Wohnung. Dann Gianas panische Schreie und nur ein paar Sekunden später meine Zimmertür, die mir mit einem Holzsplitterregen entgegenfliegt.

»O Gott, das wusste ich nicht«, sagt Rose entsetzt, während ihr Blick von mir zu Giana wandert.

»Ja, er hat meine beste Freundin da auch noch mit reingezogen«, sage ich, weil ich mir schon denken kann, was in Rose vorgeht. »Und seitdem hat ihn niemand mehr gesehen.«

»Okay, da ist meiner ja noch ein Heiliger im Vergleich«, erwidert Rose und schüttelt den Kopf. »Tut mir leid, dass ihr das durchmachen musstet.«

Ich zucke mit den Schultern. Das ist meine Standardantwort auf diesen Satz. Giana und ich haben ihn in den letzten Tagen seit unserer Rettung so oft gehört und doch weiß ich nicht, was ich darauf erwidern soll. Soll ich mich bedanken? Oder eher wütend sein, weil ich ihr Mitleid gar nicht will? Weil ich mich dadurch schwach fühle – und das habe ich nun wirklich satt.

»Trotzdem passt das nicht zu dem Markos, den ich kenne«, sagt Rose nach einer Weile und schaut nachdenklich in die Richtung, aus der wir gekommen sind. »Und ich bin mehr oder weniger mit ihm aufgewachsen. Er ist ja Ashs Cousin.«

»Ash?«, frage ich und runzele die Stirn. Selena hat ihn auch schon mal erwähnt, aber getroffen habe ich ihn bisher nicht.

»Ash Grey. Mein Bruder«, sagt Rose grimmig, wobei ich mir nicht sicher bin, ob sie über diesen Umstand glücklich ist.

»Also ist Markos doch auch dein Cousin, oder?«, frage ich verwirrt. Irgendwie machen ihre Worte gerade keinen Sinn.

»Ha, wenn es nur so einfach wäre!«, sagt sie und schüttelt lachend den Kopf. »Ash ist nur mein Halbbruder. Selber Vater, andere Mutter. Noch so eine Sache, die unser Dad nicht auf die Reihe bekommen hat.«

»Klingt kompliziert«, sage ich, bin aber froh, endlich etwas Ablenkung gefunden zu haben. Familienzusammenhänge fand ich schon immer spannend, vielleicht auch weil ich bis auf Dad und meine Gran keine anderen Verwandten habe. Zumindest keine, von denen ich weiß.

»Ja, ein bisschen, aber wenn man damit aufgewachsen ist, kommt es einem total normal vor«, sagt Rose und zuckt mit den Schultern. »Ashs Mutter ist jedenfalls Markos' Tante und Teil seines Rudels.«

»Ah«, sage ich und nicke. Noch kann ich ihr folgen. »Und du kennst ihn wirklich von früher?«

»Jap«, sagt Rose und grinst breit. »Cassie und ich sind den Jungs ziemlich auf die Nerven gegangen, als wir klein waren.«

»Cassie?« Den Namen habe ich schon mal gehört. War das eben …?

»Markos' Schwester«, erklärt Rose und nickt in Richtung Garten. »Du bist ihr eben begegnet.«

»Hm«, mache ich. Ich glaube, diese Information muss ich erstmal sacken lassen. »Hat sie mich wirklich eine verrückte Schreckschraube genannt oder hab' ich mir das eingebildet?«

»Aufgeblasene Schreckschraube«, verbessert mich Rose und kichert leise. »Hat sie, aber Cassie hat es bestimmt nicht so gemeint.«

»Klar«, entgegne ich wenig überzeugt. Wenn man es von Cassies Standpunkt aus betrachtet, sah ich wahrscheinlich so aus, als hätte ich nicht mehr alle Tassen im Schrank. Hier scheint ja zumindest jeder überzeugt zu sein, dass Markos nie zu so etwas fähig wäre.

Ist er aber, denke ich grimmig und verschränke die Arme vor der Brust.

»Wir haben früher alle viel Zeit im Segona-Territorium verbracht, bevor es abgebrannt ist«, erzählt Rose nach kurzem Schweigen und seufzt sehnsuchtsvoll. »Die Bäume dort hatten eine ganz besondere Aura und Weisheit … Es ist echt furchtbar, dass sie jetzt fort sind.«

Bäume haben Weisheit? Misstrauisch runzele ich die Stirn, komme aber nicht dazu, Rose danach zu fragen.

»Trotzdem … Markos ist kein übler Typ, im Gegenteil«, beharrt Rose und reibt sich über die Wange. »Wenn ich daran denke, was er alles durchgemacht hat seit dem Brand …«

»War es sehr schlimm?«, frage ich und spüre, wie ein Hauch Mitleid in all der Wut erwacht.

»Das gesamte Revier wurde zerstört. Und sie haben viele Mitglieder verloren, auch Markos' Dad«, sagt Rose und fährt sich durch die krausen Locken. »Ich habe das alles nicht mitbekommen, weil ich zwischenzeitlich tot war, aber man merkt ihm an, dass ihm das noch heute zu schaffen macht. Und er ...«

»Wie bitte? Wie war das?« Entsetzt schieße ich von meiner Liege hoch. »Weil du zwischenzeitlich tot warst? Wie ... äh ...? Hä?«

»Ach das ... Ist eine lange Geschichte«, sagt Rose schulterzuckend, als wäre das nicht der Rede wert. Sie überlegt einen Moment, ehe sich ihr Gesicht aufhellt und sie mir ihre Hand hinhält. »Wie wär's mit einem Deal? Ich erzähle dir davon, wenn du mir sagst, was Markos angestellt hat?«

Nachdenklich betrachte ich Roses mit Erde und Kratzern überzogene Hand. Einerseits will ich meine Vergangenheit ja endlich hinter mir lassen, aber meine Neugier ist stärker.

Und wer weiß, vielleicht hilft es ja, darüber zu sprechen?, denke ich und schlage ein. Normalerweise hätte ich das alles lang und breit mit Giana diskutiert wie all meine früheren Blind Dates, aber seit sie nicht mehr spricht ...

Du bist wirklich verdammt egoistisch, Lou, tadele ich mich. Ich bin schließlich schuld an Gianas Leid und daran, dass sie nicht mehr sprechen will.

Weil ich die Tochter meines Vaters bin.

»Das ist echt krass«, sage ich, nachdem Rose ihre Erzählung beendet hat. »Mir ist schon aufgefallen, dass die Natur hier irgendwie kraftvoller ist, als ich es gewohnt bin. Aber das ...«

»Ja, das ist schon sehr verrückt«, sagt Rose mit einem leisen Kichern und zupft an einer verirrten Locke herum. »Manchmal kann ich es ja selbst kaum glauben.«

»Kann ich mir gut vorstellen. Vor allem, wenn dich so lange niemand wahrnehmen konnte«, murmele ich und sehe sie mit ganz neuen Augen. Auch sie hat eine Art Gefangenschaft hinter sich, wenn auch in anderem Sinne als Giana und ich.

»Du kannst dir gar nicht vorstellen, wie überrascht ich war, als Al mich wahrgenommen hat«, sagt Rose lachend und stößt ein leises Seufzen aus. »Dass er mich am Ende sogar zurückbringen könnte ... Das hätte ich mir in hundert Jahren nicht erträumen können.«

»Natürlich nicht. Sowas ist doch noch nie passiert, oder?«, frage ich und blicke von Rose zu Giana. Während unsere Gastgeberin energisch den Kopf schüttelt, zuckt Giana dagegen mit den Schultern.

»Wie meinst du das?«, frage ich meine beste Freundin und erschaudere. Ich weiß, dass Gianas Familie nicht bloß einfache Hexen sind. So viel hat sie mir noch erzählen dürfen, aber mehr auch nicht. Über welche Kräfte die Alcaris verfügen, wissen nur sie selbst. Giana scheint sich davor sogar zu fürchten.

Statt zu antworten, legt sich Giana nur einen Finger an die Lippen, ehe sie uns den Rücken zuwendet und den Garten betrachtet. Das macht sie schon seit wir hier rausgekommen sind, eigentlich schon seit sie wach ist. Ein deutliches Zeichen, dass sie nicht mit uns reden will.

»Danke«, sage ich seufzend und wende mich wieder Rose zu. »Dass du uns deine Geschichte erzählt hast.«

»Gerne«, entgegnet sie und schenkt mir ein Lächeln. »Die Magie des Halfway House teile ich gerne mit anderen.«

Die Magie des Halfway House? Ich seufze. Das klingt fast zu gut, um wahr zu sein, genau wie Selenas Überzeugung, dass jeder hier sein Happy End findet. Aber Roses Geschichte gibt mir Hoffnung, dass auch Giana und ich irgendwann in ein normales Leben zurückkehren werden.

Halbwegs normal, wäre mir schon mehr als recht, denke ich und zupfe an einem losen Faden des Liegenpolsters herum.

Wenn ich so darüber nachdenke, wie es mir noch vor ein paar Tagen ging und jetzt meine Auseinandersetzung mit Markos …

»Ich fühle mich fast schon wie früher …«, murmele ich und reibe mir die Schläfen. »Zumindest wie früher nach einem anstrengenden Arbeitstag.«

»Das ist doch ein guter Anfang«, sagt Rose fröhlich.

»Mhm«, mache ich und überlege, wann ich wieder mit dem Arbeiten anfangen kann. Irgendwie vermisse ich meinen Job schon jetzt. Das Planen von Partys und Veranstaltungen aller Art hat mir immer etwas Ordnung und Struktur in meinen sonst recht chaotischen Alltag gebracht. Das ist genau das, was ich auch jetzt gebrauchen könnte. Heute mehr als damals.

»Was hast du denn früher gearbeitet? Kannst du wieder zurück, wenn du …?«, setzt Rose an und bricht dann ab.

Ich schüttele den Kopf. »Es war ein nicht-magisches Unternehmen. Ich war das einzige Nachtwesen dort.«

»Hm, das ist natürlich blöd«, sagt Rose und kratzt sich am Kopf. »Sonst hätten sie sicher von deiner ähm …«

»Du kannst es ruhig aussprechen. Ich glaube, wir sollten uns damit abfinden, was passiert ist«, sage ich leise und blicke zu Giana hinüber. Sie hat sich in den letzten Minuten keinen Millimeter geregt und starrt weiterhin in den wilden Garten.

»Erzähl mir davon«, bittet Rose energisch, was mich erschrocken die Augen aufreißen lässt. »Von deinem Job, meine ich, nicht von … Also, darüber können wir auch reden …«

»Noch nicht«, sage ich und unterbreche damit ihr hilfloses Gestammel. Damit ist sie bei Weitem nicht die erste. Niemand scheint so recht zu wissen, wie sie mit Giana und mir darüber sprechen sollen.

Es ist weder die rechte Zeit noch der rechte Ort dafür, sage ich mir und atme tief durch, um die aufkeimende Wut und Furcht zu verdrängen.

Themenwechsel, denke ich und wende mich wieder Rose zu.

»Ich habe in einer Event-Agentur gearbeitet und da diverse Feiern geplant. Hochzeiten, Baby Partys, Geburtstage und was du dir sonst so vorstellen kannst«, sage ich und nicke stolz.

Die Arbeit war zwar oft nicht leicht, besonders bei perfektionistisch veranlagten Kunden oder die, die sich nicht für eine Sache entscheiden konnten, aber ich liebe alle meine Events.

»Das ist jetzt nicht wahr!«, ruft Rose und springt aufgeregt von der Liege. »Du veräppelst mich, oder?«

»Nö. Wieso sollte ich?«, frage ich verwirrt.

»Weil wir genau das brauchen«, sagt Rose und klatscht begeistert in die Hände. »Die Magie des Halfway House, Ladies and Gentlemen.«

»Wieso braucht ihr hier eine Eventplanerin? Heiratet bald jemand, oder was?«, frage ich und muss an Selena denken. Mir ist nicht entgangen, wie ihre Augen strahlen, wann immer sie von Ash spricht. Und ihr Herz schlägt auch jedes Mal ein kleines bisschen schneller.

»Nicht, dass ich wüsste«, sagt Rose grinsend. »Würde mich aber nicht wundern, wenn es bei jemandem bald soweit ist.«

Sie zwinkert mir verschwörerisch zu und reibt sich die Hände. Auch ihr Herz schlägt vor Aufregung kräftiger, was mich lächeln lässt. So verwirrend der Stammbaum der Greys auch sein mag, dass sich die Geschwister gern haben, ist mehr als offensichtlich.

»Okay, wofür dann?«, frage ich, weil Rose grinsend Löcher in die Luft starrt, als sähe sie diese Hochzeit schon vor sich.

»Hm, was?«, fragt sie und blinzelt verwirrt. »Oh, ach ja, die Feier.«

Lachend schlägt sie sich gegen den Kopf und lässt sich auf meine Liege sinken. »Wir wollen die Wiedereröffnung feiern. Ich hab' dir ja schon vom Angriff und meinem Tod erzählt ...«

Jetzt ist es Rose, die von ihren Erinnerungen überwältigt wird. Ihre Lippe bebt und ihre Augen füllen sich mit Tränen.

»Schon okay, du musst nicht nochmal darüber sprechen«, sage ich und drücke kurz ihre Hand.

Rose nickt langsam und atmet ein paarmal tief durch, bis sie sich wieder gefasst hat. »Jetzt, da die ganzen Renovierungen abgeschlossen sind, wollen wir das feiern.«

»Auf jeden Fall«, sage ich voller Eifer. Das könnte die schlimmen Erinnerungen an damals bei Rose und ihren Geschwistern verblassen lassen.

»Unser einziges Problem ist nur, dass keiner von uns je eine so große Feier geplant hat«, sagt Rose und zuckt die Schultern. »Aber noch schwieriger wird es wahrscheinlich werden, uns auf eine Sache zu einigen. Wir hatten als Kinder schon die unterschiedlichsten Ansichten.«

»Kann ich mir vorstellen«, sage ich und bin froh, um die Einhaltung unseres Deals herumgekommen zu sein. Eine Party plane ich viel lieber, als über meine Nacht mit Markos zu sprechen. Oder darüber, was danach passiert ist.

»Aber keine Sorge, mit schwierigen Kunden kenne ich mich aus«, sage ich und klopfe mir grinsend auf die Schulter.

»Na, schwierig sind wir jetzt nicht …«, murrt Rose und verzieht das Gesicht.

»Aber uneins, was die Entscheidungen angeht«, beende ich ihren Satz. »Und das macht mir die Arbeit wiederum schwerer, aber sicher nicht unmöglich.«

»Gut, dann ist das beschlossene Sache«, sagt Rose und hält mir wie vorhin schon die Hand hin. »Deal?«

»Aber so was von!«, sage ich und schlage begeistert ein. Ich glaube, ich war noch nie so glücklich, einen neuen, wenn auch herausfordernden Auftrag an Land gezogen zu haben.

»Und so kann ich euch auch zurückzahlen, dass ihr euch um uns kümmert«, füge ich hinzu, als mein Blick auf Giana fällt.

»Ach, was. Dafür ist unser Halfway House doch da«, entgegnet Rose und winkt ab. »Aber die Eröffnungsfeier und der ganze Krams hat noch mehr als genug Zeit. Jetzt solltet ihr euch erstma...«

»Sag es ja nicht!«, unterbreche ich sie mit erhobenem Zeigefinger. »So langsam kann ich es nicht mehr hören.«

»Okay, dann nicht«, entgegnet Rose und hebt die Hände. »Aber du hast mir noch immer nicht erzählt, was Markos angestellt hat, dass du ihm ... Wie hast du es eben genannt?«

Grübelnd legt sie den Kopf schief.

»Dass ich ihm den Schwanz abschneiden und seinen Wölfen zum Fraß vorwerfen wollte?«, frage ich mit einem Schnauben.

Rose kichert leise. »Genau das.«

»Mann, ich dachte, ich komme drum herum«, grummele ich und ziehe die Knie an die Brust.

»Nope«, entgegnet Rose grinsend und rückt näher heran. »Wenn es um Klatsch und Tratsch geht, bin ich immer ganz Ohr. Dorian auch, aber der quasselt immer gleich alles weiter.«

»Und du nicht?«, frage ich misstrauisch.

»Ich kann schweigen wie ein Grab«, entgegnet Rose und legt sich feierlich eine Hand aufs Herz, bevor sie in lautes Gelächter ausbricht. »Habe ja lang genug in meinem gelegen.«

»Na, ihr seid aber gut drauf!«, erklingt Selenas Stimme.

»Jetzt wieder, aber du hättest Louise vorhin sehen sollen«, sagt Rose und schüttelt den Kopf. »Scheint so, als hätte Markos ganz schön Mist gebaut.«

»Mhm«, sage ich, doch Giana schüttelt den Kopf und schaut mich finster an.

Aber ich weiß nicht, was du mir damit sagen willst, denke ich verzweifelt und wende den Blick ab.

»Ah, das trifft sich ja gut«, sagt Selena und breitet die Arme in Richtung Haus aus. »Wenn ihr mir dann folgen würdet. *Sels Spa* ist eröffnet.«

»Seit wann haben wir einen Spa?«, fragt Rose verwirrt.

»Okay, kein richtiger Spa, aber ich habe Gesichtsmasken, Fußbäder, Haaröl, Fingerfood ... Was man eben so braucht für einen Mädelsabend«, sagt Selena mit einem breiten Strahlen. »Das wollte ich schon ewig mal machen, also los!«

»Na, ich weiß nicht ...«, murmele ich. In den letzten Tagen habe ich es tunlichst vermieden, in den Spiegel zu sehen. Da ist so ein Spa-Mädelsabend nicht unbedingt meins.

Giana scheint aber Feuer und Flamme zu sein. Sie klatscht aufgeregt in die Hände und springt von ihrer Liege auf.

»Na, siehst du?«, sagt Selena lachend und zieht auch mich hoch. »Das wird uns allen guttun.«

»Und dann kannst du uns endlich erzählen, was Markos verbrochen hat«, fügt Rose mit einem Augenzwinkern hinzu. Sie und Selena haken sich bei mir unter und ziehen mich auf das Gasthaus zu, sodass mir gar keine andere Wahl bleibt.

Und ich dachte, ich hätte nochmal Schwein gehabt ...

KAPITEL 8
EIN RUDEL OHNE ALPHA ...

MARKOS

»Ich bin wieder da!«, rufe ich, als ich am Abend müde und mit schmerzenden Muskeln aus Arcania nach Hause zurückkehre.

»Küche!«, kommt es laut aus dem hinteren Teil des Hauses, das ich mir mit meiner Schwester und Tante Alexia teile.

Ich unterdrücke ein Gähnen, als ich die dreckigen Arbeitsschuhe ausziehe, in Arcania hat es heute geschüttet, und folge dann dem Klappern von Geschirr und dem Duft nach Essen.

»Du bist spät dran«, bemerkt Alexia und legt das Messer weg, mit dem sie gerade eine Karotte geschnitten hat.

»Gab viel zu tun«, sage ich mit einem Schulterzucken und muss nun doch gähnen.

»Gib's zu, du wolltest dich nur vor der Arbeit hier drücken«, entgegnet Cassie mit zusammengekniffenen Augen und richtet ihr Messer auf mich.

»Würde mir im Traum nicht einfallen«, sage ich und meine es auch so. Ich verbringe gern Zeit mit den beiden, auch mit dem restlichen Rudel, selbst wenn ich dafür den Kochlöffel schwingen muss.

»Wie läuft es so? Kommt ihr gut voran?«, fragt Alexia.

»Geht so. Das Dach ist undichter, als wir dachten«, sage ich und zupfe an meinem Hemd herum. Es ist noch immer ganz feucht vom Regen und klebt unangenehm auf meiner Haut.

Alexia nickt. »Hab' den Wetterbericht gehört. Muss ja sehr geschüttet haben.«

»Und wie«, murre ich und schüttle mich, weil mir die Kälte Arcanias noch immer in den Gliedern steckt. In der magischen Hauptstadt sind die Temperaturen weit niedriger als hier.

»Aber der Rest ist in Ordnung. Wasser, Strom und Heizung funktionieren theoretisch. Wir müssen aber erstmal das Dach dicht kriegen und die ganze Feuchtigkeit loswerden«, erzähle ich. Dabei sehe ich all die dunklen Schimmelflecken an den Wänden des ehemaligen Krankenhauses vor mir. Für meine Wolfsnase war das nicht angenehm. Kaum auszudenken, wie es dann für die Vampire unter Dales und Coras Kommando sein muss.

»Na, das ist doch gut«, sagt Tante Alexia und gibt ihre mittlerweile kleingeschnittene Karotte in eine große Schüssel mit anderem Gemüse. »Frag doch mal bei Grace, ob sie einen Begabten oder so kennt, der die Feuchtigkeit aus dem Gebäude ziehen kann.«

»Ich glaube nicht, dass uns ein Begabter da helfen würde«, entgegne ich und muss an die Leute denken, die über den Tag verteilt bei uns aufgetaucht sind. Besorgte Anwohner, die nicht glauben können, dass Dale und die anderen Ex-Rogues nicht länger gefährlich sind. Und dann gibt es da natürlich auch noch die Vampirhasser unter den Nachtwesen.

Alexia runzelt die Stirn. »Wegen der Nebenwirkungen für die Begabten, meinst du?«

»Das wäre noch das kleinste Übel«, murmele ich.

Bei Begabten gibt es immer einen Preis für die Nutzung ihrer einzigartigen Fähigkeiten. Viele von ihnen arbeiten beim Institut und setzen sie dennoch ein, um anderen zu helfen. Aber nach allem, was ich heute und in den letzten Tagen auf der Baustelle miterlebt habe, werden die wenigsten bereit sein, zu helfen. Dass es so viel Gegenwind für die *Eternal Survivors* geben könnte, habe ich nicht erwartet.

»Es wird Zeit, dass Earls und Kittys Forschungsbericht endlich veröffentlicht wird«, murmele ich.

»Hast du gehört, wann das passiert?«, fragt Tante Alexia und rührt in einem der Töpfe auf der Herdplatte. »Damit wir allen davon erzählen können.«

»Nein, noch nicht. Earl und Kitty besprechen das gerade mit dem Institut und einigen Vertretern der Academy«, sage ich und drücke den beiden die Daumen, dass sie durch diese Besprechungen gut durchkommen. Earl macht das sicher nichts aus, weil er so gerne fachsimpelt, aber Kitty scheint langsam die Geduld auszugehen.

Ginge mir auch so, wenn Cassie davon betroffen wäre, denke ich und wuschele meiner kleinen Schwester durch die dunkelblonden Locken.

»Hey! Lass das«, knurrt sie und boxt mich so fest in die Seite, dass ich keuchend zurückweiche.

»Seit wann bist du denn so stark?«

»Ich bin kein kleines Kind mehr, Markos«, knurrt sie und hackt einer Zucchini den Strunk ab.

»Das glaubst aber nur du«, entgegne ich lachend und kann ihrem nächsten Schlag diesmal schneller ausweichen.

»Können wir denn irgendwie bei den Renovierungen mithelfen?«, fragt Tante Alexia und schaltet die Gasflamme auf dem Herd herunter. »Hank war vorhin da und meinte, dass er bald Urlaub hat und mitanpacken will.«

»Hank?«, frage ich und schnaube. »Der alte Faulpelz?«

»Ach, jetzt sei doch nicht so, Markos!«, mahnt Alexia und fuchtelt mit ihrem Kochlöffel umher. »Er und Tony können gut mit Werkzeug umgehen. Oder hast du vergessen, wer dir beim Bau der Hütten geholfen hat, hm?«

»Tony könnten wir tatsächlich gebrauchen«, sage ich und reibe mir nachdenklich das Kinn. »Die meisten Sanitäranlagen müssen erneuert werden ...«

»Na, das ist doch genau sein Ding«, sagt Tante Alexia und nickt entschlossen. »Ich sage ihm morgen Bescheid. Vielleicht kann er ja zwischendurch aushelfen.«

»Tja, und du solltest auch besser mal eine Sanitäranlage aufsuchen«, wirft Cassie ein und zieht die Nase kraus. »Du stinkst nämlich.«

»Hatte ich vor, Nervensäge«, sage ich und wuschele ihr wieder durchs Haar.

»Mann, lass das!«, ruft Cassie und sticht diesmal mit ihrem Küchenmesser nach mir.

»Cassandra Marie Segona!«, donnert Tante Alexias Stimme plötzlich und lässt uns beide mitten in der Bewegung erstarren.

»Lass sofort das Messer fallen«, fügt unsere Tante streng hinzu und Cassie gehorcht ihr sofort. »Gegen unsere Feinde können wir unsere Waffen richten, aber niemals gegen unsere Familie. Verstanden?«

»Ja, Tante«, sagt Cassie und lässt den Kopf hängen.

»Und du!« Mit erhobenem Zeigefinger wendet sich Alexia nun mir zu.

Mein Herz beginnt augenblicklich zu rasen. Normalerweise ist unsere Tante die Ruhe und Freundlichkeit in Person, aber wenn man sie erst einmal gereizt hat, ist mit ihr nicht zu spaßen. Vor allem nicht, wenn sie uns mit vollem Namen anspricht.

»Hör auf deine Schwester. Wenn du noch länger hier herumstehst, verdirbt uns noch das Essen«, fügt sie hinzu und deutet auf die Treppe.

»Ja, Tante «, sage ich und schlucke meine Panik herunter.

Mit einem zufriedenen Lächeln nickt sie uns zu und macht sich dann wieder in einer Seelenruhe an ihre Arbeit.

»Übrigens«, ruft Cassie mir hinterher, als ich den Durchgang zum Wohnzimmer fast erreicht habe. »Galina hat vorhin den Duschkopf gewechselt.«

»Galina? Aber das wollte ich doch machen«, entgegne ich und könnte mich ohrfeigen, dass ich es vergessen habe.

»Ja, klar. In hundert Jahren wäre das nicht passiert«, murrt Cassie und wirft mir einen vorwurfsvollen Blick zu. »Genau wie die Regenrinne oder der Klappladen in meinem Zimmer.«

»Sorry«, sage ich und kratze mich verlegen am Kopf.

»Kannst du dir sparen«, knurrt Cassie und donnert die geschnittenen Zucchinistückchen in eine Schüssel.

»Cassie!«, kommt es tadelnd von unserer Tante, diesmal aber nicht so streng wie eben.

»Was? Ist doch wahr!«, brummt meine Schwester und verschränkt die Arme vor der Brust. »Warum hilfst du immer nur anderen bei ihren Renovierungen, wenn es dein eigenes Zuhause auch bitter nötig hätte?«

»Ich ... ähm ...«, stammele ich und weiß nicht, was ich erwidern soll. Ich weiß, ich hätte den undichten Duschkopf schon vor Monaten wechseln sollen, aber es ist eben immer etwas Dringendes dazwischengekommen.

»Jetzt ist er doch ausgetauscht«, geht Alexia dazwischen und scheucht mich mit einer Handbewegung davon. »Warum an der Vergangenheit festhalten, wenn wir die nicht ändern können, hm?«

Bevor Cassie noch einen fiesen Kommentar ablassen kann, verziehe ich mich nach oben. Nach dem anstrengenden Tag auf der Baustelle und dieser plötzlichen Begegnung mit Louise im Garten, kann ich eine heiße Dusche wirklich gut gebrauchen.

Louise ..., denke ich mit einem sehnsuchtsvollen Seufzen und stolpere in der nächsten Sekunde über die lose Stufe, die ich auch längst hätte reparieren sollen. Bäuchlings lande ich auf der Treppe und schlage mir beide Knie an. »Fuck!«

»Geschieht dir recht!«, ruft mir Cassie aus der Küche zu. »Die kannst du auch gleich noch auf deine Liste setzen.«

»Ja, ja ...«, murre ich und steige die restlichen Stufen nach oben, in Gedanken halb bei all den ausstehenden Reparaturen und halb bei Louise. So sehr ich es heute Nachmittag auf der Baustelle auch versucht habe, ich bekomme sie einfach nicht mehr aus dem Kopf.

»Vielleicht sollte ich doch auf Earls Rat hören«, murmele ich, bevor ich den Wasserhahn aufdrehe. Ich nicke und seufze auf, als das Wasser auf mich niederprasselt. Nach dem Essen werde ich einen Brief an sie schreiben.

»Markos! Essen ist fertig!«, reißt mich Cassies Stimme eine knappe halbe Stunde später aus meinen Grübeleien. Seufzend klappe ich den Block zu, auf dem ich in den letzten Minuten versucht habe, meine Gedanken in Worte zu fassen, und mache mich auf den Weg nach unten.

Besonders erfolgreich war ich bei meinen ersten Versuchen aber nicht, was die wachsende Anzahl zerknüllter Papierseiten in meinem Mülleimer beweist. Mit Worten kann ich einfach nicht so gut umgehen.

»Habt ihr alle was zu trinken?«, frage ich Tante Alexia und Cassie, als ich das Erdgeschoss erreiche.

»Ja, und jetzt setz dich, sonst verhungere ich noch!«, knurrt Cassie und klopft ungeduldig mit ihrem Steakmesser auf den alten Holztisch.

»So schnell verhungert man nicht«, wendet Tante Alexia ein und sticht dann mit der Gabel in eines der saftigen Steaks. Selbst für einen Haushalt voller hungriger Werwölfe hat sie mehr als genug herausgebraten.

»Kommt noch jemand zu Besuch?«, frage ich sie scherzend, was meine Tante mit einem Augenrollen beantwortet und mir eines der Stakes auf den Teller lädt.

»Iss auch ein bisschen Gemüse, Cassie«, weist sie meine Schwester an, die sich außer ein paar Kartoffeln mal wieder nur vom Fleisch genommen hat.

»Bin ich ein Hase, oder was?«, murrt sie, lässt sich aber einen großen Löffel mit gekochten Karotten geben. Bei den Zucchinis, die Tante Alexia herausgebraten und mit kräftig Salz und Pfeffer gewürzt hat, schüttelt sie jedoch den Kopf.

Cassie liebt einfach ihr Fleisch. Würde Tante Alexia nicht bei uns wohnen, hätte ich sie wahrscheinlich gar nicht dazu bekommen, wenigstens ein bisschen Gemüse zu essen.

Das komplette Gegenteil von Louise, denke ich und muss wieder an unser erstes und einziges Date denken. Damals hat sie mir erzählt, dass sie kein Fleisch isst, und das als Wölfin.

Und du hast ihr geschworen, erst beim vierten Date nach dem Grund zu fragen, sage ich mir und schüttle den Kopf. *Und was ist daraus geworden?*

»Nichts …«, nuschele ich zwischen zwei Bissen Gemüse.

»Was hast du gesagt?«, fragt meine Schwester neugierig.

»Nichts«, wiederhole ich und verschlucke mich beinahe an einem besonders dicken Stück Karotte.

Tante Alexia klopft mir kräftig auf den Rücken. »Immer schön langsam. Es ist genug für alle da.«

»Nicht, wenn's nach mir geht«, murmelt meine Schwester und hat schon fast die Hälfte ihres ersten Steaks aufgegessen.

»Danke«, presse ich hervor und trinke etwas Wasser, um den Hals wieder freizubekommen.

»Gab es irgendwelche Vorfälle in der Siedlung?«, frage ich meine Tante. Allmählich meldet sich wieder das schlechte Gewissen bei mir, weil ich so selten zuhause war.

Als Alpha solltest du immer für dein Rudel da sein, hallt Dads strenge Stimme durch meine Gedanken. Das war seine oberste Regel und der Grund dafür, warum ihn alle als ihr Oberhaupt respektiert und unterstützt haben.

»Vorfälle? Nein, bis auf Hank war alles ruhig«, sagt Tante Alexia und legt mir gleich noch ein zweites Steak auf den Teller, auch wenn ich mein erstes noch nicht ganz aufgegessen habe.

Beruhigt stoße ich die Luft aus. »Wollte er noch was, außer seine Hilfe bei den Renovierungen anbieten?«

»Ich glaube, er wollte über die Schichtpläne für den Wachdienst reden«, sagt Alexia und runzelt nachdenklich die Stirn.

»Stimmt. Weil Phil doch im Krankenhaus ist«, fügt Cassie hinzu und nickt wissend.

»Phil ist im Krankenhaus? Das sagt ihr erst jetzt?«, frage ich entsetzt und lasse die Gabel fallen. »Was ist passiert?«

»Nichts«, brummt Cassie und verdreht die Augen. »Aber Lucy soll bis zur Geburt lieber unter ärztlicher Beobachtung bleiben. Und Phil wollte sie nicht allein lassen. Sonst hat sie ja niemanden.«

Ich nicke und kämpfe einen Moment mit den Emotionen. Auch Lucys Eltern sind beim Waldbrand unseres Territoriums ums Leben gekommen.

»Ist was mit den Drillingen?«, frage ich und bekomme kaum das nächste Stück Fleisch herunter.

»Wissen wir noch nicht. Phil wollte sich später melden«, entgegnet Alexia und greift über den Tisch nach meiner Hand. »Aber es ist sicher nichts Schlimmes. Die Ärzte wollen nur auf Nummer sicher gehen. Und ich kann dir sagen, dass es schon nicht leicht ist, ein Baby mit sich herumzuschleppen. Überlege dir mal, wie das mit drei ist.«

»Nein, danke«, murmelt Cassie und verzieht das Gesicht.

»Eines Tages wirst du's vielleicht rausfinden«, sagt Alexia, was meine Schwester und mich den Kopf schütteln lässt.

»Aber bis dahin wird noch viel Zeit vergehen«, sage ich und werfe Cassie einen mahnenden Blick zu. »Viel, viel, viel, viel Zeit, verstanden?«

»Mann, ich hab' doch gesagt, ich bin kein Kleinkind mehr, Markos!«, ruft sie und lässt ihre Gabel fallen. Klappernd landet sie auf ihrem Teller. »Und was den Job im *Howling Wolf* angeht ... Ich werde den sicher nicht kündigen, verstanden?«

»Cassie«, sage ich mahnend, weil wir diese Diskussion jetzt schon seit Wochen führen.

»Markos«, ahmt sie mich nach und streckt mir doch allen Ernstes die Zunge raus.

»Von wegen kein Kleinkind mehr«, sage ich. Ich weiß nicht, was ich noch sagen soll, um sie davon abzuhalten, in dieser siffigen Kneipe zu arbeiten. Cassie ist so stur wie kein anderes Mitglied unseres Rudels.

»Lass sie, Markos. Sie ist erwachsen und da kann sie ihre eigenen Entscheidungen treffen«, mischt sich Alexia sehr zu meinem Ärger ein.

»Ich dachte, du wärst einer Meinung mit mir?«

»Tja, Meinungen können sich ändern«, antwortet Cassie an Alexias Stelle.

»Und wenn schon. Da ist das letzte Wort noch lange nicht gesprochen, Fräulein«, erwidere ich, weil mir nichts Besseres einfällt.

Ich mache das doch nur, weil ich weiß, wer sich in dieser verdammten Bar herumtreibt, denke ich und balle die Hände zu Fäusten. Kurz flackert eine Erinnerung in mir auf an jenen Abend, an dem ich Louise zum ersten Mal gesehen habe.

Ryan Brightcliff, einer der beliebtesten Junggesellen in ganz America, gehört zu den Stammkunden des *Howling Wolf*. Und wegen ihm stecke ich doch überhaupt erst in dem verdammten Schlamassel mit Louise. Weil ich sie vor diesem Arsch retten wollte – und weil ich nie die Chance hatte, ihr das zu erklären.

Gerade, als ich meine Sorge um Cassie aussprechen will, schlingt sie den Rest ihres Steaks herunter und springt auf.

»Ich muss dann los, sonst komme ich zu spät«, ruft sie und stürmt auf die Haustür zu.

»Zu spät für was?«, frage ich. »Wo willst du um diese Uhrzeit noch hin?«

»Arbeiten, was denn sonst?«, ruft sie mir zu, dann fällt die Tür krachend ins Schloss.

»Bleib sitzen«, sagt Tante Alexia und packt meinen Arm.

»Aber ...«, setze ich an, werde jedoch von einem finsteren Blick meiner Tante unterbrochen.

»Sie ist erwachsen, Markos, auch wenn du das nicht einsehen willst«, wiederholt Alexia und seufzt tief. »Für mich ist sie auch noch die kleine Rotznase, die mir heimlich Essen aus dem Kühlschrank klaut, aber diese Zeiten sind vorbei.«

»Was denn? Sie klaut doch noch immer Essen aus dem ...«

»Du weißt, was ich meine«, unterbricht mich Alexia streng. »Und du kannst sie nicht ewig beschützen, genauso wenig wie du es jedem im Rudel immer rechtmachen kannst.«

»Ja, aber ...«

Alexia stößt geräuschvoll die Luft aus. Langsam scheint ihr die Geduld mit mir auszugehen. »Was bringt es, wenn du dich dabei zu Tode schaffst? Ein Rudel ohne Alpha ... Wir haben gesehen, wie das beim letzten Mal ausgegangen ist.«

»Ich schaffe mich nicht zu Tode«, grummele ich, auch wenn ich mich gerade ein bisschen so fühle.

»Iss einfach, Markos«, entgegnet Tante Alexia und deutet auf meinen Teller. »Nach dem anstrengenden Tag kannst du es gebrauchen.«

So wie sie es sagt, werde ich das Gefühl nicht los, dass noch mehr hinter ihren Worten steckt. Hat Cassie ihr von meiner Begegnung mit Louise erzählt?

»Iss!«, weist sie mich erneut an, strenger diesmal, als hätte sie mir meine Gedanken angesehen.

Seufzend nehme ich das Besteck auf und widme mich den Steaks. Denn Alexia hat recht. Nach der Arbeit in Arcania bin ich wirklich ausgehungert.

Als ich nach dem Essen beim Aufräumen helfen will, scheucht mich Tante Alexia davon.

»Ruh dich aus«, murrt sie und schubst mich zur Treppe. »Und reparier dafür morgen lieber die Regenrinne oder noch besser: Cassies Fensterladen.«

Ich will protestieren, es ist schließlich das Mindeste, dass ich den Tisch abräume, nachdem sie und Cassie schon gekocht haben. Aber Tante Alexias Blick lässt mich fürchten, dass sie mir dann eines mit dem Kochlöffel überzieht.

»Also gut«, gebe ich mich geschlagen und schleppe mich nach oben. In meiner kleinen Kammer liegt der alte Schreibblock noch immer auf dem Bett und scheint nur darauf zu warten, dass ich ihn wieder aufnehme und meinen Brief an Louise schreibe. Die zwanzigste Version. Oder waren es mehr?

Ich werfe einen Blick auf den Drahtmülleimer neben der Tür und versuche, die Papierbälle darin zu zählen.

»Definitiv zu viele«, murmele ich, schnappe mir aber doch Block und Stift. Nach der Konfrontation mit Louise werde ich sowieso nicht schlafen können. Mir geht ihre Wut und ihre Enttäuschung einfach nicht mehr aus dem Kopf. Ich weiß, sie hat allen Grund dazu, aber es schmerzt, dass sie das über mich denken könnte.

Was hast du denn erwartet?, frage ich mich in Gedanken.

Du hast nur ein paar Stunden mit ihr verbracht. Wie kann sie da wissen, dass du sie niemals so betrügen würdest?

»Aber warum zur Hölle ist das so schwer?«, knurre ich und raufe mir die Haare.

Obwohl ich keinen Plan habe, wo ich mit den Erklärungen anfangen soll, setze ich den Stift aufs Papier. Ich komme ein paar Worte weit, als ich Hank auf unser Haus zukommen höre. Seit dem Waldbrand humpelt er, weswegen seine Schritte gut von den anderen zu unterscheiden sind.

Er steigt die knarzenden Stufen zu unserer Veranda hinauf und klopft dann an die Tür. Alexia öffnet ihm und schickt ihn sofort zu mir hoch.

»Hey, da ist ja unser verlorener Alpha«, sagt Hank, als er durch die offenstehende Zimmertür hereinkommt. »Hab' fast vergessen, wie du aussiehst, so selten wie wir dich hier in den letzten Tagen gesehen haben.«

Es sollte ein Scherz sein. Hanks Augen leuchten schelmisch und doch treffen mich seine Worte hart. Vielleicht sollte ich nur noch halbtags bei den Vampiren aushelfen, um in der Siedlung präsenter zu sein.

»Du wolltest über den Schichtplan sprechen?«, frage ich und deute auf den Schreibtischstuhl gegenüber des Betts.

Mit einem Ächzen lässt Hank sich darauf nieder und reibt sich sein verletztes Bein. Aus der Brusttasche seines Hemds zieht er einen gefalteten Zettel heraus.

»Scheint so, als müssten wir Phils Schichten die nächsten zwei bis drei Wochen anders besetzen. Mindestens ...«, sagt er und ich nicke.

»Hast du schon was von ihm und Lucy gehört?«, frage ich, weil die Sorge trotz Alexias beschwichtigenden Worten an mir nagt. Warum auch nicht, wenn das Leben von vier Rudelmitgliedern in Gefahr schweben könnte?

Hank schüttelt den Kopf. »Noch nicht. Ich denke, sie ruhen sich erstmal aus und sprechen mit den Ärzten.«

»Vielleicht sollte ich Ian anrufen«, murmele ich und denke an Earls besten Freund aus dem Studium. Er ist zwar in einer anderen Abteilung angestellt, aber er würde sicher sofort bei Lucy vorbeischauen, wenn ich ihn darum bitte.

»Das kannst du auch noch, wenn wir wissen, was los ist«, entgegnet Hank und wedelt mit dem Plan herum. »Ich wollte erst mit dir reden, bevor ich nach Freiwilligen suche.«

Hank macht Anstalten aufzustehen, doch bin ich schneller und schnappe mir den Schichtplan, um einen Blick darauf zu werfen. Seit Dale und die anderen Ex-Rogues ausgezogen sind, müssen wir wieder häufiger ran.

»Ich kann morgen mal mit Tony und ...«, setzt Hank an, doch hebe ich die Hand.

»Nicht nötig. Ich übernehme das«, sage ich und schnappe mir den Stift, um meinen Namen bei allen von Phils Schichten einzutragen. Vielleicht hilft das etwas gegen mein schlechtes Gewissen.

»Alle vier Schichten? Bist du sicher, Markos?«, fragt Hank überrascht. »Ist das nicht ein bisschen viel?«

»Ach, was. Das geht schon. Ich sitze ja sowieso nur rum«, sage ich mit einem Schulterzucken.

»Na ja, also Rumsitzen würde ich das jetzt nicht nennen«, murmelt Hank und reibt sich das Bein. »Nicht, dass nochmal was da...«

»Verschrei es ja nicht, Hank«, unterbreche ich ihn scharf. Keiner von uns will das durchmachen müssen, was den Greys vor einigen Jahren passiert ist. Und doch besteht immer die Gefahr, dass eines Tages wieder etwas durch diesen Riss aus purer Magie unsere Welt betritt.

»Sorry«, sagt Hank mit schuldbewusster Miene.

»Nein, mir tut's leid«, sage ich seufzend und reibe mir die Schläfen. Am liebsten hätte ich jetzt ein herzhaftes Gähnen ausgestoßen, aber ich will nicht, dass Hank sieht, wie fertig ich im Moment bin. Sonst sucht er hinter meinem Rücken doch nach Freiwilligen für Phils Schicht und ich will nun wirklich nicht noch mehr Arbeit auf meine Rudelmitglieder abwälzen. Sie haben auch so schon viel zu tun.

»Wie läuft's bei den Blutsaugern?«, erkundigt sich Hank nach kurzem Schweigen.

»Es geht langsamer voran, als wir dachten«, sage ich und erzähle ihm von all den unschönen Entdeckungen, die wir in den letzten Tagen gemacht haben.

»Du siehst echt geschafft aus, Boss«, sagt er, als ich das Gähnen nicht mehr zurückhalten kann. »Es gibt doch so viele von denen. Da können die dich auch mal ein oder zwei Tage entbehren, oder nicht?«

»Aber ich habe es ihnen versprochen«, beharre ich.

»Du und dein verdammter Starrsinn«, knurrt Hank und schüttelt den Kopf. »Da kommt man einfach nicht gegen an.«

Mit einem Stöhnen erhebt er sich und steuert auf die Tür zu.

»Vielleicht solltest du damit mal zum Arzt gehen, oder zumindest zu Earl, wenn dir dein Bein Probleme macht«, sage ich und deute mit dem Daumen in Richtung Gasthaus.

Hank macht eine wegwerfende Geste. »Wird schon wieder. So ist das immer, bevor die Sommerhitze kommt.«

»Wer ist jetzt starrsinniger von uns beiden?«, frage ich, was Hank ein Lachen entlockt, ehe er die Treppen hinuntersteigt.

»Die gehört auch endlich mal repariert«, höre ich ihn leise grummeln, als er an der losen Treppenstufe hängen bleibt.

Ich schließe die Augen und atme tief durch, weil mich diese verdammte Stufe allmählich in den Wahnsinn treibt.

Fast so schlimm wie die Sache mit Louise …

Eine ganze Weile sitze ich grübelnd auf meinem Bett. Hanks Worte gehen mir dabei nicht mehr aus dem Kopf. Vielleicht sollte ich wirklich ein paar Tage Pause von den Renovierungen machen und mich stattdessen um das Rudel kümmern.

Seufzend ziehe ich den Block wieder zu mir heran. Noch hat er einige Blätter, die ich mit meinen verzweifelten Versuchen füllen kann, Louise meine Lüge und Beweggründe zu erklären. Zwei Stunden später reiße ich auch das letzte Blatt herunter und donnere es in den Mülleimer. Darin hat sich mittlerweile bis zum Rand eine ganze Armee Papierkugeln angesammelt.

»So ein Mist«, murmele ich und lasse mich nach hinten auf mein Bett fallen. Ich überlege noch, wo ich einen neuen Block herbekommen kann, da fallen mir vor Erschöpfung die Augen zu.

KAPITEL 9
MÄDELSABEND

LOUISE

»Kommt Kitty nicht?«, fragt Rose Selena, als wir uns in Gianas und meinem Zimmer zusammengefunden haben.

»Sie und Earl übernachten in Arcania. Es gab wohl viel zu besprechen«, erzählt Galina, die wie Selena auch mit einem der Grey-Brüder zusammen ist. »Wir haben also das Haus mehr oder weniger für uns.«

»Mehr oder weniger? Sind hier denn noch mehr Geister, oder was?«, frage ich und blicke kurz zu Rose hinüber.

»Dorian ist noch da«, sagt Galina und lächelt verträumt. »Aber er wird uns nicht stören. Dafür habe ich gesorgt.«

»Erpressung?«, fragt Selena mit einem wissenden Blick.

»Wirkt wahre Wunder bei ihm«, entgegnet Galina lachend. Rose schnaubt belustigt. »Muss ich mir merken.«

»Außerdem hat er später noch Wachdienst am Rift und kommt erst wieder morgens zurück«, fügt sie mit einem leisen Seufzen hinzu. Sie scheint ihn schon jetzt zu vermissen.

Ich weiß nicht wieso, aber plötzlich wird mir ganz komisch. Die drei so liebevoll über ihre Familie sprechen zu hören … Das hat mir immer gefehlt. Gran hat zwar ihr Bestes gegeben, aber sie war einfach zu grantig und verbittert, weil die Männer in ihrem Leben sie haben sitzen lassen.

In diesem Sinne sind wir uns wohl ähnlich, Gran, denke ich und lasse mich auf mein Bett sinken.

»Alles okay?«, fragt Selena.

»Passt schon«, sage ich und winke ab. »Lasst uns das lieber hinter uns bringen.«

»Begeisterung klingt anders«, merkt Rose an.

»Sorry«, sage ich und atme tief durch, um mich auf das Hier und Jetzt zu besinnen.

Wenn das mal so einfach wäre, denke ich und schlucke. Das ist nicht der erste Mädelsabend mit Gesichtsmasken und Gurkenscheiben, den ich miterlebe. Bei unseren Movie Nights hat Giana auch jedes Mal ein neues Beauty-Rezept ausprobiert und ich war ihr erstes Opfer. Damals haben wir gelacht, uns unterhalten und gegenseitig aufgebaut.

Aber jetzt …

Giana lächelt zwar wieder, strahlt förmlich, während Selena ihr ihre Kreationen zeigt, aber doch kommt kein Wort über ihre Lippen. Und das, obwohl ich meine beste Freundin gerade so dringend brauche wie noch nie zuvor.

Hast du dir selbst eingebrockt, keift eine fiese Stimme in mir und sie hat recht. Ohne mich würde Giana noch immer vor positiver Energie nur so strotzen.

»Nicht so viel denken, ja?«, sagt Selena plötzlich und reicht mir ein Glas mit einem bunten Drink. »Ich bin zwar nicht so gut wie Kitty, aber das sollte helfen, die nervigen Gedanken da drin ein bisschen zu dämpfen.«

Lächelnd tippt sie mir gegen die Stirn und mustert mich mit einem so intensiven Blick, dass ich gar nicht anders kann, als einen Schluck zu trinken.

»Ugh, das ist ja Alkohol!«, rufe ich überrascht, als ich unter dem süßen Erdbeersirup eine bittere Note aufschnappe.

»Natürlich«, sagt Selena lachend und prostet mir mit ihrem Drink zu. »Heute lassen wir es uns gutgehen, Mädels!«

»Hört, hört!«, ruft Rose und schaltet einen alten CD-Player an, den Selena in Vorbereitung auf unseren Mädelsabend in unser Zimmer gebracht haben muss.

»*Girls just wanna have fun*«, sage ich grinsend, als ich den Song erkenne und drehe mich zu Giana um. Das war eines ihrer Lieblingslieder und durfte bei unseren gemeinsamen Abenden nicht fehlen.

»Na, dann mal los, Mädels!«, sagt Selena und springt auf.

In der nächsten Stunde tragen sie und Giana mir diverse Gesichtsmasken auf, stellen meine Füße in warme Bäder, die nach Kiefer oder Rosen riechen, und am Ende lackieren wir uns gegenseitig die Nägel.

Giana blüht dabei immer mehr auf und lacht ein paarmal sogar laut, bleibt ansonsten aber weiterhin still.

Das ist immer noch besser als die letzten zwei Jahre, sage ich mir und spüre, wie die Hoffnung in mir wächst. War sie gestern noch ein kleiner Keim, so ist sie heute zu einer zarten Pflanze gewachsen. Nicht nur wegen Gianas Lächeln, sondern auch wegen all der Dinge, die Rose und Selena mir über die Magie des Gasthauses erzählt haben.

Agent van Zicht wollte ich damals im Krankenhaus nicht glauben. Da klangen ihre Geschichten vom Halfway House wie Märchen. Viel zu gut, um wahr zu sein.

Aber um Gianas Willen hoffe ich, dass sie alle recht haben. Dass sie hier wirklich ihr Happy End findet.

»Ah, du solltest die bald abwischen«, sagt Selena, nachdem sie meinen letzten Nagel in einem tiefen Rot angestrichen hat.

»Fühlt sich schon ganz trocken an«, sage ich lachend und berühre mein Gesicht, auf das Giana mir vorhin eine Masse aus Joghurt, Hafer und was weiß ich noch für Zeug geschmiert hat. Dem Geruch nach ist auch Honig dabei. Das würde zumindest erklären, warum meine Finger jetzt so kleben.

»Ich geh mal schnell«, sage ich und nicke in Richtung Bad. Dort liegen stapelweise weiche Waschlappen und Handtücher bereit, sodass ich die Maske ganz einfach mit warmem Wasser abwischen kann. Gerade, als ich mir das Gesicht trocken tupfe, fällt mein Blick auf mein Spiegelbild.

»Du hast echt schon mal besser ausgesehen, Lou«, sage ich und lege das Handtuch weg. Auch wenn ich die Frau im Spiegel kaum wiedererkenne, zwinge ich mich dazu, sie anzusehen. Mich irgendwie mit meinem neuen Aussehen abzufinden. Ich kann ja schließlich nicht mit dem Finger schnippen und so zu meinem alten Ich zurückkehren.

»Wäre mir aber trotzdem lieber, als das ...«, murmele ich und zupfe an meinem kaputten Haar herum. In den letzten zwei Jahren ist es ein ganzes Stück gewachsen und geht mir mittlerweile fast bis zum Bauchnabel. Viel zu lang für meinen Geschmack, mal abgesehen davon, dass es vor Spliss nur so strotzt und an den Enden zottelig und verknotet ist.

Ich krame in den Schubladen des Waschtischs auf der Suche nach meiner Haarbürste, entdecke stattdessen aber in einem der Fächer eine kleine Schere.

»Das ist es!«, sage ich und schnappe sie mir.

»Hast du alles abbekommen?«, ruft Selena mir zu, als ich aus dem Bad komme.

»Kann mir jemand die verdammten Haare abschneiden?«, frage ich und halte die Schere hoch.

»Die Haare?« Selena und Rose starren mich verwundert an. Gia stößt ein Quieken aus und schüttelt energisch den Kopf.

»Keine Widerrede, Gia«, sage ich und stelle mich vor den Kleiderschrank, an dem ein Spiegel angebracht ist. »Wenn mir niemand hilft, mache ich es selbst, aber sie ... Sie müssen ab.«

»Ganz und gar?«, fragt Selena schockiert, kommt aber zu mir, um sich meine Haare anzusehen.

»Nein, bis zum Kinn«, sage ich und zeige an einer zotteligen Strähne, was ich meine.

»Und du bist dir sicher?«

»Definitiv«, sage ich. Mein Herz schlägt vor Aufregung und Vorfreude ein kleines bisschen schneller. Wer weiß, vielleicht kann ich so auch einen Teil all der Gefühle loswerden, die sich bei mir angestaut haben. Meine Hilflosigkeit und Schwäche, die ich unter El Rojos Fuchtel verspürt habe.

»Hm, es heißt ja, dass sich Trauma in Haaren ansammeln kann«, sagt Selena und nimmt mir die Schere ab. »Also gut.«

»Ich hole euch einen Kamm und Haarspangen«, sagt Galina und verschwindet auf den Gang.

»Hier, breitet das aus, dann müssen wir hinterher nicht so viel putzen«, rät uns Rose und reicht mir ein großes Handtuch.

»Danke«, presse ich hervor und kämpfe mit den Tränen. Es tut gut, dass alle sofort auf meiner Seite sind und mir diese Entscheidung nicht ausreden wollen oder mir falsche Komplimente machen, um mich aufzuheitern.

»Aber natürlich«, sagt Selena und schließt mich kurz in ihre Arme. Wieder spüre ich diese angenehme Wärme von ihren Fingern ausgehen, als sie mir beruhigend über den Rücken streicht. »Wir tun alles, damit es euch wieder besser geht.«

Ich schniefe und schiebe Selena dann von mir weg, um die verräterischen Tränen wegwischen zu können. Auch sie sind ein Zeichen von Schwäche wie auch meine kaputten Haare.

Und ich habe es wirklich satt, mich ängstlich und hilflos zu fühlen. Entschlossen nicke ich meinem Spiegelbild zu.

»So, ich denke, das sollte reichen, oder?«, fragt Galina, als sie mit ihren Spangen, Kämmen und Bürsten zurückkehrt.

»Bestimmt ...«, sagt Selena zögerlich und beißt sich auf die Lippe. »Aber ich habe bisher immer nur meine eigenen Haare geschnitten.«

»Egal«, sage ich und breite das Handtuch auf dem Boden vor dem Spiegel aus. »Hauptsache, sie kommen ab.«

»Aber sag hinterher nicht, ich hätte dich nicht gewarnt«, erwidert Selena lächelnd und schnappt sich dann eine Bürste.

Als sie nach der Schere greifen will, kommt ihr Giana jedoch zuvor. Mit einem energischen Kopfschütteln drückt sie sich die Schere an die Brust und weicht vor uns zurück.

»Was denn? Siehst du denn nicht, wie kaputt die sind, Gia? Sie müssen ab«, sage ich und strecke die Hand nach der Schere aus. »Bitte.«

Wieder ein Kopfschütteln und zwei weitere Schritte zurück. Und nicht nur das, sie schaut mich regelrecht vorwurfsvoll an. Als wäre es ein Verbrechen, die Haare abzuschneiden.

»Sie wachsen doch wieder nach«, versuche ich, sie zu besänftigen, bekomme dafür aber nur ein Augenrollen und ein weiteres Kopfschütteln.

»Ich weiß nicht, was du meinst«, sage ich, auch wenn ich eine Ahnung habe, warum sie uns die Schere abgenommen hat.

Dieser Blick ... So hat Giana mich immer angesehen, wenn ich ihr nicht von den Blind Dates erzählen wollte, auf die sie mich geschickt hat.

Und mein letztes Date ... Das war mit Markos und darüber gesprochen haben wir nie. El Rojo und seine Männer sind uns zuvorgekommen. Nachdem sie unser Zuhause verwüstet und uns in seinen Nachtclub verschleppt haben, war selbst Markos' Betrug bedeutungslos.

Bis du ihm hier wieder über den Weg gelaufen bist, denke ich und verschränke die Arme vor der Brust. »Ich will nicht darüber reden, Gia.«

Wütend stampft Giana mit dem Fuß auf den Boden und hebt drohend die Schere.

»Vergiss es«, sage ich und wende ihr den Rücken zu. Erst da fällt mir auf, dass uns die anderen drei neugierig beobachten.

»Dürfen wir an eurer Unterhaltung teilhaben?«, fragt Rose und zieht fragend eine Braue hoch.

»An der Unterhaltung teilhaben?«, fragt Selena grinsend. »Channelst du gerade deinen inneren Earl?«

»Tut das jetzt was zur Sache?«, fragt Rose und legt den Kopf schief. »Ich würde viel lieber wissen, was die zwei da gerade besprechen. Und was Louise uns nicht erzählen will.«

»Könnt ihr euch das nicht denken?«, fragt Selena und legt mir einen Arm um die Schultern. Nicht freundschaftlich, sondern eher drängend, so wie sie mich plötzlich an sich zieht, als wolle sie mich gar nicht mehr loslassen. »Was genau ist denn nun zwischen Markos und dir passiert?«

Giana stößt ein glucksendes Lachen aus, als sie meinen finsteren Gesichtsausdruck bemerkt.

»Ich will aber nicht …«, jammere ich und versuche, mich von Selena loszumachen.

»Ach, komm schon. So schlimm kann es doch nicht gewesen sein«, quengelt sie und piekst mir jetzt auch noch in die Seite. Früher hätten meine kleinen Speckröllchen den Stoß abgefedert, aber die habe ich leider auch einbüßen müssen.

»Louise?« Selena schiebt mich von sich und mustert mich mit ihren großen, blauen Augen. »Wenn ich Giana richtig verstehe, dürfen wir dir erst die Haare schneiden, wenn du uns davon erzählt hast. Stimmt's?«

Giana stellt sich neben uns und nickt energisch. Eine ihrer buschigen Augenbrauen hat sie herausfordernd nach oben gezogen wie früher auch, wenn sie mich dazu nötigen musste, ihr von meinen Desaster Dates zu erzählen.

»Also gut«, grummele ich und ziehe mir einen Stuhl heran. Wann immer ich an Markos denken muss, werden meine Knie leider immer noch weich so wie bei unserer ersten Begegnung im *Howling Wolf* vor zwei Jahren.

»Nein, also das kann ich mir echt nicht vorstellen«, sagt Selena kopfschüttelnd, nachdem ich ihnen von jener Nacht erzählt habe. Davon, wie mich Giana mal wieder mit einem Werwolf verkuppeln wollte und das Date dieses Mal super gelaufen ist. Tja, bis ich am nächsten Morgen allein in meinem Bett aufgewacht bin und erfahren habe, dass der Typ nicht derjenige ist, für den er sich ausgegeben hat.

»Krass, dass du ein Date mit Ryan Brightcliff hattest«, sagt Rose und nickt Giana anerkennend zu. »Du hast wohl sehr gute Connections, was?«

Giana zuckt unbeeindruckt mit den Schultern und spielt an der Schere herum.

»Es war ja nicht der echte Ryan«, murre ich und balle die Hände zu Fäusten. »Dieser Drecksack hat sich einfach als er ausgegeben.«

»Ja, aber das wird Markos doch nicht ohne Grund gemacht haben, oder?«, fragt Galina und blickt sich in der Runde um. »Rose, du kennst ihn am längsten. Würde er sowas tun?«

»Markos? Niemals«, sagt sie im Brustton der Überzeugung. »Der ist so brav und gutmütig ... Nein, das glaube ich nicht.«

»Aber er hat es getan, also wie gut kennst du ihn wirklich?«, entgegne ich wütend und wende mich von den Mädels ab. »Ich sollte ihm wirklich den Schwa...«

Bevor ich meine Drohung erneut aussprechen kann, hat mir Giana die Hand auf den Mund gepresst und schüttelt wieder so energisch den Kopf, dass ihr mittlerweile silbergraues Haar in alle Richtungen weht.

»Dass ausgerechnet du ihn noch verteidigst«, rufe ich und kann es nicht fassen, wie sehr sie mir dieses Mal in den Rücken fällt. »Früher warst du doch auch nicht so, Gia.«

Bei all den anderen gescheiterten Dates war sie immer auf meiner Seite. Stundenlang haben wir uns unterhalten, wobei sie sich oft noch viel kreativere Verwünschungen für die Typen ausgedacht hat als ich.

»Sie scheint ihre Gründe zu haben«, sagt Selena mit einem Seufzen und tätschelt ihr die Schulter.

»Ja, scheint so«, grummele ich und wünschte, sie würde mir davon erzählen.

»Wenn du willst, spreche ich mal mit Cassie«, bietet Rose an, als die plötzliche Stille zu erdrückend wird. »Sie hilft mir mit den Pflanzen zur Wiederaufforstung. Vielleicht weiß sie ja, was los ist.«

»Ich würde es lieber von ihm hören«, flüstere ich und denke an unsere letzte Begegnung. Daran, wie ich auf Markos losgegangen bin. Erst jetzt merke ich, dass ich Markos nicht einmal die Chance gegeben habe, sich zu erklären.

»O Mann«, stöhne ich und verberge das Gesicht in meinen Händen. Plötzlich ist mir das alles total peinlich, weil ich so unreif reagiert habe.

Super gemacht, Louise!

KAPITEL 10
WACHDIENST

MARKOS

»Bist du sicher, dass er in dem Zustand mitkommen kann?«, höre ich eine leise Stimme in der Dunkelheit meines Schlafs.

»Du kennst ihn. Wenn wir ihn jetzt wecken, wird er darauf bestehen«, antwortet eine zweite Stimme.

Tante Alexia, erkenne ich und will doch nicht die Augen aufschlagen. *Noch ein paar Minuten. Lasst mir noch ein paar Minuten, dann kümmere ich mich um eure Probleme.*

»Kann jemand für ihn einspringen?«, fragt die erste Stimme und entlockt mir ein wütendes Knurren. Warum müssen die ausgerechnet in meinem Zimmer reden? Können sie nicht woanders hingehen? In die Küche? Oder am besten noch viel, viel weiter weg?

»Ich kann Sam fragen, oder Hank«, bietet Tante Alexia an, was mich nun doch hellhörig werden lässt.

»Hank hatte heute Morgen schon Dienst«, sagt die erste Stimme und erst jetzt erkenne ich sie. Es ist Dorian Grey.

»Was ist mit Hank und Sam?«, frage ich und rolle mich mit einem Gähnen auf den Rücken. »Wo soll'n sie hin?«

»Schlaf weiter, Markos«, säuselt Tante Alexia und ich sehe ihre verschwommenen Umrisse, wie sie sich über mich beugt und eine Decke über mir ausbreitet.

»Wie spät ist es?«, frage ich und reibe mir die Augen. Nur langsam setze ich mich auf, weil mir der Kopf wehtut, als hätte ich gestern zu viel getrunken.

»Kurz vor Mitternacht«, sagt Dorian und klingt besorgt.

»Und warum ...?«, setze ich an und bin plötzlich hellwach. Panik durchfährt mich wie ein gleißender Blitz am dunklen Nachthimmel. »Ist was passiert?«

»Du gehst immer gleich vom Schlimmsten aus, was?«, fragt Dorian kopfschüttelnd.

»Alexia?« Fragend drehe ich mich zu meiner Tante um.

Sie seufzt, scheint erst mit sich zu kämpfen, ehe sie mit der Sprache rausrückt: »Dein Wachdienst am Rift fängt gleich an.«

»Ich bin hergekommen, um dich abzuholen«, fügt Dorian hinzu und breitet die Arme aus. »Earl schafft es heute ja nicht, also musste ich einspringen.«

»Wachdienst?«, murmele ich und taste benommen über mein Bett, bis ich Hanks Schichtplan zu fassen bekomme. Es dauert einen Moment, bis mir wieder einfällt, welches Datum heute ist, aber die beiden haben recht: Earl und ich sind für die Nachtschicht eingeteilt, die um Mitternacht beginnt und bis acht Uhr morgens andauert.

»Fuck, das hab' ich ja total vergessen«, murmele ich und stemme mich aus dem Bett. Fahrig blicke ich mich in meinem Zimmer nach frischen Klamotten um. »Gebt mir fünf Minuten zum Umziehen, dann können wir los.«

»Markos, willst du dich nicht ...«, setzt Tante Alexia an, doch schüttle ich den Kopf.

»Es ist meine Pflicht«, sage ich ernst. Nach dem Waldbrand war das die Abmachung, die wir zusammen mit den Greys getroffen haben. Sie lassen uns bei sich siedeln, bis wir in unser Territorium zurückkehren können. Und wir helfen ihnen im Gegenzug bei der Sicherung des Rifts in ihrem Garten.

»Ich warte unten auf dich«, sagt Dorian. Anders als meine Tante scheint er längst aufgegeben zu haben, mich umstimmen zu wollen.

Sanft aber bestimmt schiebe ich Alexia hinaus auf den Gang. »Ich beeile mich.«

Fünf Minuten später poltere ich die Treppe in den Wohnraum hinunter. Do sitzt mit einer Thermokanne Kaffee auf einem der Sessel. Eine zweite steht auf dem kleinen Tisch neben der Tür.

»Damit sollten wir gut durchkommen«, sagt der jüngste Grey-Bruder und erhebt sich.

»Irgendwelche Neuigkeiten von Earl und Kitty?«, frage ich ihn auf dem Weg zur Haustür.

»Nö, aber die sind wahrscheinlich total geschafft nach den Besprechungen«, sagt Dorian. »Oder sie haben was ganz was anderes im Kopf.«

Grinsend dreht er sich um und schlägt den Trampelpfad zum Rift ein.

»Und sonst so …?«, frage ich zögerlich, weil ich mich nicht traue, ihn direkt darauf anzusprechen.

»Meinst du etwa unsere beiden neuen Gäste?«, fragt Dorian leise lachend. »Oder einen ganz bestimmten?«

»Vergiss es«, grummele ich, weil Dorians Neugier nicht zu überhören ist. Wenn ich Pech habe, liegt er mir die nächsten acht Stunden mit all seinen Fragen zu Louise in den Ohren. Und darauf habe ich nun wirklich keine Lust.

Als wir am Rift ankommen, sind Tony und seine Schwester Liz schon Abmarschbereit.

»Wurde aber auch Zeit, Boss«, sagt der bullige Werwolf und klopft mir so fest auf die Schulter, dass ich ein leises Knurren ausstoße.

»Euer Alpha hat ein bisschen zu lange Schäfchen gezählt«, sagt Dorian grinsend und hockt sich auf die steinerne Bank direkt vor dem Rift.

»Kann man ihm nicht verdenken, so hart wie er arbeitet«, sagt Liz und klopft mir aufmunternd auf die Schulter. »'Ne Pause würde dir echt guttun, Markos. Du siehst aus, als wärst du in den letzten Tagen um Jahre gealtert.«

»Danke, Liz«, knurre ich und lasse mich neben Dorian auf die Bank fallen. Für eine bessere Antwort fehlt mir gerade einfach die Energie.

»Weißt du, sie hat gar nicht so unrecht«, sagt Dorian, als die beiden in der Nacht verschwunden sind.

»Lass es gut sein«, murre ich und starre demonstrativ auf das Gebilde aus purer Magie vor uns. Selbst jetzt kann ich nicht begreifen, wie dieses Ding existieren kann. Normalerweise ist selbst Magie endlich. Auch die stärksten Hexen haben ihre Grenzen, aber dieser Riss im Gefüge der Welten ist immer noch hier. Und das wahrscheinlich schon viel länger als Dorians Vorfahren.

»Hat das was mit unserem speziellen Gast zu tun? Hast du ein schlechtes Gewissen und schaffst dich deswegen halb zu Tode?«, fragt Do und piekst mich mit jedem Wort in die Seite.

»Earl wäre mir als Wachpartner echt lieber«, murre ich und weiche ans Ende der Bank zurück.

»Pech, jetzt bin eben ich hier«, entgegnet Dorian mit einem frechen Grinsen und rutscht zu mir auf. »Also? Liege ich mit meiner Vermutung richtig? Hast du ihr wirklich das Herz gebrochen?«

Ich antworte nicht, starre stattdessen auf den leuchtenden Riss vor mir. Wenn man Dorian lang genug ignoriert, gibt er irgendwann auf. Nur weiß ich nicht, ob ich heute das nötige Durchhaltevermögen habe, um ihm nicht vorher die Zunge rauszureißen.

Die nächsten Stunden vergehen quälend langsam. Wäre Dorian mit seinen nervigen Fragen und Geplapper nicht, wäre ich vermutlich längst eingeschlafen. Dann wäre mir das Geräusch in unserer Nähe auch nicht aufgefallen. Es sind nicht die Grillen oder Fledermäuse, die nachts kaum Ruhe geben.

»Klappe halten«, zische ich Dorian zu. Mittlerweile ist er dazu übergegangen, sich die wildesten Szenarien auszumalen, woher Louise und ich uns kennen.

»Was denn, ich ...?«, setzt er an, doch presse ich ihm die Hand auf den Mund.

»Da kommt jemand«, zische ich und deute in die Richtung, in der ich Schritte höre. Sie sind leise und bedächtig, als wolle die Person uns nicht aufschrecken.

»Entspann dich, wer soll denn hier ...«, sagt Do, nachdem er es geschafft hat, sich aus meinem Griff zu befreien.

»Ganz ruhig, ich bin es bloß«, schnappen meine Wolfsohren eine vertraute Stimme in einigen hundert Metern auf.

»Tante Alexia?« Überrascht stehe ich von der Bank auf und gehe auf sie zu. »Was machst du denn hier? Du solltest doch schlafen.«

»Das gleiche könnte ich dich fragen«, murrt meine Tante, als sie in den unheimlichen Schimmer des Rifts tritt. An ihrem rechten Arm hängt ein alter Picknickkorb.

»Ich habe euch etwas zur Stärkung mitgebracht«, sagt sie, doch ihr besorgter Blick zeigt mir, dass das nicht der einzige Grund für ihr Auftauchen ist.

»Wie geht's dir? Soll dich jemand ablösen?«, fragt Alexia zögerlich, weil sie meine Antwort sicher kennt.

»Nein.« Demonstrativ hocke ich mich wieder auf die Bank. »Aber einen Kaffee könnte ich gebrauchen.«

Meine Kanne habe ich schon während der ersten Stunde geleert und Do wollte mir natürlich nichts von seiner Ration abgeben.

»Ach, Mist, den habe ich doch glatt daheim vergessen«, flucht Tante Alexia, als sie in dem Korb herumwühlt.

»Wie jetzt?«, fragt Dorian enttäuscht und mustert meine Tante mit zusammengekniffenen Augen. Ihm ist sicher auch aufgefallen, wie einstudiert dieser Satz klang.

»Dorian, würdest du kurz zurückgehen und sie holen?«, bittet meine Tante mit einer Dringlichkeit in der Stimme, die nicht einmal Do überhören kann.

»Ähm? Und was ist mit dem Rift?«, fragt er und deutet auf das riesige Gebilde aus Licht und Magie zu unserer Linken.

»Ich pass' so lange auf«, versichert Tante Alexia und deutet mit dringlichem Blick auf den Weg hinter sich. »Und jetzt ab mit dir!«

»O... Okay«, stammelt Dorian und macht sich auf den Weg.

»Es sind auch noch Cookies auf der Küchentheke«, ruft ihm meine Tante hinterher.

»Echt? Warum hast du das nicht gleich gesagt?«, kommt es freudig von Dorian zurück, dann ist er schon verschwunden.

»Nicht gerade subtil«, sage ich zu Alexia, als sie sich neben mich auf die Steinbank hockt.

»Was Besseres ist mir auf die Schnelle nicht eingefallen«, sagt sie schulterzuckend und wendet sich dann dem Rift zu. »Dieses verdammte Ding ...«

»Aber echt«, stimme ich ihr leise zu und muss wieder ein Gähnen unterdrücken.

»Markos, ich mache mir wirklich Sorgen um dich«, sagt Tante Alexia nach einem tiefen Seufzen und greift nach meiner

Hand. »Seit ein paar Tagen bist du nicht mehr du selbst. Was ist denn los, hm?«

Ich schlucke und wende mich von ihr ab. Dass ich so durcheinander und abgelenkt bin, hat einen einzigen Grund.

Louise ...

Schnell schüttele ich den Kopf, denn daran darf ich nicht denken. Nicht, solange ich ihr nicht erklärt habe, warum ich sie anlügen musste.

»Was es auch ist, du kannst mit mir darüber reden«, sagt Alexia und drückt meine Hand. »Und wenn nicht ... Dann leg wenigstens einen Tag Pause ein. Ich kann einfach nicht mehr dabei zusehen, wie du dich so fertig machst.«

»Tante Alex...«

»Lass das, Junge«, knurrt meine Tante und stößt mich grob in die Seite. »Tu nicht so, als wäre alles in bester Ordnung. Ich bin längst nicht die Einzige, die mitbekommen hat, dass mit dir was nicht stimmt.

»Cassie«, grummele ich und verwünsche meine Nervensäge von einer Schwester. »Sie sollte ihre Schnauze nicht in Angelegenheiten stecken, die sie nicht versteht.«

»Es ist nicht nur sie«, entgegnet Tante Alexia mit scharfer Stimme. »Auch Hank, Tony, eigentlich das ganze Rudel.«

Ich seufze, sage aber nichts. Mir fällt einfach keine gute Erwiderung ein, erst recht keine Ausrede, um mein Verhalten zu erklären. Keine, die Alexias Bedenken im Keim ersticken.

»Ist sie immer noch weg?«, frage ich stattdessen.

»Cassies Schicht geht bis drei. Sie sollte also in ein oder zwei Stunden zurück sein«, sagt Alexia, die natürlich weiß, wen ich meine. »Kommt drauf an, wie viel sie danach noch aufräumen muss eben.«

»Verdammtes *Howling Wolf*«, knurre ich und bin versucht, einen der bunten Kieselsteine in den Rift zu werfen.

»Markos«, sagt Tante Alexia warnend und packt jetzt meine beiden Hände. »Cassie ist erwachsen. Du hast doch gewusst, dass sie früher oder später eigene Entscheidungen treffen würde.«

»Ja, aber doch nicht *so* früh!«, protestiere ich und versuche, mich ihrem Griff zu entziehen. Alexia ist jedoch stärker, als sie aussieht.

»Wir dürfen mit Cassie nicht den gleichen Fehler machen.« Diesmal ist Alexias Stimme leiser, dafür aber umso dringlicher. »Nicht, dass sich die Geschichte wiederholt.«

»Cassie ist nicht wie Alec«, knurre ich und reiße mich von ihr los.

»Nein, ist sie nicht, aber sie ist alles, was du noch hast«, entgegnet Alexia mit scharfer Stimme und folgt mir bis an den Rand des Rifts. Drei Schritte nach vorn und mich würde der magische Sog erfassen und mit sich reißen.

»Ich habe dich noch«, entgegne ich. »Und das Rudel.«

»Und genau das ist, meiner Meinung nach, die Wurzel allen Übels«, sagt meine Tante und zieht mich an der Schulter nach hinten. Weg vom Rift, weg von den selbstzerstörerischen Gedanken, die mir bei dessen Anblick manchmal kommen.

Damals, als ich gerade Louise und unser Zuhause verloren hatte, stand ich auch schon einmal hier. Es war der erste Wachdienst zusammen mit Earl. Und das erste Mal habe ich darüber nachgedacht, in dieses magische Leuchten zu springen, ohne zu wissen, was dann mit mir geschehen würde.

Es war Earl, der mich zurückgehalten hat. Der mich erinnert hat, dass sich so viele Leute nun auf mich verlassen.

»Wie können sie die Wurzel allen Übels sein?«, frage ich und drehe mich kopfschüttelnd zu meiner Tante um.

»Dass du es noch immer nicht siehst.« Seufzend streicht sie mir durch die dichten, dunklen Locken, als wäre ich noch ein Kind und nicht der Alpha meines Rudels.

»Du musst mehr Grenzen setzen, Markos, vor allem in Bezug auf das Rudel«, rät sie mir und festigt den Griff um meine Schulter. »Lass sie ruhig einige deiner Aufgaben übernehmen, zum Beispiel Phils Schichten hier.«

»Sie haben genug zu tun, Alexia, und ich kann nicht ...«

»Doch! Du kannst«, entgegnet meine Tante mit so scharfer Stimme, dass ich den Kopf einziehe. »Und du musst. Sonst kippst du bei dem Tempo schneller aus den Latschen als Do mein Cookie-Glas leerfuttern kann.«

»Hm? Was ist mit mir?«, ertönt die Stimme meines Wachpartners auf dem dunklen Trampelpfad zu unserer Siedlung.

Bloody Mary, Bloody Mary, Bloody Mary, denke ich und stoße ein leises, freudloses Lachen aus. *Sel hatte recht.*

»Du musst die Probleme des Rudels nicht immer alleine lösen. Das hat dein Vater auch nicht«, flüstert mir meine Tante zu, als sie mich in eine Umarmung zieht. »Wir sind eine Gemeinschaft. Wir helfen uns gegenseitig, aber du musst es auch zulassen. Verstanden?«

Bevor ich etwas erwidern kann, hat Tante Alexia mich losgelassen und sich auf den Rückweg gemacht. »Ich schicke Sam vorbei, damit sie dich ablöst. Und wehe, du protestierst!«

»Ohoh«, macht Dorian, als er auf den Platz rings um den Rift tritt. »Hat der große böse Wolf etwas angestellt?«

»Dorian!«, kommt es streng von meiner Tante. Sie ist zwar schon ein ganzes Stück gegangen, ich kann sie nicht mehr sehen, aber ihr Gehör ist wie bei allen Wölfen exzellent.

»Sorry! War nicht so gemeint!«, ruft Dorian und wirft mir einen finsteren Blick zu. Er wird jedoch weicher, als Dorian die Fülle an Emotionen über mein Gesicht huschen sieht. »Ist was passiert?«

Statt ihm zu antworten, lasse ich mich wieder auf die Bank nieder und schließe die Augen.

Kurze Zeit darauf sind wieder Schritte zu hören, eiliger und flinker als die meiner Tante.

»Was machst du'n hier?«, fragt Dorian, als Samantha, ein Mitglied meines Rudels, auf dem Trampelpfad auftaucht.

»Den Sturkopf ablösen«, sagt Sam und gibt mir einen Klaps auf den Hinterkopf, als sie uns erreicht.

»Hey! Man schlägt seinen Alpha nicht«, rufe ich und weiche vor ihr zurück. Nicht, dass sie es nochmal versucht. Sam ist das durchaus zuzutrauen.

»Doch tut man, vor allem wenn er sich so anstellt wie du im Moment«, entgegnet Sam und schiebt mich beiseite, um sich selbst auf die Bank zu setzen. »Und jetzt verschwinde.«

»Nein«, knurre ich, auch wenn ich weiß, dass ich mit meiner Beharrlichkeit niemandem einen Gefallen tue. So ungern ich es auch zugebe: Sollte wieder ein Monster durchkommen und uns angreifen, wäre ich wirklich keine große Hilfe.

Sam stößt ein frustriertes Seufzen aus, als ihr klar wird, dass ich nicht so einfach gehen werde. »Was ist nur mit dir los?«

»Nichts«, murre ich, aber wir wissen, dass das gelogen ist.

»Sieht man ja«, sagt Sam und beugt sich dann vor, um mich ansehen zu können. »Das hat nicht zufällig was mit dieser Werwölfin zu tun, die Grace angeschleppt hat?«

»Sie hat sie nicht angeschleppt«, knurre ich und spüre, wie sich der Wolf in mir regt. Er ist so müde und erschöpft wie ich, aber wenn jemand so abfällig über unsere Louise spricht …

Ich räuspere mich und werfe einen schnellen Blick auf Do. Seit er zurück ist, hat er mich mit seinen Fragen in Ruhe gelassen. Er starrt wie hypnotisiert in den Rift und scheint weder mich noch Sam wahrzunehmen.

»Woher weißt du überhaupt davon?«, frage ich, als ich mich wieder zu Sam umdrehe.

»Cassie.«

Genervt rolle ich mit den Augen. »Woher sonst.«

»Sie meinte, es hätte was mit Ryan zu tun?«, fragt Sam und zieht eine ihrer dunklen Augenbrauen nach oben. »Was hat der Arsch jetzt schon wieder angestellt?«

»Nicht jetzt«, murmele ich und reibe über meine Augen.

»Wann dann?«

»Warum müsst ihr Wölfinnen immer so neugierig sein?«, brumme ich und wende ihr den Rücken zu.

Dorian starrt noch immer in den Rift. Ob er eine Vision hat?

»Wenn sich unser Alpha komisch benimmt, brodelt die Gerüchteküche immer. Und zwar nicht nur bei uns Mädels«, sagt Sam genervt. Sie packt mich fest an beiden Schultern und dreht mich zu sich um, sodass ich gar nicht anders kann, als sie anzusehen. »Also, was hat der Scheißer angestellt?«

Ich schlucke und will meinen Rest Selbstbeherrschung zusammenkratzen, versuche, das Drängen, jemandem davon zu erzählen, zu ignorieren. Aber ich kann nicht. Dafür bin ich zu müde und zu verzweifelt.

Leise, damit Dorian es nicht mitbekommt, erzähle ich Sam von der Nacht vor zwei Jahren.

»Ich wollte Louise nicht das Herz brechen, wirklich nicht«, versichere ich nicht zum ersten Mal, seit ich mit dem Reden begonnen habe. »Aber ich hatte keine Gelegenheit mehr, ihr zu erklären, warum ich sie angelogen habe.«

»Weil du Louise genau davor bewahren wolltest: vor einem gebrochenen Herzen«, murmelt Sam und stößt langsam die Luft aus.

»Ich wusste ja, was der Scheißkerl mit dir abgezogen hat, aber …«, stammele ich.

»Wegen der Sache mit El Rojo konntest du es ihr nicht mehr erklären«, schlussfolgert Sam.

Ich nicke, habe jedoch nicht länger die Kraft, weiterzusprechen, weil meine Schuldgefühle, Verzweiflung und Wut mich aufzufressen drohen. Bloß gut, dass ich so müde bin, sonst wäre der Wolf längst mit mir durchgegangen.

»Und jetzt sieht es so aus, als hättest du sie nur benutzt, was?«, fährt Sam fort und pfeift leise. »Mann, du hast echt nur Unglück gehabt in den letzten Jahren.«

»Hatten wir das nicht alle?«, frage ich und muss daran denken, was wir verloren haben.

»Manche mehr als andere«, entgegnet Sam und wirft mir einen bedeutungsvollen Blick zu.

KAPITEL 11
WENN MAN EINE LÜGE LANGE GENUG GENUG WIEDERHOLT …

LOUISE

»Guten Morgen«, sage ich unsicher, als ich die Küche im Keller des Gasthauses betrete. Es ist der einzige Raum im Halfway House, in dem schon jemand zugange ist.

»Du bist aber bald auf«, begrüßt mich Selenas freundliche Stimme. Sie taucht schnaufend hinter der Kücheninsel auf, schwere Pfannen und Töpfe in den Händen. »Ich wollte gerade anfangen, Frühstück zu richten. Kann aber noch kurz dauern.«

»Schon okay, ist ja noch früh«, sage ich und eile zu ihr herüber, um ihr die Töpfe abzunehmen. In meiner Vorstellung sehe ich Selena schon unter ihnen begraben, doch scheint die zierliche Frau auch ohne meine Hilfe klarzukommen.

»Die sind für die Wölfe«, sagt sie und stellt die Kochtöpfe an einer Ecke der Pfanneninsel zusammen. »Sie wollen später Marmelade einkochen und brauchen wohl alle Töpfe, die sie finden können.«

»So viel?«, frage ich verwundert.

»Wenn es um Essen geht, gibt's bei Werwölfen keine halben Sachen«, sagt sie lachend, wirft mir dann aber einen verwunderten Blick zu. »Das müsstest du doch wissen, oder?«

Weil ich nicht antworten will, drehe ich mich zum Esstisch um und schnappe mir eines der Wassergläser darauf. Es ärgert mich, dass meine Hand so sehr zittert, als ich mir einschenke. Sollte Selena es bemerken, sagt sie nichts dazu.

»Wie geht's Giana?«, fragt Selena, nachdem sie die Pfannen auf den Herd gestellt hat und kommt zu mir an den Esstisch.

Ich fahre einige der tiefen Kratzer in der Holzplatte nach und zucke mit den Schultern. »Sie schläft noch.«

»Das ist gut. Dann kann sie sich erholen.«

»Ja, hoffentlich«, murmele ich und muss an den gestrigen Abend mit den Mädels denken. So laut habe ich Giana seit unserer Entführung nicht mehr lachen hören. Aber sie hat noch immer kein Wort gesprochen.

»Das wird, Louise, ganz sicher«, sagt Selena und streicht mir beruhigend über den Rücken. »Weiß sie, dass du hier bist? Nicht, dass sie dich sucht und Angst bekommt?«

Ich nicke. »Daran hab' ich auch schon gedacht und ihr einen Zettel geschrieben.«

»Sehr gut«, sagt Selena und mustert mich besorgt. »Und wie geht es dir? Zufrieden mit deinem neuen Haarschnitt?«

Ich seufze und streiche über meine kinnlangen Haare, sage aber nichts. Nach dem schönen Abend gestern war ich ziemlich fertig, aber schlafen konnte ich nicht. Aus irgendeinem Grund hat sich Markos immer wieder in meine Träume geschlichen und zwar so, wie ich ihm gestern begegnet bin.

Splitterfasernackt.

Selbst jetzt lässt mich diese Erinnerung erschaudern und bringt mein Herz zum Rasen. Mein Körper, dieser Verräter, hat wohl vergessen, dass wir wütend auf diesen Kerl sein sollten.

Verdammt, Louise, reiß dich zusammen!, mahne ich mich und zucke zusammen, als Selena in lautes Gelächter ausbricht.

»Scheint so, als hättest du eine unruhige Nacht gehabt.« Mit wissendem Blick zwinkert sie mir zu. »Da wird es höchste Zeit für eine Stärkung.«

Wie der Blitz springt Selena auf und macht sich an ihr Werk. Das Klappern von Besteck und das Zischen von Rührei und Speck in der Pfanne hören sich so vertraut an. Es erinnert mich an meine Gran, die vor einigen Jahren gestorben ist. Die Frau, die mich aufgezogen hat, nachdem meine Mutter abgehauen und mein Dad sich wer weiß wo herumgetrieben hat.

Ach, Gran, jetzt verstehe ich auch, warum du immer so grantig warst, denke ich und seufze tief.

Meine Großmutter wusste schon damals, dass die ganzen Postkarten, die mein Vater mir aus New York geschickt hat, nur Lügen enthielten. Sie wusste, dass er nicht wirklich dort war, um Geld für die Familie zu verdienen. Und trotzdem hat sie nie auch nur ein Wort zu mir gesagt. Sie hat mir den Traum von einem hart arbeitenden Dad gelassen, der all das nur tut, weil er mich liebt.

Hättest du mal eher was gesagt, denke ich verdrossen und reibe mir die Schläfen. Dann hätte ich mich vielleicht absichern können. Dann wären Giana und ich nicht bei El Rojo gelandet.

Aber es ist nicht Grans Schuld, flüstert eine leise Stimme in mir und ich nicke. Meine Großmutter muss sehr viel für mich geopfert haben, um diese heile Fassade all die Jahre aufrecht zu halten. Da kann ich ihr einfach nicht böse sein.

»Du bist aber auch nicht schuld«, sagt Selena, die plötzlich ganz dicht hinter mir steht.

»Was?«, frage ich erschrocken und rücke auf meinem Stuhl so weit von ihr ab, dass sich die Tischkante in meinen Bauch drückt. Es ist wirklich unheimlich, wie gut Selena meine Gefühle und Gedanken zu verstehen scheint.

»Ich weiß, du gibst dir die Schuld an allem«, sagt Selena und stellt einen Teller voll Rührei, frischem Toast und ein Gläschen Erdbeermarmelade vor mir ab. »Das habe ich schon gerochen, als ich euch und Grace am Tor abgeholt habe.«

»Du weißt nicht, wovon du sprichst«, sage ich und wende mich von ihr ab.

Ich will jetzt wirklich nicht darüber reden. Es tut einfach noch zu sehr weh. Diese Schuldgefühle sitzen zu tief, und egal was mir die anderen sagen, egal wie sehr Agent van Zicht oder auch Selena darauf beharren, dass ich nichts dafür kann: Sie werden bleiben. Für immer.

»O doch, das weiß ich«, erwidert Selena seufzend und hockt sich auf den Stuhl neben mich. »Besser als die meisten.«

»Klar«, murre ich und überlege, wie ich hier so schnell wie möglich wegkomme. Ich dachte, es wäre eine gute Idee, endlich aus dem Zimmer herauszukommen, aber an allen Ecken und Enden des Gasthauses werde ich mit Dingen konfrontiert, die ich am liebsten vergessen hätte.

»Ich habe jemanden umgebracht«, sagt Selena plötzlich mit leiser, ernster Stimme.

»Was?«, frage ich und glaube im ersten Moment, mir dieses Geständnis gerade eingebildet zu haben.

»Ich habe einen Mann getötet«, wiederholt Selena diesmal etwas lauter und klammert sich so sehr am Tisch fest, dass ihre Fingerknöchel weiß hervortreten. »Aber ich wollte es nicht. Ich wusste nicht einmal, dass ich dazu in der Lage bin, aber ... Es ist passiert.«

Hunderte Fragen rauschen mir durch den Kopf und lassen mich auf meinem Stuhl zusammensacken. Die Selena, die mir nun gegenübersitzt, ist eine vollkommen andere als die, die ich in den letzten Tagen kennengelernt habe. Da ist kein freudiges Strahlen in ihren dunkelblauen Augen. Kein Lächeln ziert ihre vollen Lippen.

»Das habe ich jetzt nicht erwartet.«

»Ich auch nicht«, sagt sie mit einem freudlosen Schnauben und steht auf. Ich beobachte sie dabei, wie sie zur Küchentheke zurückkehrt und eine Kanne Kaffee aus der Maschine holt.

»Du kannst ruhig fragen«, sagt sie.

»Ich ähm ... Ich weiß nicht ...«, stammele ich und versuche noch, mit diesem Geständnis klarzukommen.

»Ich rede nicht gerne darüber. Bis auf Earl und Ash habe ich niemandem erzählt, was genau passiert ist«, sagt sie und stellt eine Tasse Kaffee vor mir ab. »Aber ich wollte, dass du es weißt. Und dass du siehst, dass man sowas überwinden kann, auch wenn es sich wie ein aussichtsloses Unterfangen anfühlt.«

Ich nicke, weiß noch immer nicht, was ich dazu sagen soll.

»Für mich war es wie ein schwarzes Loch, in das ich gestürzt bin. Erst hab' ich gar nicht kapiert, was zur Hölle eigentlich passiert ist«, erzählt sie, nachdem sie einen großen Schluck aus ihrer Tasse getrunken hat. »Ich hatte keine Ahnung von der Nachtwelt oder dass ich dazugehöre.«

Selena schweigt. Mit undurchdringlicher Miene starrt sie auf ihren Kaffee. Ihre Geschichte ist meiner eigenen so ähnlich, ähnlicher als sie denkt, dass ihre Worte alte Erinnerungen in mir hervorbringt. Erinnerungen, die ich am liebsten vergessen hätte. Von denen ich wünschte, sie wären nie geschehen.

Wie ich im Morgengrauen kurz nach meinem siebzehnten Geburtstag im Wald aufwache, nackt, allein. Blutbeschmiert.

Mein Herzschlag beschleunigt sich wie damals, als ich nicht wusste, was mit mir geschehen ist. Mein ganzer Körper hat wehgetan, als ich mich verängstigt, ja fast schon panisch nach Hause geschleppt habe.

Gran war in der Küche, hat mich zum Glück nicht bemerkt, als ich hereingekommen bin. Das Radio lief wie immer viel zu laut. Ein alter Countrysong wurde von einer Eilmeldung unterbrochen, als ich mich die Treppe hinaufgeschlichen habe.

Drei Wanderer wurden am Morgen tot aufgefunden, hallt die ernste Stimme der Nachrichtensprecherin durch meinen Kopf. Ihre Worte haben sich für immer in mein Gedächtnis eingebrannt.

Sie waren auf dem Appalachian Trail in der Nähe von Roanoke, Virginia, unterwegs und wollten eine Nacht bei Halston Creek verbringen. Zwei Ranger haben in den frühen Morgenstunden ihr Lager entdeckt, jedoch nur noch wenige Überreste der Wanderer. Die Todesursache ist noch unklar, es wird vermutet, dass ein wildes Tier sie getötet hat.

»Louise? Hey, ist alles okay?«, fragt Selena und reißt mich aus dieser furchtbaren Erinnerung.

Selena hat einen Mann getötet. Bei mir waren es drei, denn der Trail bei Halston Creek liegt ganz in der Nähe von Grans Haus. Und das Waldstück, in dem ich aufgewacht bin ... All das Blut ... Das kann nur ich gewesen sein. Die Wölfin in mir, die in jener Nacht das erste und einzige Mal die Kontrolle über meinen Körper übernommen hat.

Ich schließe die Augen und presse meine Handballen dagegen, als könnte ich so die verschwommene Erinnerung an die schlimmste Nacht meines Lebens auslöschen. An viel kann ich mich nicht erinnern, als ich als Wölfin in den Wäldern der Appalachen unterwegs war. Viele Sträucher und Bäume, aber auch Blut auf meiner Zunge. Warmes Fleisch in meinem Maul. Ein markerschütterndes Brüllen.

Es müssen die Wanderer gewesen sein, denke ich und kann nicht verhindern, dass mir die Tränen kommen.

Die Wölfin in mir wird unruhig. Wann immer ich mich schwach fühle, wird sie stärker. Bei El Rojo haben magische

Fesseln sie zurückgehalten, davor hat meine Willenskraft sie gezähmt. *Aber jetzt ...*

»Lass mich«, presse ich angestrengt hervor und stöhne, als eine heiße Welle des Schmerzes durch mich fährt wie damals, als ich mich zum ersten Mal verwandelt habe. »Bitte.«

»Soll ich jemanden holen? Markos oder ...«

»Nein!«, knurre ich und beginne zu hecheln. Meine Hände verkrampfen sich um die Tischplatte.

Ein paarmal bin ich in den letzten sechs Jahren seit meiner ersten Wandlung an diesen Punkt gekommen. Bisher konnte ich es verhindern und versuche jetzt, mir in Erinnerung zu rufen, wie ich es aufhalten kann.

Tief durchatmen, schießt es mir durch den Kopf und ich gehorche. Geräuschvoll stoße ich die Luft aus und sauge sie langsam wieder ein.

Ich schließe die Augen, denke an Giana, an meine Gran, an alles, was halbwegs gut in meinem Leben war. Dabei wandern meine Gedanken allzu schnell zu Markos. Zu seinem Lächeln. Seiner Hand auf meiner Wange, seine Lippen auf meinen.

Und bevor ich weiß, wie mir geschieht, habe ich mich wieder beruhigt. Das Ziehen und Reißen in meinem Körper ist versiegt, mein Herz schlägt zwar noch immer schnell, aber nicht mehr vor Anstrengung und Panik, sondern weil ich ...

»Dieser verdammte Arsch!«, knurre ich und schlage so fest mit der Faust auf die Tischplatte, dass der Kaffee aus unseren Tassen schwappt.

»Aber echt, so ein verdammter Arsch!«, stimmt Selena mir zu und grinst mich von der Seite an. »Geht's wieder?«

Ich nicke und bin ihr dankbar, dass sie nicht nachfragt, was das eben war, und mich einfach in Ruhe lässt.

»Mir geht's gut«, sage ich nach einer Weile, weil ich ihren Blick auf mir spüre. Ich bin mir aber nicht sicher, ob sie mir glauben wird. Vermutlich nicht, aber wenn man eine Lüge lange genug wiederholt, denkt man irgendwann, dass sie wahr ist. Und das wünsche ich mir im Moment sehnlicher als alles andere. Dass es mir wirklich gut geht, dass ich all das hinter mir lassen kann und nie wieder an die verkackten zwei Jahre meines Lebens denken muss. Oder an das, was damals im Wald geschehen ist.

»Okay, dann iss was, Louise«, sagt Selena und schiebt mir den Teller zu. Mit einem pinken Putzlappen wischt sie unterdessen den kleinen Kaffeesee unter unseren Tassen weg.

Nur zögerlich folge ich ihrer Aufforderung. Normalerweise dauert es Stunden, bis ich wieder Appetit bekomme, wenn ich an damals denken musste. Früher konnte ich tagelang nichts essen deswegen, vor allem Fleisch nicht, sodass ich es irgendwann ganz weggelassen habe.

Ich schaffe die Hälfte des Tellers, bis ich das Gefühl habe, mich gleich übergeben zu müssen. Selena sagt nichts, als ich ihr den halbvollen Teller zurückbringe, sondern schnappt sich den übrigen Toast und beschmiert ihn dick mit Erdbeermarmelade und einem großen Klacks Schlagsahne.

»Probier wenigstens mal, ja?«, bittet sie mich und hält mir ihre Kreation hin. »Ich weiß, dass du Erdbeeren magst.«

Lächelnd nehme ich den Toast entgegen. »Dir entgeht aber auch echt nichts, was?«

»Fast nichts«, sagt Selena lachend, bevor sie mir erneut bedeutet, davon zu kosten.

Meine Übelkeit hat sich ein bisschen gelegt, sodass ich ihr den Gefallen tue. Der Toast sieht nämlich verführerisch gut aus. Und er schmeckt noch besser! So gut, dass ich ihn in weniger als einer Minute verputzt habe und Selena mir gleich noch ein Stückchen reicht.

»Wusste ich's doch«, sagt sie grinsend, während sie mir beim Essen zuguckt und sich offenbar freut, dass ich meinen Appetit wiedergefunden habe.

»Die ist ja echt der Hammer«, sage ich und deute auf das kleine Marmeladengläschen.

»Und leider bald aus«, sagt Selena mit einem wehmütigen Seufzen. »Ich hatte in den letzten Wochen nicht so viel Zeit neue zu machen, aber Alexia und die anderen Wölfe geben mir sicher was von ihrer ab.«

»Kann ich dir irgendwie helfen?«, frage ich und deute auf die Küche, in der sich ein ganzer Berg Lebensmittel auf der Insel stapelt, hauptsächlich Mehl, Zucker, Eier und andere Backzutaten.

»Ich wollte später Erdbeerkuchen für alle backen und auch den Rogues etwas abgeben«, sagt sie. »Sie können eine Aufmunterung vertragen, glaube ich.«

»Den ... den Rogues?«, frage ich und verschlucke mich fast am letzten Bissen von meinem Toast. »Va... Vampire?«

Natürlich kenne ich die Geschichten über diese Monster. Einst waren sie normale Vampire, aber irgendetwas hat sie durchdrehen lassen. Sie verlieren sämtliche Moral, sämtliche Kontrolle und töten alles und jeden, der ihnen vor die Fangzähne kommt. Normalerweise werden sie sofort zur Strecke gebracht, aber was Selena da gerade gesagt hat ...

Beschwichtigend hebt sie die Hände. »Keine Angst. Sie wurden geheilt.«

»Geheilt?«, frage ich, weil ich noch nie davon gehört habe. Zugegeben bin ich nicht die größte Expertin, was magische Wesen angeht, ich habe ja selbst keinen Plan, was mit mir los ist, aber das habe ich nun wirklich noch nie gehört.

»Du hast es wahrscheinlich nicht mitbekommen, weil ihr da gerade im Krankenhaus wart«, sagt Selena und lehnt sich mit einem Seufzen gegen die Küchenzeile. »Kittys Bruder war ein Rogue. Wir haben einer ganzen Horde geholfen und Earl und Kitty haben herausgefunden, dass man sie heilen kann. Na ja ... Mehr, dass man sie auf Entzug setzen muss.«

Selena runzelt die Stirn. »Bald wird ein Bericht darüber veröffentlicht, der vielleicht sogar die Gesetzeslage in Bezug auf die Rogues verändern könnte.«

»Dass man sie nicht mehr sofort töten darf?«, frage ich und schlucke. Welches Nachtwesen, das noch ganz bei Trost ist, würde freiwillig darauf verzichten?

»Genau«, sagt Selena mit einem Lächeln und wendet sich ihren Backzutaten zu, als hätte sie mir gerade nicht von einer bahnbrechenden Wandlung in der Nachtwelt erzählt.

»Ich könnte tatsächlich deine Hilfe gebrauchen, wenn du dich fit genug fühlst«, fügt Selena hinzu, während ich das alles noch verdauen muss.

»Okay?«

»Um den Teig kümmere ich mich, aber ich brauche noch frische Erdbeeren«, sagt sie und deutet auf eine große leere Metallschüssel. »Rose wollte eigentlich welche vorbeibringen, aber wenn die erst einmal in ihrem Garten ist, kommt sie nicht so schnell zurück.«

»Kann ich verstehen«, sage ich und blicke durch das Fenster hinaus. Viel sieht man nicht, nur verwildertes Gebüsch und einen Kiesweg. Trotzdem zieht es mich hinaus an die frische Luft.

»Kannst du mir welche holen?«, fragt Selena und reicht mir die große Schüssel. »Dann bekommst du auch ein extra großes Stück mit so viel Sahne drauf, wie du willst.«

»Na, das kann ich mir ja schlecht entgehen lassen«, sage ich und bin froh, dass sie so schnell für Ablenkung gesorgt hat.

Ich weiß, dass ich eines Tages darüber sprechen muss. Über die Zeit bei El Rojo, aber auch über das, was damals im Wald passiert ist. Noch fühle ich mich aber nicht bereit dazu, was Selena zu spüren und zu respektieren scheint.

»Danke«, sage ich deswegen und drücke ihr zum Abschied kurz die Schulter, ehe ich mich auf den Weg mache.

KAPITEL 12
NUR EIN LÜGNER

MARKOS

Es ist dunkel um mich herum. Der Duft von Wildrosen und Tannennadeln hüllt mich ein und lässt mein Herz rasen.

Louise, denke ich und spüre die Hitze, die von ihrem Körper dicht an meinem ausgeht. Ihre Finger streichen über meine nackte Haut und bringen mich zum Erschaudern. Sie lässt sich Zeit, meinen Körper zu erkunden, streicht jeden Muskel nach, als müsste sie ihn später zeichnen. Von meinen Lippen fährt sie sacht mein Kinn nach, dann meinen Hals, bis hinunter zu meinen Bauchmuskeln.

»Wow«, höre ich sie wispern und bekomme plötzlich ganz weiche Knie, als ihre Hände tiefer wandern.

Ich stoße ein leises Knurren aus, als sie nun auch über meine Schenkel fährt, meine Erektion jedoch außer Acht lässt.

Louise kichert, als ich mich unter ihren Berührungen ungeduldig winde. Immer wieder versuche ich, ihre Hände zu fassen zu bekommen, um sie dorthin zu leiten, wo ich sie wirklich spüren will, aber sie weicht mir jedes Mal aus.

»Louise ...«, knurre ich verärgert.

Sie erstarrt mitten in der Bewegung und auch wenn ich ihr Gesicht in der Dunkelheit nicht sehen kann, weiß ich, dass sie mir wieder diesen überraschten, sehnsuchtsvollen Blick zuwirft, wie immer, wenn ich ihren Namen sage.

»Bitte ...«, flehe ich und strecke suchend die Hände nach ihr aus. Ein Seufzen ist zu hören, als ich sie zu fassen bekomme und an mich ziehe. Auch sie ist nackt. Da ist kein störender Stoff mehr, keine Lügen und Missverständnisse, die zwischen uns stehen. Es ist, als hätte es die letzten zwei Jahre überhaupt nicht gegeben. Als würden wir einfach da weiter machen, wo wir von El Rojos Handlangern und dem Waldbrand getrennt wurden.

Aber ... Das ist nicht richtig, flüstert es in mir. Irgendetwas sagt mir, dass an dieser ganzen Sache hier etwas faul ist. Dass Louise nach allem, was gestern passiert ist, mich nie so schnell wieder in ihr Leben lassen würde, erst recht nicht in ihr Bett.

Der Wolf in mir schert sich jedoch nicht darum. Illusion, Traum oder doch Realität, ist ihm egal. Alles, was er je wollte, war, Louise wieder bei sich zu haben. Ihre warme, weiche Haut unter seinen Fingern zu spüren und ihr dieses leise Stöhnen zu entlocken, wann immer er sie berührt hat.

Sachte streiche ich ihr über die Arme und nun ist es Louise, die erschaudert. Ich spüre ihre Gänsehaut deutlich unter meinen Fingerkuppen und lächle. Von ihren Schultern fahre ich ihren Rücken hinab, bis ich sie an den Hüften packe und eng an mich ziehe.

Obwohl nicht einmal meine Wolfsaugen sie sehen können, als wäre ich plötzlich erblindet, finde ich dennoch sofort ihre Lippen. Ohne zu zögern, erwidert Louise meinen Kuss. Ihre Hände streichen durch mein Haar, während sie sich an mich drückt, dass nicht einmal mehr ein Grashalm zwischen uns gepasst hätte.

Hart presst sich meine Erektion gegen ihren Bauch, was Louise plötzlich von mir zurückweichen lässt, aber nicht, weil ich zu weit gegangen bin, weil ihr all das zu viel geworden ist, sondern …

»Louise …«, keuche ich, als sie danach greift und sanft darüberstreicht.

Ich weiß, was jetzt gleich passieren wird, was sie gleich tun wird, und wünschte, wir müssten diese Dunkelheit nie wieder verlassen. Doch kaum hat Louise mich zu sich auf den Boden gezogen und sich über mich gehockt, wird ihr süßlicher Duft von einem penetranten Gestank überdeckt.

Rauch, denke ich und schrecke hoch, als die Dunkelheit um uns herum plötzlich Feuer fängt.

Louise schreit auf und wirft mir einen panischen Blick zu, doch ist es zu spät. Dunkle, gesichtslose Gestalten springen aus den Flammen, die rings um uns in die Höhe steigen.

El Rojos Männer, schießt es mir durch den Kopf, als ich erkenne, dass sie es auf Louise abgesehen haben. Ich weiß nicht, wie sie uns hier gefunden haben, aber es scheint, als wäre dieses Monster lange noch nicht fertig mit meiner Louise.

Mit einem wütenden Knurren springe ich auf und schiebe sie hinter mir, will den Wolf in mir heraufbeschwören, um sie vor diesen Dreckskerlen zu beschützen, aber nichts tut sich. Zum ersten Mal seit meiner ersten Wandlung schweigt der Wolf in mir. Es ist fast, als hätte es ihn nie gegeben.

»Ihr bekommt sie trotzdem nicht«, knurre ich und balle die Fäuste. In diesem Moment ist mir klar, dass ich Louise mit meinem Leben beschützen werde. Sie wird nicht zu El Rojo zurückkehren. Nicht, wenn ich es nicht verhindern kann.

Aber ohne meinen Wolf bin ich machtlos, vor allem, als die Gestalten beginnen, Feuer zu speien. Panisch versuche ich, den tödlichen Flammen auszuweichen und Louise zu beschützen, werde dann jedoch an der Schulter getroffen.

Heiß und zischend brennen sich die Flammen in meine Haut und lassen mich mit einem lauten Schmerzensschrei zu Boden gehen. Ich zwinge mich, es zu ignorieren, mit Louise zu fliehen, aber El Rojos Männer sind schneller. Und sie kommen aus allen Richtungen.

Während ich noch mit denen vor uns beschäftigt war, haben sich hinter uns zwei weitere Schattengestalten angeschlichen und zerren Louise nun von mir weg.

»Markos!«, schreit sie, bevor sie ihr den Mund zu halten und mit sich in die lodernden Flammen ziehen.

»Nein!«, rufe ich und will ihnen hinterher, doch schießt da das Feuer um mich hoch, dass ich mich keinen Zentimeter bewegen kann. Die Hitze, die Flammen normalerweise ausstrahlen, bleibt jedoch aus.

Verwundert strecke ich die Hand aus, in der Hoffnung, durch sie hindurchlaufen zu können, reiße sie in der nächsten Sekunde aber mit einem lauten Brüllen zurück. Meine Haut ist verbrannt und wirft sogar Blasen. Und meine Schreie sind längst nicht die einzigen, die durch das Inferno hallen. Da sind weitere Stimmen, aber auch das Heulen von Wölfen. Als der Flammenring um mich herum nachlässt, springe ich darüber und blicke mich suchend um.

Die Flammen sind längst nicht mehr überall. Hier und da ist ein Weg frei, sodass ich loslaufe, um Louise oder die anderen, die hier gefangen sind, zu befreien. Manche Stimmen kommen mir bekannt vor. Eine hört sich fast nach Dad an, die andere wie mein Bruder Alec, der für all das hier verantwortlich ist. Für das Feuer und die Zerstörung, und für den Tod von mehreren Rudelmitgliedern.

»Dad?«, rufe ich, doch komme ich kaum gegen das Zischen und Knistern des Feuers an.

Je mehr ich glaube, in die Richtung eines der Rufenden zu gehen, umso weiter weg erklingt die Stimme kurz darauf.

»Wo seid ihr?«, brülle ich und weiche erschrocken zurück, als sich vor mir eine Feuersäule zischend in den Himmel erhebt.

Mein Hals kratzt mittlerweile und mir ist todschlecht, weil ich so viel von dem Rauch eingeatmet habe. Aber ich denke nicht daran, meine Suche aufzugeben. Irgendwo müssen die anderen doch sein. Und selbst El Rojos Männer können doch nicht einfach so mit Louise verschwunden sein!

Jeder Schritt ist mühsamer, anstrengender, bis mein Körper zu streiken beginnt. Erschöpft sacke ich auf dem Ascheboden zusammen und schließe für einen Moment die Augen. Die Flammen sehe ich trotzdem noch hinter meinen Lidern zucken und aufleuchten, auch wenn ihre tödliche Hitze ausbleibt.

Mittlerweile fällt mir das Atmen immer schwerer. Meine Sicht verschwimmt und ich rolle mich auf dem Boden zusammen, warte darauf, dass es endlich vorbei ist. Wäre es ein echtes Feuer, wäre ich längst bewusstlos oder tot, aber das hier …

»Markos«, durchdringt eine raue Stimme das Knacken und Knistern des Feuers.

Blinzelnd öffne ich die Augen und rolle mich auf den Rücken, kann jedoch außer orangefarbenes Flackern nichts um mich herum erkennen.

»Steh auf, Markos«, weist mich die Stimme an, doch habe ich längst keine Kraft mehr dazu. Alles ist so schwer, so sinnlos. Louise ist fort und die anderen Rufe sind nach und nach verstummt. Als wären auch sie zu erschöpft. Oder tot.

»Ich sagte: Steh auf!«, donnert die Stimme plötzlich so nah an meinem Ohr, dass ich erschrocken hochfahre. Ich bin nicht länger allein in den Flammen, doch brauchen meine Augen, bis sie sich an das unheimliche Leuchten gewöhnt haben.

»Wer …?«, setze ich an, als ich die Gestalt mir gegenüber entdecke. Ich wünschte, ich hätte sie nicht gesehen, denn der

Mann, wenn es denn einer war, besteht nur aus verkohlter Haut. Als hätte jemand ein Brandopfer wieder zum Leben erweckt und auf mich losgelassen.

»Wach auf, Junge«, sagt die groteske Gestalt und streckt ihre Hand nach mir aus. »Dein Rudel braucht dich jetzt.«

»Mein Rudel …?«, flüstere ich und muss husten, weil mein Hals so furchtbar kratzt.

»Das Rudel geht immer vor«, sagt die Gestalt mit strenger Stimme, die mich an Dad erinnert, wäre da nicht dieses heisere Kratzen darin.

»Dad?«, frage ich entsetzt. »Bist du …?«

»Ein Alpha ruht niemals«, unterbricht mich die Gestalt und hat mich nun fast erreicht. Ihre Hand hat sie noch immer nach mir ausgestreckt. Es knackt und knirscht unangenehm in meinen Ohren, wann immer sie ihre Finger bewegt, bis sie sich plötzlich um meine Schulter schließen.

»Sonst ist er es nicht wert, sich selbst Alpha zu nennen.« Die Stimme hallt wie wütende Donnerschläge durch meinen Kopf, dass ich erschrocken aufschreie.

Ich versuche, mich loszumachen, doch lässt mich die Gestalt nicht gehen. Auch die zweite Hand packt mich nun und schüttelt mich durch.

»Ein Alpha ruht niemals«, wiederholt sie. »Sonst ist er es nicht wert, sich selbst Alpha zu nennen.«

»Nein …«, stammele ich und schüttle den Kopf. »Das hätte Dad nie so gesagt.«

Und dennoch kann ich nicht länger leugnen, dass es seine Stimme ist, die da zu mir spricht. Seine waldgrünen Augen, die aus irgendeinem Grund das Feuer unbeschadet überstanden haben, fixieren mich nun. Die Gestalt blinzelt nicht, scheint keine Augenlider mehr zu haben.

Als ich den Blick abwenden will, packt sie fest mein Kinn und zwingt mich, sie anzusehen.

»Ein Alpha ruht niemals«, schreit sie und ihre verkohlten Finger bohren sich in meine Haut. »Und du bist es nicht wert, dich so zu nennen.«

»Was?«, frage ich entsetzt und will vor diesem grauenhaften Ding zurückweichen, bin aber zu schwach.

»Ich weiß, was dein Bruder getan hat«, zischt die Gestalt. Jedes Wort ist wie ein Schlag in die Magengrube. »Und bald wissen es auch die anderen.«

»Was, aber …?«, stammele ich verwirrt und voller Panik, denn das darf nie geschehen. Niemals.

»Du bist kein Alpha, Markos.« Langsam, wie in Zeitlupe schüttelt die Gestalt den Kopf, bis er plötzlich zu Boden fällt.

Entsetzt starre ich auf den Hals dieses Wesens, dann werde ich herumgedreht und nach unten gepresst, bis ich wieder den Blick von Dads Augen auf mir spüre. »Du bist nur ein Lügner. Und ein miserabler noch dazu.«

»Nein«, presse ich hervor und hole tief Luft. Sie schmeckt klar und frisch, nicht länger schwer vom Rauch.

Ich brauche einen Moment, bis ich merke, dass das Kratzen in meinem Hals verschwunden ist. Dass ich nicht länger im Inferno gefangen bin, sondern schweißgebadet und schwer atmend auf meinem Bett sitze.

»Was zum …?«, wispere ich und hebe meine Hände, fahre mit meinen Fingern bis hinauf zur Schulter, wo meine Haut doch eben noch verbrannt war. Aber da ist nichts. Auch die Schreie sind verklungen, ebenso das Knistern der Flammen.

Stattdessen fällt erstes Sonnenlicht durch das Fenster über meinem Bett. Vögel zwitschern draußen fröhlich und unten im Haus höre ich Tante Alexia schon in der Küche hantieren.

»Das war nur ein Traum?«, flüstere ich und reibe mir über die Augen, die sich mit Tränen gefüllt haben. Kalter Schweiß läuft mir über die Stirn und tropft auf mein zerwühltes Bett.

»Fuck!«

Es ist schon lange her, dass ich vom Waldbrand geträumt habe und nie ist mir Dad dabei erschienen. Ich war immer allein, auch wenn ich die anderen ganz in meiner Nähe gehört habe, bis sie einer nach dem anderen verstummt sind.

Du bist kein Alpha, Markos, hallen die Worte der gruseligen Gestalt durch meinen Kopf. *Du bist nur ein Lügner.*

Ich schlucke und ziehe die Knie an die Brust, spüre die Schuldgefühle in mir aufsteigen. Denn dieses Albtraumwesen hat recht. Ich habe den Titel als Alpha nicht verdient, nicht, nachdem ich Alec so ungeschoren habe davonkommen lassen.

Und dafür werde ich mein Leben lang Buße tun, sage ich mir und stemme mich vom Bett hoch. *Angefangen mit heute.*

KAPITEL 13
MARKOS-LOGIK

LOUISE

Die blassrosa Morgendämmerung taucht die Ländereien der Greys in ein wunderschönes Licht wie aus einem Gemälde. Ich folge einem der Kiespfade am Haus entlang, bis der Nutzgarten in einiger Entfernung in Sicht kommt. Rose Grey entdecke ich vor einem der Gewächshäuser, doch ist sie nicht allein.

»Meinst du, die Setzlinge reichen fürs Erste? Ich kann noch mehr ziehen, wenn ihr mögt«, höre ich Rose sagen, als sie und ihre Begleiterin die Handschuhe ausziehen und sich auf eine Bank vor dem Gewächshaus setzen.

Rose hört mich nicht kommen, aber die junge Frau hebt den Kopf, als ich die ersten Hochbeete am Rand des Nutzgartens passiere.

»Besuch«, sagt sie zu Rose und nickt in meine Richtung.

Mit Schrecken erkenne ich, dass es dieselbe junge Frau ist, der ich bei meiner Auseinandersetzung mit Markos begegnet bin: Cassie, seine Schwester.

Der Morgen kann ja nur noch schlechter werden, denke ich und nähere mich den beiden zögerlich.

»Selena hat mich geschickt«, sage ich unsicher und hebe die Schüssel hoch. Normalerweise lasse ich mich nicht so schnell von jemandem einschüchtern, außer es ist eine Werwölfin, die mich gestern mit einem so tödlichen Blick bedacht hat, dass mein Herz allein bei dem Gedanken daran zu rasen beginnt.

»Ah, die Erdbeeren!«, sagt Rose und schlägt sich gegen die Stirn. »Die hätte ich fast vergessen.«

Lachend springt sie auf und nimmt mir die Schüssel ab. »Hab' sie schon gepflückt, aber dann kam Cassie und na ja ...«

Ich beobachte sie dabei, wie sie sich durch die Reihen aus Beeten und Blumenkübeln schlängelt, bis sie einen alten Korb erreicht, der über und über mit den roten Früchten gefüllt ist.

»Ihr kennt euch ja schon, nicht?«, fragt Rose, als sie mit einer übervollen Schüssel zu uns zurückkehrt.

Ich habe mich keinen Zentimeter bewegt und es vermieden, Cassie anzusehen. Nicht, dass sie mich wieder so anguckt, oder schlimmer noch: auf mich losgeht, weil ich es gewagt habe, ihren Bruder zu beschimpfen. Das klingt zwar verrückt, aber bei Wölfen ist das normal. Wir sind loyale Wesen und teilen zum Schutz unserer Lieben auch mal aus. Zumindest habe ich das gehört.

»Ja, wir sind uns begegnet«, presse ich hervor und schlucke.

»Na, dann könnt ihr zwei euch ja nett unterhalten und das Kriegsbeil begraben«, sagt Rose und marschiert in Richtung Haus davon. »Ich bringe die zu Selena.«

»Aber ich ...«, setze ich an und will ihr schon hinterher, spüre aber Cassies Blick in meinem Nacken.

»Sie hat nicht so unrecht«, höre ich die Wölfin nach kurzem Schweigen sagen.

»Womit?«, frage ich und drehe mich langsam zu ihr um, unsicher, was mich gleich erwarten wird. Ob sie tatsächlich auf mich losgeht, oder ob sie tut, was Rose vorgeschlagen hat.

»Dass das gestern nicht unbedingt meine beste Seite war«, sagt Cassie sehr zu meiner Überraschung und zuckt mit den Schultern. »Ehrlich gesagt, hatte ich gehofft, dich hier irgendwo zu treffen.«

»Ach wirklich?«, frage ich, rühre mich aber noch immer nicht von der Stelle. Cassie hat zwar ein schwaches Lächeln auf ihren Lippen und wirkt bei Weitem nicht so angriffslustig wie gestern, aber da kann der Schein auch trügen. So wie mit ihrem Bruder und diesem fast perfekten Date damals.

»Es tut mir leid, dass ich dich gestern eine aufgeblasene Schreckschraube genannt habe«, sagt Cassie und lässt schuldbewusst den Kopf hängen. »Da wusste ich noch nicht, wer du bist. Oder was mein Trottel von einem Bruder angestellt hat.«

»Er hat dir davon erzählt?«, frage ich überrascht. Diese Art von Offenheit hatte ich von ihm nicht erwartet. Mich hat er ja auch die ganze Zeit über angelogen.

»Nicht unbedingt ...«, sagt sie mit einem frechen Grinsen und deutet auf die Bank.

»Was soll das denn jetzt heißen?«

»Ist 'ne längere Geschichte, für die du dich setzen solltest«, sagt sie und lässt sich selbst wieder auf die Bank fallen. »Nichts für ungut, aber du siehst aus, als würdest du jeden Moment zusammenklappen.«

»Danke«, murre ich, bin aber froh, dass sie so ehrlich ist. Dieses heuchlerische Gelabere, wie ich es noch im Krankenhaus zu hören bekommen habe, kann ich nun wirklich nicht gebrauchen. Ehrlichkeit ist mir verdammt wichtig und ich bin froh, dass wenigstens Markos' Schwester es genauso sieht.

»Wenn du meinem Bruder nochmal eine verpassen willst, kann ich ihn gerne für dich festhalten«, bietet Cassie an.

Überrascht reiße ich die Augen auf und rücke ein Stück von ihr ab. »Wie bitte?«

»Der Kerl hat's doch nicht anders verdient«, sagt Cassie und zwinkert mir verschwörerisch zu. »Na ja, zumindest das mit der Lügerei, aber ...«

»Wenn du ihn jetzt auch noch in Schutz nimmst, spar's dir«, knurre ich und hebe abwehrend die Hände. »Davon habe ich gestern schon genug zu hören bekommen.«

»Okay, dann halt nicht«, sagt sie mit einem Schulterzucken und kramt in ihrer Hosentasche herum. »Aber er hatte einen halbwegs guten Grund dafür. Zumindest nach seiner verdrehten Markos-Logik.«

»Ich glaube, ich gehe jetzt«, murre ich und will aufstehen, als Cassie ein Bündel gefalteter Zettel hervorzieht.

»Hier«, sagt sie und reicht es mir.

Misstrauisch betrachte ich es. Die Zettel sehen aus, als hätte jemand sie erst zerknüllt und dann wieder glatt gestrichen. »Was ist das?«

»Briefe an dich«, sagt Cassie und rollt mit den Augen. »Ziemlich kitschig, aber so ist mein lieber Bruder nun mal.«

»Briefe?«

»Jep«, sagt Cassie und drückt mir das Bündel in die Hand. »Er hatte noch mehr, aber das sind so zu sagen die Highlights. Die anderen waren total schwülstiger Schwachsinn.«

»Und warum gibst du mir die und nicht er?«, frage ich und starre auf die Zettel in meiner Hand. Obwohl Papier so leicht ist, kommt es mir so vor, als wögen sie mehrere Tonnen.

»Weil der Idiot sie nur angefangen und dann weggeworfen hat«, sagt Cassie und klingt nun ziemlich genervt.

»Dann wollte er sie mir gar nicht geben.« Kopfschüttelnd halte ich ihr das Bündel hin. »Nimm sie wieder mit.«

»Nope. Ich finde, du solltest die haben«, entgegnet Cassie und weicht bis ans Ende der Bank zurück.

Ich stoße ein wütendes Knurren aus. »Ich will sie aber nicht lesen.«

»Musst du ja nicht, aber du solltest sie haben«, beharrt sie und bedenkt mich mit einem strengen Blick. »Markos hat sie immerhin für dich geschrieben.«

»Und sie dann weggeworfen.«

»Weil er zu viel Schiss hat, der Loser«, sagt seine Schwester und schnaubt belustigt. »Hätte ich an seiner Stelle auch.«

»Du lässt dich wohl wirklich nicht umstimmen, was?«, frage ich mit einem Seufzen.

»Nö. Wir Segonas sind ziemliche Sturköpfe«, sagt Cassie mit einem stolzen Grinsen und schlägt sich auf die Brust. »Vor allem mein idiotischer Bruder.«

Ich weiß nicht warum, aber Cassies Worte entlocken mir ein leises Lachen. Es gefällt mir, wie sie über Markos spricht.

»Na gut, wie du willst«, sage ich und stecke die Briefe in die hintere Tasche meiner Jeans. Lesen werde ich sie nicht. Nicht für eine ganze Weile. Dazu bin ich nach allem, was ich durchgemacht habe, einfach noch nicht bereit.

»Louise, ich weiß, du willst das nicht hören ...«, sagt Cassie nach einigen Minuten des Schweigens, in denen wir einfach die warmen Sonnenstrahlen genossen haben. »Aber so ein Verhalten ist untypisch für ihn. Jeder hier im Rudel respektiert ihn und, auch wenn er sich manchmal zu viel einmischt, ist er eigentlich ein guter Alpha.«

»Er ... Er ist euer Alpha?«, frage ich überrascht und blinzele gegen das helle Sonnenlicht an.

»Wenn du mich fragst, war es noch zu früh für ihn«, sagt Cassie und klingt plötzlich traurig. »Das wächst ihm gerade ziemlich über den Kopf und er kann es einfach nicht lassen, überall mitmischen zu wollen.«

Frustriert kickt Cassie einen Stein ins nächste Beet. »Wenn er könnte, würde er sich am liebsten vierteilen, um es allen recht machen zu können.«

»Klingt schmerzhaft«, sage ich und stupse sie in die Seite, weil sie so besorgt klingt. Nicht mehr heiter und unbeschwert wie noch vor ein paar Minuten.

Cassie lacht leise, doch das freche Grinsen bleibt aus. »Er hat sich das alles nicht ausgesucht und war längst nicht bereit dafür ... Aber das Schicksal wartet auf niemanden.«

Verwundert runzele ich die Stirn. So, wie sie das sagt, klingt es, als gäbe es da noch viel mehr zu erzählen. Als ich zu ihr hinüberblicke, sehe ich, wie sich Cassie verstohlen eine Träne wegwischt.

Ich spreche sie nicht darauf an. Wenn sie es mir erzählen will, soll Cassie es tun, wenn sie sich bereit fühlt. Es gibt nichts Schlimmeres, als gedrängt zu werden. Vor allem dann nicht, wenn man diesen Schmerz noch nicht verarbeitet hat.

So ging es mir mit einigen Agenten des Instituts, die einen Tag nach meiner Rettung schon mit Hunderten Fragen bei Gia und mir im Krankenhaus aufgetaucht sind. Und das, obwohl ich noch nicht einmal wirklich ansprechbar war, nachdem ich so lange in diesem verdammten Koma gefangen gewesen bin.

»Er kann einem ziemlich auf die Nerven gehen, vor allem wenn er es nur gut meint, aber nicht merkt, dass er einen mit seinen Regeln und Ratschlägen auf die Palme treibt«, fährt Cassie nach einem Moment fort und klingt nun mehr verärgert, denn traurig. Die Fäuste hat sie so fest zusammengeballt, dass ihre Knöchel weiß hervortreten.

»Da kannst du offenbar ein Liedchen von singen«, bemerke ich und deute auf ihre Hände, als sie mich fragend ansieht.

Langsam streckt Cassie ihre Finger aus und zuckt mit den Schultern. »Er will nicht, dass ich arbeite.«

»Wie bitte? Wie rückständig ist das denn?«, rufe ich und schüttle den Kopf. Das bisschen Respekt, das Markos durch Cassies Erzählung bei mir gewonnen hat, ist sofort verflogen.

»Nein, also nicht grundsätzlich, aber ...«, entgegnet Cassie und stößt ein lautes Seufzen aus. »Er will nicht, dass ich im *Howling Wolf* arbeite. Aber er checkt nicht, dass das echt Spaß macht und das Trinkgeld ist wirklich sehr gut.«

»Das *Howling Wolf*?« Sämtliche Luft entweicht plötzlich meinen Lungen. Der Garten verblasst und ich finde mich im Inneren der alten Bar im Herzen Arcanias wieder. In meinen Erinnerungen sehe ich, wie Markos neben mir an der Theke platznimmt, wie er sich für sein Zuspätkommen entschuldigt. Sofort schlägt mein verräterisches Herz wieder Purzelbäume.

»Er sagt, es wäre ein siffiges Loch, wo sich nur Arschlöcher und Assos rumtreiben, die mir an die Wäsche wollen, oder so«, murrt Cassie und schüttelt vehement den Kopf. »Aber so ist das gar nicht.«

»Siffig finde ich es da nicht«, entgegne ich und verdränge die Erinnerung an meinen letzten Besuch dort. »Aber in jeder Bar gibt es ein paar zwielichtige Typen.«

»Eben«, sagt Cassie und rutscht so nahe heran, dass ich die Wärme spüre, die sie ausstrahlt. »Dafür hat Walt ja den Baseballschläger.«

»Ich finde, du solltest arbeiten dürfen, wo du willst«, sage ich und nicke entschlossen. »Du bist schließlich erwachsen und er kann dir nicht ewig vorschreiben, was du zu tun oder lassen hast. Auch nicht als dein Alpha.«

Bei der letzten Aussage bin ich mir nicht so sicher. Bisher habe ich nie in einem Rudel gelebt und habe keine Ahnung, wie viel das Wort des Anführers wirklich zählt. Aber ich kann mir nicht vorstellen, dass er so arg in die Leben seiner Rudelmitglieder eingreifen darf. Das grenzt ja schon an Diktatur und Tyrannei.

»Amen, Sister«, ruft Cassie und hakt sich bei mir unter. »Kommst du mit und sagst ihm das? Bitte, bitte, bitte?«

Ich glaube, ich falle aus allen Wolken. »Ähm … Was?«

»Wenn ihn einer umstimmen kann, dann du, Louise«, sagt Cassie mit vor Aufregung leuchtenden Augen.

Ich muss den Blick abwenden, weil sie mich so sehr an die von Markos erinnern. Waldgrün mit goldbraunen Sprenkeln.

»Wie kommst du denn darauf?«, frage ich, während sich mein Herzschlag augenblicklich beschleunigt. »Ich sollte mich lieber nicht in die Angelegenheiten eines fremden Rudels einmischen.«

»Keine Sorge, da wird es schon keinen Krach mit deinem Rudel geben«, sagt Cassie und zerrt an meinem Arm.

Hartnäckig bleibe ich sitzen, mache mich schwerer. Nicht nur, weil ich fürchte, damit das Gleichgewicht in ihrem Rudel durcheinander bringen zu können, sondern viel mehr, weil ich mich davor fürchte, Markos gegenüberzutreten. Ich weiß nicht, was ich dann tun würde.

»Zu welchem Rudel gehörst du eigentlich?«, fragt Cassie, als sie merkt, dass sie mich nicht umstimmen kann.

Ich schlucke, antworte aber nicht, weil die Wahrheit viel zu sehr schmerzt.

»Zu den Wellingtons, oder den Brightcliffs?«, mutmaßt sie, schüttelt dann aber energisch den Kopf. »Nee, wohl eher nicht zu den Brightcliffs. Du hast keinen Stock im Arsch wie die.«

»Ich hab' keins«, platzt es aus mir hervor, ganz leise nur, aber die Worte sind schneller raus, als mir lieb ist.

»Hä?«, fragt Cassie und blickt mich an, als hätte ich ihr gesagt, Bigfoot wäre mein Dad. »Du … Du hast keins?«

Ich schüttle den Kopf, die Lippen fest aufeinandergepresst.

»Wirklich nicht?«

»Wirklich nicht«, wispere ich und sauge tief die Luft ein, um ein Wimmern zu unterdrücken.

»Krass! Davon habe ich noch nie gehört«, sagt Cassie kopf-schüttelnd und mustert mich eine Spur zu neugierig. »Bist du auch in 'nem Waisenhaus aufgewachsen wie Selena, ohne zu wissen, was du bist?«

»Selena ist in einem Waisenhaus aufgewachsen?«, frage ich überrascht. Davon höre ich zum ersten Mal, doch macht das Sinn, wenn sie nichts von ihrem magischen Erbe wusste.

»Mann, das ist doch jetzt schnurz!«, ruft Cassie und rüttelt an meinem Arm. »Oder waren deine Eltern Ausgestoßene? Shit, bist du in den *Wilds* aufgewachsen?«

»Den was?«, frage ich, weil ich davon noch nie gehört habe. Offenbar gibt es neben dem Begriff des Alphas noch eine ganze Menge mehr Werwolf-Vokabular, das mir fehlt.

»Im Niemandsland. Den Ländereien, die von keinem Rudel beansprucht wurden. Ohne Regeln und Hierarchie«, sagt sie als läge das alles auf der Hand. »Den *Wilds* eben.«

»Nie davon gehört«, sage ich und frage mich, was ich noch alles verpasst habe. Ob es vielleicht eine Möglichkeit gibt, die Wölfin in mir zu kontro...

Nein, nein, nein, nein! Vergiss es gleich wieder, schelte ich mich und schüttle energisch den Kopf.

»Wenn sie vor deiner Geburt ausgestoßen wurden, haben sie dir vielleicht nichts davon erzählt. Ist nichts, worauf man als Wolf stolz sein kann«, sagt Cassie und seufzt leise. »Muss hart gewesen sein für deine Eltern so ganz ohne Rudel.«

»Meine Eltern ...«, murmele ich und kann nicht verhindern, dass sich eine Spur Bitterkeit in meine Stimme mischt. »Meine Mutter war eine Sterbliche. Sie ist abgehauen, als klar war, dass ich eine Wölfin bin. An sie kann ich mich kaum erinnern.«

»O fuck!«, ruft Cassie und guckt mich bestürzt an. »Das tut mir leid, Louise. Und ich bin voll ins Fettnäpfchen getreten.«

»Schon okay«, sage ich und packe Cassies Hand, mit der sie sich immer wieder gegen die Stirn schlägt. »Wie gesagt: Ich kann mich kaum an sie erinnern.«

»Geht mir auch so«, gibt Cassie leise zu. Diesmal wischt sie sich die Tränen nicht weg. »Meine wurde ein paar Jahre nach meiner Geburt von 'nem Auto angefahren. Und dann noch von 'nem Sterblichen.«

Cassie wird von einem Schluchzer geschüttelt, weicht mir aber aus, als ich ihr tröstend über den Rücken streichen will.

»Markos denkt, ich weiß davon nichts, aber ich hab' gehört, wie Dad und er darüber geredet haben.« Wieder ein Schluchzer diesmal so heftig, dass ihr Körper bebt. »Der Typ hat ihr in den Kopf geschossen, wahrscheinlich weil er so Schiss hatte. Er hat 'nen riesigen Wolf angefahren, aber vor seinem Auto lag eine schwerverletzte Frau.«

»O Gott, Cassie«, wispere ich und schaffe es nun doch, sie an mich zu ziehen. »Das tut mir so leid.«

Einen Moment lang lässt sie meine Berührung zu. Ich spüre ihre heißen Tränen auf meinem Shirt und wünschte, es gäbe etwas, das Cassies Schmerz lindern könnte. Sie mag sich nicht mehr an ihre Mutter erinnern, doch scheint sie sie sehr geliebt zu haben.

»Aber ich hatte noch meinen Dad und Markos«, sagt Cassie nach einer Weile und zieht schniefend die Nase hoch. »Und Tante Alexia. Die ist damals wieder bei uns eingezogen und hat sich um uns gekümmert.«

Mit tränennassen Augen blickt sie in die Ferne, ein dankbares Lächeln auf den Lippen. »Tante Alexia ist die Beste.«

Ich nicke nur, weiß aber nicht, was ich sagen soll. Manchmal braucht man einfach jemanden, der einem bedingungslos zuhört und die Klappe hält. Und ich bin gerne diese Person für Cassie.

»Da hattest du wirklich Glück«, sage ich nach einer Weile und denke an meine eigene verkorkste Familie.

»Mein Dad ist kurz danach abgehauen«, erzähle ich ihr und hoffe, sie damit ein bisschen ablenken zu können. »Er hat mich bei meiner Gran zurückgelassen und ihr wohl versprochen in New York Geld zu machen.«

Ich seufze und schüttle den Kopf. »Als Kind war Dad mein Held, aber als ich ihn dann besucht habe …«

»Nicht mehr?«, fragt Cassie neugierig, presst sich aber in der nächsten Sekunde schon die Hand auf den Mund. »Sorry!«

Ich zucke mit den Schultern. Die Wahrheit über meinen Vater schmerzt schon lange nicht mehr so sehr wie damals. »Es hat sich rausgestellt, dass er ein Lügner ist. Mehr nicht.«

»Bist du deswegen von El Rojo entführt worden? Weil dein Vater ihn betrogen hat, oder so?«, fragt Cassie rundheraus. »O Mann! Sorry, Louise! Ich quatsche einfach immer, bevor ich denke. Vergiss es einfach wieder, ja?«

»Ehrlich gesagt ist mir das lieber, als wenn jemand hinter meinem Rücken irgendwelche blöden Vermutungen anstellt«, entgegne ich. Dass ich so gelassen bleibe, überrascht mich genauso sehr wie Cassie.

»Trotzdem … Das war nicht okay von mir«, sagt Cassie mit ernster Miene und drückt kurz meine Schulter. »Tut mir leid.«

Ich nicke, bin aber viel zu sehr damit beschäftigt über diese Gleichgültigkeit in mir nachzudenken. Ich dachte, meine Angst und Wut auf El Rojo würde mich bis an mein Lebensende verfolgen. Aber hier im Halfway House muss ich nur selten an ihn denken.

Aber wie? Wie ist das möglich?

Weil du dich hier sicher fühlst, schießt es mir durch den Kopf und ein wohlig warmes Gefühl von Geborgenheit breitet sich in mir aus. Es ist die Wahrheit. Hier im Halfway House fühle ich mich zuhause, als wäre ich endlich angekommen.

KAPITEL 14
EINE ALTE
TRADITION

MARKOS

»Was machst du denn schon so früh hier, Markos?«, erklingt Tante Alexias Stimme im Wohnraum unserer Hütte, als ich nach einer kalten Dusche die Treppe hinunterpoltere. Die lose Stufe verrutscht ein Stück und lässt mich leise fluchen. In Gedanken setze ich sie ganz oben auf die Liste an Dingen, die ich heute im Haus und in der Siedlung erledigen will.

»Konnte nicht schlafen«, sage ich, wobei das noch ziemlich untertrieben ist. Der Albtraum lässt mich nicht los. Fast ist es, als könnte ich die heisere Stimme noch immer wispern hören, dass ich ein Lügner bin.

Ich verdränge diese Gedanken und folge Tante Alexia in die Küche. Überrascht halte ich inne, als ich Manny, einen der jüngsten Mitglieder meines Rudels, am Esstisch hocken sehe. Schmatzend macht er sich über Pancakes und Bacon her, als hätte er seit Tagen nichts gegessen.

»Morgen, Boss!«, ruft er mit vollem Mund und winkt mir freudig zu. Seit dem Waldbrand ist er mein treuer Schatten, wann immer ich in der Siedlung unterwegs bin, doch wundert es mich, dass er um diese Uhrzeit schon bei uns ist.

»Gibt's bei euch daheim kein Frühstück, oder was?«, frage ich und wuschele Manny durch die dunklen Haare.

»Lass das!«, knurrt er und taucht unter meiner Hand weg.

»Kayla musste mit den Zwillingen zum Kinderarzt. Sieht nach Windpocken aus«, erklärt Alexia. »Und Nick ist noch ein paar Tage unterwegs.«

Ich nicke, weil ich mich erst vorgestern von Mannys Vater verabschiedet habe. Nick ist Berufskraftfahrer und oft tagelang auf Tour. Zum Glück gibt es das Rudel, das Kayla unter die Arme greifen kann, wenn ihr ihre Rasselbande bestehend aus dem vierzehnjährigen Manny und seinen beiden Brüdern mal wieder Ärger bereitet. Obwohl die beiden Frechdachse noch keine zwei Jahre alt sind, halten sie uns alle sehr auf Trab.

Tante Alexia wirft mir einen finsteren Blick zu, als sie an den Herd zurückkehrt. »Sag jetzt bloß nicht, dass du keine Zeit für Frühstück hast, weil du sofort wieder nach Arcania musst.«

»Heute nicht. Ich bleibe hier«, sage ich und atme tief durch, weil mir diese Entscheidung etwas Bauchschmerzen bereitet. Ich hatte Dale und den anderen schließlich versprochen, ihnen bei den Renovierungen zu helfen.

Das Rudel geht vor, sage ich mir und muss an Dad denken. Die Erinnerung an meinen Traum verdränge ich aber lieber.

»Hä? Hab' ich was an den Ohren?«, fragt Manny mit weit aufgerissenen Augen. »Oder sind heute Nacht irgendwelche Aliens gekommen und haben unseren Alpha ausgetauscht?«

»Manny«, murrt meine Tante und gibt eine ganze Ladung frischen Speck in die heiße Pfanne. Für einen Moment erfüllt das Zischen und Brutzeln die Küche und bringt die Erinnerung an das Feuer zurück. Und an die Gestalt, die aus den Flammen getreten ist, um mich an meinen größten Fehler zu erinnern.

Reiß dich zusammen, Mann, ermahne ich mich und zwinge mich zu einem Lächeln, als ich mich zu Manny setze.

»Ich mein's ernst, Kumpel«, brumme ich.

»Und ich auch«, entgegnet er und schafft es gerade noch so, seinen Teller von mir wegzuschieben, bevor ich ihm ein Stück Speck klauen kann. »Ich glaub' dir kein Wort, Boss.«

Seufzend ziehe ich mein Handy hervor.

»Hey, Ash! Ich kann heute nicht. Hab' in der Siedlung zu tun«, spreche ich laut mit, als ich meinem Cousin eine SMS schicke. »Sag Dale und Cora, dass es mir leidtut.«

Demonstrativ halte ich Manny das zerkratzte Display hin. So kann er sich selbst davon überzeugen, dass ich die Wahrheit sage. »Zufrieden?«

»Ist Ash noch in Arcania?«, fragt Alexia, als sie den Speck wendet und mir schon einmal einen Stapel Pancakes hinstellt.

»Ja, er ist gestern dortgeblieben, weil er und Aldyr noch an etwas arbeiten wollten.«

»Er ist schon ganz schön lange weg ...«, seufzt meine Tante und holt den restlichen Speck aus der Pfanne. »Meinst du nicht, dass ...«

Ich sehe Alexia schlucken und weiß sofort, worüber sie sich Sorgen macht: dass der Dämon, der mit Ashs Seele verwurzelt ist, zu stark werden könnte. Selena kann ihn mit ihren Kräften gut in Schach halten, aber es ist schon eine Weile her, seit Ash im Halfway House gewesen ist.

»Ash würde es merken und sofort zurückkommen«, sage ich überzeugt und drücke kurz Tante Alexias Hand, als sie sich gegen den Küchentisch lehnt.

Mein Handy vibriert. Ash hat bereits geantwortet.

Kein Problem. Wir kommen auch ohne dich zurecht.

Diese Worte zu lesen, mindert mein schlechtes Gewissen den *Eternal Survivors* gegenüber zwar nur etwas, aber Alexia, Cassie und die Gestalt aus meinen Träumen haben recht. Das Rudel braucht mich jetzt mehr, erst recht unser Haus, bevor es noch auseinanderfällt.

Wieder vibriert mein Handy.

Kannst du Tony fragen, ob er uns mit den Sanitäranlagen helfen kann?

Ich seufze und entsperre das Display, um Ash zu antworten, dass ich das sowieso vorhatte.

»Handy weg!«, knurrt Manny und funkelt mich finster an. »Oder wie war das eben?«

»Du brauchst gar nicht so zu tun«, entgegne ich. Er ist mit seinem normalerweise wie verwachsen.

»Dann ruhst du dich heute hoffentlich aus, Markos«, sagt Alexia und wirft mir wieder diesen Blick zu. Diese Mischung aus Sorge und Strenge.

»Zwischendurch vielleicht mal«, sage ich und zucke mit den Schultern. »Aber wie du und Cassie gestern gesagt habt, gibt's hier mehr als genug zu tun.«

»Ach, Markos«, sagt Alexia mahnend, aber mir bleibt keine andere Wahl. Nicht, dass sich noch jemand wegen der blöden Treppenstufe das Genick bricht.

»Außerdem muss ich später mit Tony sprechen. Wegen der Renovierungen aber auch wegen des Wachdiensts«, sage ich und schiebe mir ein Stück Speck in den Mund. »Ich sag's nur ungern, aber ihr hattet recht.«

»Wie bitte?«, fragt Alexia und auch Manny blinzelt mich ungläubig an. »Kannst du das auch nochmal mit leerem Mund sagen, Boss?«

»Ihr hattet recht«, wiederhole ich, nachdem ich geschluckt und einen Schluck Kaffee getrunken habe. »Alle Schichten zu übernehmen, wäre zu viel.«

Nicht, dass ich nochmal einen so furchtbaren Traum habe, füge ich in Gedanken hinzu und huste, weil mir mein Pancake im Hals stecken bleibt.

»Na, endlich siehst du das mal ein«, ruft Tante Alexia und schnippt mir gegen die Stirn. »Ich dachte schon, dass du das gar nicht in deinen Dickschädel bekommst.«

Ich will gerade etwas erwidern, als mein Handy vibriert. Wieder eine Nachricht von Ash.

»Was schreibt er?«, fragt Tante Alexia und klingt besorgt, kein Wunder nach allem, was ihr Sohn in den letzten drei Jahren durchgemacht hat. Wahrscheinlich fürchtet sie noch immer, dass Ash eines Tages wieder in dem dunklen Käfig landet, in dem er so lange gefangen war, um den Rest der Welt vor dem Dämon in ihm zu schützen.

Ich überfliege schnell seine neueste Nachricht und lächle meine Tante aufmunternd an. »Dass er heute Abend mit Aldyr zurückkommt. Selena hat wohl Gelüste.«

»Wä! So genau wollten wir das nicht wissen!«, ruft Manny und streckt angeekelt die Zunge raus.

Tante Alexia dagegen stößt erleichtert die Luft aus. »Was bin ich froh, dass sich die beiden gefunden haben.«

»Sie hatten wirklich Glück im Unglück«, stimme ich ihr zu und kann noch immer nicht glauben, dass Ash jemanden gefunden hat, der die dunkle Seite in ihm ausbalancieren kann.

»Er schreibt auch, dass er sich schon auf eure Marmelade freut«, sage ich, weil noch eine Nachricht hinzugekommen ist. »Und ich mich erst.«

In unserem Rudel ist es eine alte Tradition, dass die Frauen Marmelade aus den Beeren des Waldes einkochen, meistens sogar mehrmals, weil die Sträucher in unserem Territorium so viele Früchte getragen haben.

Im ersten Jahr nach dem Waldbrand hatten wir anderes im Kopf, aber seit Liz und Sam in den Waldstücken auf den Grey-

Ländereien Brombeeren und alte Himbeersträucher entdeckt und die Greys dank Rose eine Überfülle an Erdbeeren haben, wird es dieses Jahr Zeit, die Tradition wiederzubeleben. Tante Marjorie, die älteste Wölfin unseres Rudels, redet seit Tagen von nichts anderem mehr.

»Wo wir gerade von Marmelade sprechen ...«, sagt Alexia und wendet sich Manny zu. »Warum machst du dich nicht nützlich und hilfst Rose mit dem Pflücken?«

»Och, muss das sein? Ich hab' heute Nacht noch weniger geschlafen als unser Boss«, murrt Manny und versucht sich an einem Gähnen, schafft es jedoch nicht. »Die kleinen Scheißer haben keine Ruhe gegeben.«

»Hey, wie redest du denn über deine Brüder?«, rufe ich mit gespielter Strenge und stupse ihn in die Seite.

»Du hast zwei Hände und bist wach, also los jetzt, Manny«, scheucht meine Tante ihn auf.

»Aber das ist doch voll der Weiberkram«, grummelt er. »Und ich hab' noch ganz viele Hausaufgaben.«

Tante Alexia und ich tauschen einen kurzen Blick. Keiner von uns beiden glaubt dem Schlingel auch nur ein Wort.

»Schule geht vor«, sagt sie dennoch und klopft Manny fest auf die Schulter. »Ich schicke dir später Jessica vorbei, damit sie dir beim Lernen helfen kann.«

»Och, nö!«, ruft Manny niedergeschlagen.

»Jess kommt her?«, frage ich überrascht. Es ist schon eine Weile her, seitdem sie uns zuletzt besucht hat.

»Ach, du kennst doch Tante Marj. Sie hat so lange herumgemeckert, bis Jess zugestimmt hat«, sagt Alexia lachend.

»Und Jess kann ihrer Großtante nichts ausschlagen«, füge ich grinsend hinzu.

Alexia prustet los. »Da wäre ich mir nicht so sicher. Aber du kennst doch Marj. Sie kann sehr hartnäckig sein.«

»Und Cassie? Schläft sie noch?«, frage ich, weil ich meine Schwester heute noch gar nicht zu Gesicht bekommen habe.

»Sie ist schon eine Weile bei Rose, um ihr mit den Setzlingen zu helfen«, erklärt Alexia und deutet nach draußen.

»Cassie ist schon wach?«, frage ich überrascht. Wenn sie nachts so spät von der Arbeit nach Hause kommt, schläft sie sonst bis zum nächsten Mittag durch.

»Nichts für ungut, Boss, aber ich hab' dich sogar noch zwei Häuser weiter schnarchen gehört«, mischt sich Manny ein und streckt mir frech die Zunge raus.

»Ich schnarche nicht«, behaupte ich.

»Das glaubst auch nur du«, sagen Tante Alexia und Manny lachend, bevor er zur Hütte seiner Familie verschwindet.

»Glaubst du wirklich, er macht Hausaufgaben?«, frage ich meine Tante, die zur Antwort mit den Augen rollt.

»Wenn Jess sie kontrolliert, tut er das«, sagt sie, als sie die Pfanne vom Herd nimmt und mir den Speck reicht.

Ich schnaube belustigt. »Sie kann echt knallhart sein.«

Lange hält mein Lächeln jedoch nicht an, weil ich sofort an das Päckchen denken muss, das Jess mit sich herumschleppt.

Wird sie Tante Marj heute endlich davon erzählen?

»Ach, ich soll dir noch etwas von Cassie ausrichten«, sagt Alexia, als sie sich mit einem Glas Orangensaft zu mir setzt.

»Dass ich schnarche?«, frage ich, was sie lachend den Kopf schütteln lässt.

»Nein, aber das sicher auch«, sagt Tante Alexia und wird ernst. »Sie wollte, dass ich es Wort für Wort weitergebe ...«

»Schieß los.«

Sie seufzt, bevor sie ihre beste Cassie-Imitation herausholt: »Halt dich heute von der Hütte fern, verstanden? Das ist 'ne Mädelsangelegenheit, kapiert?«

Abwehrend hebe ich die Hände. »Ich hatte nicht vor, euren Weibertreff zu stören.«

»Weibertreff, hm?«, fragt Alexia und zieht mir mit einem Geschirrtuch eins über. »Aua! Ich mein' ja nur ...«

»Vorsicht, junger Mann«, knurrt meine Tante und da weiß ich, dass ich es zu weit getrieben habe. *Junger Mann* ist die Vorstufe zu meinem vollen Namen und damit das Signal, endlich meine Klappe zu halten.

Damit ich nicht aus Versehen etwas Falsches sage, stopfe ich mir in den nächsten Minuten den Mund mit Pancakes und Speck voll, spüle alles mit meinem lauwarmen Kaffee herunter und mache mich dann an die Arbeit.

»Gibt's sonst noch etwas, das ich hier reparieren muss?«, frage ich Tante Alexia, nachdem ich den Werkzeugkasten aus dem Schrank unter der Treppe geholt habe.

»Cassies Fensterladen, die Regenrinne, die blöde Schublade in der Küche und die ...«

»... lose Treppenstufe, ja, die ist mir jetzt auch aufgefallen«, murre ich und stöhne, als ich an meinen Sturz gestern denke. »Um die kümmere ich mich gleich als Erstes.«

»Besser spät als nie«, höre ich Alexia murmeln, ehe sie dazu übergeht, die Töpfe und sonstige Utensilien fürs Marmeladekochen herzurichten. »Du kannst später auch mal bei allen vorbeigehen und die Gläser abholen. Je eher, desto besser. Dann können wir sie nochmal gründlich auswaschen.«

»Mach ich«, sage ich mit einem Seufzen. Die Erschöpfung steckt mir noch in den Knochen, aber ich zwinge mich dazu, durchzuhalten. Viel länger kann ich die Reparaturen eh nicht mehr vor mir herschieben.

Und ich habe keine Lust, dass mich dieses Ding nächste Nacht wieder in meinem Traum besucht, denke ich und erschaudere, als ich die verkohlten Finger vor mir sehe. Oder den heruntergefallenen Kopf mit Dads Augen.

Nachdem ich die lose Treppenstufe mit ein paar neuen Nägeln fixiert habe, widme ich mich Cassies Fensterladen. Er braucht ein neues Scharnier, wobei ich glücklicherweise noch eines in Reserve habe. Die Schublade in der Küche ist auch schnell repariert und wird von Alexia mit einer Tasse Kaffee belohnt.

»Wahrscheinlich wirst du die ganze Rinne sauber machen müssen«, sagt sie und schaut aus dem Fenster. »Beim letzten Sturm ist einiges runtergekommen.«

»Leider«, seufze ich und bin nicht erpicht auf diese Arbeit.

»Frag doch mal Tony, ob er dir helfen kann«, schlägt Tante Alexia vor, als sie sich zwei Eimer schnappt und damit auf die Tür zumarschiert. »Der müsste heute auf Abruf Dienst haben.«

»Gute Idee«, sage ich, denn mit Tony wollte ich sowieso noch sprechen. »Und wohin gehst du damit?«

»Rose und deine Schwester beim Pflücken unterstützen. Sonst liegt Cassie mir noch tagelang in den Ohren.«

»Im Jammern ist sie echt gut«, murre ich und folge Alexia aus dem Haus.

»Mach aber zwischendurch trotzdem mal 'ne Pause. Die Arbeit läuft dir nicht davon«, sagt Tante Alexia und nickt in Richtung einer der hölzernen Liegestühle, die im Zentrum der Siedlung verteilt stehen. Auf einem davon liegt Hank mit der Tageszeitung über dem Kopf und schnarcht vor sich hin.

Die sollten sich lieber über ihn beschweren, denke ich und schüttle den Kopf.

»Nimm dir ein Beispiel an dem Faulpelz«, sagt Alexia und stupst Hank im Vorbeigehen mit einem der Eimer an.

»Hm? Was?«, macht der und blickt sich verwirrt um, ehe er die Zeitung wieder zurechtrückt und einfach weiterschläft.

Deinen Schlaf hätte ich auch gern, Hank, denke ich und seufze. *Höchste Zeit für etwas Ablenkung.*

KAPITEL 15
SO ENTSPANNT
UND RUHIG

LOUISE

»Tante Alexia!«, reißt mich Cassies aufgeregte Stimme aus meinen Gedanken und lässt mich aufblicken. Eine ältere Frau mit geflochtenen blondgrauen Haaren kommt auf uns zu.

Das ist also ihre Tante, denke ich und schlucke, als ich erkenne, dass auch sie eine Wölfin ist.

»Ich habe mich schon gefragt, wo du steckst, Cassie«, sagt die Frau lachend, als sie uns fast erreicht hat. »Hast du vor lauter Plaudern vergessen, wieso ich dich hergeschickt habe?«

Cassie stößt ein genervtes Stöhnen aus und stemmt sich von der Bank hoch. »Erdbeeren pflücken, ja, ja, ich weiß.«

»Willst du mir deine neue Freundin nicht vorstellen?«, fragt die ältere Werwölfin und wirft mir einen Blick zu, als wüsste sie längst, wer ich bin.

Nicht gerade verwunderlich, denke ich, als ich ebenfalls aufstehe. Giana und ich sind die einzigen Gäste und sicher hat sich längst herumgesprochen, dass zwei von El Rojos ehemaligen Geiseln hier eingezogen sind.

»Tante Alexia, das ist Louise«, sagt Cassie und deutet auf mich. »Louise, das ist meine Tante.«

»Freut mich«, sagt die Wölfin und reicht mir die Hand.

»Mich auch, Mrs. Segona«, entgegne ich und schüttele sie.

Cassie und ihre Tante prusten los. »Bitte, nenn mich Alexia oder Tante. Wir haben es nicht so mit Förmlichkeiten.«

»Ähm, okay …, Alexia«, sage ich. Sie *Tante* zu nennen, kommt mir irgendwie nicht richtig vor.

»Du bist eine Werwölfin«, bemerkt Alexia und mustert mich mit einem durchdringenden Blick. »Ein bisschen mager, aber das können wir ändern.«

»Und sie hat kein Rudel«, sprudelt es aus Cassie hervor.
Dieses Mädel hat wirklich keinen Filter!

»Nicht?«, fragt ihre Tante und ihr Blick wird weicher.

Betreten beiße ich mir auf die Unterlippe und sehe weg. Es ist mir peinlich, nicht dazuzugehören.

»Du musst auch immer gleich mit der Tür ins Haus fallen, Cassandra Marie Segona«, tadelt ihre Tante sie und ich bin froh, weiteren Fragen entgangen zu sein. Alexia scheint Cassies Neugier nicht zu teilen. Zum Glück!

»Hey! Warum kommst du nicht mit zu uns und hilfst beim Marmeladekochen?«, schlägt Cassie vor und klatscht in die Hände. »Dann kannst du auch sehen, wie das so ist, in einem Rudel zu leben.«

»Cassie!«, knurrt Alexia und wirft ihrer übereifrigen Nichte einen finsteren Blick zu.

»Tante!«, entgegnet Cassie genervt und stemmt trotzig die Hände in die Hüften.

Mit einem entschuldigenden Schulterzucken wendet sich Alexia mir zu. »Tut mir leid, aber du kannst natürlich gern mitkommen. Je mehr, desto besser.«

»Ich ... ähm ...«, murmele ich und weiß nicht so recht, ob ich zusagen soll. Es ist schließlich auch Markos' Rudel. Was ist, wenn ich ihm da wieder über den Weg laufe?

Bevor ich eine endgültige Entscheidung treffen kann, kehrt Rose aus dem Gasthaus zurück. Hinter ihr geht Giana, die Hände nach dem langen Gras und den vielen Pflanzen um uns herum ausgestreckt. Ihr Blick ist verträumt und abgelenkt, genau wie ich an den ersten Tagen hier. Als ich es gar nicht fassen konnte, wie sehr hier alles nur so vor Leben strotzt.

»Noch jemand, der mir meine Erdbeeren klauen will«, begrüßt Rose Alexia und schließt sie kurz in die Arme. »Hast du von Ash gehört?«

»Er bleibt heute noch mit den anderen in Arcania, kommt aber später zurück«, erzählt sie und erst da fällt mir wieder ein, dass Alexias Sohn einer der Grey-Brüder ist.

»Hat Sel wieder Gelüste?«, fragt Rose grinsend, was Alexia mit einem Schulterzucken beantwortet und dann die Eimer hochhebt, die sie mitgebracht hat. »Dürfen wir?«

»Aber klar doch«, sagt Rose mit einem stolzen Lächeln und führt uns in den hinteren Teil des Nutzgartens. Dort, unter dem lichten Dach mehrerer knorriger Obstbäume, reihen sich Erdbeerpflanzen in geraden Reihen aneinander. Gehäckseltes Schnittgut ist auf den schmalen Wegen dazwischen verteilt.

»Bedient euch.«

»Danke, Rosie«, sagt Alexia und drückt ihr die Schulter.

»Du bist echt die Einzige, die sie so nennen darf und noch nicht von ihren Schlingpflanzen erwürgt wurde«, murrt Cassie.

»Schlingpflanzen?«, frage ich verwirrt.

Rose und Alexia grinsen sich an, als die Erde um Giana und mich herum zu vibrieren beginnt. Roses Augen leuchten plötzlich in einem hellen Grün auf. Giana kreischt erschrocken und klammert sich an meinem Arm fest.

Kleine Erdbrocken explodieren rings um meine Füße, dann schießen dichte Efeuranken aus dem Gras hervor und winden sich um meine Beine. Ihr Griff ist locker, aber ich bin mir todsicher, dass Rose damit jemandem die Luft abwürgen könnte, sollte es darauf ankommen.

»Sie ist eine Dryade, falls du's nicht wusstest«, sagt Cassie, weil ich wie bedröppelt die Schlingpflanzen anstarre.

Giana stößt hinter mir ein erleichtertes Seufzen aus und streicht dann mit demselben faszinierten Blick wie eben schon über die Pflanzen an meinen Beinen.

»Aha«, sage ich und versuche, mich aus den Ranken zu befreien, will sie aber auch nicht verletzen.

Rose schnippt mit dem Finger und sofort ziehen sie sich ins Erdreich zurück. »Sorry, falls ich euch erschreckt habe.«

»Ein bisschen schon«, gebe ich zu und versuche, mein wild schlagendes Herz zu beruhigen. Als ehemalige Einwohnerin Arcanias habe ich Magie schon in vielen Formen gesehen, aber es ist immer wieder aufregend, sie auf der Haut zu spüren. Nur wünschte ich, Rose hätte mich vorgewarnt. Dann wäre mir das Herz nicht so plötzlich in die Hose gerutscht.

»Kommt ihr? Wir haben nicht den ganzen Tag Zeit zum Quatschen«, ruft uns Alexia zu, die längst an einer der langen Erdbeerreihen hockt und ihren Eimer mit Früchten füllt.

»Sam und die anderen sind wahrscheinlich schon fertig mit den Himbeeren und Brombeeren«, fügt sie ungeduldig hinzu. »Also, Beeilung, Ladies.«

»Ja, ja, wir kommen ja schon«, stöhnt Cassie und setzt sich lustlos in Bewegung.

»Hier, damit ihr genug zusammenbekommt«, sagt Rose und reicht auch Giana und mir zwei alte Eimer.

Nickend nehme ich sie entgegen und gebe einen an Giana weiter, bevor auch ich mich ans Pflücken mache. Es ist lange her, dass ich auf einem Erdbeerfeld war. Ich glaube, das letzte

Mal waren Giana und ich bei einem Schulausflug in der Grundschule dort. Gran hat nicht viel von Obst und Gemüse gehalten. Sie war eben auch eine waschechte Wölfin.

»Iss nicht so viel davon, Cassie. Sonst bleibt nichts für die Marmelade übrig«, höre ich einige Zeit später Alexias Stimme, gefolgt vom genervten Stöhnen ihrer Nichte.

»Komm schon, Tante. Hier sind so viele, da bekommen wir mehr als genug zusammen«, entgegnet diese und steckt sich gleich noch eine Erdbeere in den Mund.

»Außerdem schmecken die einfach viel zu gut«, fügt Cassie nuschelnd hinzu und wischt sich den Fruchtsaft vom Kinn.

»Bei dir ist wirklich Hopfen und Malz verloren«, grummelt ihre Tante, was Giana und mich lächeln lässt.

Die nächste Stunde verbringen wir damit, die Früchte von den Sträuchern zu zupfen und unsere Eimer zu füllen. Natürlich können Giana und ich auch nicht widerstehen und so wandert alle paar Minuten eine frische Erdbeere in meinen Mund. Ich genieße ihren süßen Geschmack, das Sonnenlicht, das durch das wogende Blätterdach über uns hereinfällt, und die kleinen Gespräche mit den anderen hier und da.

Wenn doch alle Tage so entspannt und ruhig sein könnten, denke ich mit einem sehnsuchtsvollen Seufzen, als ich mich aufrichte und meinen vollen Eimer zum Rand des Erdbeerfelds schleppe. Alexia wartet dort schon auf einer alten Holzkiste auf uns. Giana und Cassie sind noch mit dem Pflücken beschäftigt, während Rose am anderen Ende ihres Gartens herumwerkelt.

Mit einem freundlichen Lächeln klopft Alexia auf die Kiste neben sich und ich lasse mich darauf nieder.

»Du bist jeder Zeit bei uns willkommen, Louise«, sagt sie leise und drückt meine Hand. In ihrem Blick liegt nicht nur Freundlichkeit, sondern auch Verständnis. Als wüsste sie, wie einsam mein Leben ohne Rudel manchmal ist.

»Da wäre ich mir nicht so sicher«, murmele ich und wende mich ab, weil meine Augen zu brennen begonnen haben.

Ich habe mir immer gewünscht, mein Rudel zu finden. Endlich, irgendwo dazuzugehören. Doch die Segonas sind Markos’ Rudel und nach unserer letzten Begegnung und allem, was zwischen uns vorgefallen ist, kommt mir das nicht richtig vor.

Alexia will gerade noch etwas hinzufügen, als Cassie laut »Fertig!« ruft und mit ihrem vollen Korb auf uns zueilt. Auch Gia hat den Eimer bis zum Rand gefüllt, sodass die Wölfinnen nun mehr als genug für ihre Marmelade haben.

»Kommt doch trotzdem mit«, sagt Cassie, als sich Alexia von der Kiste erhebt und ihren Korb hochnimmt.

»Ihr bekommt natürlich auch eine große Ladung ab«, fügt ihre Tante mit einem freundlichen Lächeln hinzu.

»Und der Trottel ist eh viel zu beschäftigt«, fügt Cassie mit einem Zwinkern an mich gewandt hinzu.

»Trottel? So nennst du deinen Bruder?«, fragt Alexia und knufft Cassie in die Seite.

»Aber sie hat recht. Markos hat auch heute alle Hände voll zu tun«, bestätigt Cassies Tante und wirkt für einen Moment wieder besorgt, diesmal aber um ihren Neffen, wie es scheint.

»Ja, und außerdem sind Kerls beim Marmeladekochen eh nicht erlaubt«, sagt Cassie mit einem breiten Grinsen. »Nicht, dass sie da je freiwillig mitgeholfen hätten.«

»Dafür bringen sie sich anders in die Gemeinschaft ein«, entgegnet ihre Tante, aber auch sie scheint mehr als froh zu sein, bei dieser Arbeit ihre Ruhe zu haben.

Schulterzuckend drehe ich mich zu Giana um. Ich weiß nicht, ob das nicht ein bisschen zu viel für sie ist. Sie da in eine unbekannte Umgebung mit neuen Leuten mitzuschleppen …

Aber Gias Augen leuchten voller Eifer und da weiß ich, dass sie mitkommen möchte. Und wer bin ich, dass ich ihr diese kleine Freude verbiete? Vielleicht schaffen es Cassie und die anderen Wölfinnen ja sogar, sie zum Reden zu bringen?

Kleine Schritte, Lou, ermahne ich mich und folge den drei über einen Trampelpfad durch die Wiese. Giana hat gerade erst wieder angefangen, zu lächeln. Nach allem, was sie ohne mich bei El Rojo durchmachen musste, ist es sicher noch ein weiter Weg, bis ich wieder ihre Stimme höre.

Aber eines Tages, da bin ich mir sicher, werde ich wieder mit ihr reden können. Über ihre albernen Liebesschnulzen oder das nächste Blind Date, das sie mir aufschwatzen will.

Nein, damit bin ich durch, denke ich und schüttle den Kopf.

Die Siedlung der Wölfe befindet sich ein Stück vom Halfway House entfernt auf einer großen Lichtung. Gestern war ich gar nicht so weit davon entfernt, als ich Markos begegnet bin. Als hätten mich meine Beine unbewusst dorthin getragen.

Die Hütten sind einfach, ihre Dächer mit Moosteppichen bewachsen, und doch strahlen sie einen rustikalen Charme aus. Sie erinnern mich ein bisschen an Grans klappriges Haus.

»Die da hinten ist unsere«, erklärt Cassie und deutet auf die größte Hütte. Sie hat als einzige ein zweites Stockwerk.

»Da seid ihr ja!«, ruft eine Frau in meinem Alter. Sie stößt die Hüttentür mit dem Knie auf und springt die Stufen zum Boden hinab. In beiden Händen hält sie alte Weidenkörbe, die ebenfalls mit Beeren gefüllt sind, diesmal jedoch Brombeeren.

»Habt ihr viele gefunden, Liz?«, fragt Alexia die junge Frau und wirft einen prüfenden Blick in die Körbe.

»Da ist mindestens nochmal so viel an den Sträuchern«, sagt Liz und stößt ein Seufzen aus. »Kaum zu glauben, dass die Greys die einfach so verkommen lassen.«

»Die wissen halt nicht, was gut ist«, sagt Cassie lachend und dreht sich dann zu Giana und mir um.

»Liz, das sind die neuen Gäste der Greys«, stellt sie uns vor.

Ich wünschte, sie hätte das nicht gesagt. Liz, die uns eben noch mit Neugier, vielleicht auch etwas Misstrauen gemustert hat, starrt uns nun voller Mitleid an.

»Ihr seid das?«, fragt sie atemlos und will sich wohl mit der Hand an die Brust fassen, merkt dann aber, dass sie die Körbe trägt und lässt sie wieder sinken. »Es … Es tut mir so leid, was passiert ist. Kann ich … Können wir irgendwas für euch tun?«

Ich weiß nicht wieso, aber aus irgendeinem Grund weckt ihr Verhalten Wut in mir. Liz will nur nett sein, ohne zu wissen, wie sie sich uns gegenüber verhalten soll, aber ich kann das nicht mehr ertragen. Es ist, als ob ich nur aus den Erfahrungen bestehe, die ich während meiner Zeit bei El Rojo gemacht habe. Aus Angst, Verzweiflung und Schmerz. Aber da ist noch so viel mehr, was mich ausmacht. Es kommt nur langsam zurück, aber ich bin Louise *fucking* Bellard, kein Fall für die Mitleidstour.

»Ihr könntet endlich anfangen, uns wie normale Menschen zu behandeln und nicht wie psychisch labile Wracks«, zische ich und balle die freie Hand zur Faust. »Dann würden wir uns auch nicht die ganze Zeit so verdammt mickrig und hilflos fühlen. *Das könntet ihr für uns tun.*«

Ich spüre Gias Hand auf meinem Arm, die Blicke von Cassie, Alexia, aber auch einigen anderen Werwölfen, die draußen vor ihren Hütten zugange sind.

Liz blickt mich aus ihren großen wasserblauen Augen an, blinzelt nichtmal, als wäre die Zeit plötzlich stehengeblieben. Es scheint endlos lange zu dauern, aber dann nickt sie. »Okay. Gut zu wissen.«

»Gut«, presse ich hervor und dränge mich dann an ihr und den anderen Schaulustigen vorbei. Es ist zwar das erste Mal, dass ich diese Siedlung betrete, trotzdem halte ich mit hoch erhobenem Haupt auf die Hütte zu, die Cassie ihr Zuhause genannt hat. Keine Ahnung, ob es auch die ist, in der wir die verdammte Marmelade kochen werden, aber ich habe einfach keine Lust, noch länger im Mittelpunkt zu stehen. Es wird Zeit, dass Normalität einkehrt, dass man mich nicht mehr als El Rojos Opfer sieht.

Aber wenn ich das von Liz und den anderen verlange, muss ich bei mir selbst anfangen, denke ich und umfasse den Henkel meines Erdbeereimers fester. *Ich muss es erst selbst glauben, damit es wahr wird.*

Und das ist leider leichter gesagt, als getan.

KAPITEL 16
DA WARTET DIE ARBEIT AUF UNS

MARKOS

Während Tante Alexia auf den Trampelpfad zu Roses Garten zuhält, steuere ich direkt auf Tonys Hütte zu. Er teilt sie sich mit seinen Eltern und seinen Schwestern, Liz und Melly.

»Morgen, Markos!«, begrüßt mich Roman, Tonys Vater, als ich nach dem Klopfen eintrete. Sofort nimmt er die Füße vom Esstisch und setzt sich gerade hin. Früher einmal ist er fast so muskelbepackt gewesen wie sein Sohn, sein Bierbauch scheint in den letzten zwei Jahren jedoch sehr gewachsen zu sein.

»Kaffee? Oder willst du was vom Frühstück? Julie! Mach unserem Alpha noch 'ne Portion, sei so nett«, ruft er und faltet die Zeitung zusammen, in der er gelesen hat.

Abwehrend hebe ich die Hände und rufe Tonys Mutter, aus der Küche zurück. »Danke, aber ich habe schon gegessen.«

»Gut so. Sonst esst Tony und du uns noch die Haare vom Kopf«, sagt Julie mit einem Grinsen und schließt mich kurz in die Arme. »Schön, dich mal wieder zu Besuch zu haben. Ist schon lange her.«

Verlegen kratze ich mich am Kopf und weiß nicht recht, wie ich mein Fehlen entschuldigen kann. »Ist Tony da? Ich wollte ihn um einen Gefallen bitten, also eigentlich eher um drei.«

»Gerade aufgestanden«, sagt Julie und kehrt in die Küche zurück, um dort das Geschirr vom Frühstück abzuspülen.

»Drei gleich?«, fragt Tonys Vater und lehnt sich neugierig vor. »Das ist 'ne Menge. Geht's um die Wiederaufforstung?«

»Nein, dafür ist es noch so früh«, entgegne ich, wünschte aber, der Boden wäre längst bereit für mehr Pflanzen. Ein paar Bodendecker haben wir schon gesät. Sie sollen die Erde auflockern und nach ihrem Absterben mit weiteren Nährstoffen versorgen, aber die Bäumchen müssen noch warten.

»Schade, aber da kann man wohl nichts machen«, murmelt Roman, ehe er sich zum hinteren Teil des Hauses umdreht und plötzlich lautstark Tonys Namen brüllt. »Komm her, Anthony! Dein Alpha braucht deine Hilfe!«

Bei Romans lautem Organ weiß vermutlich jetzt die ganze Siedlung, dass ich bei Tony bin. Wahrscheinlich rennen sie mir später die Bude ein mit ihren Aufträgen, Bittgesuchen oder dem neusten Klatsch und Tratsch.

Und sie haben jedes Recht dazu, sage ich mir innerlich und zwinge mich zur Ruhe. Als ihr Alpha ist es meine Pflicht, sie anzuhören und ihnen so gut zu helfen, wie ich nur kann. Dad hat das auch immer so gehandhabt, auch wenn er manchmal von Sonnenaufgang bis weit in die Nacht in unserer Siedlung unterwegs war.

»Morgen, Boss! Was bringt dich hierher?«, fragt Tony, als er gähnend aus einem der hinteren Zimmer in die Wohnküche kommt. Er trägt eine Jeans, die an einem Knie zerrissen ist, und ein offenes Flanellhemd über einem weißen Shirt. Es spannt an seinen Armen und wird sicher bald reißen, wenn Tony noch mehr Muskeln zulegt.

»Arbeit«, sage ich, was ihm ein Stöhnen entlockt. »Und zwei Bitten.«

»Jetzt sind es nur noch zwei?«, fragt Roman und mustert mich mit gerunzelter Stirn.

»Dad, muss das sein?«, fragt Tony genervt und schiebt mich zur Tür, als auch Melly, seine jüngste Schwester, am anderen Ende der Küche auftaucht.

»Lass uns draußen weiterreden«, schlägt Tony vor, was mir nur recht ist. Denn da wartet die Arbeit auf uns.

»Was machst du denn mit der Leiter?«, fragt Tony, als er das klapprige Ding neben meiner Hütte lehnen sieht.

»Dachrinnen säubern«, sage ich und zwinkere ihm zu.

»Och, nö«, murrt Tony, folgt mir aber ohne weitere Proteste hinüber. »Und ich dachte, ich kann heute mal ausspannen wie Hank da drüben.«

Seufzend deutet er auf den Rudelfaulpelz, der noch immer auf seiner Liege hockt und schnarcht, obwohl um ihn herum die halbe Siedlung auf den Beinen ist.

»Du könntest das auch mal gebrauchen«, sagt Tony, als ich die Leiter schon fast erreicht habe. »Nichts für ungut, aber du hast echt schon mal besser ausgesehen.«

»Schlafen kann ich auch, wenn ich tot bin«, sage ich und gehe weiter.

Tony stößt ein leises Lachen aus. »Weisheiten von unserem Alpha? So früh am Morgen?«

Ich zucke mit den Schultern. »Ist nur was, was mein Dad manchmal gesagt hat.«

»Hmm, ihr Segonas neigt zum Übertreiben«, brummt Tony und tritt neben mich an die Leiter. »Aber keine Sorge, ich fang' dich auch auf, wenn du runterfällst.«

Ich schnaube belustigt. »Du meinst wohl eher, du machst mir Platz, damit ich nicht auf dir lande.«

Tony schnippt mit dem Finger. »Du hast's erfasst.«

»Halt einfach die Leiter fest. Den Rest erledige ich«, sage ich und rücke das alte Ding zurecht. Bevor ich die Sprossen hinaufsteige, überlege ich, ob ich mir nicht doch die neue Aluleiter von Galina ausleihen soll, verwerfe den Gedanken aber gleich wieder. Dazu müsste ich nämlich ins Halfway House und nach gestern Nachmittag und meinen erfolglosen Versuchen, einen Brief an Louise zu schreiben, möchte ich ihr nicht sofort wieder über den Weg laufen.

»Gehst du später noch nach Arcania?«, fragt Tony, während ich den Siff aus der Regenrinne kratze.

»Nein, ich bleibe hier. Morgen wahrscheinlich auch noch«, sage ich und verziehe bei dem Gestank nach modrigen Blättern, schalem Regenwasser und Moosmatsch das Gesicht.

»Na, das ist ja mal was ganz was Neues«, sagt Tony und kurz wackelt die Leiter. »Lange her, dass du so präsent warst hier.«

Ich seufze und lasse den Kopf hängen. Keine gute Idee, denn dadurch atme ich gleich wieder den widerlichen Gestank ein.

Gerechte Strafe, denke ich und blicke zu Tony hinunter.

»Ich weiß, und es tut mir leid«, sage ich leise und kämpfe gegen die Schuldgefühle an. »Aber jetzt bin ich ja hier.«

»Schon okay. Wir wissen ja, wie viel du zu tun hast«, sagt Tony und wirkt nicht wütend darüber, dass ich mein Rudel in den letzten Tagen so oft habe hängen lassen. »Und ab und an braucht auch unser Alpha mal 'ne Pause.«

»Was habe ich eben gesagt? Schlafen kann ich auch, wenn ich ...«, setze ich an, werde aber von Tonys ernster Stimme unterbrochen: »Ja, ja, ja, nur nützt du uns dann auch nichts mehr. Wenn du so weitermachst, passiert das früher, als du denkst, Marky.«

Mit einem Knurren wende ich mich wieder der Regenrinne zu. Jetzt liegt mir Tony damit auch noch in den Ohren!

Und dann dieser blöde Spitzname!, denke ich und donnere eine Handvoll Schmodder in den Eimer, dass es spritzt.

»Hey, ich wollte dich sowieso, was fragen«, sagt Tony, als ich ein paar Minuten später von der Leiter steige, um sie zu verschieben. »Soll ich eine von Phils Rift-Schichten übernehmen, solange er bei Lucy im Krankenhaus ist?«

»Das … ähm …«, stammele ich und bin überrascht, dass er es von sich aus anbietet. »Darum wollte ich dich eh bitten.«

»*Great minds think alike*«, entgegnet er mit einem Augenzwinkern und fährt sich dann doch verlegen durch das dichte rotblonde Haar. »Aber kann ich dich noch um 'nen Gefallen bitten deswegen?«

Verwundert halte ich auf halbem Weg zurück nach oben inne, weil er plötzlich so leise spricht. »Was denn?«

Energisch winkt mich Tony zu sich herunter und wird ganz rot im Gesicht. »Kannst du … Also, ähm …«

»Spuck's schon aus!«, sage ich und stoße ihn in die Seite.

»Kannst du mir Phils Schicht mit Sam geben?«, presst Tony so leise hervor, dass ich kurz brauche, bis ich ihn verstehe.

»Sam?«, frage ich und runzele die Stirn. »Aber warum die Heimlichtuerei?«

»Mann, nicht so laut!«, knurrt er. »Ich will nicht, dass sie's hört. Oder irgendwer sonst.«

»Da bist du in einer Siedlung voller Wölfe aber am falschen Ort, Kumpel«, sage ich lachend, doch so ernst und panisch, wie Tony dreinblickt, senke auch ich meine Stimme. »Also gut, ich sorg' dafür, dass ihr die Schicht zusammen bekommt.«

»*Yes*!«, ruft Tony und reckt glücklich die Faust gen Himmel. Als er merkt, dass nicht nur ich ihn neugierig anstarre, wendet er sich betreten ab und unterzieht stattdessen den weißen Lack der Holzfassade einer genauen Musterung.

»Wieso ausgerechnet Sam? Läuft da etwa was und ich weiß nichts davon?«, ziehe ich ihn auf, was ihn herumwirbeln lässt. Schneller, als ich ihm zugetraut hätte, packt er mich und presst mir die Hand auf den Mund, als hätte ich gerade ein Staatsgeheimnis an unseren größten Feind ausgeplaudert.

»Kein Wort zu niemandem darüber, verstanden?«, zischt er und blickt sich wachsam um. »Wenn Sam das rauskriegt, reißt sie mir den Kopf ab.«

»Wie lange geht das schon zwischen euch? Ich dachte, ihr wärt nur gut befreundet nach der Brightcliff-Sache«, frage ich, nachdem Tony mich losgelassen hat.

Energisch schüttelt er den Kopf.

»Sind wir ja auch. Noch, also ähm ... Sam und ich sind nur Freunde, verstanden?«, stammelt er. Da liegt aber eine tiefe Sehnsucht in seinen wasserblauen Augen, die mir zeigt, dass zumindest Tony sich mehr wünscht.

»Ah, verstehe«, sage ich, als ich begreife, was los ist. »Sam weiß noch nichts von ihrem Glück?«

»Ja, Mann, aber wenn du weiter so laut sprichst ...«, knurrt Tony und dreht sich in Richtung Sams Hütte um, die sie sich mit der grantigen Tante Marj teilt.

»Ich hab's kapiert«, sage ich und klopfe ihm aufmunternd auf die Schulter. »Du solltest es ihr trotzdem sagen. Wenn du willst kannst du auch mit mir noch eine Schicht tauschen. Sam und ich hätten übermorgen die ...«

»Nein, Alter, bist du bescheuert? Das merkt sie doch sofort, dass da was nicht stimmt«, wispert Tony und sein Herzschlag beschleunigt sich so schnell, dass ich ein leises Lachen nicht unterdrücken kann.

Wer hätte das gedacht?, denke ich und schüttle den Kopf. Aber die beiden passen gut zusammen. Es wundert mich, dass es so lange gedauert hat.

»Also hast du Sam damals nicht nur aus Nettigkeit unter Rudelmitgliedern geholfen?«, bohre ich nach, weil ich weiß, wie sehr sich Tony nach Sams und Ryans Trennung um sie gekümmert hat. Alexia und Cassie sind zwar der Meinung, dass mir die Segona-Neugier nicht vererbt wurde, aber manchmal geht sie dann doch mit mir durch.

»So war das nicht, Markos«, murrt Tony und schüttelt erst den Kopf, bevor er die Schultern zuckt, als wäre er sich selbst nicht sicher. »Oder doch ... Mann, ich weiß es doch auch nicht. Ist doch auch egal, oder?«

»Stimmt«, sage ich und belasse es vorerst dabei. Ich hätte Tony zwar gern noch mehr ausgefragt, aber in der Siedlung haben selbst die Wände Ohren.

»Mein Angebot steht trotzdem, wenn du etwas mehr Zeit mit ihr brauchst«, sage ich, nachdem ich auch den restlichen Schlick aus der Regenrinne entfernt habe.

Tony, der mir gerade ein Ersatzteil für die durchgerostete Stelle hochreichen will, lässt es fast fallen.

»Danke, aber Sam ist viel zu schlau dafür«, sagt er und wird schon wieder rot.

Kopfschüttelnd nehme ich das Ersatzstück entgegen und tausche es aus, bevor ich von der Leiter steige. Es überrascht mich, dass sie durchgehalten hat, ohne auseinanderzufallen.

»Erledigt«, sage ich mit einem zufriedenen Lächeln hinauf zur Regenrinne. »Da kann der nächste Sturm kommen.«

»Ugh! Bloß nicht. Bei uns zieht's dann immer so. Ich glaube, da ist irgendwo ein Riss im Dach oder so«, murrt Tony und schüttelt sich.

»Können wir uns auch gleich anschauen, wenn du magst«, schlage ich vor und deute auf die klapprige Leiter. »Wenn wir die schon mal draußen haben ... Warum nicht?«

»Was ist denn plötzlich in dich gefahren, Boss?«, fragt Tony lachend, scheint aber erleichtert über das Angebot zu sein.

»Was war's denn jetzt?«, fragt Tonys Dad, als ich nach getaner Arbeit von der Leiter heruntersteige.

»Mehrere Risse in der Dachpappe«, sage ich und deute auf die Teile, die ich entfernen musste. »Wir hatten zum Glück noch Ersatz von damals übrig.«

»Ein Hoch auf die Brightcliffs für ihre Hilfe«, sagt Roman und prostet uns mit seiner Kaffeetasse zu.

»Ja, die ach so tollen Brightcliffs«, knurrt Tony und kickt gegen die kaputten Stücke Dachpappe auf dem Boden.

Auch in mir kommt die Wut hoch, wenn ich daran denke, was Sam alles wegen Ryan durchmachen musste.

»Hätten wir damals nicht alles verloren gehabt, hätte ich diesem Arschloch gerne mal das Fell über die Ohren gezogen«, knurrt Tony leise und stampft jetzt auf der Pappe herum.

»Ich hätte dich nicht aufgehalten«, sage ich und werfe einen verstohlenen Blick auf Sams Hütte. Bisher habe ich sie noch nicht draußen gesehen. Wahrscheinlich schläft sie nach der langen Nacht am Rift noch.

»Da sind ja meine starken Männer!«, ruft jemand hinter uns, der sich verdächtig nach Tante Marj anhört.

»Meint die uns?«, flüstert mir Tony zu.

Keuchend kommt die alte Wölfin auf uns zu.

»Jep, scheint so«, erwidere ich und ahne schon, dass Marj einen Anschlag auf Tony und mich vorhat. Sonst hält sie sich mit Komplimenten und Lob stark zurück.

»Warum musste ich dir heute unbedingt helfen?«, murrt Tony. »Wetten, dass das bis heute Abend nicht mehr aufhört?«

»Sorry«, sage ich, bin aber froh, nicht allein vom Rest des Rudels eingespannt zu werden. »Was gibt's, Tante Marjorie?«

»Gläser. Jede Menge Gläser«, japst sie und macht eine ausladende Bewegung, die die gesamte Siedlung einschließt. »Die müssen … alle zu Julie … gebracht werden. Sofort!«

»Immer mit der Ruhe, Marj. So wichtig ist das Marmeladekochen jetzt auch wieder nicht«, wirft Tonys Dad ein und erntet dafür einen festen Klaps gegen den Hinterkopf.

»Sag du mir nicht, was wichtig ist, Roman Anthony Wells!«, keift Tante Marj, ehe sie sich wieder zu uns umdreht. »Worauf wartet ihr? Die Gläser tragen sich nicht allein!«

»Dafür bist du mir echt was schuldig, Boss«, sagt Tony mit grimmigem Blick, als er Tante Marjes ausgestreckter Hand zur ersten Hütte folgt.

Lachend eile ich ihm hinterher. »Schon vergessen, dass ich dir gerade mehr Zeit mit deiner Liebsten verschafft habe?«

»Sie ist nicht meine …«, setzt er an, wird aber von Tante Marj unterbrochen. Dafür, dass sie zu den ältesten Wölfen des Rudels zählt, hört sie erstaunlich gut. »Du hast eine Freundin, Tony? Warum erfahren wir erst jetzt davon, hm? Wer ist sie? Kommt sie aus einem guten Rudel? Kann sie kochen?«

Auf dem ganzen Weg zu Tante Marjes Hütte bombardiert sie Tony mit Fragen.

»Na, vielen Dank auch, Boss«, knurrt er mir zu, ehe er sich eine der alten Holzkisten voller leerer Gläser schnappt.

»Ein bisschen vorsichtiger, wenn's geht, oder du bekommst nichts davon ab!«, droht Tante Marj und gibt nun auch Tony einen Klaps auf den Hinterkopf. »Wie der Vater, so der Sohn.«

»Aua! Tante Marj, echt jetzt! Wenn du mich schlägst, lasse ich sie erst recht fallen«, motzt Tony und versucht vergeblich ihrem nächsten Klaps auszuweichen.

»Untersteh dich!«, knurrt Tante Marj und folgt ihm so dicht auf die Fersen, als wären die beiden miteinander verwachsen.

»Was für ein Lärm!«, höre ich eine vertraute Stimme hinter mir sagen. Sam steht grinsend im Türrahmen.

»Du bist schon wach?«

»Bei dem Krach? Wer kann da schon schlafen?«, entgegnet Sam und stößt ein herzhaftes Gähnen aus.

»Hank«, sage ich und deute über die Schulter, wo er noch immer in der Sonne liegt.

»Alter Faulpelz«, murrt Sam und fährt sich durch ihre verstrubbelten Haare. »War Tony gerade hier oder hab' ich mich verhört?«

Neugierig mustere ich sie und frage mich, ob sie ähnliche Gefühle für ihn hat. Sollte das der Fall sein, zeigt sie das jedoch nicht so deutlich wie Tony vorhin.

»Ja, wir helfen Tante Marj mit den Gläsern«, sage ich und blicke mich nach den beiden um. Von ihnen ist nichts mehr zu sehen. Wahrscheinlich haben sie sie schon ins Haus gebracht, wo Julie und ihre Tochter Melly sie spülen werden.

»Ah, hat sie also ein Opfer gefunden?«, fragt Sam lachend.

Ich kann nur die Schultern zucken. »Sieht so aus.«

»Jess kommt heute«, sagt Sam leise und wirft mir einen bedeutungsvollen Blick zu. Sie ist die einzige, die neben mir von Jessicas Geheimnis weiß.

»Hab' ich schon gehört. Glaubst du, sie …?«

Sam zuckt mit den Schultern und wirkt plötzlich besorgt. »Vielleicht. Wer weiß das schon bei ihr.«

»Stimmt, wäre ja nicht das erste Mal, dass sie Marj davon erzählen wollte«, sage ich und seufze.

»Lass uns einfach für sie da sein, egal was sie tut«, schlägt Sam vor und ich nicke. »Natürlich.«

»Nicht quatschen! Schleppen, Junge!«, keift Tante Marj, als sie aus der Hütte von Tonys Familie kommt und mich neben Sam stehen sieht. »Du magst unser Alpha sein, aber das bedeutet nicht, dass wir dich hier verschonen, also los!«

»Beeil dich lieber, bevor sie noch auf dich losgeht«, sagt Sam lachend und verschwindet wieder in der Hütte.

Das hätte mir heute noch gefehlt, denke ich und hebe mit einem Seufzen die erste von vielen Kisten hoch.

»Wer Marmelade will, muss auch was dafür tun«, ruft Tante Marj quer durch die Siedlung und reißt dann sogar den armen Hank von seiner Liege hoch. »Auch du, du alter Faulpelz!«

KAPITEL 17
O BOO-HOO, LOUISE

LOUISE

Liz scheint mir meinen kleinen Wutausbruch zum Glück nicht übelzunehmen. Sie tut genau das, worum ich sie gebeten habe: Sie behandelt mich wie einen normalen Menschen, nicht wie ein Opfer, das man mit Samthandschuhen anfassen muss.

In Alexias und Cassies Küche waschen wir zunächst die Beeren. Währenddessen treffen noch weitere Wölfinnen ein. Eine von ihnen ist ebenfalls in unserem Alter. Alexia stellt sie Giana und mir als Samantha vor.

Eine Wölfin namens Kayla muss bei ihren Kindern bleiben, weil sie wohl an den Windpocken erkrankt sind, und eine Jess ist laut Samantha *fashionably late*, wie es für die Einwohner Arcanias typisch ist.

Die anderen beiden Frauen, die verspätet eintreffen, gehen gekrümmt. Tiefe Falten auf ihrer Stirn zeugen davon, dass sie in ihren langen Leben schon einiges durchgemacht haben.

Haben sie das nicht alle?, frage ich mich mit einen Blick auf die Segona-Wölfinnen. Vielleicht behandeln sie Gia und mich deshalb so normal. Weil sie wissen, wie es ist, sich in der Rolle des Opfers wiederzufinden.

»Also gut, meine Damen«, sagt eine der ältesten Frauen. Ich glaube, sie heißt Tante Marjorie. »Es wird Zeit fürs jährliche Marmeladekochen.«

Die Wölfinnen erheben ihre Gläser und Tassen und Giana tut es ihnen gleich, ein gelöstes Lächeln auf den Lippen.

»Lucy kann heute leider nicht bei uns sein«, fährt Marjorie fort und ich höre sie allesamt einen kollektiven Seufzer der Besorgnis ausstoßen. »Vielleicht geht es ihr und ihren Drillingen besser, wenn wir ihnen ein Gläschen hiervon vorbeibringen.«

»Bei Lucy wäre ein Eimer angebrachter«, sagt Cassie, wobei die anderen Frauen in ihr Lachen miteinstimmen.

»Recht hast du, Klein-Cassandra«, stimmt Tante Marjorie mit einem Nicken zu. »Sie ist eine ziemliche Naschkatze.«

»Und sie isst für vier«, fügt Liz hinzu, was mich überrascht die Stirn runzeln lässt.

»Lucy ist schwanger mit Drillingen und hat im Krankenhaus Bettruhe verordnet bekommen«, flüstert mir Samantha zu, die gemerkt haben muss, dass ich nicht ganz mitkomme.

»Dann kann sie die Marmelade echt dringend gebrauchen«, murre ich und muss an den Fraß denken, den sie dort als Essen ausgegeben haben.

»Julie und Melly spülen in ihrem Haus noch die restlichen Gläser und kommen später dann dazu«, sagt Tante Marjorie und blickt sich dann in der Runde um.

»Sam, du bist für die Erdbeeren zuständig«, weist Marjorie sie an und deutet auf die Früchte, die wir aus Roses Garten mitgebracht haben.

»Ich glaube, da könnte ich etwas Hilfe gebrauchen«, sagt sie und dreht sich ausgerechnet zu mir um. »Louise, richtig?«

Ich nicke und werde das Gefühl nicht los, dass ich gerade kurz vor einem Test stehe, von dem ich nicht einmal wusste, dass er stattfinden würde.

»Ich hab' schon viel über dich gehört«, höre ich Samantha sagen, als sie sich die gewaschenen Erdbeeren schnappt und sie zur Hintertüre trägt. »Komm, lass sie uns draußen putzen. Es ist so schönes Wetter.«

»Ähm ...«, murmele ich und sehe mich unsicher um.

»Na, mach schon, Mädchen. Hier werden keine Däumchen gedreht«, heischt mich Marjorie an und schiebt mich auf die Tür zu. »Wenn du brav bist, beißt sie dich auch nicht.«

Mit einem letzten Augenzwinkern schließt die alte Wölfin die Tür hinter sich, sodass ich allein mit Samantha und den Erdbeeren auf der hinteren Veranda stehe.

Die hölzerne Plattform ist nicht gerade groß und wirkt so verwittert und morsch, als würde sie sofort zusammenbrechen, sollte sich noch jemand zu uns gesellen. Ich muss an Giana denken, will sie nicht zu lange alleine lassen. Erst als ich ihr helles Lachen durch das geöffnete Küchenfenster höre, entspanne ich mich ein bisschen. Jedenfalls so lange, bis ich mich zu Samantha umdrehe.

»Du bist also Louise«, sagt sie, wobei ich mir nicht sicher bin, ob es eine Feststellung oder eine Frage ist. Wieder mustert sie mich mit neugierigem Blick. Den Kopf hat sie dabei schräggelegt, als wäre sie ein Wervogel und keine Werwölfin.

Mann, selbst deine Scherze waren schon mal besser, Lou, rügt mich meine innere Stimme, doch ignoriere ich sie.

»Wie gefällt es dir bei den Greys? Gehen sie dir schon auf die Nerven?«, fragt Samantha und lässt sich auf einen von zwei Holzstühlen sinken, die an der Hauswand stehen. Sie zieht sich einen Eimer Erdbeeren und eine leere Schüssel heran und beginnt, die Früchte zu putzen und in Viertel zu teilen.

Zögerlich setze ich mich zu ihr, weil ich das Gefühl nicht loswerde, dass sie mich nicht mag. Dass es noch einen anderen Grund gibt als das gute Wetter und die vielen Beeren, weshalb sie mich mit nach draußen genommen hat.

»Es ist besser als das Krankenhaus«, sage ich nach einer Weile und nehme mir den zweiten Eimer vor. Wie Samantha auch lasse ich den Abfall auf den Boden fallen.

»Aber euch fällt auch da langsam die Decke auf den Kopf.«

Wieder bin ich nicht sicher, ob das eine Frage ist, weshalb ich nur mit den Schultern zucke. Unruhig blicke ich zu ihr hinüber, kann an ihrem Gesicht jedoch nicht lesen, was in ihr vorgeht. Will sie nur freundlich sein?

Ich hab schon viel über dich gehört, hat sie eben gesagt. Hat Cassie ihr von meiner Begegnung mit Markos erzählt? Oder meint sie damit die Zeitungsartikel über meine und Gianas Rettung aus El Rojos Gefangenschaft?

»Entspann dich, Louise«, sagt Samantha, als hätte sie meine Gedanken gehört. Aber das kann nur Selena. Werwölfe sind dazu nicht in der Lage, glaube ich jedenfalls.

»Ich bin entspannt, Samantha«, entgegne ich und schneide mit einer solchen Wucht in die Erdbeere, dass ich gerade noch so die Hand wegziehen kann, bevor das scharfe Küchenmesser meine Haut trifft. Mit einem leisen Plopp landet die Erdbeere auf dem Boden.

»Sieht man ja«, kommentiert die Wölfin mit einem Seufzen, ohne von ihrer Arbeit aufzusehen. »Und nenn mich bitte Sam. Samantha nennen mich nur die alten Weiber.«

»Wen nennst du alte Weiber, Samantha Calder?«, kommt es aus dem Inneren der Küche.

»Warum fühlst du dich denn angesprochen, Tante Marj?«, kontert Sam, was mir ein leises Lachen entlockt.

Ein verärgertes Fluchen, gefolgt vom Gelächter der anderen Köchinnen, lässt Sam und mich schmunzeln.

»Tut mir leid, wenn ich dich grad verunsichert hab'«, sagt Sam nach kurzem Schweigen und hebt zum ersten Mal den Blick. »Ich bin einfach nur neugierig, wie du so bist.«

»Wegen der Sache mit El Rojo?«, frage ich und kann nicht verhindern, dass ich genervt klinge. »Und? Entspreche ich den Erwartungen? Oder dachtest du, es wäre schlimmer?«

»Nicht wegen El Rojo«, sagt Sam und schüttelt langsam den Kopf. »Und so schlimm siehst du gar nicht aus. Im Gegenteil. Du könntest nur ein bisschen mehr auf den Rippen vertragen.«

Obwohl ich Sam seit gerademal zwanzig Minuten kenne, knufft sie mir in die Seite als wären wir alte Freundinnen.

»Hab' ich auch schon gesagt«, schallt Alexias Stimme aus dem Inneren zu uns hinaus zusammen mit zustimmendem Gemurmel der anderen Wölfinnen. »Aber wir bekommen das schon hin.«

»Haben euch die verdammten Greys nichts zu essen gegeben, oder was?«, blafft Tante Marjorie, woraufhin Giana ein glockenhelles Lachen ausstößt, das mir das Herz erwärmt.

»Ich meine es ernst«, sagt Sam leise, während die anderen sich noch über die Greys auslassen. »Ich bin froh, dass es euch besser geht.«

»Danke«, murmele ich. »Wir hatten einfach Glück. Für El Rojo waren wir nicht gut oder hübsch genug, um in seinem Harem zu landen.«

»Dieser scheißverdammte Drecksack«, knurrt Sam plötzlich mit erhobenem Messer und lässt mich erschrocken vor ihr zurückweichen. »Wenn wir den in die Finger kriegen, machen wir Hackfleisch aus ihm. Aber nur ganz, ganz langsam, damit er schön leiden muss.«

»Samantha!«, kommt es von Tante Marjorie tadelnd.

»Was denn, Tante Marj? Was hättest du getan, wenn er das mit mir oder Jess angestellt hätte, hm?«, blafft Sam und wirft einen bedrohlichen Blick durch die Küchenfenster. »Nur weil sie nicht zu unserem Rudel gehört, heißt das noch lange nicht, dass wir nichts unternehmen sollten.«

Nur weil sie nicht zu unserem Rudel gehört.

Diese Worte versetzen meinem Herzen einen so heftigen Stich, dass ich mein Messer fallen lasse. Einen Moment lang bekomme ich kaum Luft und kämpfe mit den Tränen. Ich weiß nicht, was ich gedacht habe, als ich mit Giana hergekommen bin, aber ein Teil von mir wäre am liebsten geblieben.

»Ich finde, Sam hat recht«, sagt Cassie. »Wahrscheinlich bräuchten wir gar nicht das ganze Rudel, um es dem Kerl heimzuzahlen.«

»Stimmt«, sagt Sam und ihre Mundwinkel zucken. »Unser Alpha würde das Monster mit Freuden auseinandernehmen.«

Da wäre ich mir nicht so sicher, denke ich, sage aber nichts und nehme lieber wieder meine Arbeit auf. Zu dumm, dass meine Finger jetzt heftig zittern und mein Herz ein kleines bisschen schneller schlägt.

»Dem gehört der Schwanz abgehackt und die Eier mit dazu«, murrt Sam und putzt ihre Erdbeeren mit einer solchen Wut, dass ich um die Sicherheit ihrer Finger bange. »Und dann die Haut abgezogen, Chlor in die Wunden geschüttet und ...«

»Kannst du bitte damit aufhören?«, frage ich leise, weil mir allein bei der Vorstellung schlecht wird. Wenn man als Frau bei El Rojos Geiseln und Schuldnern landet, lebt man noch eine Weile. Bei den Männern ist das anders. Entweder sie müssen sich an einer seiner Baustellen zu Tode schuften, oder ...

Wieder fällt mir das Messer aus der Hand. Ich presse mir die Hände auf die Ohren, als das Echo ihrer Schmerzensschreie in meinen Erinnerungen ertönt. Die Kammern, in denen El Rojo sie gefoltert hat, waren in der Nähe von unserer Zelle. Wir haben zwar nie gesehen, was er mit ihnen angestellt hat, aber Sams Gewaltphantasien haben sicher einiges damit gemein.

»Tut mir leid«, sagt Sam nach einer Weile, die ich damit verbracht habe, ruhig zu atmen und die Erinnerungen an damals zu verdrängen. Sie wirft mir einen entschuldigenden Blick zu. »Seit meiner letzten Beziehung hatte ich viel Zeit, mir kreative Schimpfwörter und Vergeltungsszenarien auszudenken.«

»Dann muss der Typ aber schön was ausgefressen haben«, murmele ich und schüttle mich bei der Vorstellung, einer wütenden Sam ausgeliefert zu sein.

»Und wie!«, knurrt Sam und stößt ihr Messer in die Armlehne des Stuhls. »Ryan Brightcliff, dieser verdammte Arsch!«

Überrascht reiße ich die Augen auf. »Warte ... Hast du Ryan Brightcliff gesagt?«

Seit ich weiß, dass Markos nicht der echte Ryan ist, habe ich mich gefragt, wie es gewesen wäre, wäre damals alles nach Plan verlaufen. Wenn ich den echten Ryan Brightcliff getroffen hätte, mit dem mich Giana in jener Nacht verkuppeln wollte.

Sam stößt ein Schnauben aus und nickt. »Ein ganzes Jahr habe ich an dieses Schwein verschwendet.«

In meinen Fantasien tief in den Eingeweiden von El Rojos Hölle, war Ryan, der echte wohlgemerkt, wie ein Ritter in strahlender Rüstung. Und ich war verdammt wütend auf den falschen Ryan, dass er mich dieser Chance beraubt hat.

Tja, scheint so, als hättest du nochmal Glück gehabt, Lou, denke ich, als ich Sams wutverzerrten Blick bemerke. Die Hände hat sie fest zu Fäusten geballt. Sie hechelt, ihr Herz schlägt viel zu schnell, als hätte sie die Wölfin in sich kaum noch unter Kontrolle.

»Fürs Bett war ich gut genug, ein netter Zeitvertreib, aber wenn es darum ging, mich seinen Eltern vorzustellen oder mich zu einer ihrer Veranstaltungen einzuladen ...« Sam stößt ein bedrohliches Knurren aus und ich bete inständig, dass sie und der echte Ryan sich in nächster Zeit lieber nicht über den Weg laufen.

So, wie sich das anhört, hätte er es nicht anders verdient, grummelt eine fiese Stimme in mir, doch schüttle ich langsam den Kopf. Gewalt hat noch nie etwas gebracht.

»Und am Ende hat er über eine verfickte Textnachricht mit mir Schluss gemacht«, fährt Sam fort und stößt heftig die Luft aus. Die Hände hat sie mittlerweile in die Armlehnen ihres Stuhls gekrallt. Das Holz splittert unter ihren Nägeln, die sich in Wolfskrallen verwandelt haben.

»Der Scheißkerl ist es echt nicht wert, Sammy«, höre ich Liz durch das geöffnete Küchenfenster rufen. Wut und Mitleid liegen in ihrer Stimme, was ich nur zu gut nachvollziehen kann.

»Glaub mir, Louise«, sagt Sam, als sie sich nach ein paar tiefen Atemzügen wieder beruhigt. »Du kannst froh sein, dass du ihm damals nicht begegnet bist. Markos mag dich zwar angelogen haben, aber er hatte seine Gründe.«

»Ist das dein Ernst?«, frage ich und springe von meinem Platz auf. »Du verteidigst ihn auch noch?«

Wütend steige ich von der Veranda. Ich weiß nicht, wo ich hingehe, meine Füße tragen mich fort von der Siedlung, tiefer in den angrenzenden Wald hinein. Aber ich weiß, dass ich das nicht hören will. Nicht von Sam, Cassie oder Alexia. Wenn, dann nur von Markos, aber dem bin ich noch nicht gewachsen. Noch lange nicht.

»Louise! Warte!«, ruft Sam und läuft mir hinterher. Sie hat längere Beine als ich und mich schnell eingeholt. Von der Siedlung ist trotzdem nichts mehr zu erkennen. Nur Eichen und dichtes, saftig grünes Gebüsch rings um uns herum.

»Ich will das nicht mehr hören, okay?«, sage ich und reiße mich von Sam los, als sie mich an der Schulter berührt. »Ich dachte, ich könnte einen Tag lang mal ohne die ganze Scheiße von vor zwei Jahren auskommen.«

»Es … Es tut mir leid«, sagt Sam. »Ich dachte nur … Ich sehe euch beide leiden, obwohl es so einfach wäre, euch …«

»Einfach?«, frage ich und schüttle den Kopf. »Nichts an meinem verkorksten Leben ist einfach, Sam.«

»O boo-hoo, Louise«, ruft Sam und lässt mich überrascht zu ihr aufblicken. »Wessen Leben ist schon einfach, hm?«

Wütend schiebt sie sich die Ärmel ihres Hemds hoch und reibt sich über die verschwitzte Stirn. Dabei fällt mein Blick auf einen tiefroten Streifen ihrer Haut.

»Verbrennungen«, sagt Sam, als sie bemerkt, dass ich sie anstarre. »Vom Waldbrand.«

Entsetzt sauge ich die Luft ein. »Du warst dabei?«

»Natürlich war ich dabei, was glaubst du denn? Es war auch mein Zuhause«, fährt Sam mich an.

»Ich … Es …«, stammele ich und merke, wie idiotisch ich mich gerade verhalten habe. Auch Sam und der Rest ihres Rudels haben in den letzten Jahren viel durchmachen müssen.

Gut gemacht, Louise. Wieder mal nur an dich gedacht.

»Wäre Markos nicht gewesen, würde ich nicht mehr leben«, fügt Sam tonlos hinzu und wendet mir den Rücken zu. »Ohne ihn und seinen Vater gäbe es vermutlich kein Rudel mehr.«

Ich schweige, weil ich nicht weiß, was ich sagen soll. Dass Sam keine Mitleidsbekundungen hören möchte, ist mir mehr als bewusst. Geht mir ja auch so.

»Ich war eine der Ersten, die versucht hat, den Brand zu löschen«, fährt Sam fort und lässt sich auf den Waldboden sinken, als hätte sie nicht länger die Kraft sich aufrecht zu halten. »Aber die Flammen waren zu stark. Und es war zu trocken, hatte seit Wochen nicht gescheit geregnet. Wir hatten keine Chance.«

Ihre Schultern beben, als sie stockend Luft holt. »Ich habe noch heute Albträume von den Schreien. Meine Eltern …«

Diesen Satz sagt sie so leise, dass ich ihn ohne mein feines Wolfsgehör wahrscheinlich nicht gehört hätte. Ein Schluchzen bringt ihren ganzen Körper zum Erzittern, aber ich hüte mich davor, sie in den Arm zu nehmen. Instinktiv weiß ich, dass Sam das nicht wollen würde. Dass sie es nicht ertragen könnte. In diesem Punkt sind wir uns sehr ähnlich.

»Es war schlimm für mich, aber für Markos ... Ich weiß immer noch nicht, wie er es geschafft hat, sich um uns andere zu kümmern«, wispert Sam und lässt ein Blatt zwischen ihren Fingern zerbröseln. »Von uns allen hat er an diesem Tag am meisten verloren.«

»Seinen Vater?«

Sam saugt die Luft ein und nickt. »Und seinen Bruder.«

»Markos hatte einen Bruder?«, frage ich überrascht, weil ich davon zum ersten Mal höre. Cassie hat ihn nicht erwähnt.

Wahrscheinlich weil die Erinnerung zu sehr schmerzt, denke ich bestürzt.

»Und auch seine Freiheit, wenn du mich fragst.« Langsam dreht sich Sam auf dem Boden um, starrt aber weiter auf ihre Füße in den alten Flipflops.

Verwirrt runzele ich die Stirn. »Seine Freiheit?«

»Seitdem ist er unser Alpha. Es gab niemand anderen, der diesen Posten hätte übernehmen können«, erklärt Sam und seufzt tief. »Es war klar, dass es früher oder später so kommen würde. Trotzdem ... Darauf war Markos nicht vorbereitet.«

»Und ihr auch nicht«, füge ich leise hinzu und lasse mich ihr gegenüber auf dem Waldboden nieder. »Tut mir leid, dass ich eine so egoistische Idiotin war.«

»Nein, du hast jedes Recht dazu«, sagt Sam und hebt den Blick. »Dank Markos' Abkommen mit den Greys geht es uns einigermaßen gut. Zeit heilt eben doch die meisten Wunden.«

Sie zuckt mit den Schultern und reibt sich über den Arm, wo noch immer die Spuren des Waldbrands auf ihrer Haut sichtbar sind. »Der Boden hat sich erholt. Der nächste Nachwuchs steht kurz bevor. Das Leben geht weiter.«

»Aber die Erinnerungen bleiben«, murmele ich und schäle die Rinde von einem Zweig, um mich abzulenken und nicht in meinen eigenen dunklen Gedanken zu verlieren.

»Leider«, stimmt Sam zu und streicht sich das lange, dunkle Haar zurück. »Bei manchen mehr, bei anderen weniger.«

»Redest du von dir? Oder ...?«

»Markos«, sagt Sam mit ernster Stimme. »Nach außen hin gibt er sich stark, aber ihm wächst die Verantwortung mehr und mehr über den Kopf. Weil er mit der Vergangenheit noch nicht abgeschlossen hat. Da ist irgendwas ... Ach, ich weiß auch nicht.«

So wie sie es sagt, klingt es fast so, als mache sie mich dafür verantwortlich. Ich spüre Sams Blick auf mir, weiß aber nicht, was ich mit dem Waldbrand zu tun haben soll. Ich war jedenfalls nicht diejenige, die ihn gelegt hat. Da war ich längst in El Rojos Gefangenschaft.

»Er hat dabei zusehen müssen, wie sein Vater von einem brennenden Baum erschlagen wurde«, sagt Sam mit brüchiger Stimme und zum ersten Mal sehe ich Tränen in ihren Augen aufblitzen.

»Er hat ...?«, stammele ich, kann aber nicht weitersprechen. Eine Welle des Entsetzens durchströmt mich und wäscht auch das letzte bisschen Wut fort, das ich auf Markos verspüre.

»Markos würde es nie zugeben, aber ich weiß, dass er sich die Schuld daran gibt. An allem, was damals passiert ist«, sagt Sam und krallt die Finger in den erdigen Boden. »Am Brand, dem Tod seines Vaters und der anderen, aber auch ... Auch an deiner Entführung.«

»Was? Aber das ...« Entsetzt schüttle ich den Kopf. »Wieso glaubt er denn, dass er daran ...? Mein Vater ist daran schuld verdammt, weil er El Rojo verarscht hat, aber doch nicht er ...«

»Weil er weder dich noch das Rudel retten konnte«, unterbricht Sam mich und blick zu mir auf. »Seitdem tut er alles, um diese Schuld zurückzuzahlen. Und es tut fast weh, ihm dabei zuzusehen.«

»Hat er den Verstand verloren? Daran kann er doch nichts ändern, verdammt. Und das mit mir … Das hat nichts damit zu tun und ich …«, stammele ich, weiß aber nicht, was ich eigentlich sagen will. Sams Worte haben mich so durcheinandergebracht, dass ich gar nicht mehr weiß, wo mir der Kopf steht.

»Er hat nicht den Verstand verloren«, sagt Sam traurig und schüttelt langsam den Kopf. »Sondern sein Herz, Louise.«

»W… Was?«, presse ich hervor. Es fühlt sich so an, als hätte der Boden unter mir nachgegeben, als würde ich in ein tiefes, dunkles Loch stürzen.

»Deswegen war ich so neugierig. Nicht wegen El Rojo«, gibt Sam zu und schenkt mir ein schwaches Lächeln. »Sondern weil ich nicht geglaubt hätte, jemals die Frau zu treffen, an die unser Alpha sein Herz verloren hat.«

Bevor ich überhaupt die Chance habe, etwas zu erwidern, ertönt irgendwo hinter uns Cassies Stimme. Auch Liz ruft nach uns und eine sehr grantige Tante Marj.

»Die Pflicht ruft, Louise«, sagt Sam und springt auf. Als sie mir die Hand reicht, um mir aufzuhelfen, hat sie wieder diesen merkwürdigen Blick drauf. Als wäre sie sich noch immer nicht sicher, was sie von mir halten soll.

Wenn du es nicht weißt …, denke ich und stemme mich allein hoch. *… weiß ich es erst recht nicht.*

KAPITEL 18
AWKWARD

MARKOS

»Jetzt bist du mir aber wirklich was schuldig, Markos«, sagt Tony nach drei Stunden Arbeit. Die Marmeladengläser waren nämlich nur die Spitze des Eisbergs. Je mehr Rudelmitglieder uns beim Schleppen gesehen haben, umso mehr haben sie uns gebeten mit ihren Arbeiten und Reparaturen auszuhelfen.

»Vor allem für Hanks verstopftes Klo«, fügt Tony mit vor Ekel verzogenem Gesicht hinzu.

»Du bist doch Klempner. Müsstest du das nicht gewohnt sein?«, frage ich lachend. Ich erinnere mich nur zu gut daran, wie er sich in Hanks Badezimmer fast übergeben hätte.

»Sehr witzig«, knurrt Tony und mustert mich finster.

»Na, Jungs, alles gut?«, fragt uns Julie, die gerade aus der Hintertür zur Wells-Hütte tritt. Der Geruch von Spülmittel und feuchten Geschirrtüchern dringt hinter ihr aus dem Haus.

Tony und ich sitzen auf der kleinen Veranda mit Blick auf den Wald und genehmigen uns eine Pause fernab von all den hilfesuchenden Rudelmitgliedern.

»Sag mir bitte nicht, dass du auch noch 'nen Auftrag für uns hast, Mom«, brummt Tony und blickt missmutig zu Julie auf.

»Nein, alles erledigt«, sagt sie und reicht uns zwei eisgekühlte Flaschen. »Kleine Stärkung für meine fleißigen Jungs.«

»Mom!«, murrt Tony und klingt wie ein peinlich berührter Teenager, dem die Aufmerksamkeit seiner Mutter zu viel ist.

»Danke, Julie«, sage ich und nehme die Flaschen entgegen.

»Gern geschehen, Markos.« Julie nickt mir zu und wuschelt Tony dann kurz durch das rotblonde Haar.

»Mooom!«, ruft Tony diesmal so laut, dass ihn sicher die ganze Siedlung hört.

Kichernd dreht sich Julie um und verschwindet wieder in der Hütte, wo Melly noch mit dem Spülen der restlichen Gläser beschäftigt ist.

»An manchen Sachen ändert sich echt nichts«, murmele ich lachend. Ich reiche Tony eine der Flaschen und trinke dann selbst einen großen Schluck. Nach der harten Arbeit ist die kalte, zuckersüße Limonade genau das Richtige.

»Schön wär's«, grummelt Tony und lehnt sich gegen die weiß gestrichene Hauswand. »Wie läuft's in Arcania? Kommt ihr gut voran?«

Ich seufze und zucke mit den Schultern. »Ist schlimmer als im Halfway House. Überall Schimmel und Wasserschäden.«

»Ugh! Nicht gerade angenehm für die Nase, was?«, fragt Tony und schüttelt sich.

»Nope, aber für Dale und die anderen ist es wahrscheinlich noch schlimmer. Sie müssen schließlich da wohnen«, sage ich und bin froh, dass wir unsere Hütten haben. Sie mögen etwas rustikal sein, aber besser als das ehemalige Krankenhaus, in dem die Rogues tagsüber eingesperrt sind. Sonnenringe, die es ihnen ermöglichen auch bei Tageslicht rauszugehen, hat der Rat der Vampire ihnen nämlich noch immer nicht gestellt.

»Womit wir bei meiner nächsten Bitte wären ...«

»Nicht schon wieder! Schau doch, was die erste mit uns angerichtet hat!«, murrt er und massiert sich den Nacken.

»Sie kommt nicht von mir, sondern von Ash und Al«, sage ich und zucke mit den Schultern. »Und zugegeben auch von Dale und den anderen.«

»Schieß los«, sagt Tony mit dem Seufzen eines Märtyrers.

»Könntest du ihnen mit den Sanitäranlagen helfen? Du bist der Einzige von uns mit Erfahrung und extra eine Firma zu beauftragen ist wohl nicht im Budget drin.«

»Meine Güte! Wenn der blöde Rat sie schon in eine solche Bruchbude steckt, könnten sie doch auch Geld locker machen, um sie zu renovieren, oder nicht?«, murrt Tony und schüttelt wütend den Kopf. »Nach allem, was die Rogues durchgemacht haben ...«

»Heißt das jetzt, dass du hilfst, oder nicht?«, frage ich.

»Natürlich helfe ich«, sagt Tony und klingt verärgert, als wäre das längst beschlossene Sache gewesen.

»Okay, sehr gut.« Erleichtert stoße ich die Luft aus. »Ich sage Ash Bescheid.«

Tony nickt. »Mach das.«

»Ach, und Tony?«, setze ich an, weiß aber nicht recht, wie ich es aussprechen soll, ohne dass er gleich an die Decke geht.

»Was denn noch? Ich finde, jetzt habe ich dir wirklich genug Gefallen getan«, murrt er und verschränkt die Arme vor der muskulösen Brust.

»Sag in deiner Firma lieber nicht, dass du ihnen hilfst«, rate ich ihm. Dabei muss ich wieder an die Leute denken, die in den letzten Tagen vor dem alten Krankenhaus aufgetaucht sind, um die Ex-Rogues zu beschimpfen.

»Haben die nicht mehr alle Kessel im Schrank oder was?«, blafft Tony, als ich ihm davon erzähle.

»Könnte man meinen.«

»Ja, aber sie gelten doch offiziell als geheilt.«

»Du hast doch gesehen, wie schwer es war, den Vampirrat zu überzeugen«, werfe ich ein und erinnere mich noch zu gut an Dales Gerichtsverhandlung. »Es wird dauern, bis sich auch der Rest der Nachtwelt damit abgefunden hat.«

»Wird Zeit, dass Earl und Kitty endlich ihren Bericht veröffentlichen. Warum dauert das überhaupt so lange?«, fragt Tony und scheint kurz davor zu stehen, die Beherrschung zu verlieren. Wie viele andere Mitglieder meines Rudels hat er sich mit den *Eternal Survivors* gut angefreundet, als diese noch im Halfway House gelebt haben. Und genau diese Freundschaft ist es jetzt, die Dale, Cora und die anderen gebrauchen können.

»Nicht mehr lange, glaube ich«, sage ich mit einem Seufzen. Mir wäre es lieber, es wäre längst geschehen.

»Hoffentlich lassen sie sie dann endlich in Ruhe«, murmelt Tony und hat sich allmählich wieder beruhigt.

»Ja, hoffentlich.« Ich wünsche es mir sehr, dass sie bald zur Normalität zurückkehren können. Es ist schon hart genug, ein solches Schicksal zu überwinden und mit der Tatsache fertig werden zu müssen, unter Celestes Kontrolle viele Unschuldige getötet zu haben. Da brauchen die *Eternal Survivors* nicht auch noch ständig Leute, die sie für etwas verurteilen, wofür sie gar nichts können.

»Hey, du hast nicht zufällig noch einen Schreibblock übrig?«, frage ich Tony nach langem Schweigen. Unsere Limos haben wir mittlerweile ausgetrunken und allmählich meldet sich der Hunger bei mir.

»Wozu brauchst du den denn?«, fragt Tony verwundert.

»Na, zum Schreiben«, sage ich etwas forscher, als ich wollte.

Tony mustert mich neugierig. »Und du kannst nicht Alexia oder Cassie fragen?«

»Nein, kann ich nicht.«

»Aha«, sagt Tony bloß, ehe er im Haus verschwindet. Keine Minute später kommt er mit einem alten Block zurück. »Hier.«

»Danke«, sage ich und bezweifle doch, dass ich damit einen brauchbaren Brief an Louise zusammenbekomme.

»Das hat nicht zufällig mit …«, setzt Tony an, doch unterbreche ich ihn sofort: »Nein, hat es nicht.«

»Was denn? Du darfst mich ausfragen und ich dich nicht?«, fragt Tony mit gespieltem Ärger, doch seine blauen Augen blitzen belustigt auf.

»Genau«, sage ich und stehe auf. »Weil ich der Alpha bin.«

»Ohoho, der große Alpha«, mokiert sich Tony und streckt mir die Zunge raus.

»Du bist manchmal echt kindisch«, sage ich kopfschüttelnd, kann mir ein Lächeln aber nicht verkneifen.

»Darf ich ja auch sein. Ich bin schließlich nicht der große Alpha«, sagt Tony grinsend. Er will noch etwas hinzufügen, doch wird er vom Klingeln seines Handys unterbrochen.

»Och, nö«, brummt er, als er die Nummer erkennt.

»Die Arbeit?«

Tony nickt bloß und nimmt den Anruf an. Während er sich mit seinem Chef unterhält, über einen Wasserrohrbruch in Moonlight Falls, einer ruhigen Werwolfgemeinde nördlich von Arcania, klopfe ich ihm zum Abschied auf die Schulter.

All die Arbeit in der Siedlung hat mich hungrig werden lassen. Alexia hat heute zwar mit dem Marmeladekochen alle Hände voll zu tun, aber ein Sandwich werde ich mir inmitten ihrer Gläser, Töpfe und Berge an Zucker und Obst trotzdem irgendwie zubereiten können.

»Markos!«, ruft mir jemand hinterher, als ich meine Hütte fast erreicht habe.

Grummelnd drehe ich mich um und sehe Galina, Dorians Freundin, auf mich zueilen.

»Was machst du denn hier?«, frage ich überrascht. Bisher war sie nur ein- oder zweimal bei uns in der Siedlung.

»Dir auch einen guten Tag«, grummelt sie, als sie mich erreicht hat.

»Sorry, Lina, der Hunger hat gesprochen«, entgegne ich und zucke entschuldigend mit den Schultern.

»Schon okay«, entgegnet sie mit einer wegwerfenden Geste. Irgendetwas an ihr ist heute anders. Sie wirkt besorgt.

»Ist alles okay? Gab es … Ist irgendetwas am Rift passiert? Oder im Haus?«, sprudeln die Fragen sofort aus mir heraus. »Geht es L…?«

Ich kann mich gerade noch so stoppen, bevor ich Louises Namen mitten in der Siedlung ausspreche. Seit Galina hier aufgetaucht ist, haben sich einige Türen und Fenster geöffnet. Die Gespräche sind verstummt und die Blicke auf uns gerichtet.

»Nein, es ist alles okay … Glaube ich …«, entgegnet Galina und fährt sich durch ihre wirren Locken. »Es geht um Dorian.«

»Was hat der Schlingel jetzt schon wieder ausgefressen?«, frage ich mit einem Grinsen, doch Galina erwidert es nicht. Wenn überhaupt wird die Sorgenfalte auf ihrer Stirn tiefer.

»Ich weiß es nicht, aber er benimmt sich merkwürdig«, sagt sie und seufzt frustriert.

»Merkwürdiger als sonst?«, frage ich, um sie aufzuheitern, scheitere aber sofort. »Müsste er jetzt nicht sowieso schlafen? Er war doch bis heute früh beim Rift.«

Galina nickt. »Normalerweise ist er danach den ganzen Tag nicht zu gebrauchen, aber heute … Er hat sich in seinem Studio eingeschlossen und lässt niemanden rein.«

»Dich auch nicht?«, frage ich verwundert. Das wäre tatsächlich sehr ungewöhnlich. Seit Galina nach ihrem Ärger mit El Rojo zu den Greys gestoßen ist, hatte sie immer einen positiven Einfluss auf Dorian. Sie war oft die Einzige, die zu ihm durchdringen konnte, wenn er in seinen Visionen gefangen war.

»Komm, lass uns ein Stück gehen«, schlage ich vor.

Unter den neugierigen Blicken meines Rudels wird Galina allmählich unruhig. Sacht schiebe ich sie vorwärts über den breiten Weg, der sich einmal durch die Siedlung zieht, bis wir den Trampelpfad zum Halfway House erreichen.

»Ich hab' echt alles versucht, aber er reagiert gar nicht mehr darauf, wenn ich oder irgendwer sonst klopft«, erzählt Galina, wobei die Sorge in ihrer Stimme in Verzweiflung umschlägt.

»Vielleicht schläft Do ja noch?«, frage ich, doch schüttelt Galina energisch den Kopf. »Man kann ihn hören, wie er malt und leise mit sich spricht.«

»Er spricht mit sich?«, frage ich und spüre nun auch die Sorge in mir aufkeimen. Das kommt nur dann vor, wenn ihn die Zukunft mit ihren Visionen überwältigt hat.

»Sel meint, ich soll ihn einfach in Ruhe lassen, aber was ist, wenn er umkippt? Oder wenn er sich in seiner Vision verliert?« Galina schlägt sich die Hände vors Gesicht und schluchzt leise. Und das will was heißen. Sie ist normalerweise tough, fast wie Louise. Es muss also wirklich schlimm um Dorian stehen.

»So weit wird es nicht kommen«, sage ich und lege Galina beruhigend eine Hand auf die Schulter. »Weißt du, was er mir bei einem unserer Wachdienste erzählt hat?«

Sie schüttelt den Kopf und blickt mich durch einem Tränenschleier an.

»Dass du sein Anker bist hier in der Gegenwart. Mit dir in der Nähe findet Dorian immer seinen Weg zurück«, erzähle ich und erinnere mich noch gut an diese Nacht. Es war kurz nach Opa Bocharovs Tod, der Galina schwer zugesetzt hat. Viktor war schließlich ihre letzte Verbindung zu ihren Eltern.

»Do meinte, dass du die Bilder in seinem Kopf weniger verwirrend und leichter zu ertragen machst«, fahre ich fort und sehe Dorians glückliches Lächeln noch deutlich vor mir. »Dass du Ordnung in das Chaos seiner Gedanken bringst und dafür sorgst, dass er sich nicht mehr so verwirrt und verloren fühlt. Und dass du nicht einmal weißt, wie wichtig du für ihn bist.«

»O dieser elendige Trottel!«, haucht Galina und schluchzt leise, diesmal aber vor Rührung. »Aber warum lässt er mich dann jetzt nicht rein?«

»Ich weiß es nicht, Galina. Was Dorian betrifft, habe ich keinen blassen Schimmer, was in seinem Kopf abgeht«, sage ich schulterzuckend. »Manchmal ist er so unberechenbar wie die Zukunft selbst.«

»Aber irgendeinen Grund muss es doch haben«, murmelt sie und packt mich dann plötzlich fest an den Schultern. »Hat er in der Nacht irgendwas Seltsames gesagt? Oder hatte er am Rift eine Vision?«

Ihr Blick ist so intensiv, dass ich am liebsten ausweichen würde, kann es aber nicht. »Ich ... Ich weiß es nicht. Ich war nicht die ganze Nacht über da, weil ich so k.o. gewesen bin.«

»Was? Du ... Du hast ihn da allein gelassen?«, fragt Galina so laut, dass ich zusammenzucke.

»Nein, das würde ich nie tun«, beteuere ich und schüttle den Kopf. »Ich weiß, wie wichtig es ist, den Rift zu bewachen. Sam hat für mich übernommen.«

»Und davor? Hat er irgendwas gesagt?«, fragt Galina, ohne mich loszulassen.

Ich überlege kurz, verneine aber. »Dorian war einfach sein nerviges Selbst und hat mich ständig mit Fragen gelöchert.«

»Etwa zu unserem neuen Gast? Eine gewisse Werwölfin?«, fragt Galina und kurz scheint die Sorge vergessen.

»Sieht so aus, als würde Dorian langsam auf dich abfärben«, murre ich und bedenke Galina mit einem Augenrollen.

»Ja, scheint so ...«, murmelt sie und wird wieder ernst. »Dir fällt wirklich nichts ein? Nicht einmal 'ne komische Randbe- merkung von ihm, oder so?«

Wieder schüttele ich den Kopf. »Nein, nichts. Hat er denn nicht mit dir gesprochen?«

»Überhaupt nicht. Er ist einfach an mir vorbeigegangen, als wäre ich gar nicht da«, sagt Galina mit Tränen in den Augen.

»Oder als wäre er in seiner eigenen Welt«, murmele ich.

»Wir sollten Sam fragen, ob er später irgendetwas gesagt hat«, schlage ich nach kurzem Überlegen vor.

»Ist sie denn überhaupt schon wach? Do schläft normalerweise bis nachmittags, wenn er nachts Wachdienst hatte«, sagt Galina, nachdem sie sich wieder zusammengerissen hat.

»Ich hab' sie vorhin schon kurz gesehen. Wahrscheinlich ist sie bei mir in der Hütte, wenn sie wach ist«, sage ich und deute mit dem Daumen über die Schulter.

»Wegen der Marmelade?«, fragt Galina und wischt sich verstohlen die letzten Tränen weg.

»Scheint sich ja schon rumgesprochen zu haben.«

»Sel freut sich schon total darauf. Uns geht ihre Marmelade nämlich langsam aus«, erzählt Galina lächelnd. »Und Rose hat sowieso viel zu viele Erdbeeren gezogen, als dass wir die alle essen könnten. Mir hängen die langsam zum Hals raus, wenn ich ehrlich bin.«

Ich lache leise. »Das sollten wir aber lieber nicht Rose und Selena sagen.«

»Bitte verrate mich nicht«, sagt sie und wirkt einen Moment tatsächlich verängstigt. Sel kann einem mit ihren Sukkubus-Kräften schon etwas Angst machen. Es ist mir fast ein bisschen unangenehm, wie genau sie zu spüren oder zu riechen scheint, was in uns anderen gefühlsmäßig vorgeht.

»Ladies first«, sage ich, als wir an meiner Hütte ankommen und trete beiseite, damit Galina vorgehen kann.

»Immer ganz der Gentleman«, sagt sie lachend und steigt die knarzenden Holzstufen hinauf. »Soll ich klopfen?«

»Quatsch. Ist doch mein Zuhause. Da klopfe ich nicht«, entgegne ich und drücke die Haustür auf. »Bin wieder da!«

»Markos?«, fragt meine Schwester überrascht und rauscht auf mich zu. Bevor ich auch nur einen Fuß über die Schwelle setzen kann, hat sie mich schon wieder rausgeschoben. »Hab' ich dir nicht ausrichten lassen, dass du uns in Ruhe lassen sollst?«

»Ja, aber … Ich hab' Hunger«, entgegne ich und werfe einen Blick durch die geöffnete Tür. Von drinnen dringt der Duft von süßer Marmelade nach draußen und lässt meinen Magen laut knurren.

»Pech«, brummt Cassie und will mich noch weiter zurückschieben, doch bin ich stärker als sie.

»Lass mich durch«, beharre ich und dränge mich an ihr vorbei. Gerade will ich zurück ins Innere treten, als mir noch ein weiterer Duft auffällt und mein Herz einen Salto schlägt.

»Louise?«, frage ich und entdecke sie und Giana unter den Frauen, die neugierig aus unserer Küche gekommen sind.

»Ohoh, awkward!«, murmelt meine Schwester und da kann ich ihr nur zustimmen. Denn jetzt, da ich Louise wieder gegenüberstehe, wohlgemerkt unter den neugierigen Blicken vieler Rudelmitglieder, verschlägt es mir glatt die Sprache.

KAPITEL 19
DIESE EINE TRAURIGE TATSACHE

LOUISE

Markos so plötzlich gegenüberzustehen, noch dazu umringt von einem Haufen seiner Rudelmitglieder, treibt meinen Puls gewaltig in die Höhe.

Was hast du dir nur dabei gedacht, Lou?, schallt es durch meinen Kopf, als ich seinem Blick ausweiche und überlege, wie ich hier so schnell wie möglich rauskomme.

Es war dumm von mir, zu glauben, ihm nicht wieder über den Weg zu laufen, wenn ich Alexia und Cassie beim Marmeladekochen helfe. Das hier ist schließlich seine Siedlung, sein Zuhause, und ich bin eine Fremde, die nicht dazugehört, wie Sam vorhin schon so treffend gesagt hat.

»Was stehst denn du so krumm rum und gaffst, Markos?«, blafft Tante Marj ihn an und drängt sich hinter mir hervor. »Habt ihr eure Zungen verschluckt, oder was?«

»Lass gut sein, Tante Marj«, sagt Sam und zieht sie zurück.

»Vielleicht solltet ihr ein Stück spazieren gehen«, schlägt Alexia vor und zerrt ihren Neffen auf die Hintertür zu.

»Oh ja, gute Idee!«, ruft Cassie und schiebt mich hinterher.

»Ihr beide habt euch sicher viel zu sagen«, höre ich Alexia hinter mir.

»Bist du dir da sicher?«, ertönt Tante Marjes raue Stimme. »Die sehen mir eher nach dem Gegenteil aus, Alexia.«

Marjes Bemerkung ignorierend stößt Alexia ihren Neffen über die Schwelle, Cassie und Giana geben mir einen Schups, sodass ich auf der morschen Veranda lande. Bevor sie die Tür schließen, flüstert Alexia Markos noch etwas zu. »Das ist deine Chance. Vermassele es nicht.«

Obwohl wir allein auf der hinteren Veranda inmitten von Obstabfällen stehen, die Sam später noch wegkehren wollte, spüre ich die neugierigen Blicke der anderen Wölfinnen auf mir. Sie linsen durchs Küchenfenster und haben ihre scharfen Ohren gespitzt, um auch ja kein Wort zu verpassen. Vor allem Tante Marj nicht. Sie klebt mit der Wange an der Scheibe, als ich mich kurz nach ihnen umdrehe. Ich suche nach Giana, kann meine beste Freundin aber nicht entdecken, obwohl ich gerade jetzt ihren Beistand gebraucht hätte.

Ich kann das nicht, flüstert eine Stimme in mir und lässt mich scharf nach Luft schnappen. *Nicht jetzt und nicht hier.*

Bevor ich weiß, was ich tue, reagiert mein Körper bereits. Meine Füße setzen sich in Bewegung und steuern auf den Wald hinter Markos' Hütte zu wie vorhin schon bei dem Gespräch mit Sam. Ohne einem Pfad oder einer bestimmten Richtung zu folgen, laufe ich los. Ich blicke mich nicht um, muss einfach nur laufen, weil ich sonst die Kontrolle verlieren könnte.

Und das darf nie passieren.

Ich weiß nicht, wie lange ich schon unterwegs bin, aber nach einer Weile spüre ich etwas Merkwürdiges in der Luft. Etwas Warmes, Mächtiges. Eine Gänsehaut überzieht meine Arme und wird stärker, je näher ich diesem Etwas komme.

Magie, denke ich und erschaudere. In Arcania habe ich zwar schon den ein oder anderen Zauber miterlebt, auch davor, als Giana mir gezeigt hat, wie ihre Kräfte als Hexe funktionieren, aber noch nie habe ich etwas so Starkes gespürt.

Ich umrunde eine dichte Dornenhecke und stehe nun einer hüfthohen Backsteinmauer gegenüber. Leuchtend rot zieht sie sich durch den gesamten Wald. Sie wirkt sehr alt. An manchen Stellen sind die Ziegel eingefallen und doch bin ich mir sicher, dass die Magie genau davon ausgeht. Von der Mauer, die überhaupt nicht in diesen wilden Teil des Waldes passt.

»Das ist die Grundstücksgrenze«, sagt Markos hinter mir und lässt mich erschrocken herumfahren. Natürlich habe ich gehört, dass er mir gefolgt ist, aber mit einigem Abstand. Ich dachte nicht, dass er wirklich mit mir reden würde. Nicht nach allem, was ich gestern getan habe.

Oder ist er hier, um mich dafür bezahlen zu lassen?, schießt es mir durch den Kopf.

Nein, er ist nicht wie El Rojo, denke ich und schlucke meine aufkeimende Panik herunter. *Markos würde seine Wut nicht an mir auslassen.*

Sicher?, fragt die fiese Stimme in mir und leider hat sie mal wieder recht. Diese eine traurige Tatsache bleibt nämlich: Im Grunde kenne ich Markos nicht. Ich weiß nicht, wie er tickt, ob es stimmt, was seine Schwester, Sam oder Selena und Rose mir über ihn erzählt haben.

»Sie sorgt dafür, dass wir hier sicher sind«, fügt er hinzu und tritt hinter der Hecke hervor, bleibt aber auf Abstand.

Ich nicke und wende ihm wieder den Rücken zu, unsicher, was ich tun oder sagen soll.

Soll ich mich entschuldigen? Soll ich das alles vergessen? Oder habe ich doch allen Grund dazu, wütend zu sein?

»Die Mauer taucht immer dann auf, wenn jemand einen Zufluchtsort braucht«, fährt Markos fort und ich höre, wie er ein paar Schritte näher kommt.

Ein verräterischer Teil von mir will, dass er sich dicht zu mir stellt. Dass er die Arme um mich legt und mich an sich zieht so wie in jener Nacht vor zwei Jahren. Aber das war alles eine Lüge und davon hatte ich mehr als genug im Leben. Zu viele.

»Magische Wesen in Not kommen da durch, aber andere ... Leute nicht«, sagt er leise und doch entgeht mir der Unterton in seiner Stimme nicht. Nur kann ich ihn nicht recht zuordnen.

»Andere Leute?«, frage ich. Was soll das bedeuten?

Markos schluckt und wendet den Blick ab. Ich sehe seine Kiefer mahlen, sehe den zornigen Ausdruck in seinen grünen Augen und verstehe, dass da noch mehr dahinter steckt. Mehr, als er mir verraten will, denn er schweigt plötzlich.

»Du hast dir die Haare geschnitten«, bemerkt Markos nach einigen Minuten, die mir fast endlos erschienen sind.

Schulterzuckend fahre ich mir durch die kurzen Haare, sage aber nichts. Ich will mich nicht schon wieder erklären müssen wie gestern Abend, als ich Selena darum gebeten habe.

»Und du bist so dünn geworden ...«, wispert er mit einer Verzweiflung in der Stimme, die mich aufblicken lässt.

Er hat das Gesicht in den Händen verborgen. Seine breiten Schultern heben und senken sich stark. Er wirkt wütend, kurz davor, die Kontrolle zu verlieren.

Den genervten Kommentar, der mir sonst bei einer solchen Bemerkung auf der Zunge liegt, verkneife ich mir lieber. Er wirkt ernsthaft schockiert darüber und ich will den Wolf in ihm nicht unnötig provozieren.

Wer weiß, was er dann anstellt, schießt es mir durch den Kopf und für den Bruchteil einer Sekunde sehe ich mich wieder blutbeschmiert und verwirrt im Wald umherirren.

Sei nicht albern, Lou. Natürlich hat er sich unter Kontrolle. Er ist immerhin mit anderen Wölfen aufgewachsen, rede ich mir ein und höre Sams Stimme in meinen Gedanken. Höre sie sagen, dass ich nicht zum Rudel dazugehöre. Dass ich allein bin mit der Bestie in meinem Inneren.

Eine ganze Weile ist unser Atem, der schnelle Schlag unserer Herzen und die Geräusche des Waldes alles, was ich wahrnehme. Keiner von uns sagt ein Wort. Wie ich scheint Markos nicht zu wissen, wo er anfangen soll. Mehrmals öffnet und schließt er den Mund, ohne je einen Ton herauszubekommen, der über ein frustriertes Seufzen hinausgeht.

Als er schließlich spricht, ist seine Stimme kaum mehr als ein raues Flüstern: »Wir müssen nicht darüber reden, wenn du nicht willst.«

Langsam drehe ich mich zu ihm um, doch hält er den Blick fest auf den Boden gerichtet, die Hände zu Fäusten geballt.

»Aber du hast jedes Recht, wütend auf mich zu sein«, fügt er hinzu und hebt kurz den Blick. »Oder mich zu hassen.«

Überrascht über die Tiefe der Emotionen in seinem Gesicht sauge ich die Luft ein, bringe aber kein Wort hervor. Anders als gestern werde ich nicht mehr von blinder Wut getrieben. Durch meine Gespräche mit Selena, Cassie und den anderen habe ich nun ein besseres Bild von Markos. Von den Dingen, die ihm wiederfahren sind. Wie könnte ich ihn da hassen?

So einfach kommt er mir aber nicht davon, denke ich und recke trotzig das Kinn vor.

Markos räuspert sich und wendet sich von mir ab. »Aber Alexia wird nicht aufgeben, Cassie und Sam erst recht nicht.«

»Cassie ist echt hartnäckig«, sage ich leise.

Markos schnaubt und schüttelt den Kopf.

»Sie werden uns erst in Ruhe lassen, wenn es so aussieht, als hätten wir uns ausgesprochen«, fügt er hinzu und klingt nicht gerade erfreut darüber. Wahrscheinlich ist er mir böse, weil ich ihn gestern so angefahren und ihm nicht einmal die Chance geboten habe, sich zu erklären.

Er gibt sich die Schuld daran, hallt es durch meine Gedanken und Sams Worte kommen mir wieder in den Sinn. Mag sein, dass Markos sich für den Brand verantwortlich hält, aber doch nicht für mich. Wer bin ich schon, dass er sich deswegen solche Gedanken machen würde?

»Selena und Rose auch nicht«, flüstere ich. Dabei muss ich wieder daran denken, zu was Selena fähig ist. Selbst wenn wir einen Waffenstillstand aushandeln und uns danach aus dem Weg gehen ... Selena könnte sicher riechen, dass da noch lange nicht alles in Ordnung ist.

»Und es stimmt nicht, was du gesagt hast«, füge ich leiser hinzu und lasse mich auf einen umgefallenen Baumstamm sinken. Es kostet mich ungemein viel Kraft, das zuzugeben, aber ich muss es tun, denn es ist die Wahrheit: »Ich habe nicht jedes Recht, auf dich wütend zu sein.«

»Was?«, fragt Markos und die trockenen Blätter rascheln, als er auf mich zukommt. »Aber gestern hast du ...«

»Ja, ich weiß«, presse ich forsch hervor und will nicht noch einmal durchleben, wie idiotisch ich mich aufgeführt habe. Nach allem, was ich jetzt über Markos weiß, habe ich langsam das Gefühl, die Böse in der ganzen Geschichte zu sein, nicht er.

»Du kannst mir gerne noch eine Ohrfeige verpassen, wenn du dich dann besser fühlst«, bietet Markos an und umrundet den Baumstamm, bis er nur einen knappen Meter von mir entfernt stehen bleibt. »Oder auch zwei, drei ...«

»Nein«, sage ich und schüttle den Kopf. Gestern hätte ich sein Angebot nur zu gerne angenommen, aber heute ...

»Nein?«, fragt Markos überrascht.

Ich spüre, wie er mich mustert. Jetzt bin aber ich diejenige, die den Blick auf den Boden gerichtet hält.

»Warum nicht?«

»Weil ich aus allen Ecken und Enden zu hören bekomme, dass du gute Gründe dafür hattest«, entgegne ich und zucke mit den Schultern.

»Cassie?«, fragt er mit einem Unterton in der Stimme, den ich nicht ganz deuten kann. Ist es Wut? Oder Verwunderung?

»Auch«, murmele ich und muss an die Briefe denken, die mir seine Schwester übergeben hat. Sie stecken noch immer ungelesen in meiner Jeanstasche, rascheln verheißungsvoll, als ich das Gewicht verlagere.

Ich atme tief durch und schlucke meine aufkeimende Panik herunter. Wovor ich Angst habe, weiß ich selbst nicht. Vielleicht davor, dass das zwischen Markos und mir sowieso keine Zukunft haben wird. Dass ich nach meinem Aufenthalt hier genauso allein sein werde wie zuvor.

Das wirst du erst herausfinden, wenn ihr euch endlich aussprecht, sage ich mir und hebe schließlich den Blick.

»Das ist deine Chance. Vermassele es nicht«, wiederhole ich Alexias Worte und warte gespannt auf Markos' Erklärung. Auf die Wahrheit darüber, was damals wirklich geschehen ist.

KAPITEL 20
DIE GANZE WAHRHEIT

MARKOS

»Das ist deine Chance. Vermassele es nicht.« Dass sie Alexias Worte wiederholt, lässt mich schmunzeln. Es erinnert mich daran, wie gern ich Louise habe. Wie einfach es damals war, mit ihr zu reden, mich ihr verbunden zu fühlen.

Aber wie immer, wenn ich an unser einziges Date denken muss, springen meine Erinnerungen viel zu schnell zu dessen Ende. Zu dem Moment, als ich erfahren habe, dass ich Louise verloren habe. Und seit Neustem auch zu unserer Begegnung gestern im Garten.

Ich reibe mir über die Wange und muss daran denken, wie wütend Louise gestern gewesen ist, als sie mir die Ohrfeige verpasst hat. Dass sie sich so schnell beruhigen und mir eine Chance geben würde, hätte ich nicht erwartet. Und darauf vorbereitet bin ich erst recht nicht, all der angefangenen Briefe an sie zum Trotz.

Nervös trete ich von einem Fuß auf den anderen und spüre, wie sich mein Herzschlag von Minute zu Minute erhöht. So viel Schiss hatte ich noch nie, nicht einmal dann, als man mir die Verantwortung für ein ganzes Wolfsrudel übertragen hat. Oder als ich die Greys begleitet habe, um Kitty aus Celestes Fängen zu befreien.

Aber es muss sein, Markos, sage ich mir und atme ein letztes Mal tief durch. Als ich die Luft zischend wieder ausstoße und mich gegenüber von Louise auf dem Waldboden niederlasse, hebe ich den Blick. »Also gut. Aber es ist 'ne lange Geschichte.«

»Ich denke nicht, dass mich irgendjemand beim Kochen vermissen wird«, sagt sie und scheint sich an einem Lächeln zu versuchen, bekommt es aber nicht ganz hin. Auch sie wirkt angespannt. Die roten Fingernägel hat sie in den Moosteppich gekrallt, der ihren Baumstamm überzieht.

Ich nicke und schließe die Augen, um mich konzentrieren zu können. Ich will kein Detail auslassen, muss ihr endlich alles erzählen, was damals geschehen ist.

»Ich hatte einen Streit mit meinem Vater«, beginne ich und spüre auch jetzt den Stich, den diese Erinnerung mir jedes Mal versetzt. Die Schuldgefühle, die mich innerlich manchmal aufzufressen drohen. »Eigentlich mit meinem Bruder, aber mein Vater ist immer dazwischengegangen, obwohl er wusste, dass Alec ... Ach, das ist nicht so wichtig. Werwolfpolitik ...«

»Ich finde das schon wichtig«, entgegnet Louise mit leiser Stimme und mustert mich mit einem Blick, den ich bei ihr nicht erwartet habe. Nicht nach all den Lügen, die ich ihr aufgetischt habe. Mitleid steht in ihren hellen grauen Augen.

»Alec ... Er ist sehr rebellisch«, murmele ich und frage mich, wo er jetzt wohl ist. »Damals wollte er, dass wir unser Territorium erweitern und das hätte viele Kämpfe bedeutet. Blutige Kämpfe.«

Ich höre Louise scharf die Luft einsaugen. »Und sicher auch viele Opfer?«

Ich nicke. »Bisher konnten Dad und ich Alec immer beruhigen, aber diesmal ... Ich weiß auch nicht, aber es war anders. Alec war wie besessen.«

Noch heute sehe ich seinen irren Gesichtsausdruck vor mir. Die Augen leuchtend und zu Schlitzen verengt. Er hat sich so aufgeregt, dass er fast schon Schaum vor dem Mund hatte. Viel hat nicht gefehlt, bis er sich nicht mehr unter Kontrolle gehabt und sich verwandelt hätte.

»Dad hat ihn wieder in Schutz genommen und das konnte ich einfach nicht ertragen«, fahre ich nach einer kurzen Pause fort. »Mir hilft es danach immer nur, zu rennen, bis ich sämtliche Gedanken verdrängt habe. Trinken hilft auch ab und an.«

»Sicher?«, fragt Louise zweifelnd und hat natürlich recht. Aber manchmal gibt es Tage, da braucht man das einfach. Da will man für ein paar Stunden vergessen, welche Scheiße sich im eigenen Leben angehäuft hat.

»Also bin ich nach Arcania gefahren. Ich wollte nur ein paar Bier trinken, um wieder runterzukommen und zu überlegen, was ich wegen Alec tun soll«, fahre ich fort und sehe jetzt deutlich das Äußere der siffigen Bar vor mir. Viel macht das *Howling Wolf* nicht her, auch nicht im Inneren, aber es ist trotzdem eine der beliebtesten Bars in ganz Arcania.

»Als ich reingegangen bin, bist du mir sofort aufgefallen«, sage ich, nachdem ich den Kloß heruntergeschluckt habe, der sich in meiner Kehle gebildet hat. »Die Kellnerin hat mich gesehen, wie ich dich anstarre, und meinte wohl, dass ich dein Date bin. Sie hat gesagt, dass du schon lange wartest.«

»Und da dachtest du, ich wäre leichte Beute und ...«, setzt Louise an.

Energisch schüttele ich den Kopf und suche ihren Blick.

»Nein, wirklich nicht. Ich ... Du hast mir leidgetan, ja, aber da war dieses Gefühl ... Diese ...«, stammele ich und spüre es auch jetzt tief in mir: die Wärme, die mich erfüllt, wann immer ich an diesen Moment, an meine Louise denke.

»Anziehungskraft?«, fragt sie mit erstickter Stimme und mein Herz macht einen Satz, weil sie so sehnsuchtsvoll klingt.

Als ich den Blick hebe, um sie anzusehen, weicht sie mir aus. Die leichte Röte auf Louises Wangen zeigt mir aber, dass sie es auch gefühlt hat. Dass sie sich noch daran erinnert.

»Ja, genau«, gebe ich zu und rücke auf dem Boden herum. »Aber das war nicht der Moment, in dem ich entschieden habe, zu dir zu gehen.«

»Nicht?« Louise wirkt verwirrt. Sie mustert mich mit gerunzelter Stirn und scheint nach einem Anzeichen zu suchen, dass auch das eine Lüge ist.

»Kurz danach ist noch jemand reingekommen«, fahre ich fort. Augenblicklich erwacht wieder die Wut in mir.

»Der echte Ryan?«, fragt Louise und ich nicke.

»Ich hab' gesehen, wie er dich angeschaut hat. Wie er zu dir wollte«, erzähle ich und balle die Hände zu Fäusten. »Da ist mir klar geworden, dass er dein Date ist. Und das ... Das musste ich unbedingt verhindern.«

Meine Stimme ist zu einem wütenden Knurren geworden. Der Wolf in mir tobt, wenn ich daran denke, was dieses Arschloch alles mit Sam angestellt und sicher auch Louise zugefügt hätte, wäre ich nicht eingeschritten.

»Ich wollte dich davor bewahren«, presse ich hervor und zwinge mich dazu, ruhig zu atmen. Jetzt die Kontrolle zu verlieren, wäre fatal. Wer weiß, ob Louise mir noch eine zweite Chance geben würde, mein Verhalten damals zu erklären.

»Danke, aber ich kann mich gut selbst schützen«, entgegnet Louise, doch wissen wir beide, dass das nicht stimmt. Gegen Ryan hätte sie sich noch behaupten können, aber bei El Rojo ...

Ich verbiete mir den Gedanken und zwinge mich, mich auf das Gefühl zu konzentrieren, das Louise in mir auslöst. Wärme und Geborgenheit, so heftig, dass es mir damals fast Tränen in die Augen getrieben hätte vor Glück.

»Ich wollte dich einen Abend lang ablenken, dir ein schönes Date geben und dann reinen Tisch machen«, fahre ich fort und erschaudere, als ich daran denke, was danach passiert ist.

»Ich konnte dich nicht einfach so gehenlassen«, flüstere ich und diesmal spüre ich tatsächlich Tränen in meinen Augen. Ich wische sie nicht weg, verberge sie nicht vor ihr. Es wird Zeit, Louise meine Gefühle zu zeigen, ihr zu zeigen, wie sehr sie mir in diesen zwei Jahren gefehlt hat. Wie sehr ich sie gebraucht habe. »Ich musste dich kennenlernen, auch wenn ich wusste, dass es falsch war.«

»Also hast du es doch nur getan, um mich ins Bett zu bekommen. Schon verstanden«, murrt Louise und scheint drauf und dran aufzustehen.

Schnell springe ich auf und drücke sie sanft zurück auf ihren Baumstamm. »Nein, Louise. So meinte ich das nicht.«

»Markos, ich …«, haucht Louise und ich spüre, wie sie unter meiner Berührung erzittert. Aber ein Blick in ihr Gesicht zeigt, dass sie noch lange nicht bereit dafür ist. Nicht, solange ich ihr nicht die ganze Wahrheit erzählt habe.

Und so lasse ich sie schweren Herzens los, auch wenn ich sie am liebsten für immer festgehalten, sie an mich gedrückt hätte, um sie vor all dem Leid zu bewahren, das die Zukunft vielleicht noch für sie vorgesehen hat.

»Tut mir leid«, presse ich hervor und lasse mich wieder auf den Boden sinken. Mit dem Handballen wische ich mir über die Augen und atme ein paarmal tief durch, bevor ich weitersspreche: »Was ich damit sagen wollte … Ich wollte nicht, dass es nur bei einer Nacht bleibt. Ich wollte meine Lüge wiedergutmachen und dich richtig kennenlernen.«

Louise schnaubt, sagt aber nichts.

»Deswegen habe ich mich morgens so früh rausgeschlichen. Ich wollte dir Frühstück machen und alles erklären«, sage ich und kann mir ein Schmunzeln nicht verkneifen. »Ich dachte, es würde nicht so schlimm werden, wenn du etwas zu essen hast.«

Diesmal bekomme ich ein verärgertes Knurren zu hören, aber Louise bleibt. Noch.

Fragt sich nur wie lange, denke ich und überlege, wie ich ihr klarmachen soll, dass das die Wahrheit ist. Wie kann ich ihr zeigen, was sie mir bedeutet, wenn sie zwei furchtbare Jahre lange geglaubt hat, ich hätte sie bloß ausgenutzt?

»Weißt du, das hört sich nach einer beschissenen Ausrede an«, sagt Louise grimmig. »So was kannst du ja einfach nur behaupten, damit ich dir vergebe.«

Sämtliche Luft entweicht meinen Lungen, aber ich nicke, denn sie hat recht. »Ich weiß, aber es ist die Wahrheit. Wenn du mir nicht glaubst, dann ...«

»Dann was?«, fragt Louise mit scharfer Stimme.

Ich presse die Lippen aufeinander, suche fieberhaft nach einem Beweis, der sie vom Gegenteil überzeugt. Der ihr zeigt, dass ich kein verlogenes Arschloch bin wie Ryan Brightcliff.

Überrascht reiße ich die Augen auf, als ich mich an etwas erinnere, das mir tatsächlich aus der Klemme helfen könnte. »Warum habe ich nicht früher daran gedacht?«

»Woran?«, fragt Louise, diesmal nicht ganz so forsch, fast so als würde ein Teil von ihr wirklich hoffen, dass das alles nur ein riesiges Missverständnis war.

»Wenn du mir nicht glaubst, dann frag Giana«, sage ich und schlage mir gegen die Stirn, weil ich das ganz vergessen hatte. »Sie hat mich erwischt, als ich zum Supermarkt wollte. Ihr hattet ja nichts im Kühlschrank.«

»Gi... Giana wusste davon?«

»Sie hat mich damals zur Rede gestellt und mir gedroht, weil sie dachte, ich hätte dich verarscht«, sage ich und spüre noch heute die Panik, die ihr dunkler Blick in mir ausgelöst hat. Damals ... Da habe ich irgendetwas bei ihr gespürt, das über normale Magie hinausgeht. Etwas Gefährliches, das ich lieber nicht am eigenen Leib spüren wollte.

»Ich habe ihr von Ryan erzählt und Giana hat mir wohl angesehen, dass ich dich ... Dass du mir was bedeutest«, sage ich. Die letzten Worte kommen mir nur als leises Flüstern über die Lippen. Ich wünschte, ich hätte mehr Selbstvertrauen, sie mit fester Stimme auszusprechen. Sie laut in die Welt hinauszuschreien, nur um Louise zu zeigen, wie wichtig sie mir ist. Aber die Angst, Louise könnte mir eine Abfuhr erteilen, sitzt zu tief.

»Giana hat es gewusst ...«, flüstert Louise und wendet sich kopfschüttelnd von mir ab.

Ich kann ihr Gesicht nicht sehen, es liegt hinter ihren kurzen Haaren verborgen, die wieder zu ihrem ursprünglichen Honigblond zurückkehren. Und trotzdem weiß ich, dass Louise einen Moment braucht, um das zu verarbeiten.

»Das ist ... Deswegen hat sie sich so ... Sie hat ihn die ganze Zeit in Schutz genommen, anstatt mir beizu...«, höre ich sie stammeln. Ruhelos springt sie von ihrem Baumstamm auf und läuft ein paar Schritte.

»Ich musste Giana versprechen, dir davon zu erzählen, und das wollte ich auch unbedingt, aber als ich zurückgekommen bin, da ...«, fahre ich fort, als Louise nach ein paar Minuten stocksteif stehengeblieben ist. »Da hatten El Rojos Dreckskerle euch schon entführt. Ich wollte das nicht wahrhaben, aber Grace hat mich ...«

»Grace? Meinst du etwa Agent van Zicht?«, fragt Louise und fährt zu mir herum. »Was hat sie damit zu tun?«

»Grace sucht schon seit Jahren nach ihm«, erkläre ich und muss daran denken, wie knapp El Rojo vor einigen Wochen einer Festnahme entkommen ist. »Ich weiß nicht, wie viel sie euch erzählt hat, aber Grace kann die Zukunft sehen und ich ... Ich glaube, damals hat sie gesehen, wie er euch entführt.«

»W...? Was?«, fragt Louise und starrt mich mit weit aufgerissenen Augen an.

»Aber sie sind zu spät gekommen, wie immer, wenn es um diesen Dreckskerl geht«, knurre ich und balle meine Hände zu Fäusten zusammen.

El Rojo ist immer noch da draußen, denke ich und mir wird schlecht. Hier im Halfway House sind Louise und Giana sicher, aber die Nachtwesen und Sterblichen da draußen nicht.

»Grace hat mir erzählt, dass ihr entführt wurdet«, sage ich, nachdem ich mich wieder etwas beruhigt habe.

Langsam stehe ich auf und gehe auf Louise zu, halte aber inne, als ich ihren verwirrten Blick spüre. Abwehrend hat sie die Hände gehoben, hält mich auf Abstand. Und ich respektiere das, obwohl es mir im Herzen wehtut, sie nicht berühren zu können.

»Es tut mir so leid, Louise«, presse ich hervor und spüre, wie mir wieder die Tränen kommen. Der Kloß in meinem Hals schnürt mir die Luft ab, sodass ich die nächsten Worte kaum herausbekomme. »Dass ich nicht geblieben bin. Dass ich dich nicht beschützen konnte, weil ich nicht geblieben bin.«

Zitternd sacke ich auf dem Boden zusammen, erdrückt von der Last an Schuldgefühlen, die sich seitdem bei mir angestaut haben. Seit ich Louise verloren habe, habe ich diese Nacht wieder und wieder durchgespielt, mich gefragt, wann und wo ich etwas hätte anders machen sollen, um sie zu beschützen.

»Wärst du geblieben ...«, wispert Louise und ich höre sie zitternd die Luft einsaugen. »... wärst du jetzt tot, Markos.«

»Aber du hättest nicht ...«, stammele ich und schüttle den Kopf. Ich hätte nur zu gern mein Leben gegeben, um sie vor diesem furchtbaren Schicksal zu bewahren.

»Nein, Markos«, sagt Louise und kniet sich vor mir nieder. »Sie hätten uns trotzdem mitgenommen. Es waren zu viele.«

Tränen stehen ihr in den Augen, ihr Gesicht ist eine Maske des Entsetzens.

»Ehrlich gesagt ...«, schnieft Louise und wischt sich die Tränen weg. »Bin ich sogar froh, dass du gegangen bist. Es war schon schlimm genug, dass er Giana wegen mir ...«

»O Louise«, wispere ich und kann einfach nicht anders. Ich ziehe sie fest an mich und streiche ihr beruhigend über den Rücken, während sie von Schluchzern durchgeschüttelt wird.

»Ich ... Ich hätte es nicht ertragen«, presst sie hervor und gräbt ihre Finger so tief in meine Haut, dass es wehtut. Als wolle auch sie mich nicht mehr gehen lassen. »Wenn du wegen mir ... wegen mir gestorben wärst. Wenn sie dich ...«

»Schschsch«, mache ich und drücke sie noch enger an mich. Diese Aussage, zu hören, dass ich ihr doch etwas bedeute, bringt die Wärme in mir zurück, stärker als damals. Vielleicht ist doch noch nicht alles vorbei für Louise und mich.

Meinen Vater und die Rudelmitglieder, die ich beim Waldbrand kurz nach Louises Entführung verloren habe, werde ich nicht zurückbekommen, aber Louise ...

»Endlich habe ich dich wieder, Louise«, wispere ich und hauche ihr einen Kuss aufs Haar.

Lächelnd spüre ich, wie sie erschaudert, genau wie damals, wann immer ich sie bei ihrem Namen genannt habe. Seitdem ist viel geschehen, aber sie jetzt wieder in meinem Leben zu haben, stimmt mich zuversichtlich.

KAPITEL 21
EINMAL EIN LÜGNER, IMMER EIN LÜGNER

LOUISE

»Markos, ich … ich kann nicht«, presse ich hervor und schiebe ihn von mir, bevor ich mich in seiner Umarmung verliere. Bevor ich vergesse, warum das keine gute Idee ist. Schweren Herzens weiche ich zurück, um gar nicht erst in Versuchung zu kommen, es wieder zu tun.

Auch wenn dieses Missverständnis nun aus dem Weg ist, gibt es zu viel, das mich davon abhält, diese Gefühle für ihn zuzulassen. Nichts davon ist seine Schuld, vielleicht war ich deswegen auch so wütend auf ihn: weil ich wusste, dass daraus nichts werden kann, egal wie sehr ich mich danach sehne.

»Danke«, presse ich hervor, nachdem sich mein Herzschlag beruhigt hat. Meine Hände kralle ich in mein T-Shirt, um mich davon abzuhalten, Markos noch einmal zu berühren.

»Mhm«, macht Markos und kämpft mit den Emotionen.

Da ist eine tiefe Sehnsucht in seinen waldgrünen Augen, die ihn die Hand nach mir ausstrecken lässt. Als ich abwehrend die Arme hebe, lässt er sie wieder sinken. Er nickt, scheint zu verstehen, dass ich Zeit brauche, um das alles zu verarbeiten. Um die Wahrheit zu verinnerlichen, die er mir eben offenbart hat.

Ich muss Giana fragen, ob es stimmt, denke ich und kann nicht glauben, dass sie davon wusste. Es war schlimm genug, nicht mit meiner besten Freundin sprechen zu können, aber wann immer sie Markos auch noch verteidigt hat ...

Ach, Giana, wenn du mir doch nur davon erzählt hättest. Eine Welle der Scham durchflutet mich, als ich daran denke, wie ich gestern noch auf Markos losgegangen bin.

»Es tut mir leid«, platzt es aus mir hervor und plötzlich stehe ich einige Schritte näher bei ihm. Gefährlich nah, sodass ich nur den Arm ausstrecken müsste, um durch seine dichten, dunkelbraunen Locken zu streichen. Oder über seine Wange mit dem Dreitagebart.

»Was ...?« Kopfschüttelnd betrachtet mich Markos. »Was meinst du denn jetzt damit?«

»Na, das gestern ...«, murmele ich und spüre, wie mir die Röte ins Gesicht steigt.

Das war echt 'ne Glanzleistung, Lou, schelte ich mich innerlich und kann mich gerade noch so davon abhalten, mir gegen die Stirn zu schlagen für meine eigene Blödheit.

»Du meinst die Ohrfeige?«, fragt Markos und stößt dieses kehlige Lachen aus, das mir durch Mark und Bein geht. Trotz der sommerlichen Wärme fröstele ich plötzlich.

»Und alles, was ich gesagt habe«, gebe ich kleinlaut zu und senke den Blick.

»Du hattest allen Grund dazu«, wiederholt er seine Worte von vorhin, doch schüttle ich energisch den Kopf.

»Nach allem, was du mir gerade erzählt hast, eben nicht«, entgegne ich und verberge das Gesicht in meinen Händen, weil ich mich zu sehr dafür schäme. Es gab schon einige Momente in meinem Leben, in denen ich komplett ins Fettnäpfchen getreten oder mich auf andere Weise blamiert habe. Aber noch nie war es mir so arg wie jetzt.

»Das konntest du ja nicht wissen«, sagt Markos. Er kommt auf mich zu, die Hand bereits angehoben, wie um mich in den Arm zu nehmen, doch weiche ich wieder zurück.

Wenn er mich jetzt umarmt ..., denke ich und spüre, wie mein verräterisches Herz augenblicklich zu rasen beginnt.

»Trotzdem ...«, murmele ich und zucke mit den Schultern. Ich weiß, dass wir uns im Kreis drehen, aber ich finde, dass ich meinen Fehler eingestehen sollte. Egal, wie sehr Markos auch versucht, mich vom Gegenteil zu überzeugen, nur damit ich mich besser fühle.

Wieder dieses leise, kehlige Lachen, das mich erschaudern lässt. Langsam hebe ich den Blick und sehe, dass Markos mir die Hand hinstreckt. »Wie wär's mit unentschieden?«

»Deal«, sage ich und schlage ein, auch wenn ich weiß, dass ich das besser nicht tun sollte. Dass ich ihm am besten so weit wie möglich aus dem Weg gehen sollte.

»Louise? Was ist ...? Geht es dir nicht gut?«, fragt Markos, als würde er mir den inneren Kampf ansehen. Der Druck seiner Hand wird fester, die Hitze in mir stärker.

Schnell reiße ich mich los und wende Markos den Rücken zu, um jetzt nicht die Kontrolle zu verlieren. Nicht über die Wölfin, sondern über meine eigenen Gefühle. Mein Verlangen.

Ich höre Markos seufzen, als auch er einige Schritte zurücktritt. »Ich weiß, dass es Zeit brauchen wird ...«

Langsam drehe ich mich zu ihm um, sage aber nichts. Ich wüsste nicht, was, ohne ihn anzulügen.

»Aber ich bin hier, wenn du mich brauchst oder du darüber reden willst«, fügt er hinzu und schenkt mir ein verständnisvolles Lächeln. »Ich kann warten, Louise, egal wie lange.«

»Du weißt nicht, was du da sagst«, presse ich hervor und blinzele, weil die Tränen in meinen Augen brennen.

Ich will nicht, dass du auf mich wartest, denke ich, auch wenn es schmerzt. Auch das ist die Wahrheit. Ich will nicht, dass er sein Leben vergeudet und am Ende enttäuscht wird, wenn er erkennt, was für ein Wrack ich bin.

»Doch, das weiß ich«, erwidert Markos mit einem Knurren.

Langsam weiche ich vor ihm zurück. »Danke, dass du mir die Wahrheit gesagt hast.«

»Dafür musst du dich nicht bedanken, Louise«, sagt Markos mit einem Ton in der Stimme, als wüsste er längst, was ich gleich sagen werde.

»Und es tut mir leid, wie beschissen ich mich verhalten habe«, wiederhole ich und muss mich zusammenreißen, um nicht loszuheulen. »Du hast noch mehr verloren in den letzten Jahren als ich.«

»Hatten wir uns nicht auf ein Unentschieden geeinigt?«, fragt Markos und versucht sich an einem Lächeln, schafft es jedoch nicht, seine Mundwinkel davon zu überzeugen.

»Ich weiß, aber ich …«, setze ich an und habe doch keine Ahnung, wie ich den Satz beenden soll.

»Warum hört sich das nach einem verdammten Abschied an, Louise?«, fragt Markos und klingt plötzlich verärgert.

Nein, verletzt, schießt es mir durch den Kopf, als ich seine traurigen Augen sehe, sehe, wie er mit den Kiefern mahlt und auf eine Antwort von mir wartet.

»Weil es ein Abschied ist«, entgegne ich und spüre, wie der Kloß in meiner Kehle wächst.

»Louise, bitte …«, presst Markos hervor und kommt auf mich zu, doch halte ich ihn weiter auf Abstand.

Jetzt ist es an der Zeit, dass du das Lügen übernimmst, um ihn zu beschützen, rede ich mir ein, auch wenn es mir fast das

Herz zerreißt. Aber es wäre nicht richtig, Markos für mich zu beanspruchen.

Wer bin ich schon?

Eine rudellose Werwölfin, die sich nicht unter Kontrolle hat. Die so viel Gepäck mit sich herumschleppt, dass es uns immer nur im Weg stehen würde.

Nein, Markos hat wirklich zu viel verloren, zu viel durchgemacht, um mich auch noch ertragen zu müssen.

»Ich verstehe zwar, warum du es getan hast«, setze ich an und meine Stimme zittert glücklicherweise nur minimal. »Das mit der Lüge ...«

»Louise, bitte tu das nicht«, fleht Markos und hat plötzlich Tränen in den Augen.

»Aber einmal ein Lügner, immer ein Lügner«, presse ich hervor. Dabei denke ich an meinen Vater. An all die Momente, wenn die Lügengebilde, die er jahrelang um mich errichtet hat, zusammengebrochen sind. Daran, wie Giana und ich wegen ihm bei El Rojo gelandet sind. Das übertrumpft den Schmerz, den meine Entscheidung in mir auslöst. Die Wut ist zu stark und gibt mir nun die Kraft, standhaft zu bleiben.

»Was?«, wispert Markos atemlos und starrt mich entsetzt an. »Einmal ein Lügner, immer ... Das ... Das kannst du doch nicht ernst meinen, Louise!«

»Doch, tue ich«, entgegne ich und das ist nicht gelogen.

Nach allem, was ich durch meinen Dad durchgemacht habe, kann ich Lügnern nicht einfach so mein Vertrauen schenken. Markos hat es wirklich nur zu meinem Besten getan, denkt er zumindest, aber die Zweifel hängen mir hartnäckig im Nacken. Ich bin eben ein gebranntes Kind, was Lügen angeht.

»Wie kannst du das sagen, nach allem ...?« Kopfschüttelnd wendet sich Markos ab und schlägt mit der Faust gegen einen Baum. So fest, dass die Rinde splittert und seine Haut aufreißt. Selbst auf zehn Meter Entfernung kann ich das Blut riechen, das aus seiner Wunde dringt. Nur schwach zwar, aber es lockt die Erinnerungen an meine Wandlung aus den tiefen meiner Seele hervor.

»Ich habe eben meine Gründe, Markos.« Leere Worte, aber irgendwie muss ich ihn dazu bekommen, mich loszulassen.

»Dann erklär's mir, Louise«, fordert er mit rauer Stimme. Die Augen hat er zu Schlitzen verengt.

»Mein ganzes Leben ist auf Lügen aufgebaut«, presse ich hervor und sehe die Postkarten New Yorker Wahrzeichen an der Wand meines Kinderzimmers hängen. »Sie haben mich und Giana zu El Rojo getrieben.«

»Das ist keine Erklärung«, beharrt Markos und macht einige wütende Schritte auf mich zu.

»Jedes zweite Wort aus dem Mund meines Vaters war eine Lüge. Und meine Gran hat ihn gedeckt«, bricht es aus mir hervor, voller Schmerz und Wut, dass Markos abrupt innehält. »Wie kann ich dann noch jemandem trauen, wenn die beiden Menschen, die sich um mich kümmern sollten ...? Wenn sie mich nur belogen haben?«

Einen Moment ist es still. Nur das Rascheln des Laubs in der leichten Sommerbrise ist zu hören.

»Aber ich bin nicht wie sie, Louise«, sagt Markos, diesmal nicht mehr wütend, sondern fast schon verzweifelt. »Ich würde dich niemals anlügen.«

Ich schnaube, sage aber nichts. Wir beide wissen, dass das nicht stimmt. Er hat es längst getan.

»Aber nicht so, nicht so, dass es dir schaden würde«, behauptet er. Seine Worte ändern jedoch nichts an der Tatsache, dass ich nicht gut genug bin für ihn, es niemals war.

»Ich würde dir nie wehtun, Louise. Nie«, beteuert Markos und den Schmerz in seinem Gesicht zu sehen, tut so weh.

Aber es muss sein, rede ich mir ein. *Nur so wird er über mich hinwegkommen.*

»Ich kann nicht, Markos«, wiederhole ich und drehe ihm den Rücken zu, damit er nicht sieht, wie nah ich dran bin, aufzugeben. Wie schwer es mir fällt, ihm das einzureden. Uns das einzureden.

»Die Zeit bei El Rojo ... All die Dinge, die er mir angetan hat ...«, presse ich hervor und zum ersten Mal seit meiner Ankunft im Halfway House stürzen diese Erinnerungen wieder auf mich ein. »Das ... Ich kann das einfach nicht, verstanden?«

»Louise ...«, wispert Markos. Blätter rascheln und Zweige zerbrechen, als er auf mich zukommt.

Ein Wimmern dringt mir über die Lippen, weil ich nichts lieber will, als seine starken Arme um meinen geschundenen Körper zu spüren. Seine Nähe ist wie Balsam auf meiner Seele.

Aber es ist nicht richtig, Louise, erinnere ich mich und sinke in die Knie. »Nicht. Bitte ... Fass mich jetzt nicht an.«

»O Gott, Louise ...« Markos klingt so verzweifelt, so hilflos, aber er tut, was ich gesagt habe. Er bleibt stehen.

Lange Zeit sagt keiner von uns ein Wort. Ich hocke schluchzend auf dem Waldboden, lasse die Tränen laufen, während mich Markos anstarrt und nicht weiß, was er tun soll.

Ich weiß, dass das alles nur Ausreden sind. Dass seine Lüge und meine Zeit bei El Rojo nicht der wahre Grund dafür sind, warum wir nicht zusammen sein können.

Er ist der Alpha eines Rudels und du eine Werwölfin, die sich geschworen hat, sich nie wieder zu verwandeln, schallt es durch meinen Kopf und vertieft die Wunde in meinem Herzen. *Wie soll das bitte funktionieren?*

Du bist nicht gut genug, säuselt eine fiese Stimme und lacht mich aus, als mein Verstand den verzweifelten Versuch unternimmt, dagegen zu rebellieren. Aber ich werde nie so sein wie Cassie, Sam oder Liz. Ich werde immer die Wölfin sein, die zu kaputt ist, um diesen Teil ihres Wesens zu akzeptieren.

Du bist nicht gut genug.

Wie kann ich das Markos zumuten, wenn er doch ein Rudel hat, das auf ihn baut? Wie kann ich auch nur für eine Sekunde glauben, dass ich das Recht dazu habe, mit ihm zusammen zu sein?

Nein, Markos braucht eine starke Wölfin. Jemanden wie Sam oder diese Jessica, über die sich die anderen beim Marmeladekochen unterhalten haben. Sie scheint die perfekte Wahl zu sein: stark, klug, hübsch und sich und ihrer inneren Wölfin treu. Alles Dinge, die man von mir nicht behaupten kann.

»Ich weiß, du brauchst Zeit«, sagt Markos nach einer Weile und klingt plötzlich entschlossen. »Und dazu hast du jedes Recht, Louise.«

»Markos, bitte …«, flehe ich, weil er es mir so verdammt schwer macht. Warum hat er mich in den letzten Jahren nicht einfach vergessen können? Warum hat er mich damals überhaupt vor Ryan retten wollen?

»Aber ich habe es schon damals gesagt und heute sage ich es wieder, notfalls jeden verdammten Tag«, presst er hervor. »Ich kann warten. Also nimm dir die Zeit, die du brauchst.«

Gott, warum muss er sich so daran festklammern? Warum kann er mich nicht einfach gehen lassen?

Mit tränenüberströmten Gesicht richte ich mich auf und weiß nicht, was ich als Nächstes tun werde. Mein Plan, ihn fortzustoßen, scheint gescheitert. Für weitere Lügen fehlt mir einerseits das Talent meines Vaters, mehr aber noch die Kraft. Die Kraft, Markos noch länger zu widerstehen. Mich von ihm fernzuhalten, obwohl sich alles in mir danach sehnt, seine Wärme auf meiner Haut zu spüren.

»Ich weiß«, flüstere ich und schniefe. »Aber selbst dann bist du noch …«

KAPITEL 22
EIN VIELLEICHT

MARKOS

»Aber selbst dann bist du noch …« Ein Schluchzen unterbricht Louise und sie wendet sich mit traurigem Blick von mir ab.

»Selbst dann bin ich noch ein Lügner«, beende ich den Satz für sie und hasse mich für die Bitterkeit in meiner Stimme. Ich wünschte, sie wäre nicht so deutlich zu hören gewesen.

Louise trifft keine Schuld. Ich verstehe, wieso sie sich so entschieden und was sie dazu gedrängt hat. Aber es tut trotzdem weh, von ihr abgewiesen zu werden. Schlimmer ist jedoch, ihr nicht helfen zu können.

»Ich wünschte, ich hätte dir von Anfang an die Wahrheit gesagt«, wispere ich und kralle die Finger in meine Jeanshose. Heißer Schmerz explodiert in meinen Fingerknöcheln, als die Kratzer wieder aufplatzen, die nach meinem Schlag gegen den Baum zu heilen begonnen haben.

Die Wut auf mich selbst, die ich in diesem Moment verspüre ist fast so schlimm wie damals. Als ich im Krankenhaus von Arcania aufgewacht bin, allein und verwirrt. War ich eben noch von Flammen und dichtem Rauch eingeschlossen, hilflos in dem Versuch, meinen Vater und den Rest des Rudels zu retten, lag ich damals nun da und musste erfahren, dass ich an diesem Morgen alles verloren habe: mein Zuhause, meine Familie und die Frau, die mir nur Stunden vor den tödlichen Flammen das Herz geraubt hat.

»Dann wäre es nie so gekommen«, murmele ich.

Wenn die Greys doch nur irgendetwas hätten, einen Zauber oder eine verdammte magische Apparatur, mit der ich in die Vergangenheit reisen kann, um meinen Fehler wieder gut zu machen! Um wenigstens Louise vor dem Schmerz zu retten, der ihr jetzt so deutlich in die Augen geschrieben steht.

»Das kannst du ... nicht wissen«, kommt es ihr leise über die bebenden Lippen. »Am Ende hätten sie dich ...«

»Nein, hätten sie nicht«, knurre ich und der Wolf in mir zerrt an meiner Selbstbeherrschung. »Ich hätte ihnen den Kopf abgerissen, sie in ihre Einzelteile zerlegt, weil sie auch nur versucht haben, dir zu schaden.«

»Markos, bitte ...«, keucht Louise und windet sich. Mit dem Gesicht in den Händen vergraben wimmert sie leise. Ein Geräusch, so furchtbar, so voller Leid, dass ich sie so gern in den Arm genommen und nie mehr losgelassen hätte

Aber das will sie nicht. Das hat sie vorhin deutlich gezeigt. Was ich sonst tun kann, um ihren Kummer und Schmerz zu lindern, weiß ich verdammt nochmal nicht.

Dass sie sich noch immer nicht verwandelt ...

Normalerweise sind heftige Gefühle immer ein Auslöser dafür, weshalb wir die Kontrolle über den Wolf in uns verlieren und eins mit ihm werden. Wut und Hass, aber auch Angst und Schwäche. Einerseits, um uns zu behaupten, und andererseits, um uns zu schützen. Aber Louise bleibt standhaft.

Kann sie vielleicht nicht ...?, schießt es mir durch den Kopf, doch verwerfe ich den Gedanken gleich wieder. Es gibt zwar

Nachkommen von Werwölfen, die sich aus irgendeinem Grund nicht verwandeln können, aber Louise ... Nein, das kann ich mir nicht vorstellen.

Hat sie damals nicht gesagt, dass sie eine gute Selbstbeherrschung hat?

Ich sehe Louise noch heute vor mir auf den Straßen von Arcania stehen, das *Howling Wolf* zu unserer Linken. Ihr Haar war damals länger und goldener, ihre Haltung angriffslustig und stark, nicht so gebrochen und schwach wie in diesem Moment. Und da war ein Feuer in ihren Augen ...

Als ich gehört habe, dass Louise von El Rojo entführt wurde, habe ich befürchtet, dieses Feuer nie wieder zu sehen. Aber gestern, gestern ist mir klargeworden, dass es noch immer in ihr brennt. Vielleicht nicht mehr so stark wie früher, halb verborgen unter den Erinnerungen an die letzten beiden Jahre, aber es ist noch da. Die Wölfin in ihr ist noch immer stark und eines Tages werde ich sie wiedersehen.

»Okay, ich akzeptiere deine Entscheidung«, sage ich und knie mich neben Louise. »Fürs Erste.«

»Markos, ich ...«, presst Louise hervor und hebt zögerlich den Kopf. Ihre Augen sind ganz verquollen, ihre Wangen nass von den vielen Tränen.

Ich ziehe eine Packung Taschentücher aus der Hosentasche und will ihr mit einem Tuch übers Gesicht wischen, überlege es mir dann aber anders. Louise würde mir sicher ausweichen, oder sogar von einer weiteren Flut ihrer Erinnerungen heimgesucht werden.

»Hier«, sage ich deshalb und reiche ihr das Taschentuch.

Louise starrt es an, als wüsste sie nicht, wozu man es gebraucht. Es dauert eine geschlagene Minute, ehe sie die Hand danach ausstreckt und es mit zitternden Fingern annimmt.

»Danke«, haucht sie und fährt sich damit übers Gesicht.

»Keine Ursache«, entgegne ich, doch klingt es hohl.

Ich würde ihr gerne noch so viel mehr sagen, sie trösten, aber ich weiß, dass Louise nicht der Typ dafür ist. Schon bei unserem ersten Date habe ich gemerkt, wie verschlossen und vorsichtig sie sein kann. Jetzt zu wissen, was ihr Dad mit ihr abgezogen hat, erklärt dieses Verhalten. Es schmerzt trotzdem, dass ich nicht mehr für sie tun kann.

Zeit heilt alle Wunden, dringt Tante Alexias Stimme durch meine Hilflosigkeit zu mir hindurch.

Das hat sie damals immer wieder gesagt, als ich mit meinem verletzten, gebrochenen Rudel konfrontiert wurde. Als ich die traurigen, entsetzten Gesichter bei meinem Besuch in der Not-unterkunft gesehen habe. Die Feldbetten, die das Institut und einige freiwillige Helfer in der Mehrzweckhalle von Moonlight Falls aufgebaut haben. Das viele Schluchzen, das sich statt der Jubelrufe an den Wänden gebrochen hat.

Mittlerweile hat sich das Rudel erholt, den Schrecken von damals überwunden. Und das gibt mir Hoffnung für Louise und Giana. Dass auch sie eines Tages ihr Glück wiederfinden.

»Kannst du aufstehen?«, frage ich Louise, als sie sich eine Weile lang nicht mehr gerührt, sondern nur auf das zerknüllte, feuchte Taschentuch in ihren Händen gestarrt hat. »Alexia und die anderen müssten bald die erste Marmelade fertig haben. Das bringt dich vielleicht auf andere Gedanken.«

»Ich will nicht ...«, setzt Louise an und schüttelt vehement den Kopf. »Ich will nicht zurück.«

Ich schlucke und nicke. Es tut weh, dass sie abgelehnt hat, zu meinem Rudel zurückzukehren, aber wahrscheinlich will sie nach diesem emotionalen Moment einfach allein sein. Etwas, das ich nur zu gut verstehe.

So ging es mir nach dem Waldbrand auch, doch hat man mir meine Ruhe nicht gelassen. Jemand musste Entscheidungen für das Rudel treffen, die Verantwortung für sie übernehmen und ein neues Zuhause suchen. Louise soll das nicht durchmachen müssen. Wegen Giana macht sie sich sicher schon mehr als genug Sorgen.

»Okay, soll ich dich lieber zum Gasthaus bringen?«, frage ich, weil mir das noch die beste Option zu sein scheint. Selena wird spüren, dass Louise ihre Ruhe braucht, und dafür sorgen, dass sie sie bekommt. Und eine große Ladung Essen mit dazu.

»Nein, ich kann das auch …«, setzt Louise an und macht Anstalten, sich vom Boden hochzustemmen, schafft es aber nicht. Die letzten Minuten hier draußen scheinen sie alles an Kraft gekostet zu haben, die sie bisher in der Sicherheit des Halfway House tanken konnte.

»Darf ich dir helfen?«, frage ich vorsichtig, weil ich sie nicht verärgern oder mit meiner Nähe überrumpeln will.

Erst sieht es so aus, als wolle Louise den Kopf schütteln, doch nachdem sie ein zweites Mal versucht hat, aufzustehen, nickt sie schließlich.

Langsam gehe ich neben ihr in die Hocke und lege ihr einen Arm um den Rücken. Augenblicklich beschleunigt sich nicht nur mein Herzschlag, sondern auch Louises. Doch nach allem, was ich eben gesehen habe, den Schmerz und die Traurigkeit in ihren Augen, wird mir klar, dass es nichts mit mir zu tun hat.

Sie hat Angst, wenn sie jemand berührt, schießt es mir so eiskalt durch den Kopf, dass ich erschaudere und mir wünsche, Grace und ihre Kollegen hätten El Rojo längst geschnappt.

Jemand, der einem anderen Wesen so etwas antut …

»Markos?«, fragt Louise, weil ich sie einfach nur festhalte, anstatt ihr aufzuhelfen.

»Sorry«, murmele ich und schlucke meine Wut herunter.

Sanft hebe ich Louise an und ziehe sie auf die Füße. Gerade, als ich den Arm wegnehmen will, schwankt sie gefährlich und wäre sicher umgefallen, hätte ich sie nicht an mich gezogen.

»Lass das«, zischt Louise.

»Ich wollte nur nicht, dass du …«, setze ich an, doch da hat sie sich schon von mir losgemacht.

»Können wir wenigstens Freunde bleiben?«, frage ich und hasse mich im nächsten Moment schon für den drängenden Unterton in meiner Stimme.

Dass ich sie überhaupt darum gebeten habe! Sie hat mit viel schlimmeren Dingen zu kämpfen, als mit dieser Sehnsucht, die mich immer dann befällt, wenn ich sie vor mir sehe. *Oder nur an sie denke.*

»Markos, ich weiß nicht …«, wispert Louise und lässt den Kopf hängen.

»Bitte«, kann ich mein Flehen nicht zurückhalten. »Egal, wie lange es dauert, Louise. Bitte schließ mich nicht ganz aus.«

Louise sagt keinen Ton. Ich sehe sie schlucken, sehe, wie sie erneut mit den Tränen kämpft und schließlich nickt. »Okay.«

Ein unbeschreibliches Glücksgefühl durchströmt mich und erst jetzt wird mir klar, wie viel mir diese Antwort bedeutet. Was ich getan hätte, wenn sie abgelehnt hätte … Daran will ich gar nicht denken, aber ich will sie nicht noch einmal verlieren. Wenn sie Teil meines Lebens ist, wenn auch nicht so, wie ich es mir immer gewünscht habe, ist das mehr als genug für mich.

»Aber ich brauche … Zeit«, presst Louise hervor und drückt sich die Handballen auf die Augen, als könnte sie so die Tränen stoppen, die sich erneut einen Weg hinaussuchen.

»Ja, ich weiß«, sage ich und nicke, weil ich Louise zu nichts drängen will. Es ist schon sehr gewagt gewesen, sie überhaupt darum zu bitten. »So viel Zeit, wie du willst.«

»Und wenn es zu viel ist?«, fragt sie mit zitternder Stimme, ohne zu mir aufzublicken.

»Egal«, sage ich. »Ich kann warten. Notfalls für immer.«

»Markos.« Diesmal ist ihre Stimme vorwurfsvoll, weniger zerbrechlich und schwach wie noch in den letzten Minuten. »Du weißt nicht, was du da sagst.«

»Doch, Louise«, wispere ich und nun bin ich es, der gegen die Tränen ankämpft, weil ich es hasse, wenn sie mir mit diesem Satz kommt. »Doch, das weiß ich.«

Abrupt schnellt ihr Kopf zu mir hoch. Ihr Blick huscht über mein Gesicht, von meinen Augen hinunter zu meinen Lippen. Der verkrampfte Zug um ihren Mund weicht einem schwachen Lächeln, als sie die Schultern strafft und …

Was tut sie da? Will sie …? Will sie mich …?, völlig perplex starre ich zu ihr herunter, mein Herzschlag so schnell, als wolle er dem eines Kolibris Konkurrenz machen.

Gerade, als ich die Augen schließen und die störenden Zentimeter überwinden will, stößt Louise ein Zischen aus und hat sich plötzlich umgedreht. Schwankend, aber entschlossen läuft sie davon, ohne sich noch einmal nach mir umzusehen.

Du verdammter Dummkopf!, rüge ich mich und würde mich am liebsten ohrfeigen.

Louise hatte recht. Ich bin ein Lügner. Gerade habe ich ihr noch versichert, bis ans Ende aller Zeiten auf sie warten zu können und jetzt das.

Wirklich ganz toll gemacht, Markos. Überhaupt nicht egoistisch. Wütend balle ich die Hände zu Fäusten, kann mir aber ein Knurren gerade noch so verkneifen.

Ein Teil von mir will Louise folgen, will dafür sorgen, dass sie sicher im Gasthaus ankommt, aber irgendetwas sagt mir, dass das nicht der richtige Zeitpunkt dafür ist.

Sie hat gesagt, dass sie Zeit braucht. Die sollte ich ihr geben.

Aber es war kein definitives Nein, stelle ich voller Freude fest. Mehr ein Vielleicht.

Und möglicherweise, wird daraus irgendwann auch ein Ja, wenn ich nur geduldig genug bin. Und das werde ich sein.

Nach meinem Gespräch mit Louise kann ich nicht zurück in die Siedlung. Alexia, Cassie und die anderen Frauen warten sicher schon in unserer Hütte darauf. Sie werden mich nicht in Ruhe lassen, bis ich ihnen erzählt habe, was eben passiert ist.

»Noch nicht«, brumme ich und folge einem kaum erkennbaren Trampelpfad zur Lichtung, auf der wir Holz hacken. Dank Dales Hilfe haben wir zwar mehr als genug, aber die schwere körperliche und doch immer gleiche Arbeit wird mich von den Gedanken ablenken, die mir gerade durch den Kopf rauschen wie außer Kontrolle geratene Güterzüge.

Könnte ich es nicht, wäre ich in wenigen Minuten schon auf dem Weg zum Halfway House. Auf dem Weg zu Louise. Ohne mich dagegen wehren zu können, hätten mich meine Füße über die Schwelle getragen bis hinauf zu ihrem Zimmer. Zwar kenne ich ihre Zimmernummer nicht, aber ihr Duft hätte sie verraten.

Die Erinnerung daran lässt mich erschaudern und bringt meinen Entschluss, Louise mehr Zeit zu geben, ins Wanken.

»Mach jetzt bloß nichts Dummes, Markos«, mahne ich mich und ziehe eine Axt aus dem Hackblock, um meinen Händen Beschäftigung zu verschaffen.

Die ersten Schläge sind unbeholfen, verfehlen hier und da ihr Ziel, aber nach einer Weile habe ich meinen Rhythmus wiedergefunden und den Drang, Louise an mich zu ziehen und nie wieder loszulassen, halbwegs gut überwunden.

»Meine Güte, habt ihr einen so hohen Verbrauch?«, schallt eine knappe Stunde später eine Stimme zu mir herüber.

»Earl?«, frage ich verwundert und blicke mich suchend nach dem Blutsauger um. Ich traue meinen Augen kaum, als er aus den Schatten des Waldes auf die Lichtung tritt und eine silberne Thermokanne sowie eine große Brotdose hochhält.

»Deine Tante schickt mich«, sagt er und stellt beides vor mir auf den malträtierten Hackblock. »Also, eigentlich hat sie Sam geschickt, aber die dachte, du bräuchtest jetzt ein ernstes Gespräch von Mann zu Mann.«

Ich schnaube und schüttele den Kopf. »Das hat sie gesagt?«

»So in Etwa, ja«, bestätigt Earl und lässt sich auf einem rindenlosen Baumstamm am Rand der Lichtung nieder. Der liegt schon seit einer Weile dort und dient uns beim Holzhacken als Bank für unsere Pausen.

»Also, was ist los?«, fragt Earl, als ich gerade einen Blick in die Brotdose geworfen und darin einen Haufen Sandwiches gefunden habe.

»Ich bin am Verhungern«, brumme ich und beiße in eines der Sandwiches.

»Also hatte Sam recht. Dein Gespräch mit Miss Bellard ist nicht gut verlaufen«, schlussfolgert Earl und seufzt leise.

»Wie kommst du darauf?«, frage ich zwischen zwei Bissen, stopfe mir aber gleich den Rest des ersten Sandwiches in den Mund, damit ich ihm nicht antworten muss. So wie Earl dreinschaut, wird er mir gleich eine Menge unangenehmer Fragen stellen.

»Wenn es anders wäre, wärst du sicher nicht Holzhacken«, entgegnet Earl und zieht eine Augenbraue hoch. »Richtig?«

»Mpf«, mache ich bloß und trinke einen großen Schluck aus der Thermokanne. Es ist kein Kaffee, wie ich es erwartet habe, sondern Alexias selbstgemachter Eistee, der mir die Kehle hinunterrinnt und mein erhitztes Gemüt abkühlt.

»Wie ist es in Arcania gelaufen? Werden sie euren Bericht endlich veröffentlichen?«, frage ich in der Hoffnung auf einen Themenwechsel. Earl redet nur zu gerne über seine Studien und Forschungsergebnisse, nur heute nicht.

»Netter Versuch«, sagt er und boxt mich in die Seite.

»Lass das«, knurre ich und rücke ein Stück von ihm ab.

»Nur, wenn du mir von Miss Bellard erzählst«, entgegnet er und verschränkt mit strenger Miene die Arme vor der Brust. »Ich kenne dich, Markos. Wenn du das noch länger mit dir herumschleppst, frisst es dich am Ende auf.«

»Noch nicht«, murmele ich, auch wenn er recht hat. So ist es ja auch mit meinen Schuldgefühlen dem Rudel gegenüber. »Erzähl mir erst von euren Meetings. Danach ...«

»Wehe, du drückst dich dann«, sagt Earl mit erhobenem Zeigefinger und gibt mir eine Kurzfassung von den letzten Tagen. Die hat er mit Kitty in stickigen Besprechungsräumen des Instituts und der Academy of Arcane Arts von Arcania verbracht, um seine Forschungsergebnisse über die Heilung der Rogues zu präsentieren.

»Ein paar Leute des Untersuchungsausschusses sind noch nicht überzeugt«, schließt er seine Erzählung und doch ist da ein hoffnungsvolles Glitzern in seinen braunen Augen. »Aber im Westen konnten Agenten des Instituts zwei weitere Rogues aufschnappen. Sie werden versuchen, sie zu heilen wie Kitty und ich es getan haben.«

»Also noch mehr Laborratten«, murre ich. Mir tun diese beiden wild gewordenen Vampire jetzt schon leid.

»Ja, leider, aber wenn es ihnen gelingt, gäbe es eine zweite Quelle, die zu diesem Ergebnis gekommen ist«, sagt Earl und klingt noch immer zuversichtlich. »Und wem werden sie mehr vertrauen? Dem Sohn eines übergeschnappten Abenteurers und einer Rogue erschaffenden Irren, oder einer angesehenen Organisation wie dem Institut?«

»Hm, also ich würde das Institut jetzt nicht als angesehene Organisation bezeichnen, aber, wie du meinst ...« Ich zucke mit den Schultern und bete, dass es dem Institut gelingt, auch diese neuen Rogues zu heilen. Dale und die anderen könnten weitere Unterstützer dringend gebrauchen.

»Miss Bellard und Miss Alcari scheinen sich während unserer Abwesenheit gut erholt zu haben«, merkt Earl nach kurzem Schweigen an. »Selena hatte für uns ein Auge auf sie. Und Miss

Alcari bin ich eben begegnet. Nur von Miss Bellard fehlt jede Spur. Du hast nicht zufällig was damit zu tun?«

»Wir haben geredet und dann ist sie gegangen«, sage ich mit einem Schulterzucken. Die Gelassenheit, die ich Earl gerne gezeigt hätte, bleibt aus. »Ich denke, sie ist im Gasthaus.«

»Dann gehe ich richtig in der Annahme, dass der Brief nicht hilfreich war?«, fragt Earl.

Kurz muss ich über die antiquierte Wortwahl schmunzeln, bis mir wieder mein Dilemma mit Louise einfällt.

»Alles andere als hilfreich«, brumme ich und schiebe die halbvolle Brotdose beiseite.

»Einen Versuch war es aber wert«, meint Earl und klopft mir aufmunternd auf die Schulter.

Ich lache freudlos. »Einen?«

»So schlimm, hm?«

»Schlimmer.«

Earl wirft mir wieder einen dieser drängenden Blicke zu, sagt aber nichts. Und auch wenn ich eigentlich keine Lust habe, mit irgendwem über Louise zu sprechen, sprudeln die Worte kurz darauf nur so aus mir hervor.

»Was soll ich denn jetzt machen, Earl?«, frage ich, als ich fertig bin. Die Verzweiflung kann ich nicht länger aus meiner Stimme halten. »Ich würde ihr so gerne helfen, aber ich … Ich weiß nicht, wie?«

»Tu erstmal das, was du ihr versprochen hast«, sagt Earl nach langem Überlegen. »Gib ihr Zeit.«

»Das ist nicht die Antwort, die ich hören wollte«, grummele ich, weiß aber, dass er recht hat.

»Ich weiß, aber Zeit heilt alle Wunden. Manchmal dauert es nur etwas«, sagt Earl seufzend und hört sich damit wie Tante Alexia an.

»Da kann der Trottel aber warten, bis er schwarz wird«, erklingt plötzlich Cassies Stimme. Keine fünf Sekunden später tritt meine Nervensäge von einer kleinen Schwester aus dem Gebüsch hervor.

»Wie oft hab ich dir schon gesagt, dass du andere Leute nicht belauschen sollst, hm?«, knurre ich und spüre, wie ich rot anlaufe. Mit Earl über meine Gefühle zu sprechen ist eine Sache. Sobald Cassie oder ein anderes Rudelmitglied davon erfährt, weiß es spätestens morgen jeder.

»Hab' mir nicht sonderlich große Mühe gemacht, mich anzuschleichen«, sagt Cassie ohne sich zu entschuldigen. »Sieht fast so aus, als würdet ihr ungewöhnlich früh taub werden.«

Earl lacht leise neben mir, aber ich wünschte, ich hätte besser aufgepasst. Es bringt aber nichts, mit ihr zu schimpfen. Am Ende hätte das in noch mehr Streitigkeiten geendet und wäre vielleicht sogar eskaliert wie mit Alec. Und ich will nicht auch noch meine Schwester verlieren.

»Wo bleibt denn dein Optimismus, Bruderherz?«, fragt sie und lässt sich neben mich auf dem Baumstamm nieder. »Du warst doch immer ein so großer Vertreter des Schicksals.«

»In der Tat«, pflichtet Earl ihr bei und verzieht das Gesicht. »Ich kann ein Liedchen davon singen ...«

Cassie zieht eine Augenbraue nach oben und mustert mich mit schräggelegtem Kopf. »Was ist denn daraus geworden?«

»Die Realität hat eingesetzt«, grummele ich und fühle mich von Sekunde zu Sekunde unwohler. So von beiden Seiten eingepfercht zu sein, gefällt mir nicht.

»Blödsinn!«, ruft Cassie laut. »Manchmal muss man dem Schicksal in den Hintern treten, damit es in die Pötte kommt.«

»Cassie ...«, sage ich mahnend und mir schwant nichts Gutes, als sie die Augen aufreißt und sich ihre Lippen zu einem spitzbübischen Grinsen verziehen. »Was hast du vor, Cass?«

»Ganz ruhig, mein allerliebster Lieblingsbruder«, sagt sie in überfreundlichem Ton und tätschelt mir den Kopf. »Überlass die Sache mit Louise ruhig mir.«

»Cass...!« Ich will sie zurückrufen, ihr einschärfen, sich gefälligst da rauszuhalten, doch da ist sie längst aufgesprungen und in Richtung Siedlung verschwunden.

»Fuck!«

»Ach, ja … Nervige kleine Schwestern …«, murmelt Earl neben mir und lacht leise.

»Kannst du laut sagen«, knurre ich verdrossen.

KAPITEL 23
MITLEID HAT DICH NOCH NIE WEITERGEBRACHT

LOUISE

Obwohl das Gespräch zwischen Markos und mir lange überfällig war, zwei Jahre um genau zu sein, fühle ich mich danach so erschöpft, dass ich es kaum bis zu meinem Bett schaffe.

Ich gebe es ungern zu, aber auf dem Weg zurück zum Halfway House, haben mich einige Heulkrämpfe anhalten lassen. Ich bin mehr als einmal über meine eigenen Füße gestolpert, weil ich durch den dichten Tränenschleier eine Wurzel oder einen Stein übersehen habe.

Trotzdem ist es besser so, sage ich mir, als ich endlich mein Zimmer erreiche und mich auf mein Bett fallen lasse. Giana scheint noch bei den Segonas zu sein, sodass ich in Ruhe all die wirren, düsteren Gedanken in meinem Kopf sortieren kann.

»Du gehörst da einfach nicht hin, Louise«, flüstere ich und ziehe den handgemachten Quilt über mich. Er riecht stark nach

Lavendel und Baldrian. Die beruhigende Wirkung der Kräuter bleibt allerdings aus, obwohl ich sie gerade gebraucht hätte.

Wieder werde ich von heftigen Schluchzern geschüttelt und bekomme kaum noch Luft, aber ich bleibe standhaft.

Ja, ich habe mir immer gewünscht, zu einem Rudel dazuzugehören. Hier bei den Segonas hatte ich zum ersten Mal das Gefühl, dass dieser alte Traum wahrwerden könnte.

Aber was würden Cassie, ihre Tante und die anderen sagen, wenn sie wüssten, was ich getan habe? Wenn sie wüssten, dass ich mir geschworen habe, mich nie wieder zu verwandeln?

Für sie ist das Werwolfdasein so normal wie Atmen, denke ich und eine Spur Eifersucht mischt sich in meine Gedanken. Vorhin beim Marmeladekochen haben die Wölfinnen uns von ihren Streifzügen durch die Wälder von Clandestine Valley erzählt. Sie haben darüber gesprochen, wie es früher war, auf einer der Lichtungen ihres Territoriums zu liegen und sich die Sonne auf den Pelz scheinen zu lassen.

Alles Dinge, die ich nie selbst erfahren werde, denke ich und schiebe meinen Kopf unter das Kissen. Am liebsten würde ich für immer hier drin bleiben. Nie mehr rausmüssen, nie mehr daran denken müssen, welche Bestie in mir schlummert.

Cassie und die anderen scheinen ihre innere Wölfin so gut unter Kontrolle zu haben. Sie fürchten sich nicht vor ihr, im Gegenteil. Ihnen zu zeigen, wie sehr ich damit zu kämpfen habe …

Das würde mich schwach und armselig aussehen lassen, denke ich und stoße ein Wimmern aus. Viel weiß ich nicht über die Regeln und Strukturen in einem Rudel, doch eine Sache ist mir klar: Ihr Alpha darf keine Schwäche zeigen.

Und wenn Markos und ich …

Mit einem frustrierten Aufschrei rolle ich mich auf die Seite und schüttle so heftig den Kopf, dass das Kissen auf den Boden fällt. Welches Licht würde das dann auf Markos werfen?

»Kein Gutes«, murmele ich und sehe die Mitglieder seines Rudels plötzlich vor mir. Wie sie mich vorwurfsvoll, ja zum Teil sogar hasserfüllt anstarren.

Markos liebt sein Rudel, denke ich und Lobeshymnen, die ich in den letzten Tagen über ihn gehört habe, hallen durch meine Gedanken. *Wegen mir müsste er es vielleicht aufgeben.*

Diese düsteren, schmerzhaften Gedanken rauschen mir noch Stunden später durch den Kopf. Irgendwann muss ich trotzdem eingeschlafen sein, denn ein Klopfen reißt mich aus einem tiefen, traumlosen Schlaf.

»Habe ich dich geweckt?«, erklingt Selenas Stimme vom Fußende des Betts. »Tut mir leid, das wollte ich nicht.«

Ich nuschele etwas, das sich entfernt wie »Schon okay.« anhört und richte mich stöhnend auf. Verschlafen reibe ich mir die Augen und zucke zusammen, weil die Haut dort ganz wund und geschwollen ist.

»Was ist denn mit dir passiert? Ist alles in O...?«, setzt Sel an und eilt auf mich zu. Meine Augen haben sich noch nicht an die düsteren Lichtverhältnisse gewöhnt, um ihren Gesichtsausdruck zu sehen, aber die Besorgnis ist ihr anzuhören.

»Allergien. Heuschnupfen«, lüge ich schnell, weil ich keine Lust habe, darüber zu reden. Ich muss erstmal allein damit fertig werden, wovor ich vor ein paar Stunden abgehauen bin. Wie ich auch schon zu Markos gesagt habe: Ich brauche Zeit, viel Zeit.

»Okay ...«, sagt Selena, doch höre ich an ihrer Stimme, dass sie mir kein Wort glaubt. Wahrscheinlich riecht sie schon auf zehn Metern Entfernung, was mir gerade durch den Kopf geht. Die Trauer, der Schmerz, aber auch meine Angst und diese verfluchten Selbstzweifel.

»Ist irgendwas?«, frage ich sie. Es sieht ihr sonst nicht ähnlich, dass sie einfach so in unser Zimmer kommt, wenn wir sie nicht hereingebeten haben. Normalerweise lässt Selena uns unsere Ruhe, außer gestern Abend, als sie mich mit den Mädels dazu gedrängt hat, ihr von Markos' und meiner gemeinsamen Vergangenheit zu erzählen.

»Alexia schickt mich«, sagt Selena und zupft meine Decke zurecht. Sie hängt halb über die Bettkante, nur ein weiteres Zeichen dafür, wie unruhig die letzten Stunden für mich waren.

»Das Rudel hat uns zum Grillen eingeladen. Als Dankeschön für die Mithilfe bei der Marmelade«, erzählt Selena.

Ich schnaube und schüttle den Kopf. »Ich war nicht gerade 'ne große Hilfe.«

»Da habe ich aber was anderes gehört«, entgegnet Selena und ihr Lächeln wird breiter. Es ist ihr Versuch, mich aufzumuntern, scheitert aber kläglich.

»Danke, aber ich habe keinen Hunger«, sage ich und rolle mich auf die andere Seite. »Und ich esse kein Fleisch, schon vergessen?«

Plötzlich wird mir ganz mulmig zumute. Was würden die Segona-Wölfe dazu sagen, wenn sie davon erführen?

»Das ist doch nicht das Einzige, was man grillen kann«, sagt Selena und rüttelt spielerisch an meiner Schulter. »Es gibt auch gegrilltes Gemüse, Ofenkartoffeln und ganz viel Salat. Rose und ich waren den ganzen Nachmittag in der Küche.«

Obwohl ich nicht die geringste Intention habe, je wieder die Siedlung der Wölfe zu betreten, verrät mich das laute Knurren meines Magens. Ofenkartoffeln und Salat … Erst jetzt merke ich, dass ich seit heute Morgen außer Erdbeeren nichts mehr gegessen und verdammt großen Hunger habe.

»War das ein Ja?«, fragt Selena leise lachend.

Ich schüttle den Kopf, ohne mich zu ihr umzudrehen, auch wenn mir schon das Wasser im Mund zusammenläuft.

»Hm, dann lege ich halt noch einen obendrauf«, sagt Selena und lässt sich neben mir auf der Matratze nieder. »Eine der

Wölfinnen, die seit dem Brand in Arcania lebt, hat ganz viel Brot mitgebracht. Und jetzt rate mal, von welcher Bäckerei.«

Mein Magen knurrt schon wieder, weil ich vor mir eine goldgelbe Brotscheibe sehe, bestrichen mit viel Butter.

»Kleiner Tipp ... Es ist wohl deine Lieblingsbäckerei«, fügt Selena hinzu, als ich nicht sofort mit dem Raten loslege.

»*Quackley's*?«, frage ich und sämtliche Gründe, weshalb ein Besuch beim Rudel keine gute Idee ist, lösen sich in Luft auf.

»Erraten!«, ruft Selena und klatscht in die Hände. »Wusste ich's doch, dass ich dich damit überzeugen kann. Giana hat fast genauso gestrahlt wie du, als Jessica mit den ganzen Tüten aufgetaucht ist.«

Das Glücksgefühl und die kindliche Vorfreude auf das wohl beste Brot in ganz America zerplatzt wie eine schillernde Seifenblase. »J... Jessica?«

»Jep«, sagt Selena und nickt. »Ich kannte sie bisher nicht, zumindest nicht persönlich, aber sie ist echt super nett. Von dem Brot, das sie mitgebracht hat, könnte man fast 'ne ganze Woche auskommen. Sogar mit einem hungrigen Wolfsrudel und einem vollen Gasthaus.«

Ich schlucke, ziehe die Knie an die Brust, sage aber nichts. Auch ich habe schon von Jessica gehört. Heute beim Marmeladekochen war sie eines der beliebtesten Gesprächsthemen. Die erfolgreiche Star-Anwältin der Nachtwelt, die noch dazu ein geschätztes Mitglied des Segona-Rudels ist. Jessica scheint all das zu sein, was ich nicht bin: stark, klug, berufstätig und eins mit der Wölfin in sich.

»Louise? Alles okay?«, fragt Selena alarmiert, entweder weil sie meinen Neid gerochen hat, oder weil sie mir ansieht, dass mein Entschluss ins Wanken geraten ist.

»Mir geht's einfach nicht gut«, presse ich hervor und drücke die Lider fest zusammen, um nicht schon wieder zu heulen. »Ich glaube, ich bleibe lieber hier und ruhe mich aus.«

Die Lüge kommt mir leicht über die Lippen. Viel leichter als all das, was ich Markos aufgetischt habe. Vielleicht zieht sich Selena deswegen zurück. Weil es sich fast natürlich anhört.

»Wenn du meinst«, sagt sie, aber da liegt ein Unterton in ihrer Stimme, als wüsste sie längst, dass ich nicht die Wahrheit sage. Sie stößt ein frustriertes Seufzen aus, scheint noch etwas hinterherschieben zu wollen, vielleicht eine Moralpredigt, dass sich Lügen nicht gehört, tritt aber von meinem Bett zurück.

»Ich sage Alexia, dass du dich nicht fit genug fühlst«, verspricht sie und hat kurz darauf die Tür erreicht. »Und Giana und ich sichern dir ein paar Scheiben Brot.«

»Das ... Das müsst ihr nicht«, presse ich hervor und kann ein Schluchzen gerade noch so zurückhalten. Nach der ganzen Lügerei heute, habe ich das wirklich nicht verdient.

»Machen wir aber trotzdem«, sagt Sel mit einem Zwinkern und öffnet die Tür. »Selbst, wenn wir es mit unserem Leben verteidigen müssen. Und das könnte bei den hungrigen Wölfen durchaus passieren.«

Ich lache leise, weil sie damit wirklich recht hat, auch wenn ich nur aus meiner limitierten Erfahrung als Wölfin sprechen kann. Aber Essen ... Das war schon immer eine meiner liebsten Beschäftigungen und wehe, jemand hat mir etwas geklaut!

Als ich Selena danken will, ist sie schon hinaus auf den Gang getreten und lässt mich mit meinen Gedanken allein. Haben sie sich eben noch um mein Gespräch mit Markos und all die Gründe gedreht, warum wir nicht zusammen sein sollten, wenden sie sich nun dieser Jessica zu.

Mensch, Louise, was ist nur los mit dir?, frage ich mich, weil sich mehr und mehr Wut in mir ansammelt.

Ich kenne diese Frau nicht, nicht persönlich, aber durch die Gespräche heute beim Marmeladekochen und einige Zeitungsartikel, die ich über die Jahre hinweg über Jessica Fell gelesen habe, kommt es mir so vor, als wäre ich ihr schon begegnet.

Früher hätte ich mir nicht viel draus gemacht. Sie war nur irgendeine Werwölfin, der ich vermutlich nie über den Weg gelaufen wäre, hätte El Rojo mich nicht entführt. Jessica und ich verkehren in so unterschiedlichen Kreisen, ich meist unter den Sterblichen und wenig unter den Nachtwesen Americas, sie in der Oberschicht Arcanias als gefeierte Anwältin, dass sich unser Leben sicher nie überschnitten hätte. Höchstens, wenn ich damals wirklich Gianas Rat gefolgt wäre und mich auf eine Stelle als Eventmanagerin in der Nachtwelt beworben hätte, statt weiter in einem sterblichen Unternehmen in New York zu arbeiten.

Aber jetzt ist alles anders.

Durch meine Entführung bin ich in Grey's Halfway House gelandet und ich meine, einen der Agenten im Krankenhaus gehört zu haben, dass Jessicas Firma uns Geschädigte gegen El Rojo verteidigen würde, sollten sie dieses Monster endlich zu fassen bekommen. Natürlich pro bono, sodass keine Kosten für uns Opfer anfallen.

Super, Jessica. Du bist unsere Heldin! Unser Schutzengel in Not, denke ich voller Sarkasmus und hasse mich gleichzeitig für diese fiesen Gedanken.

»Lasst mich einfach in Ruhe«, murre ich und ziehe mir die Decke über den Kopf. An Schlaf ist jedoch nicht mehr zu denken. Mein Neid auf Jessica geistert mir durch den Kopf und lässt mich hunderte Szenarien erdenken, die mir kein bisschen gefallen. Und in jedem einzelnen von ihnen spielt Markos die zweite Hauptrolle.

»Verdammter Scheißdreck!«, rufe ich und schleudere die Decke von mir, weil mir vor Wut plötzlich ganz heiß ist.

Ich weiß, dass ich mich gerade vollkommen irrational aufführe, erkenne mich ja selbst kaum wieder. Ich komme mir so vor, wie die verrückte Ex-Freundin, die kurz davor steht, einen Masterplan auszuhecken, um ihren Ex zurückzubekommen.

Nur, dass wir nie zusammen waren, denke ich und weiß nicht, ob ich über mein Verhalten lachen oder heulen soll.

Frustriert hocke ich mich auf die Bettkante und überlege, wie ich diese dämlichen Gedanken wieder losbekomme. Ich habe kein Recht dazu, mich so aufzuführen. Weder hat mir Jessica persönlich irgendetwas getan, noch habe ich auch nur den Hauch eines Anspruchs auf den Platz an Markos' Seite.

»Das ist nur der Hunger«, rede ich mir ein, als mein Magen fast genauso wütend knurrt wie ich bei dem Gedanken daran, dass sich Jessica und Markos genau jetzt gegenübersitzen und sie ihm schöne Augen machen könnte.

Grummelnd stehe ich auf und tappe hinüber zur Kommode. Selena hat dort eigentlich immer einen Teller mit Keksen oder anderen Naschereien stehen. Sie kennt mich einfach zu gut und weiß, dass mich auch zwischendurch die ein oder andere Heißhungerattacke packt.

»Vielleicht sollte ich auch was von diesem komischen Beruhigungstee trinken«, murmele ich, als ich die Blechdose neben dem randvollen Keksteller stehen sehe.

In den ersten zwei oder drei Tagen hat Selena diesen Kräutertee noch selbst für uns gekocht und dafür gesorgt, dass wir zumindest ab und an davon trinken. Er hat mir beim Schlafen geholfen, aber irgendwann hat sie uns einfach die Dose und einige Teefilter gebracht, damit wir ihn uns selbst zubereiten können, wenn wir ihn brauchen. Bei Giana ist das nachts noch der Fall, aber ich habe ihn seit Tagen nicht mehr angerührt.

»Schaden kann es ja nicht«, brumme ich und schalte den alten Wasserkocher ein. Während er leise blubbert, mache ich mich über den Keksteller her und entdecke dabei auch einen alten Schreibblock mit dem Namen des Gasthauses in der Kopfzeile. Er liegt neben dem bunten Tassen-Sammelsurium, die erste Seite stark vergilbt, als wäre er schon eine Weile nicht mehr genutzt worden.

»To-Do-Listen, Aufgaben, Planung«, murmele ich, als ich Tee in den Filter gebe und dann aufgieße. »Ablenkung.«

Ich nicke, schnappe mir den Teller und den Briefblock samt Kugelschreiber und kehre zu meinem Bett zurück.

Auf dem Weg dorthin werfe ich einen kurzen Blick in den Spiegel und erschrecke bei meinem Anblick. Meine Augen sind gerötet, die Haut darum herum ebenfalls. Die kurzen Haare stehen mir wild in alle Richtungen ab.

»Kein Wunder, dass Selena vorhin so besorgt war«, sage ich kopfschüttelnd und drehe meinem zerknautschten Spiegelbild demonstrativ den Rücken zu.

Als ich hier angekommen bin, hat mir schon nicht gefallen, was ich darin gesehen habe, wenn auch aus anderen Gründen. Und auch diese Version, zu der ich heute Mittag mutiert bin, passt so gar nicht zu der alten Lou, die ich während meiner Gefangenschaft bei El Rojo verloren habe.

»Es wird Zeit, mir das zurückzuholen«, sage ich mir und meine es zum ersten Mal auch so. »Mitleid hat dich noch nie weitergebracht, und Selbstmitleid erst recht nicht.«

Es sind Grans Worte, die mich in den nächsten Stunden dazu bringen, diverse To-Do-Listen anzulegen. Eine für mein persönliches Leben, für die restliche Zeit im Halfway House, und was danach zu tun ist – zum Beispiel einen Job zu suchen.

Und eine sehr chaotische Liste mit allen Aufgaben, Fragen und Ideen zur Wiedereröffnungsfeier des Gasthauses. Zwar hat mich Rose bisher nur inoffiziell gebeten, dabei zu helfen, aber es ist sicher nur eine Frage der Zeit, bis das erste Meeting angesetzt wird.

»Und ich bin es ihnen schuldig, gut vorbereitet zu sein«, sage ich mir ernst. Zwar tut meine Hand weh und der Kugelschreiber gibt allmählich den Geist auf, aber es ist eine gute Ablenkung. Und die habe ich dringend gebraucht, um den Kopf freizubekommen.

KAPITEL 24
GENUG HERZSCHMERZ

MARKOS

Aus Angst, was Cassie schon alles angestellt haben könnte, um meinem Schicksal in den Hintern zu treten, bleibe ich bis zum Nachmittag auf der Holzlichtung. Erst, als ich es vor Neugier und Panik nicht mehr länger aushalte, und ständig daneben schlage, lasse ich die Axt sinken und kehre nach Hause zurück. Am Ende hätte ich mich noch selbst verletzt und das kann ich bei all der Arbeit mit dem Rudel, den *Eternal Survivors* und nun auch Cassies Unfug nicht gebrauchen. Beschleunigte Werwolf-Heilung hin oder her.

»Hey, Markos! Da bist du«, ruft mir Sam entgegen, als ich die Lichtung fast erreicht habe.

Ihre Stimme klingt besorgt und als sie einen dicken Brombeerbusch umrundet hat, sehe ich ihr an, dass etwas ganz und gar schiefgelaufen ist.

»Was ist passiert?«, frage ich, während mir schon hunderte Szenarien durch den Kopf schießen. Zuerst denke ich an Lucy und Phil, die im Krankenhaus schlechte Nachrichten über ihre Drillinge bekommen haben könnten. Oder Cassie, die wieder Unsinn angestellt hat.

»Können wir kurz reden?«, fragt Sam, ohne auf meine Frage einzugehen. Sie zieht mich von der Siedlung fort, bis wir wieder auf der Holzlichtung stehen.

Kein gutes Zeichen, denke ich, *wenn sie mich so weit von den anderen wegzieht.*

»Jetzt sag schon, Sam! Was ist los?«, frage ich und für den Bruchteil einer Sekunde sehe ich das Gesicht meines Bruders vor meinen Augen. *Ist Alec wieder aufgetaucht?*

»Es geht um Jessica«, sagt Sam, was mich sofort erleichtert aufatmen lässt. Mein Rudel darf nie erfahren, dass Alec noch lebt, und noch weniger, was er getan hat.

»Mann, was hast du denn gedacht?«, fragt Sam, der meine Erleichterung natürlich nicht entgeht.

»Nichts, nichts«, sage ich schnell und winke ab. »Was ist mit Jess? Hat sie es Marj endlich erzählt?«

Sam schüttelt den Kopf. »Sie hat kalte Füße bekommen und ein wichtiges Meeting als Ausrede benutzt. Schon wieder.«

»Sie ist nicht gekommen?«

»Nope«, grummelt Sam und kickt einen Stein ins Unterholz. »Langsam mache ich mir echt Sorgen. Sie kann das nicht noch länger vor sich herschieben. Deswegen hat sie schon Magenschmerzen.«

»Ich weiß«, seufze ich und denke an mein letztes Gespräch mit ihr. Da war sie ganz aufgelöst, weil sie Streit mit ihrer Freundin Gillian hatte. »Gillian wird auch schon ungeduldig.«

»Und? Kannst du es Gilly verübeln?«, fragt Sam wütend. »Sie muss seit drei Jahren verheimlichen, dass sie zusammen sind. Ich weiß, wie beschissen sich das anfühlt.«

»Ryan, dieser verlogene Arsch«, knurre ich und mustere Sam. Noch heute sieht man ihr den Schmerz an, aber der Typ hat eigentlich gar nicht verdient, dass sie sich auch über zwei Jahre später noch wegen ihm fertigmacht.

»Ich habe alles versucht, um Jess herzulocken«, sagt Sam, als sie sich wieder etwas gefasst hat. »Kannst du sie nochmal anrufen? Auf dich hört sie eher?«

»Weil ich ihr Alpha bin?«, frage ich. »Ich glaube nicht, dass sie sich von mir was sagen lässt. Du kennst doch Jess.«

»Starrköpfig bis zum bitteren Ende«, knurrt Sam und reibt sich über die Stirn. »Und das könnte bald schon kommen, für sie und Gillian zumindest.«

»Ich schaue, was ich tun kann«, verspreche ich, denn ich will verhindern, dass auch Jess das Herz gebrochen bekommt.

Das Rudel hatte in den letzten Jahren genug Herzschmerz, denke ich und nicke Sam zum Abschied zu, bevor ich mich zu meiner Hütte aufmache. Mir graut es zwar davor, den anderen gegenüberzutreten, aber ich brauche mein Handy, um Jess zu erreichen. Und das liegt immer noch da, wo ich es am Morgen zurückgelassen habe: in meinem Zimmer.

Ich schleiche mich durch den Wald und betrete meine Hütte durch die Hintertür, um möglichst wenigen Rudelmitgliedern zu begegnen. Das Haus ist ungewöhnlich still. Nur eine einzige Person sitzt in der Küche und schreibt auf bunte Etiketten Name und Datum der gekochten Marmelade.

»Giana«, sage ich, als ich Louises beste Freundin erkenne.

Sofort schnellt ihr Kopf hoch und einen Moment scheint sie drauf und dran, die Flucht zu ergreifen. Sie starrt mich aus ihren großen, fast schwarzen Augen an, erkennt mich und beruhigt sich kurz darauf wieder.

»Ich wollte dich nicht erschrecken«, sage ich leise.

Giana zuckt mit den Schultern und wirft mir dann einen fragenden Blick zu. So, wie sie mich ansieht, kann ich mir vorstellen, was sie wissen will. Und sie ist tatsächlich die einzige

Person, der ich freiwillig von meinem Gespräch mit Louise erzählen möchte. Weil ich endlich mein Versprechen Giana gegenüber eingehalten habe.

»Ich habe Louise die Wahrheit erzählt«, sage ich und lasse mich zögerlich auf einen der Küchenstühle sinken. Der Tisch zwischen uns ist über und über mit Marmeladengläsern zugestellt, wobei das sicher noch nicht alles ist.

Giana nickt und reckt den Daumen hoch, ein glückliches Grinsen auf den Lippen.

»Wenn es doch nur so wäre ...«, seufze ich und lasse den Kopf hängen.

Aus dem Augenwinkel sehe ich sie die Stirn runzeln und den Daumen umdrehen, sodass er nun nach unten zeigt.

Ich nicke, sage aber nichts.

Mit einem leisen Seufzen steht Giana auf und kommt um den Tisch herum. Aufmunternd tätschelt sie mir die Schulter und kurz sieht es so aus, als wolle sie etwas sagen, lässt dann aber den Kopf hängen, fast genauso enttäuscht wie ich.

So gern ich Louise auch bei mir hätte, muss ich mein Versprechen halten und ihr Zeit geben.

Und das mit Jess ist dringender, sage ich mir und erhebe mich schwerfällig von meinem Stuhl. »Ich muss noch ein paar Sachen erledigen. Kommst du klar?«

Giana nickt energisch und hockt sich wieder an ihren Platz. Mit einem zufriedenen Grinsen hält sie die Etiketten hoch und macht dann eine ausladende Geste damit, die die gesamten Gläser auf dem Tisch einschließt.

»Verstehe, du hast noch gut was zu tun«, sage ich mit einem leisen Lachen und winke ihr zum Abschied zu.

Oben in meinem Zimmer angekommen, schnappe ich mir das Handy und kehre dann über die Hintertür in den Wald zurück. Hier in der Siedlung mit Jess zu telefonieren, ist mir zu heikel.

Wer weiß, ob mich am Ende jemand belauscht, wo ich doch geschworen hatte, ihr Geheimnis zu bewahren.

»Fell«, meldet sich Jess schon nach dem zweiten Klingeln.

»Du wirst hier ganz schrecklich vermisst, Jess«, sage ich mit gespielt vorwurfsvoller Stimme.

»Markos?«

»Na, wer denn sonst? Sag bloß, du hast die Nummer deines Alphas nicht eingespeichert«, knurre ich und tue so, als wäre ich beleidigt. Vielleicht bekomme ich sie so etwas weich.

»Sorry, hab' nur nicht draufgeguckt«, gibt Jess mit einem tiefen Seufzen zu. Man hört ihr an, dass sie nervös ist.

»Wie lange willst du es noch aufschieben, Jess?«, frage ich sie, diesmal mit ernstem Ton.

Jess stöhnt leise. »Sam?«

»Natürlich«, sage ich lachend. »Aber ich hätte dich auch so angerufen.«

Kurze Pause. Jess sagt kein Wort.

»Ich dachte, diesmal würdest du Ernst machen.«

»Dachte ich auch«, gibt Jess zu und klingt nun verzweifelt. »Aber dann denke ich an Tante Marj und ... Sie ist die einzige Familie, die ich noch habe, Markos.«

Ich schlucke. Das ist mir bewusst. Ich erinnere mich noch genau daran, wie Jessica zu unserem Rudel dazugestoßen ist: verängstigt und verheult, aber auch mit einer Wut in sich, die dazu geführt hat, dass sie in Rekordzeit ihren Abschluss in Strafrecht gemacht hat. Alles nur, um eines Tages Gerechtigkeit für die Ermordung ihrer Eltern zu bekommen.

»Und was ist mit Gillian? Sie ist doch auch deine Familie«, entgegne ich und denke an die zierliche Hexe, die seit knapp drei Jahren mit Jess zusammen ist. Noch nie habe ich Jess so glücklich gesehen als mit Gillian.

»Ja, natürlich, aber ...«, ruft Jess, doch unterbreche ich sie gleich wieder: »Tante Marj wird es verstehen, Jess. Sie liebt

dich, wir alle tun das. Und wir wollen nur das Beste für dich ...
und für Gillian.«

»Ja, aber ...«

»Kein Aber«, knurre ich und bemühe mich um die beste
Alpha-Stimme, die ich je zustande gebracht habe: »Du kommst
jetzt her und bringst das hinter dich.«

Wieder keine Antwort, nur ein leises Seufzen.

»Hast du vergessen, was du beim letzten Mal gesagt hast?«

»Dass ich es nicht länger aufschieben darf«, wispert Jess.
An ihrer Stimme höre ich, wie sie kämpft. Mit dem Wunsch,
sich selbst treu zu sein, und der Angst vor Marjes Reaktion.

»Aber wenn ich jetzt komme ... Das ist doch auch komisch,
oder nicht?«, fragt sie und sucht wieder nach einem Ausweg.

»Finde ich nicht. Du könntest dich ja dafür entschuldigen,
dass du sie beim Marmeladekochen hast hängen lassen. Tante
Alexia hat fest mit dir gerechnet«, sage ich und höre sie am
anderen Ende der Leitung frustriert aufstöhnen.

»Ist sie mir sehr böse?«

»Nein. Wir hatten Unterstützung aus dem Halfway House«,
sage ich. Sofort muss ich an den Moment denken, als Galina
und ich meine Hütte betreten haben. Als ich Louise gesehen
habe. Cassie hat in dem Moment so komisch gelächelt.

Hat die kleine Nervensäge das alles eingefädelt, oder was?,
überlege ich und stoße ein wütendes Knurren aus. *Dann geht
es Dorian wahrscheinlich gut und Galina hat nur so getan?*

Stirnrunzelnd lasse ich mir dieses Gespräch nochmal durch
den Kopf gehen, während ich auf Jessicas Antwort warte. Ich
wusste, dass Lina eine gute Schauspielerin ist. Aber so gut ...?

»Okay ...«, gibt sich Jess geschlagen. »Hast du 'nen Plan?«

»Wir Grillen«, sage ich wie aus der Pistole geschossen.

Jess saugt überrascht die Luft ein.

»Alle zusammen?«, fragt sie mit zitternder Stimme. »Das ...
Das ganze Rudel?«

»Haben wir schon mal mit nur einem Teil gegrillt?«, frage ich lachend. Selbst wenn wir es versucht hätten, der Rest hätte sich ungefragt eingeladen.

»Und du glaubst, das ist 'ne gute Idee?«

»Ja, tue ich. Vor allem, wenn du nicht mit leeren Händen auftauchst«, entgegne ich und nun muss auch sie lachen.

»Wie wär's mit Brot? Von *Quackley's*?«

»Na, du musst ja viel verdienen mit deinem Job«, sage ich, weil ich weiß, dass das beste Brot in ganz Arcania auch nicht gerade billig ist. Qualität hat eben ihren Preis, aber im Fall von *Quackley's* lohnt er sich wirklich.

»Alles für meine Familie«, sagt Jess und seufzt. »Wird aber schwierig werden eine ruhige Minute mit Marj zu finden.«

»Sam und ich lassen uns etwas einfallen«, verspreche ich. »Und das Geschirr spült sich ja nicht allein.«

»Markos Segona, willst du mich etwa zum Abspülen verdonnern?«, fragt Jess mit gespieltem Unmut in der Stimme.

»Würde mir im Traum nicht einfallen«, sage ich lachend, werde dann aber wieder ernst. »Cassie, Liz und Julie werden dich unterstützen, selbst wenn Tante Marj motzig wird.«

Keine Antwort.

»Außerdem sind Sam und ich ja auch noch da«, erinnere ich sie. »Und was Sam sagt, gilt wahrscheinlich auch für Tony.«

»Tony?«, fragt Jess überrascht. »Hab' ich was verpasst?«

»Noch nicht«, entgegne ich lachend und denke an mein Gespräch mit ihm. »Aber das hast du nicht von mir, okay?«

»Ich weiß von nichts«, sagt Jess und lacht leise.

Einen Moment bleibt es still in der Leitung und ich frage mich, ob ich Jess überzeugen konnte, oder ob sie kehrtmachen wird wie all die anderen Male zuvor.

»Wird das reichen, um ihren Zorn zu zügeln?«, fragt Jess und ich höre sie laut schlucken. »Tante Marj redet mir seit Jahren ein, endlich zu heiraten und Kinder zu kriegen.«

»Das sagt sie jedem, der über zwanzig ist. Nicht mehr lange, dann fängt sie bei Cassie auch an«, entgegne ich augenrollend.

Jess stößt zischend die Luft aus, bleibt aber still.

»Und am Ende ist es dein Leben, Jess«, füge ich leise hinzu, was ihr ein Wimmern entlockt. »Und Marj wird sich damit abfinden. Spätestens wenn sie Gilly kennenlernt und sieht, wie glücklich sie dich macht. Das ist alles, was Marj wollte.«

»Ich hoffe, du hast recht«, murmelt Jess, dann legt sie auf und lässt mich mit gemischten Gefühlen im Wald zurück.

Es ist dein Leben ...

Dieser Satz hallt noch lange in mir nach, als ich zur Siedlung zurückkehre und den Grillabend vorbereite. Aus irgendeinem Grund lässt mich das wieder an Louise denken. Daran, wie sehr sie noch mit ihrer Vergangenheit zu kämpfen hat.

Ich hoffe, das hält sie nicht davon ab, ihr Leben zu leben.

KAPITEL 25
JESSICA

LOUISE

Meine To-Do-Liste für die Eröffnungsfeier des Gasthauses habe ich mittlerweile zum dritten Mal neu geschrieben, um die Aufgaben besser zu ordnen. Allmählich geht mir das Papier aus und große Änderungen oder weitere Ideen haben sich auch nicht ergeben. Seufzend werfe ich einen Blick auf den antiken Wecker neben meinem Bett. Es ist mittlerweile nach acht, die Sonne ist gerade untergegangen und so langsam mache ich mir Sorgen um Giana.

»Sie ist seit heute Morgen auf den Beinen«, murmele ich und denke daran, wie schwach und gebrechlich sie noch vor ein paar Tagen war.

Jetzt versuche ich mir vorzustellen, wie sie inmitten des Wolfsrudels und der Greys sitzt, lande bei diesen Gedanken aber immer wieder bei Markos und meinem blutenden Herzen. Von da wandern sie weiter zu Jessica. Und was das mit mir anstellt, wie sehr das meine Wölfin in Rage bringt, gefällt mir nicht. Es ist so schlimm, dass ich nicht mehr stillsitzen kann.

»Ich sollte Gia abholen und zurückbringen«, beschließe ich, nachdem ich mein Zimmer zum fünften Mal umrundet habe. Daran klammere ich mich fest: an meine Sorge, Giana könnte meine Hilfe gebrauchen. Das ist der einzige Grund, warum ich mein bestes Kleid aus der Kommode vorziehe und mir sorgsam die Haare durchkämme.

Klar, rede dir das nur ein, grummelt meine innere Stimme, doch ignoriere ich sie. Ich will für Giana ein gutes Beispiel sein, ihr zeigen, dass wir unsere Zeit bei El Rojo hinter uns lassen können. Mit Markos oder dieser Jessica hat das nichts zu tun.

Mein Spiegelbild guckt mir zweifelnd entgegen, also strecke ich ihr die Zunge raus und mache mich dann auf den Weg.

Durch meine guten Wolfsaugen finde ich mich problemlos in der Dämmerung zurecht. Mein Geruchssinn hat mich noch nie im Stich gelassen. Schon von Weitem rieche ich die Wölfe, aber auch das gegrillte Fleisch und sogar den schwachen Duft von *Quackley's* Backwaren. Ihre Stimmen sind auch nicht zu überhören. Unzählige Unterhaltungen und Gelächter liegen in der Luft.

Mein Herz klopft laut, als ich mich dem Waldstück nähere in dem sich die Siedlung der Segona-Wölfe befindet. Ein Teil von mir ist ganz aufgeregt und wünscht sich tatsächlich, länger dort zu bleiben. Genau danach habe ich mich immer gesehnt: Teil eines echten Rudels zu sein. Mit Gemeinschaft, Gelächter, Verbundenheit. Und Liebe ...

Trotzdem passt du nicht hierher, sage ich mir und ersticke die Sehnsucht, die diese Geräusche in mir erwecken, im Keim. Kein Rudel bei Trost würde eine so stümperhafte Wölfin bei sich aufnehmen.

Nein, ich hole nur Giana und dann gehen wir wieder.

Fünf Minuten später trete ich aus dem dunklen Wald auf die Lichtung der Siedlung. Sie ist hell erleuchtet von Lichterketten, die zwischen die Hütten gespannt wurden, aber auch vielen Kerzen auf den bunt zusammengewürfelten Tischen, die in der Mitte der Siedlung eine lange Tafel bilden. Ihr Rauch duftet nach Zitrone, vermutlich sind sie von der Sorte, die die Stechmücken fernhalten sollen.

Beim Anblick all dieser Leute, wird mir ein bisschen mulmig zumute. Nur wenige von ihnen erkenne ich wieder. Alexia und Tante Marj sehe ich zuerst, wie sie sich unterhalten. Ein paar Plätze weiter entdecke ich Sam neben einem muskelbepackten Werwolf und Liz, und dann …

Ich schlucke, als mein Blick auf das Ende der Tafel fällt. Niemand sitzt an deren Kopf, aber daneben sehe ich Markos, der sich lachend mit einigen seiner Rudelmitglieder unterhält.

Und die Frau neben ihm … Das rote Haar, der mintfarbene Hosenanzug, der nicht zum Leben in der Siedlung passt …

Jessica, schießt es mir durch den Kopf und es ist mir selbst peinlich wie wütend sich meine innere Stimme anhört.

Ich bin wegen Giana hier, wiederhole ich in Gedanken und halte nach meiner besten Freundin Ausschau. Ich entdecke sie ganz in der Nähe von Markos und …

»Louise! Hey, da bist du ja endlich!«, quietscht Cassie und drückt mich so fest an sich, dass ich kaum noch Luft bekomme. »Hab' mich schon gefragt, wann du hier auftauchst.«

»Ich … ähm … Giana«, keuche ich und versuche, mich von Cassie loszumachen, aber sie lässt mich nicht.

»Der geht's super. Schau doch, wie sie lacht«, sagt sie und dreht mich ein Stück, dass ich in Gianas Richtung gucken kann. Sie scheint sich tatsächlich bestens zu amüsieren.

»Und jetzt, wo du da bist …« Cassie schiebt mich zurück und mustert mich mit einem breiten Grinsen auf den Lippen.

»Cassie, ich will wirklich nicht …«, setze ich an, werde aber sofort wieder von ihr unterbrochen: »So siehst du aber nicht aus. Schickes Kleid, Louise.«

Sie zupft an meinem Ärmel und ihr Grinsen wird breiter.

Ich wusste doch, dass das Kleid keine gute Idee war, denke ich und wünschte, ich könnte einfach wieder wegrennen. Mich im Halfway House verstecken und so tun, als wäre ich nie hier gewesen. Bisher hat mich nur Cassie bemerkt, aber als ich jetzt den Blick hebe, spüre ich die Neugier einiger Rudelmitglieder in unserer Nähe.

Alexia und Tante Marj winken mir zu, wobei Letztere wohl noch grantig mit mir ist, dass ich beim Marmeladekochen einfach abgehauen bin.

Sie sind nicht die Einzigen, die mich anstarren. Auch Rudelmitglieder, die ich noch nicht kenne, haben sich zu mir und Cassie umgedreht. Der bullige Typ neben Sam, oder der Kerl, der eben noch mit dem Kopf auf der Tischplatte gelegen hat. Der Muskelprotz hat ihn wachgerüttelt und in meine Richtung genickt. Jetzt starren sie mich an, als wäre ich die Attraktion des Abends.

Ich weiß aber, dass ich weit größere Probleme habe, als ein Schauder meinen Körper durchschüttelt. Ich brauche nicht aufzublicken, um zu wissen, dass nun auch Markos auf mich aufmerksam geworden ist. Seinen Blick spüre ich mehr als deutlich auf mir.

»Na, los, komm! Es ist noch jede Menge Essen da«, sagt Cassie ungeduldig und zerrt mich auf die Tafel zu.

Weil ich so überrumpelt bin von all den Eindrücken und diesem Gefühl, das Markos' Blick jedes Mal aufs Neue in mir auslöst, stolpere ich hinter seiner kleinen Schwester her. Cassie zieht mich bis hinauf zum Ende der Tafel, wo einer der Plätze leer ist. Und der ist ausgerechnet gegenüber von Jessica.

»Manny, mach mal Platz!«, knurrt sie einem Rudelmitglied zu, der gerade erst ins Teenageralter gekommen ist. Er hockt auf dem Stuhl neben der freien Stelle und streckt Cassie nur frech die Zunge raus.

»Mach schon!«, faucht sie und stößt ihm den Arm so fest in die Seite, dass der schmächtige Manny fast vom Stuhl kippt.

»Alter! Bist du jetzt ganz verrückt, oder was?«, ruft er und scheint drauf und dran, auf Cassie loszugehen, hält aber sofort inne, als er mich sieht.

»Sorry, Miss. Hab' Sie nich' gesehen«, sagt er und neigt doch tatsächlich leicht das Haupt wie zu einer Verbeugung, ehe er leise grummelnd davontrabt.

»So, Louise, jetzt da du deinen rechtmäßigen Platz hast ...«, sagt Cassie und dreht sich lächelnd zu mir um. »Wird's Zeit für was zu Beißen.«

Meinen rechtmäßigen Platz? Verwirrt runzele ich die Stirn, komme aber gar nicht dazu, sie danach zu fragen. Cassie hat mich längst mich sich gezerrt.

»Ich habe keinen Hunger«, sage ich, weil ich es gegenüber von Markos und Jessica keine fünf Minuten aushalten würde. Das laute Knurren meines Magens straft mich jedoch Lügen.

»Hört sich aber anders an«, entgegnet Cassie grinsend und steuert mit mir im Schlepptau auf eine der Hütten zu. Davor ist ein weiterer Tisch aufgebaut, auf dem sich das Essen nur so stapelt. »Außerdem würde Tante Alexia mich bestimmt umbringen, wenn ich dir nicht mal einen Teller volllade.«

Auch wenn ich nicht vorhatte, zu bleiben, muss ich doch gestehen, dass der Duft des Essens mich umstimmen könnte. Das war schon immer meine größte Schwäche, was man mir früher auch ansehen konnte. Mich haben die paar Pfund mehr auf den Hüften nie gestört. Ehrlich gesagt, vermisse ich sie fast ein bisschen, weil mir jetzt meine Klamotten davonrutschen und mich nur noch mehr an die Zeit bei El Rojo erinnern.

»Selena und Rose haben ein paar Salate beigesteuert, aber Julie und ein paar andere haben auch noch welche gemacht«, plappert Cassie, als sie sich einen Teller beim Buffet schnappt und mir aus jeder Schüssel eine große Portion auflädt. »Und das will was heißen, weil Markos erst so spät angekündigt hat, dass wir grillen.«

»Das war nicht von Anfang an geplant?«, frage ich und bin erstaunt, wie schnell die Wölfe das zusammengetragen haben. Die Tische, Stühle und Beleuchtung, aber mehr noch all die Salate, Kuchen und natürlich auch das Fleisch, das auf drei großen Silberplatten am Ende des Buffets steht. Weit genug weg, dass mir nicht sofort übel wird.

»Nö. Ich glaube, er war etwas abgelenkt von einer gewissen Werwölfin«, sagt Cassie und dreht sich zu mir um. Sie zwinkert mir verschwörerisch zu, doch schweift ihr Blick kurz darauf zurück zur Tafel und bleibt an der Werwölfin neben Markos hängen. Vom Alpha ist mittlerweile nichts mehr zu sehen, aber Jessica scheint auch gut ohne ihn auszukommen und unterhält sich lachend mit ihren anderen Tischnachbarn.

Sie gehört eben dazu, denke ich und versuche die Eifersucht nicht allzu sehr an mich heranzulassen.

»Er meinte, wir sollten die Marmeladenköchinnen feiern«, sagt Cassie und lädt mir noch mehr Salate auf den Teller, auch wenn er schon übervoll ist. »Also auch dich.«

»Ich glaube, Tante Marj würde dir da widersprechen«, sage ich und bekomme ein schlechtes Gewissen, die Wölfinnen mit all der Arbeit allein gelassen zu haben. Und Giana erst.

Was bin ich nur für eine schlechte Freundin, denke ich nicht zum ersten Mal seit meiner Ankunft im Halfway House. Ich muss mich am Tisch festhalten, weil mir davon ganz übel wird. Jemand hat eine alte, fadenscheinige Tischdecke mit Blumenmuster darauf ausgebreitet, die nun über und über mit Flecken bespritzt ist. Ihr Stoff ist abgenutzt von den vielen Jahren des Gebrauchs, was mich in diesem Moment an Grans Bettwäsche erinnert und mich allmählich beruhigt.

»Ach, Quatsch, das tut sie bestimmt nicht. Giana und du wart zum Kochen ja gar nicht eingeplant«, sagt Cassie, aber irgendetwas an ihrer Stimme sagt mir, dass das nicht ganz der Wahrheit entspricht.

»Wenn Marj auf jemanden sauer ist, dann auf Jess«, fügt Cassie hinzu und deutet über die Schulter auf die Tafel. »Hat sich erst groß angekündigt und ist dann nicht aufgetaucht.«

Sie stößt ein Schnauben aus und schnappt sich dann die Grillzange, um mir nun auch Fleisch auf den Teller zu geben. Bevor ich sie aufhalten kann, greift jemand nach Cassies Hand und nimmt ihr Zange und Teller ab.

»Ich übernehme jetzt«, erklingt Markos tiefe Stimme hinter uns und lässt mich sofort erschaudern. »Und du entschuldigst dich schleunigst bei Manny.«

»Was denn? Das hat der respektlose Flegel nicht anders verdient«, brummt Cassie, was mich leise lachen lässt.

»Sagt die richtige«, knurrt Markos und macht dann eine Kopfbewegung in Richtung des unteren Tafelendes.

Als ich mich dorthin umdrehe, sehe ich, Manny mit ein paar Wolfkindern zusammensitzen. Er ist mit Abstand der älteste und scheint sich sichtlich unwohl zu fühlen.

»Er weiß doch, dass er an den Kindertisch gehört«, höre ich sie im Weggehen sagen, was auch Markos ein Lachen entlockt.

Betreten blicke ich Cassie hinterher und wünschte, sie hätte mich nicht mit ihm allein gelassen. Jetzt weiß ich erst recht nicht, was ich sagen soll.

»Du siehst … sehr hübsch aus«, sagt Markos leise und legt die Zange zurück auf die Platte. Er ist dabei so ungeschickt, dass sie mitten im Fleisch landet. Marinade und Fett spritzt dabei auf sein Hemd, doch stört er sich nicht daran.

»Danke«, presse ich hervor und unterdrücke den Drang, die Flecken mit einer der bunten Servietten wegzuwischen.

»Immer noch kein Fleisch, richtig?«, fragt Markos und legt mir stattdessen eine große Scheibe aus dem Brotkorb auf den Berg aus Salat.

»Das hast du dir gemerkt?«, frage ich überrascht.

»Natürlich. Ich habe damals doch gesagt, dass ich bis zum vierten Date warten werde, notfalls noch länger«, entgegnet er, presst dann aber fest die Lippen zusammen und starrt überallhin nur nicht auf mich. »Tut mir leid.«

Ich sage nichts, nicke bloß, weil ich nach unserem Gespräch heute Nachmittag keine Ahnung habe, wie ich mich ihm gegenüber verhalten soll.

Abweisend. Uninteressiert. Als ob da nie was gelaufen wäre, erinnere ich mich. Bei jedem anderen Mann, mit dem Giana mich verkuppeln wollte, wäre mir das vermutlich auch gelungen.

Aber bei Markos ...

Glücklicherweise hält er sich an sein Versprechen und lässt mich in Ruhe, als wir an den Tisch zurückkehren. Schweigend mache ich mich an mein Essen, will nicht unhöflich sein, doch je mehr ich Jessica beobachte, wie sie sich weiter unten an der Tafel mit den anderen Wölfen des Rudels unterhält, umso schlechter wird meine Laune.

»Alles in Ordnung?«, fragt Markos, als ich den halbvollen Teller von mir wegschiebe.

Ich sage nichts, tue so, als hätte ich ihn nicht gehört und halte stattdessen nach Giana Ausschau. Es ist furchtbar, aber ein Teil von mir hofft, sie so erschöpft auf ihrem Platz zu sehen, dass ich sie zurück zum Halfway House bringen kann. Um vor Markos zu flüchten, schon wieder.

Doch Giana scheint es außerordentlich gut zu gehen. Sie ist umringt von Alexia, Tante Marj und Julie, die ihr irgendeine spannende und wohl auch sehr lustige Geschichte erzählen, so oft wie die vier lachen müssen.

Ich seufze und zupfe an meinem Kleid herum, fühle mich einsam in einem Meer von Menschen, die mir doch vertraut sein müssten. Wir sind schließlich alle Werwölfe.

Aber du bist keine besonders gute, erinnert mich eine fiese Stimme, die ich schnell mit einem Schluck Limo wegspüle.

Markos ist mittlerweile aufgestanden, hat es aufgegeben, mich zum Reden bringen zu wollen.

Gut so, denke ich, auch wenn es ein bisschen schmerzt, dass er so schnell akzeptiert hat, dass da nichts laufen wird. Dieser Schmerz wird noch tiefer, als ich ihn plötzlich neben Jessica stehen sehe. Er beugt sich ganz nah zu ihr vor und … Wütend kralle ich mich am Tischtuch fest, als ich sehe, wie er ihr etwas ins Ohr flüstert.

Was hast du anderes erwartet, Lou?, fragt die fiese Stimme und lässt mich so abrupt von meinem Platz aufspringen, dass sich einige der Werwölfe in meine Richtung umdrehen und mir fragende Blicke zuwerfen.

Ich tue so, als wäre alles in Ordnung, schnappe mir meinen Teller und steuere auf Markos' Hütte zu. Schon mehrmals ist mir aufgefallen, dass einige Rudelmitglieder Berge an Geschirr dort hineingetragen haben. Vermutlich soll es später in Alexias Küche gespült werden. Platz genug hat sie ja. Und den werde ich nutzen, um mich vor dem Rest der Wölfe zu verstecken, bis ich meine Emotionen wieder etwas unter Kontrolle habe.

In Alexias Küche stapelt sich das Geschirr und der Mülleimer quillt allmählich über. Seufzend nehme ich die Plastiktüte aus der Tonne, verknote die Enden und stelle ihn vor die Hintertür, bevor ich die Schubladen durchsuche und eine neue Tüte einsetze.

So schade um das gute Essen, denke ich, als ich auf meinen Teller blicke, auf dem sich noch immer ein Haufen Salat, Dips, Wedges und eine halbe Scheibe von *Quackley's* Knoblauchtoastbrot befinden.

Hier drin, weg von allen anderen, geht es mir gleich wieder besser, sodass ich mir meine Gabel schnappe und auch den

Rest aufesse. Danach kommt es mir zwar so vor, als müsste ich platzen, aber das ist besser, als das Essen zu verschwenden.

Zufrieden stelle ich meinen Teller auf einen hohen Stapel, der daraufhin gefährlich schwankt.

»O nein!«, höre ich hinter mir eine Frauenstimme, dann tauchen blitzschnell zwei Hände auf, um den Geschirrturm mit mir aufzufangen. Hände, deren Arme in mintgrünen Ärmeln stecken.

»Jessica«, wispere ich und hätte fast das Geschirr fallen gelassen, bevor ich wieder zu Sinnen komme und es vorsichtig zurück ins Gleichgewicht bringe.

»Wir sollten den Turm wohl besser teilen«, sagt Jessica mit freundlicher Stimme und hebt die obersten Teller hoch, um sie an einem freien Platz in der Küche abzustellen. Gar nicht so leicht, wo doch überall Geschirr und Besteck verstreut liegt.

»Danke«, sage ich, als Jessica sich mit einem freundlichen Lächeln zu mir umdreht, halte den Blick aber gesenkt. Das Letzte, worauf ich jetzt Lust habe, ist ein Gespräch mit ihr.

Mann, Lou, du kennst sie doch gar nicht!, schelte ich mich innerlich, aber sofort muss ich wieder daran denken, warum ich überhaupt in die Hütte geflohen bin. Daran, wie Markos ...

»Du bist Louise Bellard, oder?«, fragt Jessica und lehnt sich lässig gegen die Küchenzeile.

»Ähm ... ja«, sage ich und streiche mir verlegen durchs Haar, fühle mich neben ihr plötzlich ganz schäbig.

»Hier, meine Karte«, sagt Jessica und hält mir ein kleines schwarzes Kärtchen hin. »Ich weiß du und deine Freundin seid noch nicht so weit, aber sobald ihr was gegen den Scheißkerl unternehmen wollt, ruft ihr mich an, okay? Ich helfe euch mit Vergnügen dabei.«

»Ähm, uns helfen?«, frage ich, weil ich keine Ahnung habe, wovon Jessica spricht. *Will sie El Rojo etwa selbst ausfindig machen und einsperren, oder was?*

»Ein kleiner Vogel beim Institut hat gezwitschert, dass sie ziemlich nah an ihm dran sind. Und sobald sie ihn haben ...«, erzählt Jessica, wobei ihre Stimme mit jedem Wort lauter und wütender geworden ist. Mit der Faust schlägt sie auf die Anrichte, was mich zusammenzucken lässt und das Geschirr zum Schwanken bringt. »Mache ich Hackfleisch aus ihm.«

Überrascht hebe ich den Blick und sehe nichts als Entschlossenheit in ihren blaugrauen Augen. Sie meint es wirklich ernst, und sie bedenkt mich nicht mit diesem mitleidigen Blick, den ich so satt habe.

»Ich kämpfe mit euch«, sagt sie und hält mir die Hand hin, als würden wir einen Deal abschließen. »Einverstanden?«

Ich schlucke und starre auf die groben Dielen zu meinen Füßen. Obwohl ich Jessica wirklich hassen will, weil da doch irgendwas zwischen ihr und Markos läuft, kann ich das einfach nicht. Dafür bin ich ihr für ihr Angebot viel zu dankbar.

»Ich will, dass er in Silverlock verrottet. Ich will nicht, dass er die Todesstrafe bekommt«, flüstere ich und meine Augen füllen sich mit Tränen. »Das wäre zu einfach.«

»Sehe ich auch so. Der Mistkerl muss dafür bezahlen, was er euch angetan hat«, stimmt Jessica zu und hält mir wieder die Hand hin.

Zögerlich schüttle ich sie, auch wenn mich die fiese Stimme innerlich dafür rügt. Aber ich muss unbedingt verhindern, dass El Rojo jemals wieder jemanden verletzen kann. Das, was er Gia und mir angetan hat, war doch nur die Spitze des Eisbergs. Ich mag mir nicht vorstellen, was er in den dunklen Räumen seines Nachtclubs noch alles getrieben hat. Wie viele Leute wegen ihm leiden mussten, entweder direkt wie Giana und ich, oder weil er ihnen einen geliebten Menschen genommen hat.

»Hab' ich's mir doch gedacht, dass da ein Kampfgeist in dir steckt«, sagt Jessica lächelnd und drückt mir kurz die Schulter, ehe sie sich zur Haustür umdreht. »Kommst du mit, Louise? Die anderen warten schon.«

»Die anderen warten?«, frage ich verwirrt und folge ihr zur Tür. Draußen steht eine Gruppe junger Wölfe zusammen und unterhält sich miteinander. Ich entdecke Cassie unter ihnen, Sam ebenfalls und der Muskelprotz, der eben noch neben ihr gesessen hat.

»Lust auf einen Lauf?«, fragt mich Jessica mit einem Blick über die Schulter.

»Was dauert denn so lange? Gehen wir jetzt oder nicht?«, fragt der Typ, der vorhin noch auf dem Tisch geschlafen hat. Er klingt genervt, als hätte er nicht wirklich Lust darauf.

»Nur Louise hat uns noch gefehlt«, sagt Jessica und beginnt doch allen Ernstes vor aller Augen ihren Anzug auszuziehen.

Ein Lauf?

Entsetzt reiße ich die Augen auf, als mir klar wird, was sie vorhaben. Sie werden sich verwandeln. Einfach so mitten in ihrer Siedlung.

»Komm schon, das wird lustig«, sagt Jessica. Sie ist gerade dabei, ihre Bluse aufzuknöpfen. Die anderen folgen ihrem Beispiel, was mir verdammt unangenehm ist.

Ich meine ... Schämen die sich denn gar nicht, wenn sie ...?

Betreten wende ich mich ab, einerseits um ihnen etwas mehr Privatsphäre zu geben, aber vor allem um zu verbergen, wie ich knallrot anlaufe.

Mann, das ist so peinlich, Louise!

»Danke, aber ich bleibe hier«, presse ich hervor und steuere auf die Tür zu. »Das Geschirr spült sich nicht von allein.«

»Ach, das kann doch noch warten«, sagt Jessica, doch habe ich keine Lust zu diskutieren. Sie mag sich ohne Probleme, ohne diese furchtbaren Schmerzen verwandeln können, aber ich kann es nicht. Ich bin eben nicht die perfekte Werwölfin, eher das komplette Gegenteil davon.

Ein letztes Mal drehe ich mich zu den anderen um, spüre Markos' Blick auf mir und wünschte, ich könnte mit ihnen gehen. Ich wünschte, ich wäre so wie sie, ohne diese furchtbare Bestie, die wahllos Menschen tötet, wenn ich sie herauslasse.

»Du hast doch gesehen, wie's da aussieht«, sage ich und bemühe mich um einen fröhlichen Ton. »Es ist das Mindeste, was ich tun kann, nachdem ich mich durchgefressen habe.«

Bevor Jessica oder irgendwer sonst etwas sagen kann, trete ich zurück ins Haus und mache mich daran, heißes Spülwasser einzulassen. Die Berge an Geschirr und Besteck sind genau die Art von Ablenkung, die ich gerade gebrauchen kann.

Wie in alten Zeiten, denke ich, als ich die rosa Gummihandschuhe anziehe, die ich in einer der Schubladen gefunden habe. Bei den Feiern, die ich geplant habe, habe ich oft auch selbst mitanpacken müssen. Egal ob Geschirrspülen, Servieren, Erbrochenes wegwischen ... Es gab immer genug zu tun, genug Ablenkung, wenn ich mal wieder zu sehr über die Wölfin in mir nachgedacht habe.

Gerade als ich die ersten Teller in das kochend heiße Wasser lege, ertönen Schritte hinter mir.

»Stell es irgendwo hin, wo noch Platz ist, ich kümmere mich darum«, sage ich, ohne mich umzudrehen und mache mich dann daran, die Teller mit einer pinken Bürste abzuschrubben. Der vertraute Geruch des Spülmittels und das warme Wasser tragen tatsächlich zu meiner Beruhigung bei, zumindest bis ich spüre, wie jemand dicht neben mich tritt.

»Ich helfe dir, Louise.«

Die tiefe Stimme geht durch meinen Körper wie ein Blitzschlag. Ohne von meiner Arbeit aufzusehen, weiß ich genau, wer da neben mir steht und mit einem alten Geschirrtuch in der Hand auf die ersten sauberen Teller wartet.

»Markos.«

KAPITEL 26
DA LÄSST MAN
EUCH FÜNF
MINUTEN ALLEIN
UND …

MARKOS

»Markos.«

Louises Stimme gleicht einem erschrockenen Keuchen, als sie meinen Namen flüstert, aber es reicht, um die Schmetterlinge in meinem Buch zum Tanzen zu bringen. Keine gute Kombination nach einem ausgiebigen Grillabend.

»Louise«, sage ich und strecke die Hand aus, damit sie mir den ersten Teller reichen kann. In der anderen halte ich eines von Tante Alexias alten Geschirrtüchern.

Ich sollte ihr endlich neue kaufen, denke ich und setze es auf meine nie endende To-Do-Liste.

Louise sagt kein Wort. Wie erstarrt steht sie an der Spüle, die Hände in pinken Gummihandschuhen im Wasser versenkt.

Ihre Kiefer mahlen, aber sie guckt mich nicht an, starrt stattdessen auf den Schaum, der sich im Wasser gebildet hat und nicht vermuten lässt, wie viel Geschirr sich darin befindet.

»Warum bist du nicht mit den anderen gegangen?«, fragt sie nach einer halben Ewigkeit und beginnt, das Geschirr mit der Spülbürste zu bearbeiten.

Weil ich viel lieber bei dir bin, denke ich, hüte mich aber davor, es auszusprechen. Sonst würde eines von zwei Dingen passieren: Entweder Louise gibt mir wieder eine Ohrfeige oder sie haut ab. Das dritte Szenario, das mir viel lieber wäre, nämlich, dass sie sich in meine Arme wirft und mich endlich küsst, verwerfe ich gleich wieder.

»Tante Marj hat mich zum Spüldienst verdonnert«, lüge ich, wobei das gar nicht so abwegig ist. So wenig Zeit wie ich in den letzten Wochen mit meinem Rudel verbracht habe, ist es nur gerecht, wenn ich das Spülen übernehme. Aber Louise …

»Du musst das nicht machen. Das weißt du, oder?«, frage ich sie, als sie den ersten sauberen Teller aus dem Wasser holt. Statt ihn mir in die ausgestreckte Hand zu geben, legt sie ihn auf die metallene Ablagefläche neben dem Spülbecken.

»Hmpf«, macht sie bloß, bevor sie sich wieder ihrer Arbeit widmet. Danach sagt sie lange Zeit nichts mehr, aber das ist mir noch immer lieber, als wenn sie gleich wegläuft. So kann ich trotzdem Zeit mit ihr verbringen, ihr nahe sein.

Wer weiß? Vielleicht erzählt sie mir ja dann doch, warum sie nicht mitwollte, denke ich und werfe einen Seitenblick auf Louise. Mir ist vorhin nicht entgangen, wie sie Jess und die anderen angestarrt hat, als Jess uns zu einem nächtlichen Lauf aufgefordert hat. Erst mit Sehnsucht, dann plötzlich mit Wut und vielleicht sogar einem Hauch von Angst.

Aber warum?

Ich würde Louise gerne danach fragen, aber ich habe ihr schon damals versprochen, auf eine Antwort zu warten. Und das werde ich nicht brechen. Sonst sehe ich in ihren Augen nur noch mehr wie ein Lügner aus.

Aber das kann doch nicht der einzige Grund sein, warum sie mich ablehnt, oder?, frage ich mich nicht zum ersten Mal.

Ich verstehe ja, dass die Lügen ihres Vaters sie haben misstrauisch werden lassen, aber deshalb jeden abzuweisen, der …

Ach, das bringt doch nichts, Markos!, denke ich frustriert und stelle den abgetrockneten Teller etwas zu heftig auf die Küchenanrichte.

»Vorsicht«, knurrt Louise und wirft mir einen grimmigen Blick zu, weicht mir jedoch sofort aus, als ich ihn erwidere.

Aber sie bleibt und das ist ein guter Anfang.

»Lass mich dir helfen«, sage ich einige Minuten später, als sie sich damit abmüht einen Geschirrstapel ins Spülwasser zu bugsieren. Die Teller sind zum Teil so dreckig, dass Louise das Wasser nun schon zum zweiten Mal gewechselt hat.

»Ich kann das auch allein«, knurrt sie und drängt sich an mir vorbei. Dabei kommt sie allerdings ins Straucheln, sodass das Geschirr mit einem lauten Platschen im Wasser landet und uns beide von oben bis unten anspritzt.

Ich sehe Louise an, starre an mir herunter und kann nicht anders: Ich muss lachen. Und sehr zu meiner Überraschung stimmt Louise mit ein. Es ist ein so befreites Lachen wie damals bei unserem Date. Eines, das mein Herz zum Rasen bringt und allerhand unanständige Gedanken in mir wachruft. Aber auch neue Hoffnung in mir weckt.

»Hier, lass mich …«, murmele ich und wische ihr mit einem frischen Geschirrtuch über das mit Schaum bespritzte Gesicht.

»Der Schaumbart steht dir gut«, füge ich scherzhaft hinzu.

Louise grinst mich an und für einen Moment habe ich das Gefühl, dass sie mich endlich einlässt. Dass sie sich mir öffnen wird. Als sich ihre Lippen jedoch zu einem schmalen Strich verzerren weiß ich, dass sie noch lange nicht so weit ist.

Sie schluckt hörbar und wendet sich ab. »Ich hoffe, es ist nichts kaputt gegangen.«

»Und wenn schon«, sage ich und streiche ihr sacht über den Arm. »Hauptsache, dir ist nichts passiert.«

Louise erschaudert unter meiner Berührung und kneift den Mund noch fester zusammen. »Markos, bitte ...«

»Bitte, was, Louise?«, frage ich leise. Meine Stimme ist rau und diesmal schaffe ich es nicht, die Erinnerung an unsere gemeinsame Nacht zu verdrängen.

Louise antwortet nicht, krallt sich stattdessen nur mit den Händen an der Kante der Anrichte fest. Ihr Körper bebt heftig und über ihr Gesicht huscht eine solche Fülle an Emotionen, dass es mir unmöglich ist, sie alle zu deuten.

»Ich wüsste zu gerne, was du denkst«, rutscht es mir heraus.

Sofort verfinstert sich Louises Miene und sie wendet sich wieder dem Spülbecken zu.

Aber, wenn ich schon mal angefangen habe ...

»Warum wolltest du nicht mit den anderen gehen?«, frage ich, weil ich meine Neugier nicht mehr im Zaum halten kann. Wenn es um Louise geht, möchte ich jedes kleine Detail ihres Lebens entdecken. Ich möchte wissen, was sie bewegt, wie ich ihr eine Freude bereiten kann – und ob es in ihren Zukunftsplänen auch einen Platz für mich geben wird.

»Weil ich es nicht wollte«, murrt sie, aber ich bin mir sicher, dass das wieder nur eine Ausrede ist. Genauso wie die Sache, dass sie Lügnern nicht trauen kann, auch mir nicht.

»Louise ...«, flehe ich.

»Das wird niemals passieren, hörst du?«, fragt sie und dreht sich um. »Nicht, wenn ich es verhindern kann.«

Ihre grauen Augen sind zu Schlitzen verengt, ihr Mund verkniffen. Sie meint es wirklich ernst.

Ich schlucke und wende den Blick ab. So deutlich hat sie es noch nie ausgesprochen, aber die Nachricht ist bei mir angekommen. Wenn es nach Louise geht, gibt es keine gemeinsame Zukunft mit mir.

Weil ich nicht weiß, was ich dazu sagen, oder wie ich überhaupt mit dieser Tatsache umgehen soll, ohne dass ich hier und jetzt zusammenbreche, widme ich mich wieder dem Geschirr, das ich noch abtrocknen muss.

Das wird niemals passieren.

Nicht, wenn ich es verhindern kann.

Louises Worte hallen durch meine Gedanken und wollen einfach keine Ruhe geben. Bald schon vermischen sie sich aber mit einer alten Erinnerung von vor zwei Jahren.

Dafür ist meine Selbstbeherrschung viel zu gut, hat sie ernst gesagt, als ich gescherzt habe, sie könne sich auf offener Straße verwandeln. Da hat mich der komische Ton in ihrer Stimme schon irritiert. Es ist der gleiche gewesen wie der, den sie eben angeschlagen hat. Als stecke da noch mehr dahinter.

Was hat das bloß alles zu bedeuten?, denke ich und werfe einen Seitenblick auf Louise. Mit grimmiger Miene schrubbt sie einen Teller, der jedoch längst lupenrein ist. Ihren Blick hat sie auf das Fenster gerichtet, hinter dem nichts als nächtliche Dunkelheit und unsere schwachen Silhouetten zu sehen sind. Wie Geister starren sie uns entgegen, doch scheint Louise mit den Gedanken ganz woanders zu sein.

Steckt da wirklich noch mehr dahinter? Hat das alles gar nichts mit mir und meiner Notlüge zu tun?

Fragen über Fragen wirbeln durch meinen Kopf, doch bleibt Louise, die Einzige, die sie mir beantworten könnte, stumm. Und ich will sie nicht drängen. Bestimmt fehlt nicht viel, bis sie sich in die Sicherheit ihres Gästezimmers zurückzieht.

Hat es vielleicht etwas mit ihrem Vater zu tun? Oder mit ihrer Werwolfseite?, drängen sich mir weitere Fragen auf.

Wieder muss ich daran denken, wie ungewöhnlich es ist, dass eine Wölfin kein Fleisch isst. Normalerweise können wir nicht genug davon bekommen, aber Louise ... Eben hat sie sogar angewidert das Gesicht verzogen, als Cassie ihr ein Steak auf den Teller legen wollte.

»Aber warum?«, flüstere ich und starre nun selbst in die Dunkelheit. »Warum nur?«

»Warum, was?«, fragt Louise neben mir. Erst jetzt realisiere ich, dass ich das laut ausgesprochen habe.

»Ähm, nichts«, sage ich und wende mich meiner Arbeit zu. Louise ist beim Spülen so fix, dass ich kaum hinterherkomme. Es könnte aber auch an meinem Geschirrtuch liegen, das mittlerweile patschnass ist. Seufzend tausche ich es aus und fahre fort.

»Wenn du Geheimnisse hast, habe ich sie auch«, sage ich mit einem Grinsen, in der Hoffnung, die Stimmung zwischen uns etwas aufzulockern.

Der Blick, den Louise mir nun zuwirft, sagt mir jedoch, dass ich damit das genaue Gegenteil bewirkt habe.

Sie ist wütend.

»Sorry, das war nicht ...«, stammele ich, weiß aber nicht, warum ich mich dafür entschuldigen muss. Es ist die Wahrheit und langsam kann ich all das nicht mehr herunterschlucken.

»Lass uns einfach weiter abspülen und die Klappe halten«, grummelt Louise. Sie legt die nächsten Teller ins Spülwasser und kippt eine Fuhre Besteck und Küchenmesser hinterher.

»Aber das macht doch nur halb so viel Spaß«, versuche ich es ein letztes Mal, sie ein bisschen aus ihrer Schale zu locken.

Louise stößt nur ein leises Knurren aus und greift dann ins Wasser, um die neue Ladung zu schrubben. Noch bevor sie ihre Hand mit einem spitzen Schrei zurückzieht, weiß ich, dass etwas nicht stimmt. Ich rieche das Blut, das das Spülwasser in wenigen Sekunden rosarot färbt und den Duft nach Spülmittel und Essensresten überdeckt.

»Fuck!«, flucht sie und reißt sich den pinken Handschuh herunter. Mit einem Klatschen landet er auf dem Boden und sieht zerrissen aus.

»Louise? Hast du dir wehgetan?«, frage ich unnötigerweise. Das Blut ist Beweis genug, aber mein Hirn braucht noch einen Moment, bis es zu arbeiten beginnt. Eilig blicke ich mich nach etwas Sauberem um, um die Blutung zu stoppen. Erste Tropfen landen auf dem Küchenboden, während Louise mit bleichem Gesicht zurücktaumelt, bis sie gegen die Anrichte stößt. Der Schreck ist ihr deutlich anzusehen, mir geht es ja nicht anders, aber ich habe keine Zeit, mich davon lähmen zu lassen. Ich muss ihr helfen.

Glücklicherweise entdecke ich direkt hinter Louise eine angefangene Küchenrolle und will sie mir gerade schnappen, als mich Louises Blick trifft.

»Lass mich«, presst sie hervor und taumelt an mir vorbei.

»Louise, ich will dir nur helfen«, beteuere ich, bekomme die Küchenrolle zu fassen und reiße ein paar Blätter ab. »Hier.«

Sie starrt mich mit glasigem Blick an, reagiert aber nicht auf mich. Tränen rinnen ihr über die Wangen, während sie ihre verletzte Hand hilflos gegen ihr Kleid presst.

»Es wird alles gut«, murmele ich, weiß aber nicht, wen ich damit beruhigen möchte, mich oder Louise. Denn der blutige Fleck auf ihrem hübschen Kleid wird immer größer. Gierig saugt der mit Blumen bedruckte Stoff es auf und ich hoffe inständig, dass es schlimmer aussieht, als es eigentlich ist.

Louise ist vor Schreck wie gelähmt. Sie hält mich nicht auf, als ich nach ihrer Hand greife und versuche, die Blutung zu stoppen. Kurz betrachte ich den Schnitt, der sich einmal quer über ihre Handinnenfläche zieht. Er sieht tief aus, muss vermutlich sogar genäht werden, aber all das vergesse ich gleich wieder, als Louise gefährlich schwankt und plötzlich ihre Beine wegknicken. Bevor sie auf dem Dielenboden landet, habe ich sie aufgefangen und hochgehoben. Vermutlich ist ihr durch den Schock und Blutverlust schwindelig

»Was …? Was machst du da?«, fragt sie benommen.

»Na, dafür sorgen, dass du dir nicht noch mehr wehtust«, murmele ich und trage sie zur Haustür.

Bevor ich draußen nach Earl suchen kann, damit er sich mit seinem medizinischen Wissen um Louises Wunde kümmert, erwacht der Kampfgeist wieder in ihr. »Was soll das? Lass mich runter, verdammt!«

Erleichtert stoße ich den Atem aus. Wenn sie fluchen kann, kann es ihr gar nicht so schlecht gehen.

»Das muss genäht werden, Louise«, beharre ich und denke nicht daran, sie loszulassen, egal wie sehr sie sich wehrt.

»Was bei allen guten Geistern ist denn hier los?«, schallt uns Alexias überraschte Stimme von der Veranda entgegen. »Da lässt man euch fünf Minuten allein und …«

Abrupt hält sie mit ihrer Standpauke inne und schnuppert in der Luft. Ihre Augen weiten sich, als auch sie das Blut riecht.

»Bist du verletzt, Kind?«, fragt sie und sucht Louise nach der Quelle für den Gestank ab.

»Es ist nur ein Kratzer«, murrt Louise und zappelt nun so heftig in meinen Armen, dass sie fast heruntergefallen wäre.

»Das sah nicht bloß nach einem Kratzer aus«, entgegne ich vorwurfsvoll und drücke sie ein bisschen fester an mich. Nicht dass zu dem Schnitt an ihrer Hand auch noch eine Platzwunde oder ein Knochenbruch dazukommt, wenn sie herunterfällt.

»Lass mich endlich los, verdammt!«, ruft Louise und blickt direkt zu mir auf. Als sich unsere Blicke treffen, schlägt mein Herz einen Purzelbaum und wäre Alexia nicht hier bei uns …

»Lass mich los, sonst …«, wispert Louise, doch ist es nicht Abneigung, die nun ihr Gesicht überzieht, sondern …

Verlangen?

»Ich rieche Blut. Ist was passiert?«, erklingt plötzlich Earls Stimme, als er in die Hütte gerauscht kommt.

»Du meine Güte, was habt ihr denn verbrochen?«, fragt er und nimmt mir Louise ab, bevor ich überhaupt reagieren kann.

»Sie hat sich …«, stammele ich, bin aber so durcheinander, von Louises Blick eben, dass ich den Rest der Worte vergesse.

»Riecht nach einem tiefen Schnitt«, höre ich Earl sagen, dann ist er mit Louise davongerannt, um sie im Halfway House zu verarzten.

Halb bin ich wütend, dass er uns dazwischen gekommen ist, andererseits bin ich aber auch froh, dass er sich sofort um sie kümmert. Louise hat schon viel zu sehr gelitten und so wie ich Earl kenne, hat er sicher irgendetwas in seiner vollgestopften Kräuterkammer, das die Heilung ihrer Wunde beschleunigt.

KAPITEL 27
VEREHRER

LOUISE

»Wer zum Teufel sind Sie und was fällt Ihnen ein, mich einfach so … mich zu entführen?«, rufe ich, als ich wieder Herrin über meine Gedanken und Gefühle werde. Der Schmerz in meiner Hand ist zu einem dumpfen Pochen geworden, lenkt mich nicht länger davon ab, dass mich ein wildfremder Mann, noch dazu ein Vampir seiner Geschwindigkeit und dem Geruch nach zu urteilen, verschleppt hat.

»Ich ähm …«, stammelt mein Entführer, ohne das Tempo zu verringern, bis wir die Eingangstür zum Halfway House erreicht haben. Vorsichtig stellt er mich ab und weicht dann so weit zurück, bis er gegen das grüne Treppengeländer stößt und erschrocken zusammenfährt.

»Ganz ruhig, ja?«, bittet er und hebt beschwichtigend die Hände, als mir ein ungeduldiges Knurren über die Lippen kommt. »Ich will Ihnen nur helfen, Miss Bellard.«

Miss Bellard? Überrascht reiße ich die Augen auf. *Woher weiß der Typ, wer ich bin? Hat er … Hat El Rojo ihn …?*

»Bleiben Sie mir ja fern!«, fauche ich und will abhauen, doch ist mir nach dem Schnitt noch immer ganz schwindelig.

Der Fremde streckt die Hand nach mir aus und verhindert so, dass ich die Treppe hinunterstürze. Kaum hat er sich vergewissert, dass ich mein Gleichgewicht wiedergefunden habe, lässt er mich los.

»Meine Intention war nicht, Sie zu erschrecken, Miss Bellard, oder gar Sie zu entführen«, beteuert der Fremde und reibt sich über die Wange. »Im Gegenteil. Kitty und Sel haben mir eingeschärft, dass ich mich Ihnen nicht ... Ach! Und ich musste es mal wieder vermasseln!«

»Sel? Meinen Sie Selena?«, frage ich und bin erleichtert, ihren Namen zu hören. Dann ist er doch keiner von El Rojos Männern? »Wer zum Teufel sind Sie, verdammt?«

»Oh, bitte entschuldigen Sie, Miss Bellard«, sagt der Mann und neigt das Haupt. »Earl Grey, stets zu ihren Diensten.«

»Earl Grey?« Frage ich und schüttele irritiert den Kopf. »Wie der Tee?«

Der Mann seufzt frustriert, nickt aber. »Ja, wie der Tee. Und wie einer der Besitzer dieses Gasthauses.«

Mit der Hand deutet er auf die Metallplakette neben der Tür. Bei meiner Ankunft ist sie mir nicht aufgefallen, dafür jetzt umso mehr. *Grey's Halfway House*, ist darauf eingraviert und allmählich dämmert mir, wer da vor mir steht.

»Sie sind Roses Bruder?«, frage ich überrascht, weil sich die beiden nicht wirklich ähnlich sehen. Ihre restlichen Brüder habe ich auch noch nicht kennengelernt. Dieser Ash, Selenas Freund, war ja die ganze Zeit in Arcania, um irgendwelchen Bekannten zu helfen. Und von Dorian, dem anderen Bruder, habe ich zwar gehört, doch hat er sich wohl mehr oder weniger in seinem Studio verbarrikadiert.

»Ich dachte, Sie wären in Arcania«, murmele ich und meine mich dunkel daran zu erinnern, wie Selena mir etwas darüber erzählt hat. Irgendetwas über die Heilung von Rogues, woran ich noch immer nicht glaube.

»Das war ich bis vor Kurzem auch«, sagt er und klingt nicht gerade glücklich über den Umstand. »Wenn Sie mir jetzt bitte folgen würden, Miss Bellard. Ich würde mir Ihre Wunde gerne ansehen und versorgen. Sonst reißt mir Ihr Verehrer noch den Kopf ab.«

»Mein Verehrer?«, frage ich verwirrt, bis ich begreife, dass er Markos meint. »Er ist nicht mein Verehrer.«

Earl Grey führt mich durch eine unscheinbare Tür hinter der Hotelrezeption in ein feuchtkaltes Kellergewölbe. Von einem langen Gang, der spärlich von zwei flackernden Glühbirnen an den Enden beleuchtet wird, zweigen viele Türen ab. Manche hängen aus den Angeln, fehlen ganz oder sind mit einem Vorhängeschloss gesichert. Mister Grey steuert auf eine zu, hinter der der herbe Geruch von Kräutern auf den Gang dringt.

»Was ist das hier für ein Ort?«, frage ich, als er die Tür aufdrückt. Sie klemmt, sodass er sich dagegenstemmen muss und dann fast vornüberfliegt, als sie aufgeht.

»Unsere Kräuterkammer«, sagt er und betätigt einen Lichtschalter. Summend gehen einige Leuchtröhren an der Decke an und geben den Blick frei auf einen großen Raum, an dessen hinterem Ende eine alte Krankenbahre steht. Die Backsteinwände sind hinter deckenhohen Regalen voller Gläser und fein säuberlich beschrifteten Schubladen verborgen.

»Das ist ja eine ganze Menge«, murmele ich und lasse mich auf die Liege sinken, wie Earl Grey mir mit der ausgestreckten Hand bedeutet.

»Was man so alles für Gäste in Nöten braucht«, entgegnet er mit einem Schulterzucken, doch hört man, wie stolz er auf diese beträchtliche Sammlung ist. »Und nun zeigen Sie mal her, Miss Bellard.«

Seufzend halte ich ihm meine verletzte Hand hin. Mir wird ganz übel, als ich das viele angetrocknete Blut auf meiner noch blassen Haut sehe. Es kostet mich alles, nicht wieder an damals zu denken. Mich nicht in diesen Erinnerungen zu verlieren, oder in den Schuldgefühlen, die mich seitdem plagen und mich davon abhalten, meine wahre Natur zu akzeptieren.

»Das muss dringend gereinigt werden«, murmelt Earl Grey und kramt in einem Schränkchen neben der Bahre herum, bis er Stoffbinden und eine Flasche Kochsalzlösung gefunden hat.

»Muss das sein?«, frage ich, weil ich jetzt schon das scharfe brennen der Tinktur spüren kann. Früher habe ich mir als Kind ständig irgendwelche Schrammen zugezogen, und Gran ist es nicht müde geworden, sie mit schön viel Jod zu reinigen.

Das hast du jetzt davon, du wildes Kind, hat sie immer gegrummelt, wenn ich gewimmert habe. Nachsichtig war sie nie mit mir, aber immerhin hat sie sich um mich gekümmert, auf ihre eigene verschrobene Weise.

Etwas, das man von meinem Vater nicht sa...

Bevor die Wut in mir wieder hochkochen kann, wie immer, wenn ich an Dad denke, tränkt Earl Grey eines der Stofftücher mit der Flüssigkeit und tupft mir dann vorsichtig über die Handinnenfläche.

»Fuck!«, stöhne ich und presse die Zähne fest zusammen, dass das laute Knirschen sogar meinen Herzschlag übertönt.

»Gleich geschafft«, murmelt Mister Grey und betrachtet die gesäuberte Wunde. »Sah schlimmer aus, als es ist. An der Hand blutet es immer besonders stark, finden Sie nicht?«

»Mhm«, mache ich, wage es aber nicht, mir den Schnitt anzusehen. Das eben war mehr als genug Blut für einen Abend.

Schweigend macht sich Mister Grey daran, die Wunde zu verbinden und geht dabei so behutsam vor, als wäre ich ein Kind. »Das sollte reichen. Ich habe Ihnen meine Spezialsalbe aufgetragen. Den Rest übernimmt die Wölfin in Ihnen.«

»Ja, leider«, grummele ich leise, doch entweder hat Mister Grey mich nicht gehört, oder zieht es vor, nicht nachzufragen. Sollte es Letzteres sein, und das ist bei einem Vampir ziemlich wahrscheinlich, bin ich ihm dankbar. Vorhin in der Küche bin ich nah dran vorbeigeschrammt, Markos die Wahrheit über mich und die Bestie in mir zu erzählen.

Aber dann hätte er dich ganz sicher abserviert, flüstert die fiese Stimme in mir und für einen Moment ist der Schmerz in meinem Herzen größer als der in meiner verletzten Hand.

Du hast alles richtig gemacht, als du ihm damit zuvorgekommen bist, rede ich mir ein und doch fragt sich ein Teil von mir, was gewesen wäre, wenn …

»Sie haben es wohl nicht eilig, wieder zu Ihrem Verehrer zurückzukehren, habe ich recht?«

»Er ist nicht mein Verehrer«, knurre ich, was Mister Grey tatsächlich ein Stück von mir zurückweichen lässt. Doch das schwache Grinsen auf seinen Lippen zeigt, dass ihn nichts so schnell einschüchtern kann.

»Er kann einen manchmal wirklich bis an den Rand des Wahnsinns treiben«, sagt er lachend und erhebt sich von dem kleinen Hocker. »Aber Markos meint es nur gut und will nur helfen, obwohl er damit oft erstmal alles schlimmer macht.«

»Sie scheinen ihn gut zu kennen«, bemerke ich, denn mir ist natürlich nicht entgangen, wie freundlich seine Stimme die ganze Zeit geblieben ist. Markos mag ihm vielleicht schon das ein oder andere Mal auf die Nerven gegangen sein, aber Mister Grey nimmt ihm das offenbar nicht übel.

»Sehr gut sogar. Wir Greys sind praktisch mit Markos und Cassie aufgewachsen«, sagt er und lacht leise. »Hat sich schon immer in alles eingemischt und versucht, Streit zu schlichten.«

»Und war damit nicht immer erfolgreich?«, frage ich und stelle mir vor, wie Klein-Markos versucht, eine Auseinandersetzung zwischen Earl und seiner Schwester zu schlichten.

»Selten«, antwortet Mister Grey lachend und seufzt leise. »Aber er will immer nur das Beste für die Leute, die ihm am Herzen liegen. Auch für Sie, Miss Bellard.«

»Ja, klar«, murre ich, bin mir da aber noch immer unsicher. Ich will ihm und all den anderen, die nun schon für Markos Partei ergriffen haben, glauben, aber da ist immer noch etwas in mir, das sich sperrt. Das Angst hat, dass sich alle irren.

»Sie sollten dennoch zurück«, rät mir Mister Grey und nickt in Richtung Tür. »So wie ich Markos kenne, geht er allen schon auf die Nerven mit seinen Sorgen um Sie.«

Ich zucke mit den Schultern, weiß aber, dass er recht hat. Nicht unbedingt mit Markos' Sorgen, sondern dass ich zurück sollte. »Ich muss mich für das Chaos entschuldigen.«

»Ich denke, Alexia wird Ihnen das nicht übel nehmen. Im Gegenteil«, sagt Mister Grey und lacht. »Wahrscheinlich verarbeitet sie Markos gerade zu Kleinholz, weil er nicht mehr auf Sie aufgepasst hat.«

»Das muss sie nicht«, wispere ich, als ich mich zur Tür umdrehe und mich auf den Weg zurück in die Siedlung mache. »Es war meine Schuld. Ich hätte besser aufpassen müssen.«

KAPITEL 28
KEINE GUTE
GELEGENHEIT

MARKOS

»Also stimmt es, was Cassie sagt?«, reißt mich Tante Alexias Stimme aus der Starre, in die ich nach Earls und Louises Verschwinden verfallen bin. Mein Herz rast nicht mehr so schnell und meine Atmung hat sich beruhigt, aber meine Tante hat sicher genug gesehen, um eins und eins zusammenzuzählen.

»Hmpf«, mache ich bloß und trete an die Spüle, um mir ein Glas Wasser zu holen. Erst jetzt wird mir bewusst, wie nah ich Louise gerade gewesen bin. Sie hat sich gewehrt, aber da war auch dieser Blick ...

Ein Schauder geht über meinen Rücken und ich kralle mich mit der freien Hand an der Theke fest, weil mir plötzlich ganz schwummrig wird. Als wäre ich derjenige, der gerade so viel Blut verloren hat.

»Mach mal Platz«, sagt Alexia und lässt das blutige Wasser aus der Spüle, bevor sie sich einen sauberen Lappen schnappt und die Spuren von Louises Unfall wegwischt.

»Du musst das nicht machen«, sage ich und will ihr den Lappen schon abnehmen, doch weicht Alexia mir aus.

»Setz dich und erhol dich erstmal von dem Schreck«, weist sie mich an und deutet auf den Esstisch. »Scheint so, als würde Louise dir eine Menge bedeuten, wenn du dir solche Sorgen um sie machst.«

Wenn du wüsstest, Tante, denke ich, sage aber nichts. Es reicht schon, dass Cassie sich in mein Liebesleben einmischt.

»Ich werte das als Ja«, murmelt Alexia, als sie den Lappen auswäscht und sich dann an die restlichen Blutstropfen macht.

Ein langgezogenes Seufzen ist zu hören, während sie über den Boden schrubbt, auch wenn die Stelle längst sauber ist. »Und ich dachte schon, das würde nie passieren.«

»Was würde nie passieren?«, frage ich und beuge mich auf meinem Stuhl zu ihr vor.

»Dass unser ach so starker Alpha schwach wird«, sagt Tante Alexia und erhebt sich grinsend.

»So ist das nicht«, sage ich und wende mich von ihr ab, weil ich wirklich keine Lust habe, mit ihr darüber zu reden. »Louise will nicht …«

»Wieso bist du dir da so sicher?«, fragt meine Tante und legt den Lappen beiseite. »Für mich sah das gerade anders aus.«

»Ach, ja?«, frage ich mit einem verärgerten Schnauben und schüttle den Kopf. »Nein, es wäre nicht richtig. Noch nicht …«

»Ich rede ja auch nicht von sofort«, murrt Tante Alexia und rollt mit den Augen. »Aber ihr beide habt es verdient, glücklich zu werden, findest du nicht?«

»Meinst du wirklich?«, flüstere ich und spüre, wie meine Augen zu brennen beginnen. Ich wünsche mir das so sehr, dass es fast wehtut, aber wann immer ich daran denke, kehrt auch die Erinnerung an den Albtraum zurück. Und an Dads Stimme, die mich erinnert hat, dass das Rudel vorgeht.

»Du siehst nicht gerade überzeugt aus«, bemerkt Alexia und richtet sich auf. Seufzend lehnt sie sich gegen die Theke. »Was ist los, Markos?«

Ich zucke mit den Schultern, weiß nicht, wie ich das erklären soll. »Ich … Was wird dann aus dem Rudel, wenn ich …«

»Was soll schon aus uns werden?«, fragt Alexia verwirrt.

»Ach, keine Ahnung!«, knurre ich und raufe mir die Haare. »Irgendwie kommt es mir so vor, als würde ich euch dadurch im Stich lassen.«

»Oder deinen Vater enttäuschen?«, fragt Alexia mit sanfter Stimme und trifft es damit auf den Kopf. Manchmal denke ich dann, dass sie wie Sel Gefühle riechen kann.

Wieder sehe ich die verbrannte Gestalt vor mir, wie sie mir einredet, dass ich kein guter Alpha bin. Dass das Rudel immer oberste Priorität haben muss. Aber wenn ich mit Louise zusammen bin … Da wird alles andere bedeutungslos und ein Teil von mir hasst mich dafür.

»Du bist ihm so ähnlich, dass es manchmal fast wehtut«, murmelt Alexia. Ihr Lächeln ist verschwunden, jetzt wirkt sie eher traurig.

»Wem bin ich ähnlich?«, frage ich verwundert. »Dad?«

Tante Alexia nickt und seufzt leise. »Als dein Vater deine Mom kennengelernt hat, war er auch so hin- und hergerissen. Damals war er aber noch nicht Alpha so wie du jetzt.«

»Das wusste ich nicht«, wispere ich. Mein Herz zieht sich dabei zusammen. An Mom kann ich mich kaum erinnern. Ihr Tod liegt schon so lange zurück, aber ich sehe noch deutlich vor mir, wie liebevoll Dad und sie sich immer angesehen haben. Mir kam es immer so vor, als wären sie füreinander bestimmt gewesen, ganz ohne Zweifel, wie sie mein Vater offenbar doch hatte.

»Dein Grandpa hat damals ein ernstes Wörtchen mit Cyril geredet«, erzählt Tante Alexia und grinst plötzlich.

»Und du hast sie belauscht?«, frage ich.

»Natürlich«, sagt meine Tante und ihr Lächeln wird breiter.

»Der Apfel fällt echt nicht weit vom Stamm«, murre ich und denke an Cassie, die nur zu gern meine Gespräche mit anhört.

»Ganz genau«, bestätigt Tante Alexia und wird dann wieder ernst. »Dein Grandpa konnte Cyrils Sorgen verstehen, weil es ihm mit Granny ganz ähnlich ging.«

»Heißt das, ich habe das von ihm geerbt?«, frage ich mit einem Schnauben. »Na, vielen Dank auch, Grandpa!«

Alexia zuckt mit den Schultern. »Ich glaube eher, dass das mit eurem Pflichtbewusstsein als Alphas zu tun hat, aber das spielt doch jetzt auch keine Rolle. Viel wichtiger ist, was dein Grandpa gesagt hat.«

»Und?«, frage ich, weil sie nicht gleich weiterspricht.

Tante Alexia holt tief Luft. »Er sagte, dass es nicht nur die Pflicht des Alphas ist, für das Rudel da zu sein. Ein Alpha muss auch für das eigene Glück sorgen. Denn das färbt auch auf das gesamte Rudel ab. Und ich finde, er hat recht.«

»Na, ich weiß ja nicht«, murmele ich und versuche mir das Gespräch zwischen Grandpa und Dad damals vorzustellen. Das klingt nicht unbedingt wie etwas, das der große Philip Segona gesagt hätte. Er war eher ein Mann der Taten, denn einer der Worte oder Gefühle.

»Glaub, was du willst«, murrt Tante Alexia kopfschüttelnd. »Ich bin überzeugt, dass Louise dich glücklich machen wird.«

»Ja, aber sie …«, setze ich an, komme aber nicht zu Wort.

»Sie braucht jemanden wie dich, Markos. Und sie braucht ein Rudel«, sagt Tante Alexia mit ernster Stimme.

»Was soll das heißen, sie braucht ein Rudel?«, frage ich. Da liegt etwas in Tante Alexias Stimme, das mich aufhorchen lässt.

»Keine Ahnung, wieso, aber sie hat keines«, sagt Alexia mit einem Seufzen. »Cassie hat das heute Morgen herausgefunden, und da dachte ich …«

Unschlüssig zuckt meine Tante mit den Schultern und blickt mich an. »Wäre nicht der erste einsame Wolf, der seinen Weg zu uns findet, oder nicht?«

»Du meinst, wir sollen sie ...?«, frage ich, bin aber zu überwältigt von den Gefühlen, die ihre Worte in mir auslösen.

»Es ist deine Entscheidung«, sagt Tante Alexia und kommt zu mir an den Esstisch. »Und die von Louise, aber ich glaube, niemand würde ihrer Aufnahme widersprechen.«

Mit einem Lächeln streicht Alexia mir das Haar aus dem Gesicht, dann dreht sie sich um und verschwindet nach draußen. Ich bin ihr dankbar, dass sie mich mit meinen Gedanken allein lässt, denn plötzlich kommen mir wirklich die Tränen.

Nichts anderes habe ich mir seit damals gewünscht, denke ich und sehe es ganz deutlich vor mir: Louise an meiner Seite, ein Teil meines Rudels.

»Aber so, wie sie sich gerade gewehrt hat ...«, murmele ich und lasse den Kopf hängen.

»Ist alles in Ordnung?«, fragt Jessica, als sie eine halbe Stunde später aus dem Wald zurückkehrt. Von den anderen ist nichts zu sehen, was wahrscheinlich besser so ist.

Mittlerweile bin ich nach draußen gegangen, eigentlich um die Tafel abzuräumen, während ich auf Louise warte, aber ein mahnender Blick von Alexia hat mich dann doch davon abgehalten. In der letzten Viertelstunde habe ich mich damit von meinen Sorgen um Louise abgelenkt, eine Servierte erst in ihre einzelnen Lagen zu trennen und dann in winzig kleine Fetzen zu reißen. Geholfen hat es nicht wirklich.

»Seh' ich so aus?«, blaffe ich.

Jessica stößt ein Knurren aus. »Ich wollte nur nett sein.«

Seufzend reibe ich mir über die Augen. »Ich weiß. Sorry.«

»Dein ruppiges Verhalten hat nicht zufällig mit Louise zu tun?«, fragt Jess und lässt sich nackt und verschwitzt, wie sie nach ihrem Lauf ist, auf einem Stuhl neben mir nieder. Keiner hier schert sich darum. Für uns Wölfe ist das ganz normal.

»Warum fragst du überhaupt, wenn du die Antwort schon kennst?«, grummele ich und setze mein Werk fort.

»Das wird schon noch«, sagt Jess, doch auch sie klingt so, als hätte sie ihre Zweifel. Statt sie auszusprechen, beobachtet sie mich schweigend, was ich wirklich schätze. Ich brauche nicht noch mehr negative Gedanken in meinem Kopf.

»Hast du endlich mit Tante Marj geredet?«, frage ich sie nach einer Weile, als ich auch die letzte Lage der Serviette zu Schnipseln verarbeitet habe.

»Es hat sich keine gute Gelegenheit ergeben«, sagt Jess und rückt abweisend ein Stück von mir weg.

»Das sagst du schon seit drei Jahren«, entgegne ich streng.

»Ich weiß«, jammert Jess und schüttelt vehement den Kopf. »Aber was ist, wenn sie ...?«

»Und was ist, wenn nicht?«, falle ich ihr ins Wort und lege ihr beruhigend eine Hand auf die Schulter. »Du und Sam, ihr wisst doch am besten, dass Tante Marj zwar grantig ist, aber eigentlich ein großes Herz hat.«

»Mann, Markos ...«, grummelt Jess, sagt aber nichts mehr, weil ich recht habe.

»Hier«, sage ich und ziehe mein Hemd aus, weil es langsam wirklich kalt wird auf unserer Lichtung. »Und jetzt geh, okay?«

Ich sehe ihr fest in die Augen und drücke sie kurz an mich, in der Hoffnung, ihr so etwas die Angst zu nehmen.

»Okay, okay«, jammert Jess und steht widerwillig von der Bank auf. »Ah, und was deine geliebte Wölfin angeht ...«

»Sie ist nicht meine geliebt...«, unterbreche ich sie, doch da spüre ich, dass Jess und ich nicht länger allein auf der Lichtung sind.

»Ich finde, sie würde sehr gut ins Rudel passen«, flüstert Jess mir zu, bevor sie sich zu Tante Marjes Hütte aufmacht.

»Finde ich auch«, wispere ich und blicke mich nach Louise um, doch hat sie längst wieder kehrtgemacht und verschwindet gerade im Wald. Irgendetwas an ihrer Haltung sagt mir, dass sie furchtbar wütend ist.

Fuck!, denke ich und springe von meinem Platz auf, um ihr zu folgen.

KAPITEL 29
DIE ZWEITE
WANDLUNG
MEINES LEBENS

LOUISE

Als ich die Lichtung einige Zeit später erreiche, wünschte ich, Mister Greys Sorgen um Markos wären berechtigt gewesen. Wie angewurzelt bleibe ich auf dem Trampelpfad stehen und starre auf die beiden Personen, die an der mittlerweile leeren Tafel sitzen. Jessica und Markos.

Sie reden zwar so leise miteinander, dass ich sie auf diese Distanz nicht hören kann, aber es ist doch mehr als eindeutig, dass da was zwischen ihnen läuft. So nah, wie sie sich sind ...

Ich schlucke, und balle die Hände zu Fäusten, weil es sich anfühlt, als würde mein Herz in ein Vakuum gesogen werden, bis nichts mehr davon übrig ist.

Lächelnd erheben sich die beiden. Markos reicht Jessica sein Hemd, streicht ihr eine Strähne ihres rotbraunen Haars zurück. Plötzlich kommt sie ihm so nah, dass ich mir sicher bin, dass es gleich passiert. Dass sie sich küssen werden. Aber das ist zu viel für mich. Das kann ich nicht mitansehen.

Ein erstickter Laut dringt mir über die Lippen, ehe ich mich umdrehe und sofort verschwinde, bevor sie merken, dass ich sie beobachtet habe.

Du dummes, dummes Ding, raunzt mich die fiese Stimme in mir an. *Warum benimmst du dich wie ein verliebter Idiot? Du hast ihm doch klipp und klar gesagt, dass da nichts laufen wird.*

Ich wimmere leise und stolpere über einen Ast am Boden, schaffe es aber, mich abzufangen. Die Gefühle in mir schwellen von Sekunde zu Sekunde an, werden immer unerträglicher. Wut, Eifersucht, aber auch furchtbarer Herzschmerz, dass ich gar nicht weiß, wo mir der Kopf steht. Oder wo zum Teufel ich gerade hinlaufe.

Den Trampelpfad habe ich verlassen, stolpere querfeldein durch den dichten Wald jenseits der Segona-Siedlung und verheddere mich die ganze Zeit mit den Haaren oder diesem Kleid an irgendwelchen Ästen. Sie kratzen mir die Haut auf und ich wünschte, ich hätte mich vorhin für eine Jeans entschieden. Nicht für dieses verdammte Kleid.

Was wollte ich damit bezwecken? Mir war doch klar, dass das mit Markos und mir nichts werden kann.

»Du bist so verdammt dämlich, Louise«, zische ich und gebe den Kampf mit den Tränen auf. Sie verschleiern mir die Sicht, aber ich will trotzdem weg von hier, darf nicht stehen bleiben.

Wieder und wieder sehe ich Jessica und Markos vor mir. Wie sie sich ...

Wahrscheinlich trägt er sie gerade ins Haus, flüstert die fiese Stimme in mir und mein Herz bricht ein ums andere Mal.

»Hör auf!«, fauche ich und sinke auf dem Waldboden zusammen, als all die Erinnerungen an damals wieder auf mich einstürzen.

An diese wunderschöne Nacht mit Markos und dann das eiskalte Erwachen, als ich erkannt habe, dass er nicht der ist, für den er sich ausgegeben hat. Dass ich einen Fremden in mein Bett gelassen habe, der dann auch einfach noch ohne ein Wort zu sagen, abgehauen ist. Mit meinem Herzen noch dazu.

»Verfluchtes Arschloch!«, knurre ich, während die Wut die Überhand gewinnt. Kurz wird sie abgelöst von der Angst, als ich erneut durchlebe, wie El Rojos Männer in meine und Gias Wohnung einbrechen. Als ich Gianas angstvolle Schreie höre, den Rauch rieche. Dann das splitternde Holz, als meine Tür eingetreten wird und sie mich mit sich zerren.

In den letzten Tagen habe ich gelernt, das, was danach folgt, auszublenden. Nicht mehr in den Abgrund aus Verzweiflung, Dunkelheit und Angst gesogen zu werden, der mich nur allzu nahe an den Rand meiner Beherrschung bringt.

Bei El Rojo hatte ich magische Fesseln, die eine Wandlung verhindert haben, aber hier ... Hier bin ich frei, wonach ich mich in den letzten zwei Jahren gesehnt habe.

Aber heute wünsche ich mir zum ersten Mal meine Fesseln herbei. Sie hätten aufhalten können, was sich von Sekunde zu Sekunde stärker in mir zusammenbraut. Es wird nicht mehr lange dauern, bis dieser Sturm in mir hervorbricht, meinen Körper schüttelt wie ein wütendes Sommergewitter und die zweite Wandlung meines Lebens einleitet.

Und ausgerechnet heute habe ich nicht die Kraft, die Wölfin in mir aufzuhalten. Sie ist zu wütend, auf mich, aber auch auf Jessica und Markos. Vor allem auf Markos, dass er mir das antun würde, nach all seinen Versprechungen.

Waren das nur leere Worte?, knurrt die Wölfin in meinem Inneren und drängt sich gegen die Mauern, die ich seit meiner ersten Wandlung so sorgfältig errichtet habe. Während meiner Gefangenschaft bei El Rojo sind sie brüchig geworden und die Zeit, die ich mit Markos und den Frauen des Rudels verbracht habe, haben die ersten Steine gelöst. Die Wölfin in mir wünscht sich nichts sehnlicher, als Teil dieses Rudels sein zu dürfen. Auch sie will frei sein.

»Aber ich weiß nicht, was du anrichten wirst«, wispere ich und stoße einen Schrei aus, als die erste Schmerzenswelle der Wandlung einsetzt. Keuchend gehe ich in die Knie, kippe zur Seite und hole hechelnd Atem, weil es sich so anfühlt, als wäre mein Brustkorb von etwas Schwerem eingedrückt worden.

»Bitte, bitte tu mir das nicht an, bitte«, flehe ich und Tränen tropfen auf den feuchten Waldboden. Steinchen und kleine Äste bohren sich in meine Haut, als ich mich auf den Rücken drehe und das letzte bisschen Willenskraft zusammenkratze, das mir geblieben ist. Es wird nicht ausreichen. Die Wölfin in mir ist zu stark, zu entschlossen.

»Bitte, ich will niemanden verletzen, bitte, tue das nicht«, wispere ich und werde von einer weiteren Schmerzenswelle überrollt. Mein Körper krümmt sich auf dem Waldboden zusammen. Die Haare verheddern sich im Unterholz, mein Kleid rutscht hoch, aber ich kann nichts tun, mich nicht bewegen. Die Schmerzen lähmen mich zu sehr.

»Nein!«, brülle ich und für den Bruchteil einer Sekunde gewinne ich die Kontrolle zurück. Schwer atmend setze ich mich auf, blicke mich um, um abschätzen zu können, wie weit ich von der Siedlung und vom Gasthaus entfernt bin. Ich möchte niemanden verletzen, aber die Lichter in einigen hundert Metern Entfernung verraten mir, dass ich viel zu nah dran bin.

»Louise!«, ertönt plötzlich Markos' tiefe Stimme und lässt mich in die entgegengesetzte Richtung herumfahren. Mit weit aufgerissenen Augen kommt er auf mich zu.

»Bitte, nicht er auch noch«, wispere ich und versuche, wegzukriechen. Ich will nicht, dass er mich so sieht. Ehrlich gesagt will ich diesen Lügner gar nicht mehr sehen.

»Verschwinde!«, kreischt die Wölfin und wirft ihm einen Ast in den Weg, bevor ich erneut in mich zusammensacke und ein schmerzhafter Ruck durch meinen Körper geht. Von der ersten Wandlung weiß ich, dass es noch Stunden dauern wird, bis es vollbracht ist. Stunden, die mich und meine Willenskraft weiter zermürben, bis die Wölfin gewonnen hat.

»Louise, ganz ruhig«, sagt Markos und denkt wohl nicht daran, auf den Befehl meiner Wölfin zu hören.

»Lass mich. Verschwinde«, wimmere ich und winde mich vor Schmerz. Scham mischt sich in den ohnehin schon intensiven Gefühlscocktail. Scham darüber, dass ich eine so furchtbar verkorkste Wölfin bin. Bei Jessica geht das sicher alles viel eleganter, während ich hier schreiend und schwitzend im Dreck liege, viele Stunden davon entfernt, zu einer mordenden Bestie zu werden.

»Nein, ich lass dich jetzt nicht allein«, flüstert Markos, als er neben mir in die Knie geht und mich auf seinen Schoß zieht. »Alles wird gut, Louise. Ich bin bei dir.«

Beruhigend streicht er über meinen Rücken und greift nach meiner unverletzten Hand, als die nächste Welle über mich hereinbricht.

Ich bin zu schwach, zu sehr von dieser Wandlung eingenommen, um zu protestieren oder gar abzuhauen. So peinlich es mir auch ist, dass er mich so sieht, ein winziger Teil von mir ist froh, dass er hier ist. Dass er mich festhält und leise auf mich einredet, statt sich mit Jessica zu vergnügen.

»Ich will nicht«, keuche ich und winde mich so heftig, dass ich ihm vom Schoß kullere. Krampfhaft bohre ich meine verletzte Hand in den Erdboden, damit ich den Halt nicht verliere. Den Schmerz in meiner Wunde spüre ich kaum noch.

»Schschsch, Louise«, wispert Markos und zieht mich sanft in seine starken Arme. »Kämpf nicht dagegen an. Das macht es hundertmal schlimmer und schmerzhafter.«

»Lügner!«, fauche ich und will weg von ihm, doch lässt er mich nicht gehen. Er greift nach meiner verletzten Hand und hält sie so, dass ich mir nicht noch mehr wehtun kann.

»Was ist nur mit dir geschehen, dass du dich so dagegen wehrst?«, höre ich ihn wispern, als er mit seinen Fingern über meine nackten Arme streicht. Sie fühlen sich kühl auf meiner überhitzten Haut an, dass ich wohlig aufseufze, bis ich wieder von dieser endlosen Qual geschüttelt werde.

»O Louise ...« Der Schmerz in Markos' Stimme, lässt mich aufblicken. Verschwommen nehme ich sein Gesicht wahr. Als ich die Hand nach ihm ausstrecke, spüre ich Nässe auf seinen Wangen. *Sind das Tränen?*

»Aber jetzt bin ich bei dir, Louise, hörst du?«, fährt Markos mit fester Stimme fort und drückt meine Hand. »Du bist nicht mehr allein damit, okay? Also, lass los. Ich bin hier.«

Seine Worte, die Liebe darin treiben mir die Tränen in die Augen. Nichts anderes habe ich mir gewünscht. Jemanden, der für mich da ist, der versteht, was ich durchmache. Wie sehr mir die Wölfin in mir zusetzt. Es tut so gut, dass ich vergesse, was ich auf der Lichtung gesehen habe. Dass eine leise Stimme in mir wispert, dass es vielleicht nur ein Missverständnis war.

»Lass los, Louise«, flüstert Markos und beugt sich vor, um mir einen Kuss auf die verschwitzte Stirn zu hauchen.

In diesem Moment gebe ich meinen Kampf auf und schenke Markos mein Vertrauen, obwohl ich noch immer nicht sicher bin, ob das eine gute Idee ist. Ob er mir in den letzten Tagen nicht doch die ein oder andere Lüge aufgetischt hat.

Aber er muss wissen, wovon er spricht, flüstert es in mir. *Er ist ein stolzer Werwolf, keine Stümperin wie ich.*

»Genau, Louise, lass los. Lass es zu«, flüstert Markos, als er die Veränderung in mir spürt. Als ich ruhig zu atmen beginne, auch wenn ich wieder von den Schmerzen überrollt werde.

»So ist es gut«, wispert er und streicht mir über den Arm.

Als ich mich auf den Rücken rolle und der Wölfin in mir das Kommando übergebe, lächelt Markos mich an. Selbst wenn sie sich wieder in diese Bestie wandelt ... Markos würde nicht zulassen, dass ich den Greys oder irgendwem sonst wehtue. Er wird mich stoppen, wenn ich durchdrehe. Er ist stärker als sie.

Und plötzlich ist alles ganz einfach.

Die Schmerzen werden schwächer, fühlen sich eher an wie ein ausgeprägter Muskelkater, der durch meinen Körper pulsiert, anstatt Knochenbrüchen überall in meinen Gliedern. Die lähmende Hitze verfliegt und mit einem Ratschen zerreißt das Kleid, gibt mein sandfarbenes Fell frei, als die Wandlung endlich abgeschlossen ist.

»Siehst du? War gar nicht so schlimm, oder?«, fragt Markos und streichelt mir sanft übers Fell. »Das hast du gut gemacht, Louise.«

Ich stoße ein Fiepen aus. Wäre ich noch in meiner menschlichen Gestalt, wäre ich vermutlich rot angelaufen.

Markos lacht leise und krault mir dann schweigend das Fell hinter den Ohren. Durch die Wandlung bin ich hundemüde, sodass ich kaum noch mitbekomme, wie ich mich später in seinen Armen zurückverwandle. Es tut nicht mehr weh, gleicht nur noch einem schwachen Ziehen. Und es ist sofort vergessen, als Markos mich hochhebt und fest an sich drückt.

»Ruh dich jetzt aus, Louise«, flüstert er an meinem Ohr und haucht mir einen Kuss aufs Haar. »Ich bring' dich zurück.«

KAPITEL 30
NUR NICHTS
ÜBERSTÜRZEN

MARKOS

Als ich Louise verschwitzt und voller Dreck zurück zum Halfway House trage, begreife ich, warum sie mich verstoßen hat. Der Kampf, den ich zwischen ihr und ihrer inneren Wölfin beobachten konnte, hat mir gezeigt, dass Louise diese Seite von sich nie zu akzeptieren gelernt hat. Sie so zu sehen, zu sehen, wie sehr sie dagegen ankämpft und sich quält ...

»Warum hat dir niemand gezeigt, wie besonders das alles ist?«, flüstere ich und spüre wieder Tränen in meinen Augen wie vorhin im Wald. Wenn sie all die Jahre gegen die Wölfin in sich rebelliert hat ... Ich mag mir nicht vorstellen, wie schwer das gewesen sein muss, wie schmerzhaft.

Ich weiß nicht, warum sie das getan hat. Vielleicht, weil sie das zu sehr an ihren Vater erinnert, oder weil sie niemanden hatte, der es ihr erklären konnte. Von Tante Alexia weiß ich ja, dass Louise ganz ohne Rudel, ohne diese Geborgenheit und den Rückhalt einer Wolfsgemeinschaft aufgewachsen ist.

Auch nur daran zu denken, dass sie all die Jahre auf sich allein gestellt gewesen ist, diese Seite an sich vielleicht sogar gehasst haben könnte …

»Es tut mir so leid, Louise«, wispere ich und spüre, wie sie sich gleich ein bisschen fester an mich presst. Ihrer ruhigen Atmung nach, scheint sie zu schlafen, aber ich will trotzdem, dass sie es weiß. Dass sie nicht länger allein ist.

»Wir passen jetzt auf dich auf und sind für dich da«, wispere ich, kurz bevor ich die Tür zum Gasthaus erreiche. Glücklicherweise sind die Greys entweder schon zu Bett gegangen oder zu beschäftigt, um uns eintreten zu hören. Und das ist wohl auch besser so, denn Louise hat ihre Privatsphäre verdient.

Als ich die Rezeption passiere, halte ich einen Moment inne. Ich will Giana nicht erschrecken, sollte sie sich schon hingelegt haben. Sie scheint noch immer große Angst zu haben. Heute Nachmittag oder vorhin, bevor Louise zu uns gekommen ist, habe ich es gesehen. Dank Cassie und Liz, mit denen sich Giana heute offenbar gut angefreundet hat, hat sie sich aber schnell wieder davon erholt.

Die beiden haben schwere Päckchen zu tragen, denke ich, als ich mir einen der Schlüssel schnappe und Louise zu einem freien Zimmer bringe. Zumindest Louise kann ich dabei helfen, nicht mehr gegen ihre Werwolfseite zu kämpfen. Ihr zu zeigen, wie man mit dem Wolf im Einklang leben kann.

»Jess hatte recht«, wispere ich, als ich Louise sanft auf dem Bett ablege. »Du passt perfekt zu uns.«

Das Segona-Rudel hat immer schon einsame Wölfe aufgenommen, egal ob sie ausgeschlossen wurden oder ihr Rudel bei einem Unfall oder Brand verloren haben. So ist Jessica bei uns gelandet und, soweit ich mich erinnern kann, war auch Tonys Großvater einst ein einsamer Wolf. Ähnlich wie mein Onkel Theo heute ist er durch America gestreift, bis er sich in Tonys Großmutter, einer Wölfin aus meinem Rudel verliebt hat.

Leise gehe ich in das angrenzende Badezimmer und danke Selena und Rose stumm dafür, dass sie sämtliche Gästezimmer mit reichlich frischen Handtüchern, Waschlappen und Seife ausgestattet haben. Ich schnappe mir einige davon, halte den weichen Wachschlappen unter lauwarmes Wasser, verreibe etwas Seife darauf und kehre damit zu Louise zurück.

Sie scheint zu erschöpft für ein Bad zu sein, aber ganz so mit Dreck und Schweiß beschmiert will ich sie nicht zurücklassen. Morgen wird sie mir dafür den Kopf abreißen, dass ich sie auch nur angefasst habe, aber das hält mich nicht davon ab, vorsichtig mit dem feuchten Lappen über ihre Haut zu streichen.

»Was ... machst du?«, seufzt sie nach einer Weile und räkelt sich gähnend auf ihrem Bett.

»Ich sorge dafür, dass du ja keinen Anschiss von Selena bekommst, weil du ihr so viel Dreck ins Haus getragen hast«, sage ich, ziehe meine Hände aber sicherheitshalber zurück. Ich werde aufhören, wenn sie es von mir verlangt, werde gehen, obwohl ich mich am liebsten neben sie gelegt hätte, um sicher zu gehen, dass ich sie nicht wieder verliere so wie damals.

»Danke«, wispert Louise und rollt sich zu mir auf die Seite. Blinzelnd sieht sie mich an, wirkt so, als wäre sie noch im Halbschlaf. »Dass du mich nicht hasst.«

Überrascht reiße ich die Augen auf. »Warum sollte ich dich hassen, Louise?«

Sie gähnt und drückt ihren Kopf zurück ins Kissen. »Weil ich eine so schlechte Wölfin ...«

Der Rest des Satzes geht in leises Schnarchen über, das mich grinsen lässt.

»Da irrst du dich«, wispere ich ihr ins Ohr und kann mich gerade noch zurückhalten, ihr einen Kuss zu geben.

Louise seufzt und zieht ihre Beine an die Brust.

So gern ich auch geblieben wäre, scheint sie ihren Schlaf zu brauchen. Also breite ich die Decke über sie aus, bringe die

Handtücher und den Waschlappen zurück ins Bad und kehre dann zur Siedlung zurück.

Auf dem gesamten Rückweg flehe ich die angebliche Magie des Halfway House an, dass sie mir meinen Wunsch gewährt. Dass das, was im Wald passiert ist, Louise in meinen Armen ... Dass das nun immer so sein würde.

Denn eines hat mir das alles gezeigt: dass Tante Alexia und Grandpa recht hatten. Mit Louise an meiner Seite, dem Glücksgefühl, das sie jedes Mal aufs Neue in mir auslöst, bin ich stark genug, sämtliche Herausforderungen zu meistern, angefangen mit dem Wiederaufbau unserer Siedlung.

Aber davor musst du unbedingt mit ihr darüber sprechen, schärfe ich mir ein. *Nur nichts überstürzen, Markos.*

KAPITEL 31
ALLES, WAS DIE WÖLFIN WOLLTE

LOUISE

Ich laufe durch einen schier endlosen Wald. Überall schießen riesige Bäume dem Himmel entgegen. Goldenes Sonnenlicht bricht durch das grüne Blätterdach, begleitet vom Zwitschern der Vögel und dem Schnattern einiger Eichhörnchen. Ich spüre das feuchte Moos und Gras unter meinen Füßen, höre hier und da einen Zweig brechen oder das Knarren der alten Bäume, wenn sie sich im lauen Sommerwind bewegen. Ihre Blätter flüstern leise, wann immer die Brise in meine Richtung weht und mich wohlig aufseufzen lässt.

Ich fühle mich frei, geborgen. Als gäbe es nichts mehr, das mich zurückhalten kann. Eine kindliche Freude breitet sich in mir aus und ich kann einfach nicht anders, ich renne los. Ohne Ziel, ohne Plan. Und es fühlt sich gut an, den Wald an mir vorbeiziehen zu sehen. Zu hören, wie ich Vögel und anderes Getier aufscheuche.

Erst als meine Lungen brennen halte ich inne. Ich stehe vor einem kleinen Tümpel, in dem Frösche umherschwimmen und hier und da ein lautes Quaken ausstoßen.

Weil meine Kehle brennt, beuge ich mich vor und mache einen erschrockenen Satz rückwärts. Denn im Wasser sehe ich nicht mein eigenes Spiegelbild. Nicht mein menschliches Gesicht mit den blassblonden kinnlangen Haaren.

Nein, es war das Gesicht meiner Wölfin, das mir entgegengeblickt hat. Und erst jetzt realisiere ich, dass ich nicht auf zwei Beinen durch den wunderschönen Wald gerannt bin, sondern auf vier Pfoten.

Wolfspfoten.

Ich habe mich verwandelt.

Dieser eine Gedanke hallt laut und panisch durch meinen Kopf und lässt mich aufschrecken. Der Wald verschwindet vor meinen Augen und macht einem dämmrigen Zimmer Platz.

Verwirrt blicke ich mich um, kann mich aber nicht daran erinnern, wo ich bin oder wie ich hier gelandet bin. Panisch springe ich aus dem Bett und muss entsetzt feststellen, dass ich nackt bin. Hier und da finden sich noch Schlammspuren auf meiner Haut, vor allem an meinen Händen und Füßen.

»Ich habe mich verwandelt«, wispere ich und mit einem Schlag kehren die Erinnerungen zurück. An gestern Nacht, als ich wütend in den Wald gelaufen bin. Als ich mich plötzlich nicht mehr unter Kontrolle halten konnte und …

Mit klopfendem Herzen lasse ich mich zurück aufs Bett fallen und massiere mir den Hals. Darin hat sich ein so dicker Kloß gebildet, dass ich das Gefühl habe, ersticken zu müssen.

Mein Blick fällt auf meine Handinnenfläche. Von der langen Wunde ist nichts mehr zu sehen. Earl Grey hatte recht. Durch die Wölfin ist sie schnell verheilt.

Ich habe mich verwandelt, hallt es durch meine Gedanken. Zum zweiten Mal habe ich die Kontrolle verloren.

»Aber diesmal …« Schnell springe ich wieder auf, eile zum Lichtschalter hinüber und suche meinen Körper dann nach Blutspuren ab. Nach Anzeichen, dass die Bestie in mir erneut zugeschlagen und jemanden verletzt oder gar getötet hat. Aber da ist nichts, nur ein bisschen getrockneter Matsch und der Geruch von Schweiß und Erde.

»Dann habe ich also nicht …?«, wispere ich und schließe die Augen, versuche, mich daran zu erinnern, was nach meiner Wandlung geschehen ist.

Beim ersten Mal habe ich mich nur an Bruchstücke erinnert und selbst die waren furchtbar verschwommen, als hätte ich nach einer durchzechten Nacht einen gigantischen Filmriss. Jetzt sehe ich den Wald in der Nähe der Segona-Siedlung aber gestochen scharf vor mir.

»Markos …«, stoße ich erschrocken hervor, als mir wieder einfällt, dass ich nicht allein war. Dass er bei mir war, den inneren Kampf gegen meine Wölfin gesehen hat, den ich nach all den Jahren zum ersten Mal verloren habe.

Ich schlucke und spüre wieder die Scham, die ich jedes Mal in Gegenwart von anderen Wölfen empfinde. Aber in meinen Erinnerungen hat Markos nicht enttäuscht gewirkt, sondern viel mehr überrascht, vielleicht sogar mitleidig.

»Und er hat mir geholfen«, wispere ich und gleite an der Wand auf den Boden. Er war es, der mir beigestanden hat, der mir geraten hat, nicht länger gegen die wilde Wölfin in mir anzukämpfen. Und er ist geblieben, hat sich um mich gekümmert und dafür gesorgt, dass ich niemandem wehtun kann, nicht dass ich überhaupt das Bedürfnis verspürt hätte.

Alles, was die Wölfin wollte, war, bei ihm zu bleiben. Mich an ihn zu schmiegen und seine Wärme zu spüren. Und Markos hat es zugelassen, hat mich sogar gestreichelt und ist bei mir geblieben, bis ich eingeschlafen bin.

»Aber wie bin ich dann hierher gekommen?«, murmele ich und blicke mich in dem fremden Zimmer um. Die Tapete ist die gleiche wie in Gias und meinem. Statt zwei Einzelbetten befindet sich hier nur eines, dessen weiße Laken zerwühlt und mit Matsch beschmiert sind.

Vage erinnere ich mich noch an Markos' Stimme, wie er gesagt hat, dass Selena mir den Kopf abreißen wird, wenn sie den Dreck sieht. Und da war etwas Nasses, Warmes auf meiner Haut. Vielleicht ein Waschlappen oder ein feuchtes Handtuch?

Mir kommen fast die Tränen, als mir klar wird, dass Markos versucht haben muss, den Schmutz abzuwaschen. Aber jetzt bin ich allein, auch wenn ich mir in dieser Nacht nichts mehr gewünscht hätte, als dass er bei mir bleibt.

Hast du denn schon vergessen, warum du dich überhaupt verwandelt hast?, flüstert die fiese Stimme in mir und lässt mich die Luft einsaugen. Meine Erinnerungen wandern zu dem Moment, als ich in die Siedlung zurückgekehrt bin. Daran, wie ich Markos so nah bei Jessica gesehen habe. So nah, dass sie sich fast …

Geküsst hätten, ganz genau, grummelt die fiese Stimme und plötzlich habe ich ein ums andere Mal das Gefühl, dass mir das Herz bricht. *Trotzdem sitzt du hier und fantasierst von einer Zukunft mit ihm. Wie blöd kann man nur sein, Louise?*

Kopfschüttelnd ziehe ich die Knie an die Brust und schließe die Augen. Hatte ich eine gemeinsame Zukunft mit Markos nicht längst ausgeschlossen?

»Wieso ist er mir dann überhaupt hinterher? Oder bei mir geblieben, nachdem ich …«, wispere ich, aber ich habe hier niemanden, der mir antworten kann. Markos ist fort und sonst weiß niemand, was in seinem Kopf vor sich geht, oder in seinem Herzen.

»Das macht doch alles keinen Sinn«, rufe ich aus und halte mir in der nächsten Sekunde die Hände vor den Mund. So düster, wie es hier im Zimmer ist, scheint es noch mitten in der Nacht zu sein. Ich will niemanden wecken und erst recht nicht auf mich und meine Wandlung aufmerksam machen.

Habe ich mich vielleicht doch geirrt?, schießt es mir durch den Kopf und mein Herz macht einen gewaltigen Satz, als neue Hoffnung in mir erwacht. *War das mit Jessica auch nur ein Missverständnis? Sind sie gar nicht …?*

Ernsthaft, Louise? Das wären ein paar Missverständnisse zu viel, grummelt die fiese Stimme und irgendwie hat sie recht.

Was auch immer das gestern Nacht war, ich sollte nicht zu viel hineinlesen, beschließe ich und stemme mich ächzend vom Boden hoch. Mein ganzer Körper schmerzt, aber mehr so, als hätte ich eines von Gianas Superworkouts durchgeführt. Es ist kein bisschen so schlimm wie nach meiner ersten Wandlung, als ich mich vollkommen gerädert gefühlt habe, so, als hätte man mir sämtliche Knochen gebrochen und dann falsch wieder zusammengesetzt.

Ja, es tut weh, aber es ist ein Schmerz, den man aushalten kann. Und der hoffentlich schnell vergeht, wenn ich mich ausgeruht habe und später unter die Dusche stelle. Dazu fehlt mir gerade noch die Kraft. Meine Knie sind wackelig und allein zum Bett zurückzukehren, treibt mir Schweiß auf die Stirn.

Schlaf ist die beste Medizin, denke ich und wickele mich in die Laken, schere mich nicht länger um den Dreck.

KAPITEL 32
OPERATION AHE

MARKOS

Als ich die Lichtung erreiche, sitzt Jessica als einzige noch am Tisch. Den Kopf hat sie auf die Tischplatte gelegt und für einen Moment meine ich, sie schniefen zu hören.

Hat sie etwa …?

Schnell eile ich auf sie zu, verdränge meine Sehnsucht nach Louise, um Jessica beizustehen.

»Was hat Marj gesagt?«, frage ich, als ich mich zu ihr setze.

Erschrocken fährt Jessica hoch und starrt mich an wie ein Reh im Scheinwerferlicht. »Markos?«

»Wer denn sonst?«, sage ich lachend und stupse sie in die Seite. »Du hast es ihr gesagt?«

»Mhm …« Offenbar lag ich falsch und Marj hat es nicht so gut aufgenommen, wie ich gehofft habe.

»Jess …«, setze ich an und strecke die Hand aus, doch genügt ein finsterer Blick von ihr, um sie wieder sinken zu lassen.

»Ich hatte noch keine Gelegenheit dazu«, gibt sie kleinlaut zu und lässt den Kopf hängen.

»Was? Aber ich dachte, du wolltest …«, setze ich an, doch hebt Jessica drohend den Finger.

»Du musst gerade reden, Mister«, murrt sie und stemmt die Hände in die Hüften. »Was machst du überhaupt hier? Warum bist du nicht bei Louise geblieben?«

»Sie schläft.«

»Und? Was ist das denn für eine blöde Ausrede, Markos?«, entgegnet Jess und schüttelt tadelnd den Kopf. »Jetzt wird sie dir erst recht aus dem Weg gehen. Wärst du bei ihr geblieben, dann würde sie vielleicht nicht denken, dass …«

»Was würde sie dann nicht denken?«, frage ich verwirrt, als sie nicht weiterspricht. »Jess, wovon redest du?«

»Männer!«, grummelt sie und seufzt frustriert. »Hast du dir mal überlegt, warum sie vorhin abgehauen ist, hm?«

»Warum sie vor …?«, stammele ich und rufe mir Louises Rückkehr zu uns in Erinnerung. Durch ihre Verwandlung habe ich völlig vergessen, warum ich ihr überhaupt gefolgt bin.

Entsetzt blicke ich Jess an. »Du meinst doch nicht etwa …?«

»Wahrscheinlich schon, so wie sie reagiert hat«, entgegnet sie und lacht leise. »Sie hat dich wirklich gern.«

»Mann, Jess, das ist nicht lustig«, knurre ich und zerbreche mir fieberhaft den Kopf, wie ich Louise das erklären soll, ohne ihr von Jess' Geheimnis zu erzählen.

Ich darf Louise nicht anlügen, denke ich und lasse den Kopf hängen. Ich habe ihr doch geschworen, ehrlich zu sein, auf sie zu warten. *Und jetzt denkt sie* das *von mir.*

Kein Wunder, dass sie sich so plötzlich verwandelt hat. Zu starke Emotionen lassen uns die Kontrolle verlieren, obwohl Louise sich geschworen hat, das nie zuzulassen.

»Entspann dich«, sagt Jessica und drückt mir tröstend den Arm. »Ich rede mit ihr und kläre das Missverständnis auf.«

»Ja, aber bist du denn bereit dazu?«, frage ich überrascht. »Bei Tante Marj hast du ja auch noch nicht …«

»Was hat sie bei mir nich'?«, erklingt Marjes raue Stimme. »Hast du etwa was zu verbergen, Mädchen?«

Drohend hat sie den Zeigefinger gehoben und humpelt ächzend auf uns zu. Ihre Augen sind glasig, wahrscheinlich weil sie ein bisschen zu viel Erdbeerschnaps erwischt hat.

»Tante Marj …«, flüstert Jessica mit erstickter Stimme und wirft mir hilfesuchend einen Blick zu.

Sorry, forme ich mit den Lippen und drehe mich dann zu ihrer Großtante um. »Jessica hat dir noch nicht erzählt, dass sie einen neuen Klienten ans Land gezogen hat.«

»Markos«, grummelt Jess und stößt mir den Ellenbogen in die Rippen. »Schluss damit.«

Marjes trüber Blick springt von Jessica zu mir und wieder zurück. »Was redet ihr zwei für'n Unsinn, hm? Womit is jezz Schluss? Die ham dich doch nicht gefeuert, oder?«

Energisch schüttelt Jess den Kopf und saugt tief die Luft ein. »Es hat nichts mit der Arbeit zu tun …«

»Ja, womit denn dann, hä? Muss man dir immer alles aus der Nase zieh'n?« Grummelnd hockt sich Marj auf einen Stuhl uns gegenüber und schenkt sich noch einen Schluck Schnaps ein. »Was is' jezz?«

Neben mir saugt Jess tief die Luft ein.

Weil ich spüre, dass sie ihr gleich die Wahrheit sagen wird, drücke ich unter dem Tisch aufmunternd ihrer Hand.

Du schaffst das, denke ich, als ich Jess zunicke und bete, dass all ihre Sorgen über Marjes Reaktion unbegründet waren.

»Du kennst doch Gillian, oder, Tante Marj?«, fragt Jess mit zittriger Stimme, bekommt den Satz kaum heraus.

»'türlich kenn ich die. Deine Mitbewohnerin«, murrt Tante Marj und legt dann den Kopf schief. »Is' ihr was passiert?«

»Sie ist nicht meine Mitbewohnerin«, presst Jess so schnell hervor, dass sie sich fast daran verschluckt.

»Hä? Is' sie ausgezogen, oder was?«, fragt Tante Marj.

»Nein, sie ist … Gillian ist meine Freundin«, platzt es aus Jessica hervor. »Wir sind zusammen.«

»Aha«, macht Tante Marj und greift nach ihrem randvollen Schnapsglas. »Und wie lang geht das schon?«

»Seit … ähm … Seit ein paar Jahren«, gesteht Jess und ihr Herzschlag ist so heftig, dass ich mir Sorgen um sie mache.

»Und davon erfahre ich erst jezz?«, ruft Tante Marj so laut, dass Jess und ich zusammenzucken. Panisch blicken wir uns um, doch bleibt es still in der Siedlung. Wahrscheinlich sind die anderen zu vollgefressen oder zu betrunken, oder beides.

Ächzend erhebt sich Marj und die Hälfte ihres Schnapses schwappt auf den abgeräumten Tisch. Tadelnd blickt sie erst mich und dann Jessica an.

»Bring sie her.« Bevor Jess noch etwas erwidern kann, kippt Tante Marj ihren Schnaps auf Ex runter und taumelt dann auf ihre Hütte zu.

»Ähm … okay?«, stammelt Jess und starrt ihrer Großtante mit hängenden Schultern hinterher.

»Lief doch besser als erwartet, oder?«, sage ich, als Tante Marj im Haus verschwunden ist.

Jessica schnaubt und zieht eine Augenbraue hoch. »Das nennst du besser als erwartet?«

»Marj ist wahrscheinlich nur beleidigt, weil sie es so spät erfährt«, sage ich und meine es auch so. »Wenn sie deswegen wütend wäre oder so, wüssten wir es längst. Mit Kontrolle hat sie es ja nicht so.«

»Sams Dad hat immer gescherzt, dass sie deswegen keinen Mann abbekommen hat«, sagt Jess leise lachend. »Weil sie ein loses Mundwerk hat und flucht wie ein Bierkutscher.«

»Da könnte er nicht ganz unrecht haben«, sage ich lachend und ziehe die Schnapsflasche zu uns heran. »Aber jetzt ist es wenigstens raus.«

»Ja, endlich«, seufzt Jessica und ein schwaches Lächeln erscheint auf ihren Lippen. »Danke, dass du da warst.«

»Klar doch«, sage ich und schenke Jess und mir ein Glas ein. »Und jetzt Glückwunsch!«

Mit erhobenem Glas proste ich ihr zu und Jess folgt meinem Beispiel. Als wir unseren Schnaps wie Tante Marj auf ex geleert haben, wird Jess' Lächeln breiter: »Ich hätte das schon so viel eher tun sollen.«

»Haben Sam und ich dir ja gesagt«, entgegne ich und stupse sie in die Seite. »Aber besser spät als nie.«

»Hört, hört!«, sagt Jess und schenkt uns beiden nach.

»Lieber nicht«, sage ich, als sie mir das volle Schnapsglas zuschiebt. »Ich brauche morgen einen klaren Kopf.«

»Weil du dich mit Louise aussprechen willst?«, fragt Jess und nun ist sie es, die mir aufmunternd die Schulter drückt. »Lass mich zuerst mit ihr reden, okay?«

»Ich weiß nicht, ob sie dir glauben wird«, murmele ich. So wie ich Louise kenne, wird es nicht leicht, sie zu überzeugen, dass schon wieder alles nur ein dummes Missverständnis war.

»Hast du nicht gehört? Ich soll Gilly herbringen«, sagt Jess und nickt in Richtung von Tante Marjes Haus. »Wenn Louise mir nicht glaubt, dann vielleicht ihr.«

Ich seufze. »Einen Versuch ist es wert.«

Jess nickt und wuschelt mir dann durchs Haar. »Du solltest dich trotzdem gut vorbereiten, Mister. Man weiß ja nie …«

»Mhm«, mache ich und reibe mir die Schläfen. Auch ohne übermäßigen Alkoholkonsum, wie ihn Tante Marj und der Rest des Rudels ihn an solchen Tagen betreibt, pocht mir der Kopf. *Vielleicht sollte ich Earls Rat nochmal 'ne Chance geben,* denke ich und sehe Tonys ramponierten Schreibblock vor mir. Keine Ahnung, ob mir dieses Mal wieder nichts einfallen will, aber etwas sagt mir, dass ich es versuchen muss. Dass es meine letzte Chance sein könnte, zu zeigen, wie viel sie mir bedeutet.

»Kannst du morgen nochmal kurz bei mir vorbeikommen, bevor du zu Louise gehst?«, bitte ich Jess, nachdem wir aufgestanden sind, um wie der Rest des Rudels ins Bett zu gehen.

»Klar, was gibt's?«, fragt sie und mustert mich neugierig.

»Ich hab' vielleicht was für sie, das du ihr geben solltest.«

»Uhh, etwa ein Geschenk?«, fragt Jess und wackelt mit den Augenbrauen.

»Würde ich jetzt nicht sagen«, murmele ich und reibe mir verlegen den Nacken. »Siehst du dann.«

»Okay, alles klar«, sagt Jess und grinst mich an. »Ich tue alles, damit *Operation AHE* ein Erfolg wird.«

»*Operation AHE*?«, frage ich verwirrt und sauge dann die Luft ein. »Was hat Cassie jetzt schon wieder vor?«

Schon als sie klein war, hat meine Schwester solche ach so geheimen Operationen gestartet, meistens um mir, Dad oder einem anderen Rudelmitglied Streiche zu spielen.

»*Alpha Happy End*«, sagt Jess lachend.

»Cassie!«, knurre ich. »Wenn ich dich in die Finger kriege!«

»Reg dich ab«, sagt Jess. »Es liegt einfach in der Natur von euch Segonas, euch in das Leben anderer einzumischen.«

»Ich misch' mich nicht ins Leben ...«

»Ach, wirklich nicht?«, fragt Jess mit hochgezogener Augenbraue und deutet erst auf sich und dann auf Marjes Hütte.

»Ja okay, vielleicht ein bisschen«, gebe ich grummelnd zu. »Aber ich bin schließlich auch der Alpha und ...«

»Ja, und selbst ein Alpha verdient es, glücklich zu sein«, entgegnet Jessica, wobei ihre Stimme einen scharfen Unterton annimmt. »Wann war das letzte Mal, dass du wirklich glücklich warst, Markos?«

Ich schlucke und wende den Blick ab, könnte ihr diese Frage sofort und ohne Zögern beantworten: in der Nacht, als ich Louise zum ersten Mal begegnet bin. Als ich beschlossen habe, dass darauf noch viele weitere folgen werden.

»Nach allem, was da zwischen euch gelaufen ist, kannst du jede Unterstützung gebrauchen«, sagt Jessica und verschränkt die Arme vor der Brust. »Also lass Cassie in Ruhe. Sie will euch nur helfen.«

Ich seufze und nicke. »Ihr habt ja recht.«

»Wie bitte, was?«, fragt Jess mit gespielter Überraschung. »Kannst du das nochmal sagen, Mister unabhängiger Alpha?«

»Geh schlafen, Jessica«, grummele ich und drehe mich zu meiner Hütte um. »Und denk an morgen früh.«

»Ja, ja, keine Sorge«, sagt Jessica und steuert auf Marjes Hütte zu. Wie immer, wenn sie zu Besuch kommt, schläft sie auf dem Sofa.

Vielleicht sollten wir eine neue Hütte bauen. Für Besucher, denke ich, denn Gillian wird sich sicher nicht mit dem Sofa zufrieden geben wollen.

Ich seufze und ziehe die Tür zu meinem Zuhause auf.

Das kann warten. Jetzt ist Operation AHE dran.

KAPITEL 33
BLÖDES MORGEN-
MUFFELHIRN!

Am nächsten Morgen erwache ich zu leisem Vogelzwitschern und dem erdigen Geruch nach Wald. Gähnend strecke ich mich auf meinem Bett aus und verziehe dann das Gesicht, als mir ein paar getrocknete Schlammkrümel in die Augen kullern.

»Hast du ernsthaft dadrin geschlafen, Lou?«, murre ich und stemme mich hoch. Die Schmerzen sind fast verklungen und ich fühle mich einigermaßen ausgeruht. Als hätte ich gerade ein großes, stressiges Event hinter mich gebracht.

Wenn Selena mir sowieso schon den Kopf abreißt, weil ich so viel Schmutz hereingetragen habe, kann ich hier auch noch schnell duschen, denke ich und kratze an den Matschspuren auf meiner Haut.

Giana sollte mich so nicht sehen. Sie weiß zwar von meiner Werwolfseite und dass ich beschlossen habe, sie so gut es geht zu ignorieren, aber wie schlimm das alles für mich ist ... Das konnte ich noch nicht einmal ihr anvertrauen.

Seufzend stehe ich auf und öffne die Badezimmertür. Sofort fällt mein Blick auf einen rosafarbenen Waschlappen auf der Handtuchstange. Der Dreck daran beweist meine Theorie, dass Markos versucht haben muss, die Spuren meiner Wandlung so gut es geht zu beseitigen. Auf dem Waschtisch finde ich neben einem ganzen Korb mit Seife, Shampoo und Duschgel auch flauschige Handtücher und einen Bademantel.

Sehr gut, dann muss ich nicht so durchs Gasthaus flitzen, denke ich und spüre, wie ich plötzlich rot werde.

Meines Wissens stören sich die meisten Werwölfe nicht an Nacktheit, das würde auch erklären, warum ich Markos so bei meinem Spaziergang begegnet bin. Für mich ist das alles aber Neuland und mir ziemlich unangenehm. Und wenn ich dann daran denke, dass er mich gestern so gesehen hat …

Mein Blick huscht kurz hinüber zum Waschlappen und ein Teil von mir wünschte, dass er mich noch auf andere Weise berührt hätte. Nicht nur, um den ganzen Schmutz fortzuwischen, sondern …

»Reiß dich zusammen, Louise«, sage ich mir und steige über den Badewannenrand. Schnell ziehe ich den Duschvorhang zu und drehe am Hahn. Keine fünf Sekunden später sprudelt mir das Wasser in einem eisig kalten Schwall entgegen.

Ich unterdrücke einen Aufschrei, als ich unter den Strahl trete und presse fest die Zähne zusammen, während ich darauf warte, dass das Wasser warm wird. Die Kälte bringt das ganze Hin und Her meiner Gedanken zum Schweigen, sodass ich in wunderbarer Ruhe den restlichen Schmutz abwaschen kann.

Als ich über eine halbe Stunde später aus der Dusche steige und mich im von Wasserdampf diesigen Bad abtrockne, fühle ich mich wie neu geboren.

Aber auch super hungrig, denke ich, als sich mein Magen mit einem forschen Knurren meldet.

Ich hülle mich in den weichen Bademantel und mache mich auf den Weg zur Küche. Nach der Grillparty werden die restlichen Bewohner des Halfway House sicher noch eine Weile schlafen, also macht es nichts, so herumzulaufen. Und Giana will ich um diese Zeit noch nicht wecken. Schon früher war sie um ihren Schönheitsschlaf bemüht, aber anders als ich ist sie bei dem kleinsten Geräusch hochgeschreckt. Wahrscheinlich war sie deswegen auch nicht mehr in ihrem Schlafzimmer, als El Rojos Leute in unsere Wohnung eingebrochen sind. Weil sie längst mitbekommen hat, dass etwas nicht stimmt.

Ich schlucke und verdränge diese schmerzhafte Erinnerung. Nach der angenehmen Ruhe, die mich in der Dusche eingehüllt hat, will ich dieses Gefühl noch etwas aufrecht erhalten. Es wird sicher nicht mehr lange dauern, bis mein Leben wieder im Chaos versinkt, spätestens wenn ich Markos gegenübertrete und daran erinnert werde, was für eine lausige Wölfin ich bin.

Anders als sonst ist die Küche heute leer. Fast fehlt mir der vertraute Duft nach frischem Kaffee und Rühreiern, der einen hier normalerweise begrüßt, sobald man morgens herunterkommt. Aber heute ist von Selena nichts zu sehen und Kaffee hat auch noch niemand gekocht.

»Ist ja mal was ganz was Neues, dass ich die Erste bin, die wach ist«, murmele ich lachend und linse in ein paar Küchenschränke, bis ich gefunden habe, wonach ich suche: Filter und Kaffeepulver, damit ich die Maschine in Gang bringen kann.

Während sie sich schnaufend und zischend an ihr Werk macht, spitze ich in den Kühlschrank und kann mir gerade noch so einen Freudenschrei verkneifen. Es ist tatsächlich etwas von Selenas Erdbeerkuchen übrig und ich habe nicht den leisesten Hauch eines schlechten Gewissens, als ich die Glasplatte heraushole und mir das größte Stück auf einen Teller lade. Zumindest will ich das, bis ich draußen auf dem Gang vor der Küche Schritte höre.

Selbst über den fruchtig-süßen Geruch des Kuchens hinweg, nimmt meine feine Nase sofort wahr, dass eine der beiden Personen ein Werwolf ist.

Keine Minute später tritt Jessica in die Küche, gefolgt von einer Frau, die ich bisher noch nicht kennengelernt habe.

»Also habe ich doch richtig gehört«, sagt Jessica, als sie mich am Ende der Küchentheke entdeckt. Ich bin wie erstarrt, denn plötzlich spielen sich wieder die Erinnerungen an den Moment in meinem Kopf ab, der doch überhaupt erst meine zweite Wandlung ausgelöst hat.

»Guten Morgen, Louise«, begrüßt mich Jessica mit einem freundlichen Lächeln und geht zu mir, als wäre alles in bester Ordnung. Als hätte sie gestern nicht versucht, Markos ...

Louise, Himmel! Reiß dich zusammen!, ermahne ich mich und schließe den Kühlschrank ein bisschen zu fest.

»Kuchen?«, frage ich, weil mir nichts Besseres einfällt und halte die Glasplatte hoch.

»Nein, danke, ich bin noch von gestern Abend satt«, sagt Jessica lachend und winkt ihre Begleiterin herbei.

»Das ist die Wölfin, von der ich dir erzählt habe, Gilly«, sagt sie und deutet auf mich, als wäre ich tatsächlich ein Tier und kein Mensch.

»Hmpf«, mache ich und wende beiden demonstrativ den Rücken zu.

Um mich zu beschäftigen und mich von meiner erneut aufkeimenden Wut abzulenken, checke ich die Kaffeemaschine. Enttäuscht muss ich feststellen, dass sie noch nicht einmal zur Hälfte durchgelaufen ist.

Es reicht mir ja schon, Jessica allein gegenübertreten zu müssen, aber ohne Kaffee und so früh am Morgen ...

Grummelnd stopfe ich meine Hände in die Taschen des Bademantels und fühle mich schrecklich fehl am Platz.

»Ähm ... Louise?«, erklingt Jessicas Stimme hinter mir.

Ich atme tief durch und schlucke meinen Ärger herunter. »Sorry, ich bin einfach kein Morgenmensch.«

»Ja, sieht man«, sagt Jessica lachend und nickt in Richtung der anderen Frau. »Gilly auch nicht.«

»Kommt mir nicht so vor«, grummele ich, weil die zierliche Rothaarige nicht wirklich den Eindruck macht, als wäre sie so grantig wie ich mich gerade fühle.

»Liegt daran, dass ich schon lange auf den Beinen bin«, sagt Gilly und stößt seufzend die Luft aus. »Um nicht zu sagen, die ganze Nacht.«

»Hmm«, mache ich bloß und wünschte, ich wäre einfach auf meinem Zimmer geblieben. Am besten hätte ich mich nach der Dusche nochmal hinlegen sollen, aber jetzt bin ich hier und mir will keine Ausrede einfallen, um von hier zu verschwinden.

Blödes Morgenmuffelhirn!

»Tut mir leid«, sagt Jess und zieht Gilly an sich. »Aber du wolltest ja unbedingt, dass ich ihnen von dir erzähle.«

Weil ich keinen blassen Schimmer habe, wovon die beiden reden, und auch keine Lust habe, sie danach zu fragen, drehe ich mich wieder nach der Kaffeemaschine um.

»Immer noch nicht fertig«, brumme ich, bleibe aber, wo ich bin. Vielleicht gehen sie dann wieder. Ich weiß sowieso nicht, warum die beiden um diese Uhrzeit ausgerechnet hier auftauchen müssen. Reicht es nicht, dass in der Segona-Siedlung jeder Lobeshymnen auf Jessica singt?

»Falls ihr Sel sucht, ich habe sie heute noch nicht gesehen«, sage ich zu den beiden und hoffe, dass das der Grund ist, weshalb sie hier sind. Und dass ich sie so auch endlich loswerde.

»So wie ich unseren Ash kenne, wird er sie noch eine Weile beschäftigt halten«, sagt Jessica grinsend und sogar Gilly lacht.

»Aber wir sind nicht wegen Selena hier«, sagt Jessica und berührt mich nun sachte an der Schulter. »Sondern, weil ich mit dir sprechen wollte, Louise.«

»Mit ... mir?«, frage ich und fahre zu ihr herum. Ein Teil von mir erwartet, auch in Jessicas Augen Eifersucht aufleuchten zu sehen. Dass sie mich jetzt mit meinen verdammten Gefühlen für Markos konfrontiert oder mir zu verstehen gibt, mich von ihm fernzuhalten.

Etwas an ihr lässt mich stutzen. Vielleicht ist es der Blick, den sie mit Gilly tauscht oder die Tatsache, dass sie Händchen halten. Etwas, das in meinem Kopf noch nicht zusammenpasst, aber mein Herz bereits zum Flattern bringt.

Heißt das etwa ...?

»Es tut mir leid, dass wir dich gestern ... ähm ... Na, du weißt schon«, sagt Jessica und kratzt sich mit der freien Hand am Kopf. »Ich wusste nicht, dass Markos und du ... Also, dass du so an die Decke gehen würdest deswegen.«

»Ich bin nicht an die Decke gegangen«, murre ich und balle die Hände zu Fäusten, weil die Wölfin sich wieder regt. Nach der Wandlung gestern Nacht hat sie geschwiegen, zufrieden in mir geruht, aber jetzt ...

»Sieht man«, entgegnet Gilly und zieht herausfordernd die Augenbrauen hoch.

»Gillian«, flüstert Jessica ihr mahnend zu, ehe sie sich mir zuwendet: »Das, was du gesehen hast ... So ist das echt nicht, Louise. Markos und ich sind nur gute Freunde, mehr nicht.«

Ich schnaube. »Ja, klar. Sah auch genauso aus.«

»Denke ich mir auch manchmal, aber es stimmt«, kommt es von Gilly, was ihr einen finsteren Blick von Jessica einbringt. »Was denn? Ist doch wahr!«

»Hör nicht auf sie und ihren schrägen Humor, sondern auf mich, okay?«, bittet Jessica mich und tritt einen Schritt vor. »Markos und ich sind Freunde und so wird es immer bleiben.«

»Mhm«, mache ich, glaube ihr aber kein Wort. Das bisschen Hoffnung, das in mir aufgekommen ist, ist schon verpufft. »Wenn du mir jetzt wieder mit der Story vom aufopferungsvollen Alpha kommst, spar dir den Atem. Hab' ich alles schon gehört und langsam kommt's mir zu den Ohren raus.«

»Gut, geht mir nämlich auch so«, sagt Jessica und klingt so, als würde sie es ernst meinen. »Ich finde, es wird Zeit, dass Markos einen Schritt zurücktritt und sich mal um sein eigenes Leben kümmert.«

»Und was hat das jetzt mit mir zu tun, hm?«, murre ich und zucke zusammen, als die Kaffeemaschine ein tiefes Schnaufen ausstößt und sich dann mit einem leisen Klicken abschaltet.

»Endlich!«

»Ich glaube nicht, dass du so bei ihr weiterkommst, Jess«, sagt Gilly. Sie klingt belustigt, was meine Laune noch mehr in den Keller sinken lässt.

»Sieht so aus«, murmelt Jessica. Ich höre, wie sie hinter mir tief durchatmet, ehe sie mich an der Schulter packt und zu sich und ihrer Begleiterin umdreht. »Ich hab' ganz vergessen, euch einander vorzustellen.«

Na, und?, denke ich, verkneife mir aber einen Kommentar. Es ist noch viel zu früh, um mich zu streiten und so wie mich Gilly anguckt, scheint es genau darauf hinauszulaufen, wenn ich nicht vorsichtig bin. Diesmal habe ich keinen Markos in meiner Nähe, der mir bei meiner Wandlung beistehen kann.

»Louise, das ist Gillian, meine Freundin«, sagt Jessica mit einem Blick, als wäre das eine ganz besondere Nachricht.

»Mhm«, mache ich bloß und nicke Gillian oder Gilly oder wie auch immer zu, bevor ich mich umdrehe, um mir endlich einen Kaffee einzuschenken.

Jessica räuspert sich. »Meine feste Freundin.«

Für einen Moment glaube ich, mich verhört zu haben. Mir fällt die Tasse fast aus der Hand, als ich begreife, was sie da gerade gesagt hat.

»Ja, wir sind zusammen, guck nicht so überrascht«, murrt Gillian, als ich mich zu den beiden umdrehe und begreife, was mein Herz vorhin schon verstanden hat: dass wirklich kein Grund zur Eifersucht besteht.

»Sorry ...«, murmele ich, weil ich nicht weiß, was ich sagen soll. So wie Jessica aussieht, einerseits erleichtert aber auch panisch, scheint dieses Geständnis eine große Sache zu sein.

»Markos und Sam sind die Einzigen, die von uns wussten«, erzählt Jessica und plötzlich sprudeln die Worte nur so aus ihr hervor, was ich von ihr gar nicht gewohnt bin. Mir kam sie eher ruhig und beherrscht vor.

»Ich hatte große Angst, es dem Rudel zu erzählen«, gesteht Jessica und wirkt plötzlich traurig. »So etwas kommt nur sehr selten vor und Tante Marj ...«

Ich nicke, kann mir schon vorstellen, wieso sie sich davor gefürchtet hat. Die alte Wölfin kann ziemlich grantig werden, wenn ihr etwas nicht passt. Was ich bisher so mitbekommen habe, ist Marj wohl Jessicas Tante und neben Sam ihre einzige lebende Verwandte.

»Sam, aber vor allem Markos haben mir dauernd ins Gewissen geredet«, fährt sie fort und Gillian lacht leise.

»Aber es hat trotzdem drei Jahre gedauert, bis sie deinen Dickschädel durchdrungen haben«, sagt sie und klopft Jessica gegen die Stirn.

Jessica lacht zwar, doch sehe ich auch Tränen in ihren blaugrauen Augen glänzen. Es muss schwer für sie gewesen sein.

»Markos hat den Grillabend auch wegen mir organisiert«, schließt Jessica und zuckt mit den Schultern. »Und fast hätte ich diese Gelegenheit wieder nicht genutzt.«

»Und als ihr gestern ...«, setze ich an, als ich allmählich begreife, was wirklich passiert ist.

»Da wollte er mich aufheitern und dazu bringen, es Tante Marj zu erzählen«, sagt Jessica nickend und bringt sogar ein schwaches Lächeln zustande. »Was ich dann auch gemacht habe.«

»Hat ja auch echt lange gedauert«, murmelt Gillian, grinst dabei aber Jessica an, als wäre sie stolz darauf, dass sie endlich über ihren Schatten gesprungen ist.

»Ich wollte dich wirklich nicht verärgern oder so«, beteuert Jessica. »Markos und ich sind wirklich nur gute Freunde.«

»Glaub mir, ich war am Anfang auch ziemlich eifersüchtig«, wendet Gillian ein und diesmal verschwindet die Belustigung aus ihrem Blick. »Werwölfe halt.«

»Hey, stopf uns nicht alle in einen Sack«, murrt Jessica, aber insgeheim muss ich Gillian recht geben. Die Werwölfe des Segona-Rudels scheinen sich alle sehr nah zu stehen. Da bin ich froh, dass ich nicht die Einzige war, die dadurch auf falsche Gedanken gekommen ist.

»Jedenfalls tut es mir leid, dass du das dachtest, Louise«, sagt Jessica und streckt mir ihre Hand hin. »Vergibst du mir?«

»Wenn das so ist ...«, seufze ich und nicke. »Gibt's da gar nichts zu vergeben, eher müsste ich mich entschuldigen.«

Kopfschüttelnd wende ich mich ab, weil ich spüre, wie mir die Hitze in die Wangen schießt. »Meine Güte, wie peinlich ist das denn!«

»Ach was, ich finde es irgendwie süß«, sagt Jessica und legt mir ihren Arm um die Schultern.

»Süß?«, frage ich und will mich von ihr losmachen, aber sie ist stärker.

»Extrem süß, alle beide«, sagt sie kichernd und kramt dann in ihrer Jackentasche. »Hier. Das hat Markos mir für dich mitgegeben.«

»Markos?«, frage ich und starre auf das Bündel gefalteter Zettel. »Noch mehr Briefe?«

»Noch mehr?«, fragt Jessica verwundert und drückt mir die Zettel in die Hand, als ich sie nicht sofort annehme.

»Cassie hat auch schon ...«, murmele ich und frage mich, was damit überhaupt passiert ist.

»Typisch Segonas, können es einfach nicht abwarten, sich einzumischen«, sagt Jessica lachend und klopft mir auf die Schulter. »Gib ihm noch 'ne Chance, okay?«

Ich schlucke und streiche über das verknitterte Papier in meinen Händen, bringe aber keinen Ton heraus. Dafür ist der Kloß in meinem Hals schon wieder viel zu groß.

»Markos wartet am Pavillon auf dich«, fügt Jessica hinzu und nickt in Richtung der vergitterten Kellerfenster. »So wie ich ihn kenne, notfalls auch den ganzen Tag. Also lass ihn ruhig ein bisschen schmoren, wenn du magst.«

Jessica grinst mich an und ich kann nicht anders, ich muss sie einfach in die Arme nehmen, weil ich in diesem Moment so überwältigt bin von dem Glücksgefühl, das durch mich hindurchbrandet. »Danke.«

»Wofür denn?«, fragt Jessica und blickt mich ein bisschen überrumpelt an.

»Dass du mir die Wahrheit gesagt hast«, entgegne ich mit Tränen in den Augen. Kurz fliegt mein Blick zu Gillian hinüber, die sich meine Kaffeetasse geschnappt hat. »Das war bestimmt nicht leicht.«

»Leichter als ich dachte, jetzt da Marj Bescheid weiß«, murmelt Jessica und seufzt tief. So wie sie die Schultern hängen lässt und meinem Blick ausweicht, scheint es mit ihrer Tante nicht so gut gelaufen zu sein.

»Ich kenne sie zwar noch nicht so lang, aber sie wird schon damit fertigwerden«, sage ich und drücke Jessicas Schulter aufmunternd. »Wenn ich eines über euer Rudel gelernt habe, dann dass ihr jeden ohne Wenn und Aber bei euch willkommen heißt. Auch eine lausige Werwölfin wie mich.«

»Du bist doch keine lausige Werwölfin«, sagt Jessica entrüstet und schüttelt den Kopf. »Wie kommst du denn darauf?«

Ich seufze und zucke mit den Schultern. »Ist 'ne längere Geschichte.«

»Dann erzähl sie mir ein andermal, okay? Ich will unseren Alpha nicht zu lange warten lassen«, sagt sie und drückt die Hand, mit der ich Markos’ Brief festhalte.

»Wolltest du ihn eben nicht noch ein bisschen schmoren lassen?«, frage ich lachend, verstehe aber, was sie meint. Und ehrlich gesagt bin ich froh, dass sie mich nicht hier und jetzt dazu drängt, darüber zu reden. Es ist schwer genug, dass ich Markos dieses Geheimnis anvertraut habe, wobei es auch da noch so viel zu erklären gibt.

»Hier, dein Kaffee und Kuchen«, sagt Gilly, die das Knurren meines Magens wohl nicht länger ignorieren konnte. Sie reicht mir einen Teller mit dem größten Stück und eine Tasse randvoll mit Kaffee.

»Und wir lassen dich jetzt allein, damit du deinen Brief in Ruhe lesen kannst«, fügt Jessica hinzu und führt mich mit Gilly zum Esstisch am gegenüberliegenden Ende der Küche.

»Außerdem haben wir ja selbst noch ein unangenehmes Gespräch vor uns ...«, murmelt Gillian und zum ersten Mal, seit ich sie kennengelernt habe, wirkt sie tatsächlich ängstlich.

»Ihr schafft das«, sage ich und umarme die beiden spontan. »Und ich drücke euch hier die ganze Zeit die Daumen.«

»Ich hatte recht«, höre ich Jessica murmeln, als sie mit ihrer Freundin die Küche verlässt. »Sie passt wirklich perfekt zum Rudel.«

Als ich das höre, geht mir das Herz auf. Es ist genau das, was ich immer wollte, aber die alten Zweifel bleiben und die Angst, nicht gut genug zu sein, steckt einfach zu tief in mir drin.

»Erstmal Frühstück, Louise«, sage ich mir und lege Markos’ Brief neben meinem Teller ab. »Dann schauen wir weiter ...«

KAPITEL 34
FÜR EINE ZWEITE CHANCE

MARKOS

Seit ich Jess heute Morgen meinen Brief für Louise übergeben habe, bin ich ein nervöses Wrack. Ich habe keine Ahnung, ob Louise überhaupt schon wach ist. Von unserer gemeinsamen Nacht weiß ich, dass sie einen ziemlich tiefen und vor allem auch langen Schlaf hat. Damals dachte ich, dass mir das zugutekommen würde, wenn ich ihr Frühstück mache, um ihr zu erzählen, wer ich wirklich bin und warum ich mich als Ryan Brightcliff ausgegeben habe.

Und am Ende ist alles ganz anders gekommen, als ich es mir vorgestellt habe, denke ich und spüre noch immer den Schmerz, der mich seit Louises Entführung heimsucht. Aber da ist auch Schuld, weil ich kaum etwas unternommen habe, um nach ihr zu suchen. Weil ich mich zu sehr um mein Rudel gekümmert und sie aus den Augen verloren habe.

Aber ich habe sie niemals vergessen. Die Erinnerung an sie ist eine meiner glücklichsten, aber auch schmerzhaftesten.

Und Louise jetzt wieder bei mir zu haben ... Ein Teil von mir hält das alles noch immer für einen viel zu schönen Traum.

Hoffentlich gibt Jess ihn ihr direkt, denke ich und will mir gar nicht ausmalen, welche Sprüche ich mir anhören müsste, wenn mein Brief in die falschen Hände gerät. Dorian würde ihn sicher sofort lesen und sich später darüber lustig machen, wie schwülstig und schmalzig sich das doch alles anhört.

»Wobei Dorian gerade nicht wirklich Dorian ist«, murmele ich und erinnere mich an gestern Abend. Er ist zwar mit Galina zum Grillen gekommen, hat aber kein Wort gesagt und Löcher in die Luft gestarrt. Ihn scheint wirklich irgendetwas schwer zu beschäftigen, und das bereitet mir fast genauso viel Sorge wie Louises Reaktion auf meinen Brief.

Hat Dorian was Beunruhigendes in der Zukunft gesehen?, schießt es mir durch den Kopf und sofort muss ich an den Rift im Garten denken. Daran, dass schon einmal etwas Bedrohliches hindurchgekommen ist.

»Aber dann hätte Do doch was gesagt, oder?«, murmele ich und versuche, die Beunruhigung zu unterdrücken. Mit Louise habe ich schon mehr als genug Sorgen, mehr als genug Gründe, nervös zu sein.

»Earl und Ash werden sich schon darum kümmern«, sage ich mir und nicke. Außerdem sind die Greys nun nicht mehr allein. Sie haben Rose wieder, aber auch Selena, Kitty, Galina und Al, die aus dem Gasthaus nicht mehr wegzudenken sind.

Und sollte es wirklich so weit kommen, werden mein Rudel und ich ihnen beistehen, Cora, Dale und die restlichen Eternal Survivors sicherlich auch, denke ich und entspanne langsam. Das sind weit mehr Leute als die Greys beim ersten Angriff zur Verfügung hatten, vor allem wenn das Institut in den nächsten Tagen weitere Verstärkung schickt. Das war der Deal nach El Rojos Angriff auf das Halfway House.

»Warum dauert das denn so lange?«, grummele ich, als die ersten Sonnenstrahlen über die Grey-Ländereien wandern. Ich hätte etwas mitnehmen sollen, um mich zu beschäftigen, ein Buch vielleicht oder die Tageszeitung. Vor lauter Nervosität hätte ich mich aber wahrscheinlich sowieso nicht auf die Worte konzentrieren können. Sollte Louise schlafen, kann es noch Stunden dauern, bis sie herkommt.

Wenn sie herkommt, melden sich meine Selbstzweifel, doch kämpfe ich sie sofort zurück. Meine Hoffnung ist seit letzter Nacht stärker geworden. Warum sonst hätte Louise so die Kontrolle verloren, wenn sie keine Gefühle mehr für mich hat? Es muss ihre Eifersucht gewesen sein, zwar völlig unbegründet, aber so stark, dass sie sich nicht hat zurückhalten können.

Das hat mich in dieser Nacht dazu getrieben, endlich einen vollständigen Brief an sie zu schreiben und alle Gefühle, die ich für Louise empfinde hineinzupacken.

Jetzt erschaudere ich, wenn ich an manche Textzeile denke und wünschte, ich hätte sorgsamer auf meine Worte geachtet, aber jetzt ist es zu spät. Der Brief ist längst im Halfway House und bald schon in Louises Händen. Bis sie ihn gelesen und eine Entscheidung getroffen hat, werde ich hier im Pavillon auf sie warten, notfalls auch den ganzen Tag.

Ob das mit dem Probemonat wirklich eine gute Idee war?, frage ich mich nun, während ich wieder und wieder den Inhalt meines Briefs vor mir sehe. Ich weiß, dass Louise gerade noch ganz andere Probleme hat als unser Date von vor zwei Jahren und was danach aus uns hätte werden können. Ein Teil von mir fürchtet, sie mit meinen Gefühlen zu überrumpeln, aber es musste einfach gesagt werden, sonst wäre ich bald geplatzt.

Louise einen Monat Bedenkzeit zu geben, während wir uns wieder annähern können, schien mir der beste Kompromiss.

Und wenn sie danach noch immer Zweifel hat ..., denke ich und seufze.

Der Gedanke daran, sie gehen zu lassen, tut mir im Herzen weh, aber auch das habe ich ihr versprochen.

Dann habe ich wenigstens alles versucht, um aus dieser zweiten Chance doch noch etwas zu machen, denke ich und hoffe, dass auch Louise uns noch eine Chance gibt.

»Aber wo bleibt sie denn?«, brumme ich, nach einer endlos langen Ewigkeit, in der ich nichts gehört habe bis auf Vogelzwitschern und das Rauschen des Windes in den Blättern. Keine Schritte, kein aufgeregter Herzschlag. Keine Louise.

Noch nicht, sagt der hoffnungsvolle Teil in mir, aber je mehr Zeit verstreicht, umso schwächer wird er. Denn es besteht auch die Chance, dass sie nicht auftaucht. Dass sie den Vorschlag, es zumindest zu versuchen, von vornherein ausschlägt.

Auch das muss ich akzeptieren, denke ich, aber noch ist nichts verloren. Der Tag ist noch lang und ich kann warten, egal wie qualvoll sich jede einzelne Sekunde anfühlt.

Louise ist mir das mehr als wert.

Als es allmählich auf die Mittagsstunden zugeht und es auf den Ländereien der Greys immer wärmer wird, gerät aber auch das letzte bisschen Hoffnung ins Wanken. Mir ist schwindelig und schlecht, einerseits vor Nervosität, andererseits, weil ich heute Nacht nur ein paar Stunden Schlaf bekommen habe.

Vielleicht war es doch keine so gute Idee, so mit der Tür ins Haus zu fallen, denke ich und wünschte, ich hätte nicht all meine Gefühle in diesen verdammten Brief gepackt. Ich hätte Louise einfach nur um eine Aussprache bitten sollen, anstatt ihr mein Herz auszuschütten wie ein liebeskranker Teenager.

»Gib's zu, Markos …«, murre ich und lasse verdrossen den Kopf hängen. »Du hast's vermasselt.«

Gerade will ich genug Durchhaltevermögen sammeln, um auch den Rest des Tages zu überstehen, da nähern sich mir Schritte.

Erst halte ich es für bloße Einbildung, meine schon fast, zu träumen, nachdem ich durch den Schlafmangel so müde bin. Aber als ich abrupt aufstehe und mir dabei die Schulter am Geländer des Pavillons anhaue, spüre ich den Schmerz ganz deutlich. Das muss echt sein.

Sie kommt!, wispert es in mir, während mein Herz zu rasen beginnt und ich sehr zu meiner eigenen Scham ganz schwitzige Hände bekomme.

Mann, du benimmst dich echt wie ein verliebter Teenager, denke ich und bin froh, dass ich niemandem außer Jess erzählt habe, wo ich auf Louise warten werde. Am Ende hätten sich die anderen im Gebüsch versteckt und genauso gespannt gewartet, ob Louise auftaucht oder nicht.

Aber jetzt ist sie gleich hier, denke ich und steige die Stufen zum Weg hinunter. Meine Knie sind ganz wacklig, sodass ich mich am Geländer des Pavillon festklammern muss, um nicht das Gleichgewicht zu verlieren.

Die Schritte werden lauter, halten tatsächlich auf mich zu, sodass ich es einfach nicht länger erwarten kann. Ich stolpere über den Weg und folge dem Geräusch, bis ich ein Geflecht aus wilden Rosen und Eichenbäumchen umrundet habe.

Doch, als ich die Besucherin sehe, die zweifelsohne auf dem Weg zum Pavillon war, lässt mich die Enttäuschung fast mitten auf dem Weg zusammenklappen.

»Welche Laus ist dir denn über die Leber gelaufen,?«, fragt Rose und hebt ächzend ihre Gießkanne an.

»Keine ...«, sage ich und schlurfe mit hängenden Schultern zum Pavillon. Gerade eben habe ich mich noch so gefreut, aber jetzt ... Jetzt wird die Angst doch wieder stärker, dass Louise gar nicht kommen wird.

»Ah, diese Laus ...«, sagt Rose grinsend und bleibt auf dem Weg stehen. »Also ist *Operation AHE* im vollen Gange?«

»Nicht du auch noch!«, stöhne ich und wende den Blick ab, weil ich spüre, wie ich rot anlaufe. Wie viele Leute wissen mittlerweile von Cassies geheimer Mission?

»He, du kannst jede Unterstützung brauchen, oder nicht?«, entgegnet Rose und piekst mich in die Seite, ehe sie ihre Gießkanne aufnimmt und mir den Rücken zukehrt. »Ich wollte ja eigentlich die Rosen da drüben düngen, aber die können noch einen Tag warten.«

»Warten …«, grummele ich und seufze. Ich weiß nicht, wie lange ich diese Ungewissheit noch durchhalten kann.

»Soll ich mal vorsichtig nachfragen, ob sie ihn schon gelesen hat?«, fragt Rose und mustert mich mit weit aufgerissenen Augen und einem Lächeln, das mich an Cassie erinnert, wenn sie wieder etwas ausheckt.

»Bloß nicht«, sage ich und schüttle energisch den Kopf.

Beschwichtigend hebt Rose die Hände. »Okay, okay …«

»Aber … Heißt das, sie hat den Brief schon bekommen? Ist sie schon wach?«, sprudeln die Fragen aus mir heraus, bevor ich sie zurückhalten kann. Am liebsten hätte ich mich geohrfeigt, weil ich so verzweifelt klinge, aber Rose scheint Mitleid mit mir zu haben.

»Ja, schon lange«, sagt sie und dreht sich in Richtung des Gasthauses um. Von hier aus sieht man gerade mal das dunkle Dach, das vor ein paar Wochen noch einige Löcher hatte. »Vorhin habe ich sie damit auf der Terrasse gesehen …«

»Aber wenn sie ihn bekommen hat … Warum ist sie dann noch nicht hier?«, jammere ich leise und wünschte, ich könnte im Boden versinken, als mich Roses belustigter Blick trifft.

»Vielleicht will sie dich ja ein bisschen schmoren lassen«, sagt sie und ihr Grinsen wird breiter. »Jess hat erwähnt, dass ihr gestern Nacht ein großes Missverständnis hattet …«

»Kann man so sagen«, murre ich und seufze.

Mir hätte gleich klar sein sollen, dass meine Freundschaft zu Jess für Verwirrung sorgen könnte.

War bei Gillian ja nicht anders, denke ich und erinnere mich noch zu gut an den Moment, als ich sie zum ersten Mal getroffen habe. Jess und ich waren zu einem Kaffee in Arcania verabredet. Damals wusste ich noch nichts von den beiden, bis Gillian uns zufällig entdeckt und die Kontrolle über ihre Magie verloren hat. Ich glaube, der Cafébesitzer hat ihr Hausverbot noch immer nicht aufgehoben, nachdem Gilly die Hälfte seiner nagelneuen Sonnenschirme mit ihren Kräften vernichtet und sämtliche Gäste vertrieben hat.

»Ist ... ähm ... Jessicas Gast schon da?«, frage ich, als sich Rose zum Gehen wendet. Nach Jess' Geständnis gegenüber Marj wollte sie die beiden so schnell wie möglich miteinander bekannt machen, aber ich frage mich, ob nicht jetzt Gillian kalte Füße bekommen hat.

»Louise meint schon«, sagt Rose mit einem Schulterzucken. »Sie ist wohl ganz früh über die Portaltür angekommen.«

Ich nicke und drücke die Daumen, dass ihr Besuch bei Tante Marj besser verläuft, als Jessicas Geständnis gestern Abend. Ich bin zwar noch immer der Meinung, dass Marj es ganz gut aufgenommen hat, aber sicher kann man sich bei der grantigen Werwölfin nie sein.

»Schmor mal schön weiter«, sagt Rose lachend, dann ist sie verschwunden und ich stehe wieder allein und verloren mitten auf dem Weg zwischen Pavillon und Halfway House.

Seufzend drehe ich mich um und kehre an meinen Platz auf den frisch gestrichenen Stufen zurück. Al hat kurz nach Roses Wiederbelebung sein handwerkliches Können genutzt, um den Pavillon wieder herzurichten. Seitdem wuchern die Rosen an den filigranen Holzspalieren wie verrückt, als würden auch sie sich über dieses Geschenk freuen.

Irgendwann, als mir allmählich der Hunger zu schaffen macht, nähern sich mir wieder Schritte. Nicht langsam und stetig wie bei Rose, sondern so schnell wie der Schlag meines Herzens. Als ich Louise auf dem Weg auftauchen sehe, angestrahlt von der hellen Sommersonne, als wäre sie ihr Spotlight, kann ich es im ersten Moment gar nicht glauben.

»Louise?«, wispere ich und springe von den Stufen auf.

Sie strauchelt kurz, als kämen ihr nun doch Zweifel. Aber sie ist hier, keine zehn Meter von mir entfernt. Ihr Herz schlägt mindestens genauso aufgeregt wie meins.

»Markos«, höre ich sie schluchzen, dann rennt sie los und wirft sich mir in die Arme. »Markos ...«

Ihre dünnen Finger krallen sich in mein Hemd, während sie sich an mich presst, als wären wir zwei Ertrinkende in einem endlosen Ozean.

»Louise«, presse ich hervor und senke den Kopf, bis sich unsere Blicke treffen. »Du ... Du bist hier?«

Obwohl ich sie in meinen Armen spüre, ihre Hitze auf der Haut, kann mein Verstand noch immer nicht ganz begreifen, dass sie gekommen ist. Dass sie sich für uns entschieden hat, für eine zweite Chance.

Mit zitternden Fingern fahre ich ihr Gesicht nach, streiche ihr sacht über Wangen, Nase und Lippen, wie um mich zu vergewissern, dass sie wirklich da ist. Und als mein Gehirn endlich in Gang kommt, rauscht ein unbändiges Glücksgefühl durch mich hindurch und lässt mich laut auflachen.

»Du bist wirklich hier«, sage ich und drücke sie noch fester an mich, will sie nicht mehr gehen lassen, auch wenn ich tief in mir weiß, dass noch lange nicht alles ausgestanden ist. Dass noch einiges zwischen uns steht, angefangen mit dem, was ich gestern Nacht im Wald beobachtet habe. Ihr innerer Kampf gegen ihre Wölfin.

»Ja«, wispert Louise und schnieft leise. »Ich bin hier.«

Tränen strömen ihre Wangen hinab, als sie meinen Blick sucht und sich ihre Lippen zu einem Lächeln verziehen.

So überglücklich, wie ich auch bin, kann ich den Drang, sie hier und jetzt zu küssen, gerade noch unterdrücken. Nur weil sie jetzt hier ist, müssen wir es nicht so sehr überstürzen wie noch in unserer ersten Nacht.

Jetzt haben wir einen Monat, denke ich und streiche ihr eine verirrte Strähne aus dem Gesicht. *Und danach vielleicht den Rest unseres Lebens.*

Louises Lächeln wird breiter, fast wie damals, bevor El Rojo ihr Leben zerstört und das Feuer mir und meinem Rudel alles genommen hat. Es ist so wunderschön, dass ich wünschte, ich besäße Dorians Talent fürs Zeichnen. Oder mein Handy, um ein Foto zu machen. Damit ich nie vergesse, wie erleichtert und froh ich mich in diesen wenigen Minuten gefühlt habe. So lange, bis Louises Lächeln verblasst und sie sich abrupt von mir losmacht.

»Lou... Louise?«, frage ich mit erstickter Stimme.

»Es tut mir leid«, presst sie hervor, den Rücken zu mir gedreht, sodass ich ihr Gesicht nicht länger sehen kann.

»Was ...? Was tut dir leid?«, frage ich. Panik steigt in mir auf wie ein Geysir, der plötzlich zum Leben erwacht.

Sie ist gekommen, um dir eine Abfuhr zu erteilen, flüstert es in mir und plötzlich bin ich wie erstarrt. Schmerzhaft zieht sich mein Herz zusammen, sodass ich mich am Geländer des Pavillons abstützen muss, um nicht in die Knie zu sacken.

»Es tut mir leid, dass ich eine so eifersüchtige Idiotin war«, presst Louise hervor. »Ich weiß gar nicht, was in mich gefahren ist, Markos. Das ... So bin ich eigentlich nicht. Ich ... Ich ...«

Ich brauche einen Augenblick, um zu begreifen, was Louise gesagt hat. »Das ... Das heißt, du servierst mich nicht ab?«

»Dich abservieren?«, fragt sie überrascht und schüttelt den Kopf. »Ich dachte eher ... Ich dachte, du würdest mich ... Na, weil ich mich wie eine verrückte Furie benommen habe und dann die Wandlung und ...«

»Niemals«, presse ich hervor und ziehe Louise zurück in meine Arme. »Ich würde dich niemals absevieren, Louise. Ich dachte, das hätte ich in meinem Brief klargemacht.«

»Ja, aber ...«, setzt sie an, doch lege ich ihr einen Finger auf die Lippen und schüttle den Kopf.

»Kein Aber«, entgegne ich und blinzele gegen die Freudentränen an, die mir in den Augen brennen. »Fuck, Louise! Ich dachte gerade echt ...«

»Dann wäre ich doch nicht hergekommen«, entgegnet sie mit einem Lachen, hat aber selbst Mühe gegen ihre Tränen anzukommen.

»Okay ...«, wispere ich und nicke. »Gut, dass wir das geklärt haben.«

Louise schnaubt und plötzlich ist da wieder dieses Lächeln auf ihren Lippen, das mein Herz zum Rasen bringt. »Und du ... Also, du bist deswegen nicht sauer, oder so?«

»Weswegen?«, frage ich perplex, weil mir tausend Gründe einfallen, weshalb ich gerade nicht sauer auf sie bin.

»Na, weil ich gestern so ... so ausgetickt bin«, sagt sie und senkt verlegen den Blick.

Nun schnaube ich amüsiert und kann mir ein Grinsen nicht mehr verkneifen. »Im Gegenteil. Mir hat das sogar gefallen.«

»Wie bitte?«, fragt Louise und schon im nächsten Moment hat sie mir ihren Finger in die Seite gestoßen. »Ich glaube, ich hab' mich verhört.«

Schallendes Lachen bricht aus mir hervor, als hätte ich es jahrelang zurückgehalten. Das ist die Louise, in die ich mich verliebt habe. Die Louise, die mich auch Jahre später noch in meinen Träumen heimsucht und endlich wieder vor mir steht.

»Hey, das ist nicht witzig, Markos!«, knurrt sie und gibt mir einen Klaps, was mich nur noch heftiger Lachen lässt. So arg, dass ich mich verschlucke und einen Moment lang keine Luft mehr bekomme.

»Geschieht dir recht«, kommentiert Louise grimmig, muss dann aber selbst lachen.

»Du hast mir echt gefehlt, Louise«, gestehe ich, als ich mich wieder einigermaßen beruhigt habe. Und obwohl ich fürchte, dass es zu schnell zu viel sein könnte, ziehe ich Louise zurück in meine Arme und hauche ihr einen Kuss auf die Stirn.

»Du mir auch«, flüstert Louise und legt den Kopf an meine Brust.

Ich weiß nicht, wie lange wir so vor den Stufen des Pavillons stehen, aber von mir aus hätten es noch zehn weitere Stunden sein können. Irgendwann macht sich Louise jedoch von mir los und ich lasse sie, wie ich es ihr versprochen habe. Nach allem, was sie durchgemacht hat, will ich sie nicht überfordern. Nicht, dass ich sie dann erneut verliere.

Das könnte ich nicht ertragen, denke ich und doch weiß ich, dass ich mein Versprechen einhalten werde, sollte Louise sich gegen uns entscheiden.

»Aber ich ...«, setzt Louise an und streicht sich fahrig durch ihre kurzen Haare. Mittlerweile sind sie wieder fast so dunkelblond wie damals, als ich sie im *Howling Wolf* zum ersten Mal gesehen habe. Noch ein Zeichen mehr, dass sie sich erholt.

Aber noch ist nicht alles ausgestanden, erinnere ich mich und stopfe die Hände sicherheitshalber in die Taschen meiner Jeans. Sonst könnte ich mich bei unserer nächsten Berührung vielleicht nicht mehr zurückhalten.

»Ich sollte das nicht ...«, stammelt Louise und wieder verschleiern Tränen ihre hellgrauen Augen. »Ich bin nicht gut genug ... für dich.«

»Was?«, frage ich entsetzt und habe das Gefühl, mir hätte gerade jemand in den Magen getreten. *Das hat sie doch jetzt nicht ernsthaft gesagt, oder?*

»Ich bin … keine gute Wölfin und du … Du …«, presst sie hervor, wobei jedes Wort eine furchtbare Qual zu sein scheint, so wie sie das Gesicht verzieht und ihre Stimme zittert. »Was werden die anderen sagen, wenn sie … wenn sie sehen, wie verkorkst ich bin?«

»Was redest du denn da, Louise?«, frage ich und ziehe sie wieder an mich. »Das ist doch totaler Unsinn.«

»Aber du hast doch … Du hast doch gesehen, was gestern passiert ist, als ich … als ich …«, schluchzt Louise und versucht, sich von mir loszumachen, aber ich lasse sie nicht.

»Louise«, flüstere ich und umfasse ihr Kinn, damit sie mich ansieht. »Du bist alles, was ich jemals wollte.«

Ungläubig starrt sie mich an und versucht, den Kopf zu schütteln, aber ich war noch nicht fertig: »Du bist alles, was ich jemals wollte. Und noch so viel mehr.«

»Aber …« Ihre Stimme ist kaum mehr als ein Wispern, sie zittert am ganzen Körper, windet sich in meinen Armen, auch wenn ihr die Sehnsucht ins Gesicht geschrieben steht.

»Komm«, flüstere ich und greife nach ihrer Hand, um sie hinter mir herzuziehen.

»Was …? Wohin gehen wir?«, fragt Louise, als sie mir folgt.

»Ich muss dir was zeigen«, sage ich und sehe das verkohlte Land vor mir, das einst mein Zuhause war. Unsere Zukunft dort scheint mir nun nicht mehr ganz so aussichtslos, vielleicht auch, weil ich Louise an meiner Seite habe.

Aber es gibt noch so viel, was ich ihr sagen muss, damit sie weiß, worauf sie sich einlässt, angefangen mit dem furchtbaren Geheimnis, das ich seit dem Brand mit mir herumschleppe.

KAPITEL 35
ALLER GUTEN
DINGE SIND DREI

LOUISE

Es ist gerade mal zehn Minuten her, dass ich den Garten des alten Gasthauses betreten habe. Nicht, um zu Markos zu gehen und ihm somit seine Antwort zu geben, sondern um meinen verdammten Kopf freizubekommen. Denn darin herrscht das reinste Chaos, seit ich seinen Brief nach langem Zögern gelesen habe. Und nicht bloß einmal.

Die Gefühle darin ... Dass jemand jemals etwas Derartiges für mich empfinden könnte, hätte ich nicht erwartet. Und doch habe ich es schwarz auf weiß vor mir.

Aber was hält dich dann zurück, Louise?, flüstert es in mir, doch kenne ich die Antwort darauf nicht. Es ist zu viel, zu viel Zweifel, zu viel Angst. Dass das alles nur ein schöner Traum ist, aus dem wir beide bald erwachen, wenn Markos merkt, dass bei mir doch nicht alles so rosig ist, wie ich die Leute glauben mache. Wenn er merkt, wie sehr ich die Wölfin in mir hasse, obwohl das seit gestern Nacht etwas nachgelassen hat.

Ich wollte einen Spaziergang machen, um den Kopf freizubekommen. Eigentlich hatte ich vor, den Pavillon zu meiden, doch während ich mit meinen Gedanken und Selbstzweifeln beschäftigt gewesen bin, haben mich die Füße genau dorthin getragen, bis ich seine Nähe spüren konnte. Ein Stromschlag ist durch meinen Körper gefahren, hat mich innehalten lassen, weil ich es erst gar nicht glauben wollte.

Aber da war er, auf den Stufen des Pavillons, mindestens genauso überrascht über mein Auftauchen wie ich selbst.

Jetzt stehe ich mit Markos Hand in Hand vor einer efeuumwucherten Backsteinmauer mitten im Wald. Vor uns ist ein Durchbruch im Mauerwerk, sodass wir auf die andere Seite spähen können. Große Flusskiesel liegen dort verstreut und dichtes, saftiges Grün erstreckt sich, so weit ich sehen kann. Das Plätschern eines Flusses ist so laut, als stünden wir nur einige Meter entfernt.

Das Knistern von Magie in der Luft lässt mich erschaudern. Durch Markos weiß ich, dass sie von der Mauer ausgeht, der Grundstücksgrenze der Grey-Ländereien.

Markos macht einen Schritt darauf zu. »Komm, wir sind gleich da.«

Einen Moment lang zögere ich, aber was auch immer er mir zeigen will, es scheint ihm wichtig zu sein. Und er ist aufgeregt, wie sein laut schlagendes Herz beweist. Ich schlucke meine Angst, das Halfway House zu verlassen, herunter und steige gemeinsam mit Markos über die Mauer.

»Hier entlang«, sagt er und führt mich über einen kaum sichtbaren Trampelpfad auf den Ausgang aus dem Dickicht zu. Das Rauschen des Wassers wird lauter und kurz darauf stehen wir an einem steinigen Ufer eines schmalen Flusses. Eine alte überdachte Holzbrücke führt hinüber auf die andere Seite. Doch statt noch mehr saftiges Grün erwartet uns dort ein graues Brachland.

Markos braucht mir nicht zu sagen, wo er mich hingebracht hat. Die schwarzen Stämme, die hier und da in dem Himmel ragen, die Kohle, die den Boden bedeckt, sprechen für sich. Das ist sein Territorium. Der Ort, der kurz nach meiner Entführung in Flammen aufgegangen ist.

»O Markos«, wispere ich und ziehe ihn an mich. Obwohl der Waldbrand mittlerweile fast zwei Jahre zurückliegt, spüre ich instinktiv, wie sehr ihm dieser Anblick noch immer zusetzt. Wie schwer dieser Verlust auf Markos' breiten Schultern wiegt.

Einen Moment lang versteift Markos sich in meinen Armen, scheint sich sogar von mir losmachen zu wollen, doch als ich ihm sanft über den Rücken streiche, ist es, als würde etwas in ihm brechen. Die Fassade des entschlossenen Alphas fällt in sich zusammen und darunter kommt der trauernde Sohn zum Vorschein, der hier innerhalb kürzester Zeit alles verloren hat. Sein Zuhause, seinen Vater, und seine Hoffnung.

Die Jahre bei El Rojo waren hart und aussichtslos, aber auch Markos hat Schlimmes durchgemacht. Und insgeheim leidet er noch immer furchtbar.

Ich spüre seine Tränen auf dem Stoff meines Kleids, als er seinen Kopf darin verbirgt und die Emotionen rauslässt, die er so lange in sich angestaut hat. Denn, da bin ich mir mehr als sicher, seinem Rudel hätte er das nie gezeigt. Für sie ist er stark geblieben, aber hier mit mir ...

Mein Herz macht einen Satz, als ich begreife, wie sehr er mir vertraut. So sehr, dass er mir einen Blick hinter seine Fassade gewährt.

»Eines Tages ...«, bringt er heiser hervor und löst sich von mir. »Wird auch hier wieder Wald stehen.«

»Da bin ich mir sicher«, sage ich und drücke seine Hand.

Schweigend drehen wir uns zum Brachland jenseits der Brücke um und starren auf den verkohlten Boden.

»Und es hat schon angefangen«, sage ich überrascht, als ich das kleine bisschen Grün zwischen angesengten Zweigen und dunkler Erde hindurchspitzen sehe.

»Ja«, wispert Markos und dreht sich zu mir um. »Endlich.«

Mit zitternden Fingern streicht er durch mein Haar und allmählich bildet sich ein Lächeln auf seinen Lippen, auch wenn in seinen grünen Augen noch immer die Trauer steht.

»Und ich hätte dich gerne dabei, wenn wir es wieder aufbauen«, wispert er, als er seine Hand an meine Wange legt und mir tief in die Augen blickt.

Im Brief hat er zwar einen Probemonat vorgeschlagen, aber das hier, dieser Wunsch geht weit darüber hinaus. Es wird vermutlich noch Jahre dauern, bis hier die ersten Bäume Wurzeln fassen. Aber der Gedanke daran, es ihnen gleich zu tun, hier mit Markos und seinem Rudel zu leben … Tränen brennen mir in den Augen und ich wende mich von ihm ab.

»Wünsch dir das lieber nicht, Markos«, presse ich hervor, als die Selbstzweifel wieder über mir zusammenbrechen. »Du weißt nicht, was für ein furchtbarer Mensch ich bin, mit einem noch furchtbareren Geheimnis.«

»Dann sind wir ja schon zu zweit«, sagt er und lässt sich mit einem Seufzen auf einem Steinquader am Flussufer nieder.

»Was?«, frage ich verwirrt und drehe mich zu ihm um.

»Es gibt etwas, das du noch nicht über mich weißt«, gesteht Markos und seine Stimme ist so schwer, dass sie ihm beinahe versagt. »Aber es ist nur fair, es dir zu erzählen, bevor du deine Entscheidung triffst.«

»Was redest du da?«, frage ich kopfschüttelnd. Ich kann mir nicht vorstellen, dass er ein so schreckliches Geheimnis hütet wie ich.

»Das, was ich dir jetzt erzähle …«, setzt er an und bringt die Worte kaum heraus. »Niemand weiß davon. Nichtmal Cassie oder Tante Alexia.«

»Markos, du musst nicht ...«, sage ich und hebe die Hände. Ich bin nicht die richtige Person dafür. Es wäre falsch, wenn ich noch vor seiner Familie oder seinem Rudel davon erfahre.

»Doch, Louise«, wispert er und lässt den Kopf hängen. »Ich muss es dir erzählen.«

So wie er es sagt ... Er klingt so verzweifelt und niedergeschlagen, dass ich gar nicht anders kann, als mich zu ihm zu setzen und Markos in den Arm zu nehmen.

Rasselnd holt Markos Luft. Seine Kiefer mahlen, während er offenbar seinen gesamten Mut zusammennehmen muss, um mir davon zu erzählen.

»Ich hatte einen Bruder, Alec«, beginnt er. Seine Stimme ist so leise, dass das Rauschen des Flusses ihn fast übertönt.

»Ich weiß«, sage ich und erinnere mich an mein Gespräch mit Sam, aber auch daran, was Markos mir über unser erstes Treffen im *Howling Wolf* erzählt hat. Dass ein Streit mit Alec ihn dorthin geführt hat.

»Alle denken, Alec wäre beim Waldbrand gestorben«, fährt er fort und schüttelt heftig den Kopf. »Aber sie wissen nicht ... Sie wissen nicht, was er ...«

Ein Laut kommt Markos über die Lippen, halb Schluchzen, halb wütendes Knurren. Ich spüre, wie aufgewühlt er ist, wie kurz er vor einer Wandlung steht, sollte er sich und seine Gefühle nicht unter Kontrolle bekommen. Alles, was ich tun kann, ist das, was Markos gestern gemacht hat: Ihm beruhigend über den Rücken streichen, seine Hand halten und zuhören.

»Louise ...«, wispert er und ein heftiger Stromschlag fährt durch meinen Körper, wie immer, wenn er mich beim Namen nennt. Zögerlich nimmt er mein Gesicht in seine Hände, hält den Blick fest auf mich gerichtet, auch wenn er von weiteren Tränen verschleiert ist. »Er war es. Alec ist für den Brand verantwortlich.«

»Wa...?« Überrascht hole ich Luft. »Dein Bruder ...?«

Mit einem Schniefen wendet Markos den Blick ab und nickt. Eine Hand ruht noch immer an meiner Wange, die andere hat er zur Faust geballt. »Als er gehört hat, wie unsere Vorfahren für unser Territorium gekämpft haben … Seitdem versucht er, das Rudel dazu zu bringen, unser Revier auszuweiten.«

Ich nicke, weil Markos mir das schon erzählt hat.

»Aber wieso das Feuer?«, frage ich und runzele die Stirn, weil ich mir das nicht erklären kann.

Markos zuckt mit den Schultern. »Er wollte nicht, dass es so außer Kontrolle gerät und die Schuld einem anderen Rudel zuschieben, um …«

»Um eures anzustacheln?«, frage ich entsetzt.

Markos nickt, sagt aber nichts mehr. Braucht er auch nicht, wenn ich ihm doch ansehe, was in ihm vorgeht. Wie wütend und verzweifelt er deswegen ist.

»Ich hasse ihn dafür«, knurrt er und schlägt mit der Faust so fest auf seinen Oberschenkel, dass ich sie schnell packe und ihn davon abhalte, sich noch mehr wehzutun. »Aber ich … Ich mache mir auch Sorgen um ihn.«

Ganz langsam hebt Markos den Kopf und sieht mich an, als fürchte er, ich könnte ihn dafür verurteilen. Obwohl ich selbst nie Geschwister hatte, kann ich es nur zu gut verstehen.

»Er ist dein Bruder, deine Familie.« So war es auch immer mit mir und meinem Vater. Egal welchen Mist er gebaut hat, ich habe mir immer Sorgen um ihn gemacht, tue es noch.

»Es tut mir leid, dass ich es … dass ich dir erst jetzt davon erzähle«, presst Markos hervor und sieht so aus, als würde ihm das alles Höllenqualen bereiten. »Ich hätte es dir früher sagen sollen, vor dem Brief und …«

Kopfschüttelnd lege ich ihm einen Finger an die Lippen, wie er es vorhin im Garten des Halfway House bei mir getan hat. »Es ist okay, Markos. Ich verstehe dich.«

Sachte lasse ich die Hand an seiner Wange hinabgleiten, an seinem Hals, bis sie auf seinem wild pochenden Herzen zum Liegen kommt. »Und ich weiß, dass du ein guter Mensch bist.«

»Du bist es auch, egal was du denkst«, sagt er und umfasst wieder mein Kinn, damit ich ihn ansehen muss. »Ich weiß, du verdrängst die Wölfin aus irgendeinem Grund, aber Louise … Das ändert nichts daran, was ich für dich empfinde. Ich will, dass du das weißt, okay?«

Nun bin ich es, der die Tränen kommen. Ich will mich von ihm abwenden, aber Markos umfasst mein Gesicht und sieht mich so liebevoll an, dass mir ganz schwindelig wird. »Egal, was es ist, Louise. Du kannst es mir sagen.«

Ich nicke, weiß das längst, und doch zögere ich, ihm diese hässliche Seite von mir zu zeigen. Selbst jetzt, da Markos mir sein Geheimnis anvertraut hat, mir gezeigt hat, wie sehr er mir vertraut, bringe ich es kaum über mich.

Es wird Zeit, das gleiche zu tun, sage ich mir und schließe die Augen. Ich kann Markos nicht ins Gesicht sehen, während ich ihm von meinem Kampf mit meiner Wölfin erzähle. Von meiner Angst, meiner Scham und dem Hass, den ich ihr gegenüber so viele Jahre empfunden habe.

Schon als kleines Kind habe ich mich gegen die Vorstellung gewehrt, eine Werwölfin zu sein, spätestens, seit ich herausgefunden habe, dass meine Mutter mich deswegen verlassen hat.

»O Louise«, flüstert Markos und zieht mich in seine Arme, als mein Körper von heftigen Schluchzern geschüttelt wird.

Ich denke nicht viel an meine Mutter, kann mich ja nicht einmal an sie erinnern. Ich weiß nicht, wie sie heißt oder wie sie aussieht. Ein Foto habe ich nie von ihr gesehen und mich doch so oft gefragt, ob sie die gleichen blonden Haare hat wie ich. Oder ob ich die grauen Augen von ihr habe.

Aber wenn ich es zulasse, wenn diese alten Gefühle in mir aufsteigen, reißen sie an mir wie ein eisiger Winterwind in New

York. Dann gibt es kaum etwas, das mich aus diesem dunklen Loch der Verzweiflung wieder herausholt. Bis ich Markos getroffen habe.

Nun spüre ich seine Wärme, spüre seine starken Arme um meinen bebenden Körper und komme schneller zurück, als ich es für möglich gehalten habe. Seine Nähe lindert den Schmerz, bis es nur noch ein dumpfes Pochen ist. Mit Markos an meiner Seite, brauche ich nicht mehr in die Vergangenheit zu blicken, denn instinktiv weiß ich, dass er meine Zukunft sein wird.

Aber vorher musst du es ihm sagen, dränge ich mich. Allein die Aussicht, ihm mein schlimmstes Geheimnis anzuvertrauen und ihn zu enttäuschen, vielleicht sogar zu verlieren …

Ich muss es tun, sage ich mir. Wenn jemand verstehen kann, was ich durchgemacht habe, dann Markos.

»Das, was du gestern gesehen hast … Die Wandlung …«, presse ich hervor und werde von ihm gleich noch ein bisschen fester umarmt. »Es war meine zweite.«

»Deine zweite?«, fragt Markos und die Überraschung ist nicht zu überhören. »Aber wie …?«

Ich zucke mit den Schultern, vermeide es, ihn anzusehen. »Ich sagte doch, dass ich eine gute Selbstbeherrschung habe.«

»Louise …«, brummt er, denn er scheint zu spüren, dass das nur die halbe Wahrheit ist.

»Ich habe sie all die Jahre unterdrückt, weil …«

Ich will es ihm sagen, will Markos von dieser furchtbaren ersten Wandlung erzählen, auch wenn ich mich so sehr dafür schäme und hasse, aber der dicke Kloß in meinem Hals lässt mich einfach nicht. Die Worte bleiben mir in der Kehle stecken und schaffen es nicht hinaus.

»Schon okay«, flüstert Markos und streicht mir beruhigend über den Rücken. »Lass dir Zeit.«

Ich nicke und ziehe die Nase hoch, weil ich Rotz und Wasser heule, aber es muss raus. Das weiß ich. Und ich weiß auch, dass es mir danach besser gehen wird. Dass ich mich dann nicht mehr vor ihm verstecken muss.

»Ich habe jemanden dabei getötet«, presse ich hervor und schließe die Augen, weil ich die Enttäuschung oder die Abscheu in seinem Blick nicht sehen will. Niemand weiß, was ich getan habe, weil ich mich vor diesem Moment gefürchtet habe. Davor, was ich in ihren Gesichtern lesen würde, sobald ich es laut ausspreche.

»Drei Wanderer«, füge ich noch leiser hinzu und will mich von ihm abwenden, doch er hält mich fest.

»Erzähl mir davon, Louise«, bittet er, seine Stimme warm und verständnisvoll, als hätte ich gerade gestanden, als rebellische Teenagerin Nagellack geklaut zu haben und nicht …

Es dauert eine schiere Ewigkeit, bis ich mich wieder so weit beruhigt habe, dass ich weitersprechen kann. Was auch immer die Wahrheit über meine Taten in Markos auslösen wird, ich muss es ihm erzählen. Wie er vorhin sagte, ist es nur fair, wenn er auch die dunkelsten Erinnerungen meines Lebens kennt.

Ich erzähle ihm nur das Nötigste, kann mich sowieso kaum an etwas erinnern. Einzig das Blut ist mir im Gedächtnis geblieben und selbst jetzt kann ich es noch riechen.

»Und es war in der Nähe von Halston Creek bei Roanoke?«, fragt er, nachdem ich verstummt bin. »Vor etwa zehn Jahren?«

»Ungefähr, ja«, murmele ich, ohne aufzublicken.

»Und es waren drei Wanderer?«, bohrt Markos nach, klingt drängend, als wäre es ungemein wichtig, all diese Fakten zu wiederholen.

»Das haben sie in den Nachrichten gesagt«, presse ich hervor und für den Bruchteil einer Sekunde höre ich das Echo des Nachrichtensprechers in meinen Gedanken, spüre die Panik, die mich ergriffen hat, als ich mich nackt und blutüberströmt ins Haus meiner Großmutter geschlichen habe. Zu verängstigt und beschämt, um ihr unter die Augen zu treten.

»Warum kommt mir das nur so bekannt vor …?«, murmelt Markos und ich höre, wie er über seinen dunklen Dreitagebart streicht, während er nachdenkt.

»Du … hast davon gehört?«, frage ich und muss schlucken. Heißt das, mein Ausraster damals hat es bis in die magische Welt geschafft?

»Ja, ich glaube … Ich glaube, mein Dad hat davon erzählt«, sagt Markos und nickt langsam. Ich spüre es mehr, als dass ich es sehe, denn erneut verwischen Tränen meine Sicht. »Er war da noch Ranger im Auftrag der Regierung von America und Halston Creek ist nur ein paar Meilen von hier entfernt.«

Ich sage nichts, mein Kopf ist plötzlich ganz leer. Nur dieses Grauen, das mich seitdem erfüllt, diese entsetzliche Angst vor mir selbst, ist geblieben und lässt meinen Körper erzittern. Die Wölfin in mir beginnt zu rebellieren, aber noch bin ich stark genug, doch wird sich das ändern, sobald ich in Markos' Augen blicke. Sobald ich sehe, dass auch er mich für schuldig hält.

»Ich kann mich deshalb noch daran erinnern, weil es selten solche Angriffe auf Wanderer gibt«, fährt Markos nachdenklich fort und zieht dann scharf die Luft ein. »Aber Louise … Das war damals kein Wolf.«

»Was?«, frage ich und ein Schwall Luft entweicht mit einem Schlag meinen Lungen.

»Es war kein Wolf, da bin ich mir ganz sicher«, wiederholt Markos und umfasst wieder mein Kinn. »Es war ein Bär, kein Wolf und erst recht kein Werwolf.«

»Nein, ich bin mir sicher«, wispere ich und versuche, den Blick abzuwenden. »Ich war es. Woher soll sonst das ganze Blut kommen und …«

»Ich beweis' es dir«, sagt Markos fest entschlossen und lässt mich los. Ein Teil von mir will wegrennen vor der Wahrheit, die ich gerade mit ihm geteilt habe, doch wüsste ich nicht, wie ich ohne ihn zurück ins Halfway House kommen soll.

»Aber wie?«, wispere ich und schüttle den Kopf.

Mit einem aufmunternden Lächeln hält Markos sein Handy hoch und tippt dann etwas in die Suchmaschine ein.

Halston Creek, getötete Wanderer.

Viele Ergebnisse spuckt die Suchmaschine nicht aus, aber der erste Artikel kommt vom Datum her ungefähr hin.

»Nach Untersuchung durch den Gerichtsmediziner sollen die Wanderer von einem Bären getötet worden sein, nachdem sie ihre Vorräte nicht sachmäßig verstaut hatten«, liest er eine Passage laut vor und klingt so, als hätte er gerade den heiligen Gral entdeckt. »Andere Wildtiere können Experten aufgrund von Kratzmustern und Spuren am Fundort ausschließen.«

»Sie können sich irren«, wispere ich und lasse gar nicht erst zu, dass die Hoffnung in mir erwacht. Dass sich der Gedanke in mir einnistet, er könnte recht haben und ich unschuldig sein. »Das erklärt nicht das viele Blut.«

»Wahrscheinlich hast du Hunger bekommen und ein Reh oder so gerissen. Das kommt schon mal vor«, sagt Markos und drückt sanft meine Hand. »Vor allem wenn man unerfahren ist wie du damals, geht das mitunter blutig aus.«

»Nein, ich ...«, presse ich hervor und schüttle den Kopf. So gern ich ihm glauben würde, fällt mir das unglaublich schwer.

»Wieso bist du dir so sicher, dass du es warst, Louise? Hast du es in deinen Erinnerungen gesehen?«, fragt Markos

Ich schüttle den Kopf. Die Bruchstücke, die mir von dieser Nacht geblieben sind, habe ich so oft nach Spuren durchsucht und nie auch nur ein Anzeichen von den Männern gefunden. Nicht einmal eine Feuerstelle oder ein Zelt.

»Trotzdem ...«, flüstere ich und lasse den Kopf hängen.

»Das warst nicht du, Louise«, sagt Markos und zieht mich in seine Arme. »Damals warst du zu verängstigt und hast das durcheinandergebracht, aber es war ein Bär. Dads Kollegen machen keine Fehler.«

Ich will ihm glauben, denke ich und tue es bis zu einem gewissen Grad sogar, aber nachdem ich so lange mit dieser Schuld gelebt habe, fällt es mir schwer, sie abzulegen.

»Schau doch«, sagt Markos und deutet auf das zerkratzte Handydisplay, bevor er weiterliest. »*In den letzten Wochen ist es vermehrt zu schweren Unfällen auf dem Appalachian Trail gekommen. Mehrere Augenzeugen berichten, dass sie einen wilden Bären gesehen haben.*«

Diese Worte auf dem kleinen Bildschirm zu sehen, lässt mich schlucken. Mein Verstand versucht noch, zu verarbeiten, dass ich mich all die Jahre vielleicht geirrt haben könnte. Ich beobachte Markos dabei, wie er zu den Ergebnissen zurückkehrt und runterscrollt, bis er einen weiteren Artikel aufruft.

»Siehst du?«, fragt er und hält mir das Handy dicht vor die Nase. »Ein paar Wochen später haben sie den Bären gefunden und getötet, weil er so viele Leute verletzt hat. Die Wanderer waren nicht die Einzigen.«

»Aber …«, stammele ich und kann noch nicht glauben, was Markos mit ein paar Klicks im Internet herausgefunden hat.

Sanft legt er mir die Hand an die Wange und lächelt.

»Wenn du möchtest, frage ich auch noch beim Institut nach. Normalerweise untersuchen sie solche Vorfälle, wenn sie in einem Umkreis rund um Clandestine Valley geschehen«, bietet Markos an und wischt sacht die Tränen von meinen Wangen. »Aber ich weiß, dass du es nicht warst, Louise.«

»Das alles war ein Missverständnis?«, frage ich und kann nicht glauben, dass das wahr sein soll.

»Wäre nicht das erste Mal, oder?«, entgegnet Markos und meint sicher die Sache mit Jess. Oder seine Lüge damals bei unserem ersten Date. »Aller guten Dinge sind drei.«

»Stimmt«, murmele ich und kann mir ein Lächeln nun nicht mehr verkneifen. »Aber ganz kann ich es noch nicht glauben.«

Markos nickt langsam. »Verständlich. Wenn man so lange von etwas überzeugt ist und dann erfährt, dass das komplette Gegenteil der Fall ist ...«

Er lässt den Kopf hängen und ich bin mir sicher, dass er an seinen Bruder denken muss. Sachte fahre ich Markos durch das dichte, dunkelbraune Haar, bis hinunter zu seiner Wange. Lächelnd schmiegt er sich an mich und betrachtet mich aus seinen wunderschönen waldgrünen Augen. Hier draußen in der wilden Natur jenseits von Clandestine Valley scheinen sie noch lebendiger zu schimmern.

»Gib nicht länger der Wölfin in dir die Schuld dafür, Louise«, wispert er nach einer Weile und legt seine Stirn gegen meine. »Kämpf nicht länger dagegen an und lass sie frei.«

»Ich ... Ich weiß nicht, wie«, presse ich hervor und senke den Blick, weil ich als Wölfin eine komplette Versagerin bin.

»Es gibt kein Wie«, sagt er, was mich wütend schnauben lässt. »Jedenfalls keines, das man in Worte fassen kann.«

»Sehr hilfreich«, knurre ich, was ihn zum Lachen bringt.

»Komm«, sagt Markos und steht auf. Fordernd hält er mir die Hand hin und lässt mich nicht aus den Augen, bis ich sie ergreife. »Ich kann es nicht mit Worten erklären, aber ich kann es dir zeigen.«

Markos führt mich zur Brücke und darüber hinaus auf das karge Land seines Rudels. Als er meine Hand loslässt, um die Knöpfe seines Hemds zu lösen, wird mir heiß. Verlegen wende ich mich ab.

»Nichts, was du nicht schon gesehen hättest«, höre ich ihn leise lachend sagen, was noch mehr die Hitze in meine Wangen treibt und das Verlangen in mir schürt. Aber nach allem, was wir durchgemacht haben, will ich heute nichts überstürzen. Wir haben einen Monat, wenn Markos' Vorschlag noch steht. *Und danach vielleicht sogar für immer ...*

»Wenn du lernen willst, wie es geht, solltest du nicht weg-
schauen«, sagt er belustigt und ich höre den Reißverschluss
seiner Jeans ratschen, dann das Rascheln von Stoff, als Markos
auch den Rest seiner Kleider ablegt.

Ich schlucke und drehe mich mit klopfendem Herzen zu ihm
um. Es ist wirklich nicht das erste Mal, dass ich Markos nackt
sehe. Damals im Dämmerlicht meiner Wohnung hat es mir
glatt die Sprache verschlagen, ihn so vor mir stehen zu sehen.
Und im Garten der Greys wäre für einen kurzen Moment fast
die Beherrschung mit mir durchgegangen, als er mir so gegen-
übergestanden hat.

Natürlich entgeht Markos mein Blick nicht, auch nicht das
verräterische Pochen meines Herzens, das stark zugenommen
hat. Und einen Moment lang wird sein Blick so intensiv, dass
ich meine, er könnte sich hier und jetzt auf mich stürzen so wie
bei unserem ersten Date. Da haben wir es ja kaum zurück in
meine Wohnung geschafft.

»Wir sind hier, um zu lernen und nicht, um …«, sagt er und
räuspert sich, bevor er mir abrupt den Rücken zuwendet und
in die Hocke geht. Ein heftiger Ruck geht durch seinen muskulösen Körper. Seine Konturen verwischen und braungebrannte
Haut wandelt sich in nachtschwarzes, dichtes Fell, bis vor mir
nicht länger Markos sitzt, sondern ein riesiger schwarzer Wolf.
Einzig seine grünen Augen wirken menschlich und mustern
mich mit einer Mischung aus Belustigung und Freude.

Er stößt ein kleines Jaulen aus, dreht sich einmal im Kreis,
als würde er mir diese Seite von sich präsentieren wollen.

»Wow …«, flüstere ich und strecke die Hand nach ihm aus.

Markos grunzt leise, als ich seine Schnauze berühre und ihm
über den Kopf fahre. Sein seidig weiches, dichtes Fell fühlt sich
unbeschreiblich gut auf meiner Haut an und weckt in mir die
Sehnsucht, die Wölfin in mir freizulassen.

Markos stößt einen Laut aus, der sich wie eine Aufforderung anhört, ehe er mir den Rücken zuwendet und sich die Pfote über die Augen legt, als wolle er damit den Blick abschirmen.

Ich lache, weil es bei diesem riesigen Wolf einfach komisch aussieht, und zögere doch, der Aufforderung nachzukommen.

Wieder stößt er ein Jaulen aus, als würde er sagen: »Komm schon, Louise. Lass es zu!«

Diesmal gehorche ich. Wie er schlüpfe ich aus meinem Kleid und lasse es neben meinen Sandalen zu Boden fallen. Hier auf dem weiten Brachland des Segona-Territoriums komme ich mir vor wie auf dem Präsentierteller, doch sehe ich weit und breit niemanden in unserer Nähe.

Ich schlucke meine Panik herunter und gehe wie Markos in die Hocke. Wo ich mich früher gegen die Wölfin gestemmt und mir Kämpfe um die Vorherrschaft mit ihr geliefert habe, lasse ich ihr jetzt den Vortritt. Zögerlich, fast misstrauisch kommt sie aus den Schatten hervor und plötzlich geht es ganz schnell. Für ein paar Sekunden spüre ich einen reißenden Schmerz in meinen Knochen, meine Haut wird ganz heiß, dehnt sich erst aus und zieht sich dann wieder zusammen, bis ich plötzlich nicht mehr in meinem menschlichen Körper stecke.

Jetzt bin ich die Wölfin, die ich immer sein wollte, frei und sorglos, und nicht länger allein, als ich Markos' Schnauze an meinem Hals spüre. Er stupst mich kurz an und stößt ein leises Winseln aus, bevor er einen gigantischen Satz macht und über die verkohlte Erde prescht, dass überall um ihn herum Staub und Asche aufgewirbelt werden.

Bevor ich weiß, was ich tue, folge ich ihm und wage meine ersten Schritte als befreite Wölfin. Etwas, das sich einfach unglaublich anfühlt, wie ein wunderschöner Traum.

Aber es ist echt, denke ich und stoße im nächsten Moment ein triumphierendes Heulen aus, das Markos sofort mit seinem eigenen beantwortet.

KAPITEL 36
ES GEHÖREN
IMMER ZWEI DAZU

MARKOS

Ich habe es immer geliebt, als Wolf durch die wilde Natur zu laufen, egal ob auf den Ländereien der Greys oder in den alten Wäldern von Clandestine Valley. Aber mit Louise an meiner Seite macht selbst unser Rennen über das Brachland meines Rudels Spaß. Mit jedem Sprung wächst die Hoffnung in mir.

Fast kann ich es schon vor mir sehen, wie die schwarze Erde bald schon grünem Gras und den ersten Schösslingen weicht. Wie das Leben an diesen kahlen, trostlosen Ort zurückkehrt und ich Seite an Seite mit Louise und dem Rudel durch unser neu erwachtes Zuhause streife.

Je länger wir über das weite Land rennen und tollen, umso lebendiger wird Louise. Anfangs war sie noch vorsichtig. Jetzt ist sie fast so schnell wie ich und gibt mir immer wieder einen spielerischen Klaps, bevor sie davonhechtet, sodass ich sie um Haaresbreite verfehle.

Sie hat endlich Spaß daran, denke ich und bin unglaublich stolz auf sie. Darauf, dass sie sich ihrer größten Angst gestellt und erkannt hat, dass sie auch ihre größte Stärke sein kann. Dabei zuzusehen, wie Louise in ihrer Wolfsgestalt immer mehr aufblüht, erfüllt mich mit ungeheurer Freude.

Dass sie so abenteuerlustig ist …, denke ich, als ich sie dabei beobachte, wie sie einen der Felsen am Flussufer erklimmt.

Louise schenkt mir einen letzten verschmitzten Blick, bevor sie sich mit einem fröhlichen Jaulen in den Fluss stürzt und das Wasser bis zu mir herüberspritzt.

Als Louise aus den Fluten steigt, ist ihr sandfarbenes Fell dunkler von dem vielen Wasser. Kurz vor mir hält sie inne und schüttelt sich so ausgiebig, dass auch ich klatschnass werde. Aber ich beschwere mich nicht, wenn dann steigert das nur das Glücksgefühl in mir. Denn das ist die Louise, wie ich sie damals kennengelernt habe. Frech und selbstbewusst, nicht ängstlich und zurückhaltend wie noch vor wenigen Stunden.

Eine Weile tollen wir am Flussufer umher und legen uns dann auf ein paar große Steine, damit unser Fell in der warmen Sonne trocknen kann. Louise liegt dicht bei mir, sodass ich ihre Hitze spüren kann, aber einige Zentimeter Abstand sind noch zwischen uns.

Ich habe es nicht eilig, sie zu überwinden und will Louise zu nichts drängen. Das waren mehr als genug überwältigende Eindrücke für sie. Und so, wie ich sie einschätze, wird sie jetzt nicht mehr vor mir davonlaufen.

Also genieße ich stattdessen einfach die Ruhe und Zeit mit ihr allein. Wie ich Cassie und die anderen kenne, werden uns auf den Ländereien der Greys ein ganzer Wasserfall an Fragen erwarten. Da bin ich froh, Cassies Kreuzverhör noch eine Weile hinauszuzögern und einfach bei Louise zu sein.

Wann war das letzte Mal, dass ich mir einen Tag Pause gegönnt habe?, denke ich, als ich aus meinem Dämmerschlaf erwache und sehe, wie Louise mich beobachtet. Ich gähne und bemerke dabei, wie ihr Blick zu der Stelle huscht, an der wir vorhin unsere Kleider zurückgelassen haben.

Scheint so, als wolle sie langsam zurück, erkenne ich ein bisschen wehmütig, bin mir aber sicher, dass das nicht unser letzter gemeinsamer Lauf gewesen ist. *Bei Weitem nicht.*

Langsam trotten wir zur Brücke zurück und wieder kehre ich Louise den Rücken zu, damit sie ein bisschen Privatsphäre hat. Es wäre zwar nicht das erste Mal, dass wir uns ohne Klamotten gegenüberstehen, aber damals dachten wir auch, dass es eine einmalige Sache werden würde. Wobei … Eigentlich habe ich schon damals davon geträumt, Louise wiederzusehen.

»Wo kommt der denn her?«, fragt Louise, ihre Stimme noch etwas heiser. Dem Rascheln nach zu urteilen, hat sie gerade ihr Kleid angezogen, sodass ich einen schnellen Blick riskiere.

»Wo kommt was her?«, frage ich, entdecke in der nächsten Sekunde aber schon einen riesigen Picknickkorb, auf dem eine Decke aus unserem Wohnzimmer liegt.

»Wahrscheinlich von Cassie oder jemand anderem, der in *Operation AHE* eingeweiht ist«, sage ich kopfschüttelnd, bin aber dankbar, weil sich mein Magen knurrend meldet. Mittlerweile muss es später Nachmittag sein, aber ich bin noch lange nicht bereit nach Hause zurückzukehren.

»Operation was?«, fragt Louise verwirrt und mustert mich mit schiefgelegtem Kopf.

Ich schnaube und zucke die Schultern. »*Operation Alpha Happy End.*«

»Okay … Und was soll das jetzt bedeuten?«, fragt Louise und streicht sich das Haar zurück. Es ist noch feucht und kringelt sich leicht, was ihr wirklich gut steht.

»Ich weiß nicht, ob ich … ähm …«, murmele ich und kratze mich verlegen im Nacken. »Es ist eine von Cassies dämlichen Geheimoperationen.«

»So viel ist mir klar, Markos«, sagt Louise und zieht erwartungsvoll die Brauen zusammen. »Aber was hat das mit dem Picknickkorb aus dem Nichts zu tun?«

Ich seufze und nehme ihn hoch, mit der freien Hand greife ich wie selbstverständlich nach Louises Hand.

»Es ist ihre Art, um uns ... na ja ... zusammenzubringen«, gestehe ich und spüre die Hitze in meinen Wangen.

»Uns zusammen...«, wispert Louise und sieht plötzlich ganz erschrocken aus. »Dann weiß sie ...?«

»Wir waren wohl nicht sehr subtil«, sage ich grinsend und zu meiner Erleichterung zucken auch Louises Mundwinkel. »Aber ich habe keine Ahnung, wer da noch alles involviert ist. Rose auf jeden Fall, Jess und wahrscheinlich auch Selena und Tante Alexia und ...«

»So ... so viele?«, fragt Louise und starrt mich mit weit aufgerissenen Augen an.

Ich nicke und kann es selbst kaum glauben, wer sich da alles einfach so in mein Liebesleben eingemischt hat. Aber so ist das nun mal bei uns im Rudel.

»Und sie wollen alle, dass wir ...?« Louises Stimme bricht abrupt ab. Sie guckt überall hin nur nicht zu mir, doch an ihrem wilden Herzschlag höre ich, wie nervös sie das macht.

»Was sie wollen, ist doch egal, Louise«, sage ich und betone ihren Namen wie immer so, dass sie neben mir erschaudert. Das ist mir schon bei unserem ersten Date aufgefallen und lässt mich immer wieder aufs Neue schmunzeln. »Wichtig ist nur, was du willst, okay?«

»Und du«, fügt sie mit ernster Miene hinzu. »Es gehören immer zwei dazu, Markos.«

Ich nicke, auch wenn ich mich an diesen Gedanken erst gewöhnen muss. Aber wenn es nach mir ginge, wären wir längst im Gebüsch jenseits der Brücke verschwunden und erst wieder rausgekommen, wenn der nächste Morgen graut.

So sehr mich dieser Gedanke auch erregt, schiebe ich ihn beiseite und fokussiere mich wieder ganz auf Louise. »Lass uns einfach schauen, was in den nächsten Wochen daraus wird. Dann können wir in einem Monat immer noch entscheiden.«

»Dass du so gelassen bist …«, flüstert sie und lässt den Kopf hängen. »Ich bin ein nervliches Wrack und du …«

»Ha, wenn du wüsstest!«, brumme ich und schnaube leise. Tatsächlich geht es mir nicht anders. Ständig habe ich Schiss, einen Fehler zu machen oder zu schnell zu weit zu gehen.

»Bist du doch nicht Mister Cool?«, fragt Louise und grinst.

Augenblicklich wird mir heiß und ich werde mir ihrer Nähe wieder aufs Neue bewusst, als der Stoff ihres Sommerkleids in der Brise gegen mein Bein weht. Es ist nur eine hauchzarte Berührung, durch meine Jeans kaum zu spüren und doch bekomme ich urplötzlich eine Gänsehaut.

Ich räuspere mich und muss mich am Henkel des Picknickkorbs festklammern, um jetzt ja nichts Falsches zu tun.

»Eher das komplette Gegenteil«, gebe ich zu und nehme ihre Hand, um sie auf meine Wange zu legen.

»So? Bringe ich dich etwa so durcheinander?«, fragt Louise grinsend und treibt mich damit bis an den Rand der Selbstbeherrschung.

»Sehr sogar«, presse ich hervor. Fest drücke ich die Kiefer aufeinander, um ein erregtes Knurren zurückzuhalten, als sie mit ihrer Hand erst über meine Wange und dann über meine Lippen fährt.

»Das mit der Ehrlichkeit gefällt mir«, sagt sie und für einen Moment sehe ich Schmerz in ihren grauen Augen aufleuchten.

»Lass uns keine Geheimnisse voreinander haben«, schlage ich vor, was diesen gequälten Ausdruck verschwinden lässt.

Sie nickt und greift nach meiner Hand. »Mein größtes Geheimnis kennst du ja schon.«

»Und du meins«, wispere ich und spüre diese unsichtbare Last auf den Schultern. Seit ich Louise davon erzählt habe, ist sie leichter geworden, aber ich werde sie nie ganz loswerden.

»Und ich werde niemandem davon erzählen«, sagt Louise ernst und drückt meine Hand. »Aber dafür musst du mir was versprechen.«

»Noch ein Versprechen, hm?«, frage ich, hätte ihr aber in diesem Moment alles zugestanden.

Louise nickt und zieht mich auf die Brücke zu. Gemeinsam überqueren wir den Fluss und kehren vom Brachland unseres Territoriums zurück in die saftig grünen Wälder außerhalb von Clandestine Valley.

»Versprich mir, dass du dich deswegen nicht länger selbst bestrafst«, sagt sie, als wir in den Wald treten und einem alten Trampelpfad zu einer kleinen Lichtung folgen.

»Das tue ich doch gar n...«, protestiere ich, doch hat Louise sich da schon zu mir umgedreht und mir einen Finger an die Lippen gelegt. Sie mustert mich mit finsterem Blick und hochgezogenen Brauen. »Doch, das tust du und das weißt du auch.«

»Du klingst schon fast wie Tante Alexia«, seufze ich und stelle den Picknickkorb in die Mitte der Lichtung.

»Dann kann ich gar nicht so falsch liegen, oder?«, entgegnet Louise in versöhnlicherem Ton und breitet die bunte Decke auf dem mit Gras, Moos und altem Laub bedeckten Boden aus.

»Wahrscheinlich«, grummele ich und gebe mich fürs Erste geschlagen. »Du passt wirklich gut zu uns, weißt du das?«

»Zu uns?«, fragt Louise und hält in der Bewegung inne. »Du ... Du meinst zu deinem Rudel?«

»Unserem Rudel«, verbessere ich sie und für einen Moment leuchten Louises Augen auf wie bei Manny an Weihnachten, wenn er Geschenke auspacken darf. Dann dreht sie sich jedoch abrupt von mir weg und schüttelt den Kopf.

»Was werden die anderen sagen?«, höre ich sie murmeln und sehe, wie sie die Hände zu Fäusten ballt. »Weil ich so eine schlechte Wölfin bin.«

»Wieso denn? Hat doch vorhin gut geklappt, oder nicht?«

»Ich weiß nicht …«, murmelt sie und zuckt die Schultern.

Seufzend stelle ich mich hinter sie und ziehe sie an mich. »Irgendwelche Filmrisse? Oder Schmerzen?«

Louise schweigt einen Moment, ehe sie den Kopf schüttelt.

»Kontrollverlust?«

Wieder schüttelt sie den Kopf.

»Angst?«

»Nein, nicht mehr«, gesteht sie und dreht sich zu mir um. »Aber wieso auf einmal?«

Ich seufze und streiche ihr eine Strähne hinters Ohr. »Das passiert oft bei den ersten Wandlungen. Oder wenn man gegen den Wolf ankämpft.«

Louise schnaubt. »Darin bin ich wirklich gut.«

»Aber jetzt hast du doch keinen Grund mehr dazu, oder?«

»Nein, nicht mehr«, wiederholt Louise und hebt den Blick. Das zarte Lächeln, das sie mir schenkt, bringt mein Herz sofort zum Rasen. »Danke, dass du gestern bei mir geblieben bist.«

»Natürlich«, sage ich und streiche über ihre Wange. »Und ich würde es immer wieder tun.«

Louise nickt und schnieft leise, als sich neue Tränen in ihren Augen sammeln. »Und dass du mir gezeigt hast, wie …«

Ich seufze und ziehe sie an mich. »Ich wünschte, ich hätte dich vor deiner ersten Wandlung schon gekannt. Dann hättest du das alles nicht allein durchstehen müssen.«

»Ja, das wäre schön gewesen«, wispert Louise und schlingt ihre Arme um mich. »Und ich hätte nach dem Brand für dich da sein können. Dann hätten dich die Schuldgefühle nicht …«

Der Rest ihres Satzes geht in einen Seufzen über.

»Besser spät als nie«, flüstere ich und küsse ihre Stirn.

»Da hast du wohl recht«, murmelt Louise und legt den Kopf gegen meine Brust.

Ich weiß nicht, wie lange wir hier so stehen, aber es fühlt sich richtig an, wunderschön nach all den Schrecken, die wir durchleben mussten. Vielleicht wäre es mit ihr an meiner Seite leichter gewesen, für mein Rudel da zu sein.

»Vergiss nicht dein Versprechen«, sagt Louise nach einer Weile und hebt den Blick, um mich anzusehen.

»Kannst du jetzt auch noch Gedanken lesen?«, frage ich.

»Nein, aber man spürt, wenn du darüber nachdenkst«, entgegnet Louise und streicht mit den Fingern sanft über meinen Rücken bis hinauf zu meinen Schultern. »Da spannt sich dein ganzer Körper an.«

Ich schlucke und wende den Blick ab. »Dir bleibt aber auch nichts verborgen, was?«

»Nicht, wenn es um dich geht«, entgegnet Louise, was eine ganze Horde Schmetterlinge in meinem Bauch freisetzt.

»Es war Alecs Schuld, Markos, nicht deine«, fügt sie hinzu und massiert meine verspannten Schultern. »Und nur weil du die Wahrheit darüber kennst, macht dich das nicht zu einem schlechten Menschen. Also hör bitte auf, dich für etwas zu bestrafen, für das du absolut nichts kannst.«

»Louise ...«, wispere ich, doch weiß ich nicht, was ich darauf erwidern soll.

»Ich meine es ernst, Markos«, sagt Louise und stößt mir den Finger in die Brust. »Dadurch kannst du es auch nicht mehr ungeschehen machen. Es ist, wie es ist. Ich wurde von El Rojo entführt, weil mein Vater eine Schuld nicht beglichen hat. Du hast dein Zuhause verloren, weil dein Bruder die Kontrolle verloren hat. Nichts davon ist unsere Schuld.«

»O Louise«, wispere ich und ziehe sie an mich. Die ganze Zeit dachte ich, dass ich ihr helfen muss, sich zu akzeptieren und ihre Vergangenheit bei El Rojo hinter sich zu lassen.

Dabei ist sie es, die mir geholfen hat, denke ich und danke dem Schicksal, dass es uns eine zweite Chance gegeben hat.

»Kämpf nicht mehr dagegen an, Markos«, flüstert Louise an meinem Ohr. Es ist derselbe Rat, den ich ihr vorhin gegeben habe. »Lass los. Dann geht es dir gleich besser.«

Louises Worte, die Zuversicht in ihrer Stimme, lassen mein Herz beinahe explodieren vor Glück. Sanft schiebe ich sie ein Stück von mir weg, will ihr danken dafür, dass sie nach allem noch immer zu mir steht. Ich bin jedoch zu sprachlos, um all diese Gefühle in mir in Worte zu fassen. Am liebsten würde ich ihr zeigen, wie viel mir das bedeutet, wie viel sie mir bedeutet, aber die Angst, mit einem Kuss zu weit zu gehen und sie zu verschrecken, bleibt.

»Du alter Gentleman«, flüstert Louise grinsend, bevor sie sich auf die Zehenspitzten stellt, bis sie meinen Lippen ganz nah ist. »Aber ich finde, du hast dich genug zurückgehalten.«

Meine Augen weiten sich, als sie mich küsst, eine Hand in meinem Haar vergraben, die andere in mein Hemd gekrallt. Als Louise den wilden Schlag meines Herzens hört, stößt sie ein kesses Lachen aus.

»Tu nicht so überrascht, Markos«, knurrt sie, bevor sie zu einem weiteren Kuss ansetzt und mich damit aus meiner Starre erweckt.

KAPITEL 37
ALLES, WAS ICH IMMER WOLLTE

LOUISE

Auch wenn es irgendwie süß war, wie sehr Markos sich meinetwegen zurückgehalten hat, oder wie nervös er tatsächlich war, bin ich froh, dass er all das über Bord wirft, als ich ihn küsse. Eine Hand lege ich ihm in den Nacken, die andere vergrabe ich in seinem dichten Haar, bevor ich meine Lippen öffne und den Kuss vertiefe. Die Vorsicht und Angst löst sich in Luft auf und zurück bleibt nur dieses tiefe Verlangen, das ich schon damals in seiner Gegenwart gespürt habe. Das und die wilde Leidenschaft, die allen Werwölfen zu eigen ist.

»Louise«, keucht Markos gegen meine Lippen, als wir den Kuss unterbrechen, um neuen Atem zu schöpfen.

Wann immer er meinen Namen ausspricht, geht ein elektrisierender Schauder durch meinen Körper. So war es damals und ist es noch heute, als hätte es die zwei Jahre dazwischen nie gegeben.

»Ich liebe das«, flüstert er, als er merkt, dass er mir schon wieder eine Gänsehaut beschert hat. Sanft streicht er mir über die nackten Arme, was die Erregung in mir nur steigert, bis ich fast schon zittere.

»Ach, ja?«, frage ich atemlos und blicke zu ihm auf. »Ist das so, *Markos*?«

»Mhm«, knurrt Markos und hebt mich ohne ein Wort der Warnung hoch.

Erschrocken kreische ich auf, als er mich durch die Luft wirbelt, bis mir schwindelig wird, nicht nur wegen des Drehwurms, sondern viel mehr, weil sein Blick nun so ganz anders ist: nicht mehr verständnisvoll und freundlich, sondern hungrig und voller Sehnsucht. Und weil ich seine Erektion deutlich spüren kann.

Genau wie damals, denke ich, kaum dass er mich vorsichtig auf dem Boden abgestellt hat. Ich erschaudere, als ich die Erinnerungen an unsere bisher einzige gemeinsame Nacht noch einmal im Schnelldurchlauf durchlebe.

Wie damals streicht Markos mit seinen rauen Händen über meine Haut, löst den Reißverschluss meines Kleides und streift es mir von den Schultern. Mit einem leisen Rascheln landet es auf dem Waldboden. Abgesehen von unserem wilden Herzschlag ist es das einzige Geräusch weit und breit.

»Meine Louise«, knurrt Markos, als er mit seinen Fingern über mein Schlüsselbein fährt und dann die Träger meines BHs herunterstreift.

Er sagt es mit so viel Ehrfurcht, dass alles in mir kribbelt und ich mich nicht länger zurückhalten kann.

Vorsichtig strecke ich die Hand nach ihm aus, lasse sie unter das Hemd gleiten und fahre jeden einzelnen seiner Muskel nach. Schon damals ist sein Körper gut definiert gewesen, doch in den letzten Jahren hat Markos noch einiges an Muskeln dazugewonnen.

Markos stößt ein Stöhnen aus und drückt sich mir entgegen, drängt mich aber zu nichts.

Das muss er auch nicht, denke ich, weil ich das Ziehen und Pochen in meinem Schoß nur überdeutlich spüre.

»Ich will dich sehen«, flüstere ich und ziehe meine Hände zurück, um die Knöpfe an Markos' Hemd zu öffnen. Vor Aufregung zittern meine Finger so heftig, dass er mir zur Hilfe kommen muss.

»Warum müssen die auch so verdammt klein sein«, knurrt er frustriert, als auch er daran scheitert. »Scheiß drauf!«

Markos packt den Kragen und zerrt hart daran, bis er sich aus dem Hemd befreit hat und es neben meinem Kleid auf dem Boden landet.

»Das erinnert mich an was«, kichere ich, weil er es damals auch kaum hat abwarten können.

»Mich auch«, sagt Markos grinsend und greift dann nach meinen Händen, um sie sich wieder auf die Schultern zu legen. »Ich glaube, ein ehrfürchtiges Wow wäre die angebrachte Reaktion, Louise.«

Ich schnaube auf und schlage ihm sanft gegen die Brust. »Das hättest du wohl gerne.«

»Gerade hätte ich so einige Dinge gerne«, gibt Markos mit rauer Stimme zu. Er packt mich an den Handgelenken und drückt sie an meine Seiten, sodass ich mich kaum bewegen kann. Dabei kommt er meinen Lippen so nah, dass ich mich nach einem Kuss verzehre. Aber Markos lässt mich zappeln, verharrt stattdessen ganz nah vor meinem Gesicht.

Ich schlucke nervös, weil sein Blick so durchdringend ist. »Ach, ja?«

»Hmm«, macht Markos, als er den Kopf senkt und meinen Hals mit zarten Küssen bedeckt. »Vor allem dich, Louise.«

Wie Stromschläge fahren seine Worte durch meinen Körper. Zitternd drücke ich mich an ihn und spüre dabei, dass ich nicht die Einzige bin, die kaum noch an sich halten kann.

»Und wohl auch etwas mehr Beinfreiheit, was?«, frage ich und reibe noch etwas fester über seine harte Erektion.

Markos lacht leise. »Da ist ja meine kesse Wölfin wieder.«

Meine kesse Wölfin. Meine Louise, hallt es durch meinen Kopf und ich habe das Gefühl, dass mir das Herz gleich platzen wird vor Glück. Markos will mich, das sagen seine Blicke, sein Körper, seine Berührungen, und nicht bloß für eine Nacht.

Für immer, denke ich mit Tränen in den Augen, als Markos mich freigibt und ich seinen Gürtel zu fassen bekomme. Diesmal zittern meine Finger nicht, als ich ihn und kurz darauf auch Knopf und Reißverschluss seiner Jeans öffne. Erleichtert seufzt Markos auf und schüttelt sie ab.

»Komm«, sagt er und zieht mich dann auf die Decke inmitten der Lichtung zu. Sanft drückt er mich auf den Boden und legt sich dann neben mich. Er ist noch immer so geduldig, so zärtlich, obwohl ich mir gerade etwas ganz anderes wünsche.

Dass er über mich herfällt und mich nimmt wie damals. Dass nichts mehr zählt, außer wir beide in dieser Sekunde und die elektrisierende Anziehungskraft zwischen uns.

Dann muss ich ihm wohl auf die Sprünge helfen, denke ich und rücke mit einem verschmitzten Grinsen ein Stück zurück.

»Louise?«, fragt Markos und scheint noch etwas hinzufügen zu wollen, doch da habe ich seinen steifen Penis längst aus den Boxershorts befreit und meine Hände darum geschlossen.

Alles, was ich nun von Markos zu hören bekomme, ist ein erstauntes Keuchen. Es geht in ein langgezogenes lustvolles Stöhnen über, als ich meine Hand langsam auf und ab bewege.

»Louise!«, knurrt Markos und stemmt sein Becken gegen meine Hand. »Komm her.«

Blind vor Lust tastet er nach mir, bis er mich im Nacken zu fassen bekommt und auf sich zieht.

Mit einer Hand noch immer um seinen Schaft geschlossen beuge ich mich zu ihm vor, um ihn zu küssen. Das Prickeln in meinem Schoß wird stärker, vor allem als Markos mich an sich presst und mit der Hand unter meinen BH fährt.

Ich seufze auf, als er meine Brust zu fassen bekommt und sie sanft massiert. Abrupt erhöhe ich den Rhythmus, mit dem ich seine Erektion bearbeite, bis Markos sich unter mir verkrampft und plötzlich nach meiner Hand greift.

»Nicht, sonst …«, keucht er und versucht, sich von mir loszumachen, doch bin ich noch lange nicht bereit, aufzuhören.

Nur kurz lasse ich von ihm ab, um ihn zurück auf die weiche Decke zu drücken und ihm so zu verstehen zu geben, dass er es zulassen soll. Dass es mir gefällt, ihm diese Lust zu bereiten, zu sehen, wie sich sein Körper unter meiner Berührung aufbäumt und dann …

»Louise …«, fleht er, als ich ihn nun schneller massiere.

»Lass los«, wispere ich und lächle. »Lass los, Markos.«

Einen Moment lang liegt noch das Zögern in seinem Blick. Es löst sich jedoch mit jeder weiteren Bewegung meiner Hand in Luft auf, bis ihm nur noch pures Verlangen im Gesicht steht.

Wieder ein Knurren, tiefer und kehliger als bisher, dann kommt er in meiner Faust.

Die Augen hat Markos geschlossen, den Kopf in den Nacken geworfen. Sein muskulöser Brustkorb hebt und senkt sich schnell, als er lächelnd diesen intensiven Moment durchlebt. Ihn dabei zu beobachten und zu wissen, dass ich der Grund für diesen Ausdruck größter Freude auf seinem Gesicht bin …

»Verdammt, Louise …«, keucht Markos und öffnet langsam die Augen, braucht aber noch einen Moment, um wieder zu Atem zu kommen.

Kichernd wühle ich durch den Picknickkorb, bis ich eine Serviette finde, und wische damit meine Hand und Markos' Bauch ab. »Gern geschehen.«

Ich gebe ihm einen schnellen Kuss und werfe die Serviette dann ins Gebüsch. Als ich mich umdrehe, hat Markos sich aufgesetzt und beobachtet mich. Den Blick, den er mir zuwirft, kann ich jedoch nur schwer deuten. Fast sieht es nämlich so aus, als wäre er sauer.

Aber das kann doch nicht sein, oder?

»Das wollte ich doch eigentlich mit dir anstellen«, knurrt er und funkelt mich mit gespieltem Ärger an.

Hitze wallt in mir auf, als ich begreife, was er meint.

»Du kannst dich gerne revanchieren«, sage ich mit einem Grinsen und breite einladend die Arme aus.

»Das werde ich«, knurrt er und zieht mich zu einem Kuss an sich. Seine Hände wandern von meinen Hüften hinauf zu meinem Rücken, während seine Zunge mit meiner spielt und mich so schon fast um den Verstand bringt.

Nach einigen missglückten Anläufen, schafft er es auch, den Verschluss meines BHs zu öffnen.

»Na, endlich«, knurrt er und klingt so erleichtert, als hinge unser Leben davon ab, das nervige Stück Stoff loszuwerden.

»Wir können das gerne noch ein bisschen üben«, sage ich frech und küsse ihn auf die Nasenspitze. »So oft, du willst.«

»Gib kein Versprechen, das du hinterher bereust, Louise«, mahnt Markos mit zusammengezogenen Brauen.

»Dieses Versprechen werde ich sicher nicht be...«, setze ich an, doch gehen meine Worte in ein Keuchen über, als Markos meine Brust umfasst und sanft in meine Brustwarze knufft.

»Wirklich nicht?«, fragt er und durch den Schleier der Lust sehe ich verschwommen, wie er mich breit angrinst.

»Mhm«, ist alles, was ich in diesem Moment hervorbringe, weil das Ziehen zwischen meinen Beinen so unerträglich ist.

»Und das kann dich auch nicht umstimmen?«, fragt er und sein Gesicht verschwindet, als ich meine Augen schließe. Ich spüre seine Lippen auf meinem Hals, wie Markos sich langsam hinunterarbeitet, bis er meine rechte Brustwarze in den Mund saugt.

»Markos ...«, keuche ich und schlinge die Arme fest um ihn.

»Soll ich aufhö...?«, fragt er, doch schüttle ich energisch den Kopf. Wenn, dann will ich mehr, noch so viel mehr.

Und das weiß der Scheißkerl auch, denke ich verärgert.

Markos lacht leise und wendet sich der anderen Brust zu. Seine Lippen sind federleicht auf meiner Haut und doch lösen sie in mir ein so intensives Gefühl aus, dass ich am liebsten schreien möchte.

»Wie sieht es damit aus?«, fragt er, als er sich zu meinem Bauch hinunterküsst und am Saum meines Höschens zupft.

»Kann weg«, sage ich ungeduldig und will es schon selbst tun, doch packt Markos da wieder meine Handgelenke und drückt sie mit einer Hand über meinen Kopf.

»Ich soll mich doch revanchieren, oder nicht?«, fragt er.

Schnell nicke ich und hebe das Becken an, damit er mir den Slip ausziehen kann. Sehr zu meinem Unmut lässt Markos sich damit viel zu viel Zeit. Auch wenn ich meine Augen geschlossen habe, spüre ich seinen Blick auf meinem nackten Körper.

Was er wohl denkt?, frage ich mich, traue mich aber nicht, die Augen zu öffnen. Die Angst, Enttäuschung auf seinem Gesicht zu sehen, ist zu groß. Seit dem letzten Mal ist viel passiert. Nicht nur ich habe mich verändert, auch mein Körper sieht nun anders aus. Dünner, fast ein bisschen ausgemergelt.

Plötzlich fühle ich mich verletzlich, will mich schon zusammenrollen und verstecken, als Markos mich wieder berührt. Sacht fährt er von meinen Hüften hinab zur Innenseite meiner Schenkel und streicht mit seinen Fingern durch meine Spalte.

Blinzelnd öffne ich die Augen und begegne seinem Blick.

»Wow«, sagt er und lächelt mich so strahlend an, dass sich meine Selbstzweifel in Luft auflösen.

»Selber wow«, wispere ich, als ich sehe, dass er wieder hart wird.

Lachend positioniert sich Markos zwischen meinen Beinen und küsst wieder meinen Bauch. »Aber ein bisschen vermisse ich dein Knuffelpolster.«

»Ja, ich auch«, gebe ich zu und stütze mich auf den Unterarmen ab. »Aber mit Selenas Essen ...«

»... und Tante Alexias«, fügt Markos hinzu, bevor sein Blick wieder ernst wird. »Was reden wir denn jetzt über die?«

»Du hast doch damit angefangen«, sage ich, was ihm ein wütendes Knurren entlockt, bevor sein Kopf zwischen meinen Schenkeln verschwindet.

»Vergessen wir die anderen«, höre ich ihn murmeln, als er meine Beine spreizt, um sich mehr Platz zu verschaffen. »Nur du zählst jetzt.«

»Und du ...«, füge ich keuchend hinzu und spüre Markos' Zunge zwischen meinen Schamlippen. Er fährt sie einmal langsam entlang, bevor er sich der empfindlichsten Stelle widmet. Augenblicklich beschleunigt sich mein Herzschlag und mit ihm meine Atmung.

»Bereust du's immer noch nicht?«, fragt Markos, als er kurz von mir ablässt und sein Gesicht zwischen meinen Schenkeln auftaucht.

»Niemals«, presse ich außer Atem hervor und kralle meine Finger in sein Haar, um ihn wieder hinunterzudrücken.

Markos versteht sofort und macht sich erneut ans Werk. Ein paarmal lässt er seine Zunge um meine Klitoris kreisen, bevor er an ihr zu saugen beginnt und mich dadurch in einen Orgasmus katapultiert, der meinen ganzen Körper erbeben lässt.

Ich habe mich noch nicht ganz von diesem einnehmenden Gefühl erholt, da spüre ich ihn schon auf mir.

»Bist du dir sicher, Louise?«, fragt er leise, seine Stirn dicht an meine gedrückt. Mit seinen starken Armen stützt er sich neben meinem Kopf ab und mustert mich mit einer Mischung aus Sorge und Verlangen.

»Ja, verdammt«, knurre ich und schlinge die Arme um ihn. »Sonst wüsstest du das längst.«

»Wieder 'ne Ohrfeige?«, fragt Markos grinsend.

»Du kriegst gleich 'nen rechten Haken, wenn du mich weiter so auf die Folter spannst«, fauche ich und kralle meine Finger tief in seine Haut.

»Meine Louise ...«, knurrt Markos mit einem Lächeln auf den Lippen und beugt sich für einen Kuss zu mir herunter. »Immer so ungeduldig und frech ...«

Ich will noch etwas erwidern, doch da hat er bereits seinen Mund auf meinen gedrückt. Mit einer Hand stützt er sich noch ab, die andere nimmt er zur Hilfe, um langsam in mich einzudringen. Die Dehnung ist stark, sogar fast etwas schmerzhaft, aber das werde ich mir nicht anmerken lassen. So wie ich ihn kenne, hätte Markos dann aufgehört.

Und ich will nicht, dass er das tut, denke ich und drücke mich ihm entgegen.

»Fuck, Louise ...«, keucht Markos und sein Kopf fällt auf meine Brust. »Du fühlst dich so gut an, verdammt!«

Seine Finger auf meiner Hüfte fühlen sich heiß an, als sie sich in meine Haut bohren, bis Markos sich ganz in mich geschoben hat. Sein Blick verharrt auf mir, dunkel vor Lust, aber auch fragend. Lächelnd hebe ich die Hände und umfasse damit sein Kinn, bevor ich nicke und mich unter ihm bewege.

Mit einem erregten Knurren fällt Markos in meinen Rhythmus ein und stößt tief in mich. Der zweite Orgasmus kommt weit langsamer als der erste. Dieser erschüttert mich jedoch weit mehr, weil wir ihn gemeinsam erleben. Und weil Markos ganz genau zu wissen scheint, was ich brauche.

Mit der Zunge streicht er mir wieder über die Haut, bis er meine Brustwarze erreicht hat. Ich keuche auf, als er sie in den Mund nimmt und sanft daran saugt. Markos ist aber noch lange nicht fertig. Zwei Finger drückt er auf meine Klitoris und massiert sie, ohne je das Tempo seiner Stöße zu verringern.

»Markos ...«, wispere ich, als ich die Kontrolle verliere und erneut komme.

Der Druck seiner Finger wird stärker, ebenso seine Stöße. Ich zwinge mich dazu, die Augen zu öffnen, seinem Blick zu begegnen und küsse ihn, als er sich mit einem Stöhnen in mir entlädt.

Mit einem wohligen Seufzen schlinge ich meine Arme um ihn und spüre noch lange, wie er in mir pocht. Auch wenn sein Körper schwer auf mir wiegt, bin ich nicht bereit, ihn gehen zu lassen, mich wieder von ihm zu trennen.

»Louise«, flüstert Markos und rollt sich auf die Seite. Seinen Kopf legt er an meine Brust, als wolle er dem wilden Klopfen meines Herzens lauschen.

»Wie fühlst du dich?«, fragt er, als sich mein Herzschlag ein bisschen beruhigt hat.

Seufzen drehe ich mich auf die andere Seite und drapiere seinen Arm um meinen Körper. »Wundervoll.«

Markos lacht leise und drückt mir dann einen Kuss auf die empfindliche Stelle an meinem Hals. »Dann bin ich also nicht der Einzige.«

»Ganz sicher nicht«, sage ich und ziehe ihn fest an mich, kann ein Gähnen aber nicht unterdrücken.

»Ruh dich aus, Süße«, säuselt Markos, während er sanft mit den Fingern Muster auf meinen Bauch zeichnet.

»Süße?«, frage ich und muss kichern.

»Hört sich irgendwie nicht richtig an, oder?«, fragt er und lacht ebenfalls. »Ich dachte, ich probier's mal aus, aber ...«

»Louise ist mir viel lieber«, sage ich und verschränke unsere Finger miteinander. »Aber nur, wenn du es sagst.«

»So?«, fragt er mit einem dunklen Lachen und ich nicke.

Markos schweigt einen Moment, lässt mich wieder zappeln, bis er mir endlich das gibt, was ich will.

»Louise«, flüstert er dicht an meinem Ohr und drückt sich mit einem Seufzen an mich.

Am liebsten würde ich für immer auf dieser kleinen Lichtung im Wald bleiben, Markos' Arme um mich geschlungen, seine Hitze in meinem Rücken und die sanften Strahlen der Sonne auf meiner Haut. Es ist so still und perfekt hier, dass man den Rest der Welt schnell vergisst.

Vor allem, wenn er das mit seiner Zunge macht, denke ich und spüre erneut das Pochen in meinem Schoß, das Verlangen nach ihm, das nach diesen endlos langen Jahren noch nicht annähernd gestillt ist.

»Schläfst du, Louise?«, fragt Markos leise und fährt mir mit den Fingern über den Arm. Seine Berührung ist federleicht und doch überzieht sofort wieder eine Gänsehaut meine Arme.

»Nein«, entgegne ich und drücke mich fester an ihn, spüre seinen muskulösen Körper überdeutlich.

Und noch ein paar andere Sachen, stelle ich grinsend fest und habe doch keine Eile zu einer zweiten Runde anzusetzen. Es tut gut, einfach von ihm gehalten zu werden. So beschützt und geboren habe ich mich schon lange nicht mehr gefühlt.

»Woran denkst du?«, wispert er und streicht sanft durch mein wirres Haar.

Ich seufze und zucke mit den Schultern. »An damals. Und an gerade eben.«

»Das sind zwei meiner schönsten Erinnerungen«, brummt er und drückt mir einen Kuss auf die Schulter.

»Geht mir genauso«, gestehe ich und greife nach seiner Hand, um unsere Finger wieder miteinander zu verschränken.

Vor ein paar Tagen wäre es mir noch schwergefallen, das zuzugeben, mir überhaupt meine Gefühle einzugestehen, aber jetzt ... Jetzt kommt es mir so vor, eins mit ihm zu sein, seit wir unsere Geheimnisse ausgetauscht und endlich zueinandergefunden haben. Markos ist einer der wenigen Menschen, denen ich voll und ganz vertraue.

Schon komisch, wenn man bedenkt, dass ich ihm vor ein paar Tagen für seine Lüge noch den Schwanz abschneiden wollte, denke ich grinsend. *Den braucht er nämlich noch.*

»Meinst du, da kommen noch mehr solche Erinnerungen dazu?«, fragt Markos. Er räuspert sich, aber die Unsicherheit in seiner Stimme ist mir trotzdem nicht entgangen.

»Ganz bestimmt«, sage ich und ziehe seine Hand an meine Brust, damit er meinen Herzschlag spüren kann. Wann immer er mir so nahe ist, gerät es ganz aus dem Häuschen, was offenbar auf Gegenseitigkeit zu beruhen scheint.

Doch auch in mir macht sich nun die Angst breit. Nicht vor seinen Gefühlen für mich, sondern davor, was sein Rudel dazu sagen wird. Denn mit Markos zusammen zu sein, heißt auch, Teil der Segona-Wölfe zu werden, und ich bin mir nicht sicher, ob ich dazu schon bereit bin.

»Und woran denkst du jetzt?«, fragt Markos, als spürte er, dass ich mir gerade den Kopf darüber zerbreche.

»Nichts«, lüge ich, weil ich diesen wunderschönen Moment mit ihm nicht zerstören will.

»Louise«, knurrt er und richtet sich auf. Mit sorgenvollem Blick beugt er sich über mich und lässt mich keine Sekunde lang aus den Augen. »Woran denkst du jetzt?«

»Ist doch egal«, sage ich und will ihn wieder an mich ziehen, noch einen Moment länger in dieser rosa Traumwelt bleiben, in die er mich vorhin entführt hat. Markos lässt sich aber nicht so leicht ablenken. Auch dann nicht, als ich meine Hände über seinen Körper wandern lasse, bis hinunter zu …

»Louise …«, brummt er und packt mich an meinen Handgelenken, bevor ich mein Ziel erreicht habe. »Keine Geheimnisse, schon vergessen?«

»Woher willst du wissen, dass ich ein Geheimnis habe?«, entgegne ich und richte mich nun ebenfalls auf. Das Letzte, was ich will, ist ein Streit, aber ich möchte eben auch nicht, dass er von meinen Zweifeln erfährt.

»So wie du gemerkt hast, dass die Sache mit Alec mich noch immer beschäftigt«, sagt Markos und greift nach meiner Hand. »Du hast dich versteift und … Da dachte ich, dass irgendetwas nicht stimmt.«

»Dir entgeht aber auch nichts«, wiederhole ich seine Worte von vorhin mit einem Seufzen und entlocke Markos damit ein amüsiertes Grinsen.

Er schüttelt den Kopf und beugt sich zu mir vor. Erst denke ich, dass er mich küssen will, dass er es mir durchgehen lässt, aber ganz so einfach kommt man diesem aufdringlichen Alpha dann doch nicht davon.

»Also? Was ist jetzt?«, bohrt er nach und legt seine Stirn gegen meine.

Seufzend rolle ich mit den Augen und schiebe ihn von mir weg. »Es ist nicht …«

»Louise«, knurrt er und umfasst mit tadelndem Blick mein Gesicht. »Du hast echt das Talent einen in den Wahnsinn zu treiben, weißt du das?«

»Ja, kommt mir grob bekannt vor«, murmele ich und gebe mich geschlagen. »Ich mache mir einfach Sorgen wegen den anderen …«

»Die anderen? Meinst du …?«

»Dein Rudel«, beende ich seinen Satz und nicke.

Markos seufzt und wirft einen Blick hinauf zum Himmel. »Da hast du wahrscheinlich nicht unrecht.«

»Wa...? Was?«, frage ich überrascht und starre Markos aus großen Augen an. Glaubt er etwa auch, dass sie mich nicht bei sich haben wollen?

Aber was ist dann mit dieser Geheimoperation von Cassie? Oder mit Jessica und ihrem Geständnis heute Morgen?

»Sie können ziemlich beschützerisch sein«, fügt Markos mit ernster Miene hinzu und sucht nach unseren Klamotten.

Ich schlucke und starre ihn entgeistert an. Es ist eine Sache, mit meinen Selbstzweifeln zu ringen, aber wenn Markos das jetzt auch so sieht ...

Dann ist das Alpha Happy End noch weit entfernt, denke ich und lasse entmutigt den Kopf sinken, als Markos mir mein Kleid in die Hand drückt.

»Wenn wir uns nicht langsam auf den Weg machen, werden sie garantiert bald hier auftauchen und nach uns suchen«, sagt Markos und schlüpft erst in seine Hose, bevor er sein Hemd überzieht. »Mit diesen neugierigen Nervensägen hat man echt keine ruhige Minute.«

»Was? Neugierige Nervensägen?«, wispere ich und denke, ich hätte sein Grummeln gerade falsch verstanden.

»Da wirst du dich wohl oder übel dran gewöhnen müssen. Unser Rudel wird sich in absolut alles einmischen«, sagt er und will gerade die Knöpfe seines Hemds schließen, als er bemerkt, dass die Hälfte fehlt. Im Eifer des Gefechts hat er sie vorhin abgerissen. »Hm, meinst du, Giana näht sie mir wieder an wie damals?«

»Du elendiger Idiot!«, fauche ich und gebe ihm einen Klaps auf den Arm.

Erschrocken starrt mich Markos an. »Habe ich was Falsches gesagt?«

»Du hast mir fast 'nen Herzinfarkt beschert«, schimpfe ich und stoße erleichtert die Luft aus, als ich begreife, dass wir aneinander vorbeigeredet haben.

»Hm, wieso denn das?«, fragt Markos und mustert mich mit gerunzelter Stirn, bevor sich seine Miene aufhellt und er stolz die Brust rausstreckt. »Weil ich so verdammt gut aussehe?«

»Doch nicht deswegen«, brumme ich und will ihn wieder schlagen, doch packt er meine Hand und zieht mich an sich.

»Also gibst du zu, dass ich umwerfend aussehe?«, fragt er und ich brauche nicht zu ihm aufzublicken, um zu wissen, dass er bis über beide Ohren grinst. Etwas, das ich zuletzt vor zwei Jahren gesehen habe, als er noch viel sorgloser gewesen ist.

»Du hast übrigens auch das Talent, andere in den Wahnsinn zu treiben«, informiere ich Markos grummelnd. Ich will mich von ihm lösen, doch packt er mich nur noch fester, bis ich mich keinen Millimeter mehr bewegen kann.

»Einer meiner liebsten Zeitvertreibe ...«, murmelt Markos an meinem Ohr und haucht mir einen federleichten Kuss auf den Hals. Seine Hände wandern dabei über meinen Körper, streichen von meinen Brüsten hinunter zu meinem feuchten Schoß. »Louise um den Verstand bringen ...«

Wie in Zeitlupe wandern seine rauen Finger zwischen meine Schenkel und lassen mir ein tiefes Stöhnen entweichen.

»Hast du nicht gesagt, dass ...?«, keuche ich und muss mich an ihm festkrallen, weil meine Knie unter seinen Berührungen plötzlich ganz wackelig werden. »Die anderen ...«

»Ach, die können warten«, knurrt Markos an meinem Ohr und schiebt seinen Finger in mich.

»Aber sie sind doch ...« Der Rest meines Satzes geht in ein erregtes Wimmern über, als er mit dem Daumen über meine Klitoris streicht und mein Verlangen mit mir durchgeht.

»Für dich lasse ich alles stehen und liegen, Louise«, flüstert Markos und wirbelt mich zu sich herum. Ein Blick in seine waldgrünen Augen und es ist gänzlich um mich geschehen.

»Ich brauche keinen Monat«, flüstere ich und stelle mich auf Zehenspitzen, um ihn zu küssen.

»Was?«, fragt Markos und weicht zurück, zu überrascht, um meinen Kuss zu erwidern.

»Ich brauche keinen Probemonat für meine Entscheidung«, sage ich und streiche ihm eine Strähne aus dem Gesicht.

»Du ... brauchst nicht ...?«, stammelt Markos und sein Hirn hat offensichtlich Mühe, zu verstehen, was das bedeutet.

»Nein, brauche ich nicht«, wiederhole ich und lächle ihn an.

Einen Moment wirkt er noch wie vor den Kopf geschlagen, aber dann verziehen sich Markos' Lippen zu einem glücklichen Grinsen.

»Sag das nochmal, Louise«, fordert er mit dunkler Stimme und presst mich an sich. So nah bei ihm spüre ich seine Härte an meinem Bauch, spüre die Hitze in uns, die uns gleich ein weiteres Mal mit Haut und Haar verschlingen wird.

»Ich will bei dir bleiben, Markos«, flüstere ich und meine Augen füllen sich mit Tränen. »Für immer.«

»Seit ich dich zum ersten Mal gesehen habe ...«, wispert er, als er mich hochhebt und zu einem umgefallenen Baumstumpf trägt. »... wollte ich genau das aus deinem Mund hören.«

Vorsichtig setzt Markos mich auf dem mit Moos bedeckten Stumpf ab.

»Das und noch etwas anderes ...«, fügt er leiser hinzu, als er vor mir in die Knie geht und den Kopf senkt, bis er ...

»O Gott, Markos«, stöhne ich, als er meine Beine auseinanderdrückt und seine Zunge über meine Haut streicht.

»Ganz genau das«, kommt es lachend von zwischen meinen Schenkeln, bevor er mich schon wieder mit seiner Zunge in einen Zustand purer Ekstase versetzt.

»*Operation Alpha Happy End* erfolgreich abgeschlossen«, höre ich Markos noch sagen, bevor der Orgasmus über mich hinwegschwappt und ich zitternd und bebend in seinen Armen lande, sicher und geborgen, nicht länger allein.

Um es mit seinen Worten zu sagen: *Alles, was ich immer wollte und so viel mehr.*

EPILOG
AUS MEINEM
TRAUM

GIANA

Knapp drei Wochen sind seit unserer Ankunft im Halfway House der Greys vergangen und ich habe Louise noch nie so glücklich und zufrieden gesehen. Ich wünschte, ich könnte ihr sagen, wie stolz ich auf sie bin, dass sie sich der Wölfin in ihr gestellt hat. Oder wie sehr ich mich für sie und Markos freue.

Schon als ich ihn damals dabei erwischt habe, wie er unsere Schränke nach etwas Essbarem durchwühlt hat, um Louise zu besänftigen, wusste ich, dass die beiden füreinander bestimmt sind. Ich habe es in seiner Seele gelesen.

Ich will ihm dafür danken, dass er und sein Rudel Louise so bedingungslos aufgenommen und ihr das gegeben haben, was sie sich immer gewünscht hat: eine Familie.

Aber die Worte wollen mir einfach nicht über die Lippen.

Es gibt noch so viel mehr, was ich sagen will. Dass ich Louise nicht die Schuld für das gebe, was uns passiert ist. Oder dass ich Agent van Zicht gerne bei der Suche nach El Rojo geholfen hätte. Oder wie dankbar ich Selena und den Greys bin, dass sie sich seit unserer Befreiung um uns kümmern.

Aber ich kann einfach nicht, denke ich frustriert und unterdrücke ein Schniefen, um Lou nicht auf den Kampf aufmerksam zu machen, den ich täglich gegen mich selbst austrage.

Louise sitzt mir gegenüber, Agent van Zicht neben ihr, und lässt mich keine Sekunde aus den Augen. Seit sie begriffen hat, dass meine Stimme nicht so schnell zurückkehren wird, sucht sie in meinem Gesicht nach Antworten, die ich ihr mit Worten nicht geben kann.

Und sie ist gut geworden, denke ich und schlucke. *Zu gut.*

Es ist unser zweites Treffen mit Agent van Zicht. Nachdem wir uns jetzt etwas erholt haben, ist sie gekommen, um mit uns über El Rojo zu sprechen.

Wohl eher mit Louise, denke ich und balle meine Hände unterm Tisch zu Fäusten, weil ich zu mehr nichts nutze bin. Nicht, solange ich nicht sprechen kann, oder mich die Erinnerungen an damals so eisern im Griff haben.

»Und du bist dir sicher, dass du das tun möchtest, Louise?«, fragt Agent van Zicht sie gerade, eine Mischung aus Besorgnis und Freude in ihren graublauen Augen.

»Ich muss«, sagt Lou und nickt mir zu. »Für all die Frauen, denen er vor uns wehgetan hat. Und die, die dazukommen, wenn wir ihn nicht stoppen.«

Ihre Stimme zittert leicht und verrät, wie schwer es auch ihr noch fällt, über die letzten zwei Jahre zu sprechen. Aber die Entschlossenheit steht ihr ins Gesicht geschrieben. Das ist die Louise, die ich kenne. Stark und mutig, bis zur letzten Sekunde.

Und genau das hätte dich fast umgebracht, du Dummkopf, denke ich und verziehe das Gesicht, als ich mich an diesen Moment erinnere. Den Moment, als sie bei ihrem Fluchtversuch geschnappt und vor El Rojo geschleift wurde. Ich glaube, Louise erinnert sich kaum daran. Durch das magische Koma, in das dieses Monster sie versetzt hat, sind ihre Erinnerungen an die Gefangenschaft verschleiert, zum Teil ganz verblasst. Aber ich erinnere mich noch genau daran.

An jede furchtbare Sekunde, denke ich und schaffe es nicht, das Wimmern zu unterdrücken, als ich gegen die dunklen Erinnerungen ankämpfe, die in mir aufsteigen.

Im Halfway House ist es mir gelungen, sie in einen tiefen Abgrund zu stoßen, um nicht mehr daran denken zu müssen, aber ab und an haben sie es doch an die Oberfläche geschafft.

»Keine Sorge, Gia. Ich schaffe das«, sagt Louise und streckt ihre Hand nach mir aus. Sie weiß nicht, mit welchen Dämonen ich noch immer zu kämpfen habe.

Und das ist auch besser so, denke ich und nicke zaghaft. Lou würde sich sonst umso mehr die Schuld geben und das, obwohl sie doch gar nichts dafür kann. Sie hat ja nicht darum gebeten, Charles Bellards Tochter zu werden. Wenn einer das schlechte Gewissen verdient, dann Louises Vater.

Wenn er denn noch lebt …

»Damit würdest du uns sehr helfen, ihr beide«, sagt Agent van Zicht und schenkt uns ein Lächeln. Innerlich sieht es aber anders bei ihr aus. Schwere Vorwürfe lasten auf ihrer Seele und dimmen deren Leuchten. Seit vielen Jahren schon versucht sie, El Rojo zu stoppen, und kommt doch immer zu spät.

Aber sie kämpft weiter und dafür bin ich ihr dankbar.

»Ich möchte nicht, dass ihr beide euch zu schnell zu viel vornehmt, hört ihr?« Agent van Zichts Blick wandert von mir zu Louise. »Ich weiß, ihr möchtet ihn aufhalten, aber opfert dafür nicht das, was ihr hier gewonnen habt.«

»Werden wir nicht, stimmt's, Giana?«, sagt Louise, aber ich kenne meine beste Freundin. Wenn sie sich erstmal etwas in den Kopf gesetzt hat, vor allem wenn es darum geht, jemandem zu helfen, nimmt Lou keine Rücksicht auf sich.

Aber das ist eine Diskussion, die warten muss, bis ich meine Stimme wiedergefunden habe.

Also zwinge ich mich dazu, zu nicken und drücke kurz Lous Hand. Hoffentlich weiß sie, dass ich bei ihr bleiben werde. Ich mag nicht selbst aussagen können, aber ich werde ihre Stütze sein, so wie sie meine ist.

»Haben Sie etwas von den anderen gehört? «, fragt Louise, nachdem sie an ihrem Tee genippt hat. »Die anderen Frauen, meine ich.«

Ich schlucke und presse meine Augenlider aufeinander, um die Bilder auszusperren, die sich mir nun aufdrängen wollen. Louises und Agent van Zichts Stimmen verhallen, werden von meinen Erinnerungen einfach verdrängt. Erinnerungen daran, was ich im Inneren des *Infiernos* erlebt habe.

El Rojo hat Lou und mich zwar nie in seinen Harem aufgenommen, aber ich habe gesehen, was er mit den Frauen anstellt. Ich war diejenige, die das Blut aufgewischt hat, wenn er seinen Ärger an einer von ihnen ausgelassen hat. Die Schweiß und Tränen von den ledernen Sitzlandschaften geschrubbt hat, manchmal auch noch andere Substanzen, über die ich lieber nicht nachdenke. *Und ich konnte ihnen nicht helfen.*

»Gia? Was hast du?«, fragt Louise und drückt meine Hand.

Ich schlucke und dränge diese Gedanken beiseite, brauche aber einen Moment, bevor ich die Augen öffnen und ihrem Blick begegnen kann. Zur Antwort zucke ich mit den Schultern und zwinge mich zu einem Lächeln, aber sowohl Lou als auch Agent van Zicht sehen, dass etwas nicht stimmt.

Glücklicherweise erklingen in diesem Augenblick Schritte hinter uns, sodass sie mich nicht danach fragen können.

Je eher ich das alles vergesse ..., denke ich und drehe mich zu meinem Retter um.

Es ist Dorian Grey, der über die Terrasse des Gasthauses auf unseren Tisch zuhält. Sein schulterlanges dunkelblondes Haar weht dabei durch die Luft und wirkt ganz zerzaust. Farbe ist über seine Wangen verteilt und befleckt auch seine Hände und Klamotten. Seit einigen Tagen geht das nun schon so. Erst hat er sich tagelang in seinem Atelier eingesperrt und dann kaum gesprochen. Damit hat er Galina solch große Sorgen eingejagt, dass es schwer war, überhaupt noch in ihrer Nähe zu bleiben. Die Qualen, die ihre Seele dabei empfunden hat ...

»Dorian? Ist alles in Ordnung?«, fragt Agent van Zicht und mustert ihn besorgt. Durch Louise weiß ich, dass sie Dorians Mutter ist und wie verworren der Stammbaum der Greys sein kann. Hätte ich mehr Zeit mit den beiden verbracht, hätte ich die Ähnlichkeit wahrscheinlich in ihren Seelen lesen können. Wenn man weiß, worauf man achten muss, sieht man die Verknüpfungen dazwischen. Mit etwas Übung können sie einem sogar mehr über seine Mitwesen verraten, als deren Gedanken oder Gefühle.

»Mom ... Es ...«, keucht Dorian und stützt die Hände auf die Knie, als er unseren Tisch erreicht. »Es ist so weit.«

»Was?«, presst Agent van Zicht erschrocken hervor und springt von ihrem Platz auf. »Jetzt?«

»Wirklich?«, fragt auch Louise entsetzt, was mich verwirrt die Stirn runzeln lässt. Worüber reden sie?

Als Dorian schwer atmend nickt, geht plötzlich ein Beben durch Louises Körper. In den letzten Tagen habe ich sie beobachtet, wie sie sich in die Wölfin verwandelt, die sie all die Jahre unterdrückt hat. Mittlerweile weiß ich, wie ich die ersten Anzeichen einer Wandlung erkennen kann.

»Gia!«, ruft Louise und sofort schnellt mein Blick zu ihr auf. »Renn sofort hoch in den dritten Stock und versteck dich da!«

Was? Was soll ich denn in der Bibliothek?

»Gute Idee, da kann ihr nichts passieren. Der Zauber wird sie schützen«, sagt die Agentin und nickt ihr zu. »Alarmierst du die Wölfe?«

Ich sehe, wie Louise nickt, bevor sie auf dem Boden zusammenbricht. Stoff reißt, als die Wölfin die Kontrolle übernimmt und im nächsten Moment nicht länger meine beste Freundin vor mir sitzt, sondern ein sandfarbener Riesenwolf.

Sie knurrt mich an und nickt mit der Schnauze in Richtung des Gasthauses, ehe sie ein lautes Heulen ausstößt und dann auf den Garten zuhält.

»Tu, was sie dir gesagt hat, Giana«, sagt Agent van Zicht und geht dann mit dem Handy am Ohr zum Rand der Terrasse.

Ich sehe, wie sie aufgeregt mit jemandem telefoniert und wild gestikuliert, doch steht sie zu weit weg, um zu verstehen, was sie sagt. Eines ist aber sicher: Die Seelen der drei sind in Aufruhr.

Panisch drehe ich mich zu Dorian um und zupfe ihn am Ärmel. Er ist der Einzige, der mir verraten kann, was hier los ist. Warum sie alle so panisch wirken und das Heulen der Wölfe das sonst so durchdringende Zirpen der Grillen überdeckt. Zu Louises Rufen gesellen sich mehr und mehr dazu, untermalt vom Donnern ihrer Pranken auf dem verwilderten Rasen der Greys.

Dorian sagt kein Wort, sondern starrt mit leerem Blick in die Ferne. Ich muss ihm fast den Arm ausreißen, bis er sich endlich zu mir umdreht und er mich bemerkt.

Was ist hier los?, will ich schreien, aber es kommt nicht einmal ein Wispern über meine Lippen.

Dorians Augen weiten sich und seine Seele bebt vor Aufregung, nicht aber vor Angst wie die von Louise oder Agent van Zicht. Nein, er wirkt fast schon glücklich. Als wäre das, was auch immer gerade geschieht, ein Grund zur Freude.

Sah aber nicht so aus, denke ich, als ich mich nach Agent van Zicht umdrehe. Sie eilt gerade zusammen mit den Greys über die Terrasse.

»Galina, bring die beiden hoch in die Bibliothek«, höre ich Ash rufen, ehe auch er sich in einen Wolf verwandelt und vor den Greys davonprescht.

»Dorian? Komm, wir müssen gehen«, sagt Galina, als sie uns erreicht, und zupft an seinem Ärmel.

»Er kommt«, wispert Dorian und ein Lächeln umspielt seine Lippen.

»Fuck, Do! Das ist kein Grund zur Freude«, zischt Galina und reißt ihn mit sich. »Los jetzt, Giana!«

Verwirrt stolpere ich hinter den beiden her. Mein Herz rast in meiner Brust, während zwei Gefühle in mir miteinander ringen: die Angst, die Galina und die anderen ausstrahlen; aber auch die Freude, die Dorians Seele gleich ein bisschen heller strahlen lässt.

»Sie haben uns gefunden«, wispert der Jüngste der Grey-Brüder und dreht sich im Gehen zum Garten um. Sein Blick geht in die Richtung, in der sich der Rift befindet. Markos hat Louise und mir vor ein paar Tagen diesen Riss im Gefüge der Welten gezeigt.

Auch wenn mir niemand direkt davon erzählt hat, kenne ich die Geschichte über den Dämon, der vor einigen Jahren durch den Rift gekommen ist und für so viel Leid unter den Greys gesorgt hat. Alles, was ich für dieses Wissen tun musste, war, Ash Grey gegenüberzutreten. Es war kein bisschen schwer, diese Geschichte in seiner geschundenen Seele zu lesen. Ein Teil des Dämons steckt noch immer darin, wie ein vergessener Glassplitter in einer längst verheilten Wunde.

Jetzt sehe ich, wie sämtliche Bewohner des Halfway House und der Segona-Siedlung auf genau diese Stelle im Garten der Greys zuhalten: den Rift.

»Los, jetzt, Giana! Wir müssen euch hier wegbringen«, ruft Galina und zerrt an meinem Arm.

Ein Blick aus meinen dunklen Augen lässt sie augenblicklich vor mir zurückweichen. Wie El Rojo und die meisten Nachtwesen fürchtet sie sich deswegen insgeheim vor mir. Als Hexe spürt Galina genau, welche dunkle Magie in mir schlummert. Eine Magie, die nicht von dieser Welt ist, wenn Daddys Geschichten über unsere Familie wahr sind.

»Louise würde nicht wollen, dass du …«, setzt Galina an. Ihr Überredungsversuch geht in einen erschrockenen Schrei über, als sich eine Druckwelle über den Ländereien der Greys entlädt und uns von den Füßen reißt.

»Er ist da«, wispert Dorian und stößt ein Kichern aus, das mir eine Gänsehaut bereitet.

Stöhnend richten Galina und ich uns auf und wenden uns in die Richtung, in der sich nun ein gleißendes Leuchten in den Himmel erstreckt. Es schillert in den Farben des Regenbogens und wäre so schön, wüsste ich nicht, was es bedeutet: Der Rift ist aktiv und etwas versucht, zu uns hindurchzukommen.

»Gia? Was hast du vor?«, ruft Lina, als ich mich aufrappele und auf den Garten zusteuere. »Louise hat gesagt, dass du …«

Wieder erschüttert eine Druckwelle das Grundstück, doch kann ich mich diesmal an der Stützmauer festhalten, die die Terrasse umgibt. Galina und Dorian dagegen werden wieder auf den Boden gerissen.

Ich höre, wie Galina mir noch etwas zuruft, wie sie mich zu überreden versucht, mit ihr und Dorian zu kommen, aber ich denke nicht daran. Wenn es wieder geschieht, wenn wieder ein solches Wesen durch den Rift kommt, bin ich die Einzige, die es aufhalten kann. Weder Louise und die Segona-Wölfe noch Agent van Zicht und die Greys können ein Wesen wie dieses aufhalten. Bisher kenne ich es nur aus Daddys Geschichten und den Büchern, die bei den Alcari-Hexen von Generation zu Generation weitergegeben werden, aber ich weiß, wie ich es aufhalten kann.

So schnell ich kann eile ich über die Wiese und steuere auf die hohen Hecken zu, hinter denen der Rift verborgen liegt. Die nächsten Druckwellen sind schwächer, aber dafür zahlreicher, doch mit der Magie in meinem Inneren halte ich mich auf den Beinen. Nun, da sie nicht mehr von El Rojos magischen Fesseln unterdrückt wird, kann sie wieder frei fließen und ist nach all den Schrecken, die ich in den letzten Jahren erlebt habe, umso stärker geworden.

Wird sie reichen, um es aufzuhalten?, denke ich, als ich die Hecke passiere und beinahe mit einem silbernen Wolf zusammenstoße. Sams Seele ist genauso sehr in Aufruhr wie die der anderen, aber davon lasse ich mich jetzt nicht aufhalten. Stattdessen dränge ich mich durch die Ränge der Wölfe und Greys hindurch, bis ich in der ersten Reihe stehe, halb blind durch das Gleißen, das nun vom Rift ausgeht.

»Giana? Du ... Was machst du hier?«, höre ich Selena neben mir fragen. Sie will mich am Arm packen, vermutlich um mich wegzuziehen, kommt aber nicht dazu. Ein hohes Kreischen ertönt, das uns stöhnend in die Knie zwingt.

»Fuck! Was ist das?«, ruft Kitty irgendwo links von mir über den Lärm hinweg. Niemand antwortet ihr, wir alle starren wie gebannt auf das Leuchten, das schwächer und schwächer wird, bis der Rift fast auf seine ursprüngliche Größe geschrumpft ist. Doch das, was nun aus dem Gleißen tritt, ist kein gefährlicher Dämon. Je mehr ich mich an die Helligkeit gewöhne, umso deutlicher erkenne ich die Umrisse eines Mannes, eines sehr großen, muskelbepackten Mannes.

»Macht euch bereit, Leute!«, dröhnt Earls Stimme über die Freifläche vor dem Rift. Neben mir gehen Kitty und Selena in Angriffsposition. Die Wölfe rücken auf, bis ich Lou dicht hinter mir spüre. Sie stößt ein Knurren aus, als wäre sie wütend auf mich, weil ich nicht auf sie gehört habe. Ich ignoriere sie, starre wie gebannt auf den Mann, der aus dem Leuchten tritt, bis ich seine Seele sehen kann.

Das ist ..., schießt es mir durch den Kopf und ein erschrockenes Keuchen kommt mir über die Lippen. Denn ich kenne diese Seele. Sie ist mir fast so vertraut wie meine eigene, auch wenn ich sie bisher immer nur im Traum gesehen habe.

Lou wollte mir nicht glauben, als ich ihr von dem Mann von einem anderen Stern erzählt habe, der mir seit dem Erwachen meiner Kräfte im Schlaf erscheint.

Es gibt keine anderen Planeten mit Leben, hat sie immer behauptet, aber als Alcari-Hexe weiß ich es besser. Auch meine Familie ist nicht von diesem Stern. Das durfte ich ihr nur nie verraten.

Mit einer letzten schwachen Druckwelle gibt der Rift den Fremden frei und das gleißende Leuchten erstirbt. Wäre der Mann in seiner fremdländischen Lederkluft nicht, hätte man denken können, es wäre nie etwas geschehen.

»Seid gegrüßt«, sagt der Mann in rauem Englisch und seine tiefe, dröhnende Stimme geht mir durch Mark und Bein. Seit ich das erste Mal von ihm geträumt habe, habe ich mich gefragt, wie er klingen würde, denn gesprochen hat er nie.

Dafür haben wir aber andere Sachen getan, denke ich und senke beschämt den Blick.

Um mich herum machen die Greys und ihre Verbündeten einen kollektiven Schritt nach vorn. Sofort hebt der Mann die Hände und geht demütig vor uns in die Knie.

»Bitte, ich komme in Frieden«, versichert er und berührt eine Kette, die um seinen Hals hängt. »Storm schickt mich.«

»S... Storm?«, fragt Earl Grey, der dicht neben Kitty steht. Seine Stimme zittert. Das Entsetzen ist ihm nicht nur deutlich anzusehen, es erschüttert auch seine Seele zutiefst.

»Sagt Euch der Name etwas?«, fragt der Mann mit großen Augen. »Storm Grey?«

»*Holy fucking shit*«, flüstert Kitty neben mir und rüttelt den käsebleichen Earl am Arm. »Das ist doch ... Das ist ...«

»Unsere Schwester«, wispert Rose und drängt sich an uns vorbei, bis sie ganz allein dem Fremden gegenübersteht. Aldyr folgt dicht hinter ihr, scheint aber zu spüren, dass von dem Fremden aus dem Rift keine Gefahr ausgeht, nur grenzenlose Erleichterung, die seine Seele zum Strahlen bringt.

»Dann ist das hier wirklich Grey's Halfway House?«, fragt er und klingt so, als könne er es selbst kaum fassen. In seiner Seele macht sich ein solches Glücksgefühl breit, dass es auf mich abfärbt und ich ein gelöstes Lachen ausstoße.

Rose ist zu schockiert, um etwas zu sagen. Sie nickt bloß und sinkt vor ihm auf die Knie. Eine ganze Welle der Gefühle stürzt über ihr und ihren Geschwistern zusammen. Freude, Unglauben und tiefster Schmerz, weil sie ihre verschollene Schwester schon so lange vermissen.

»Dann habe ich es endlich gefunden«, wispert der Fremde und kommt schwankend auf die Füße. Erst will er Rose aufhelfen, doch ruckt sein Kopf plötzlich zu mir herum.

»Du ...?«, wispert er und starrt mich überrascht aus seinen himmelblauen Augen an. Augen, die ich so oft gezeichnet habe, weil sie sich mir in mein Gedächtnis eingebrannt haben.

Was er dann sagt, lässt mich erschaudern und wie Rose auf dem Boden zusammensacken: »Du bist aus meinem Traum.«

E N D E

LUST AUF WEITERE MAGISCHE ABENTEUER?

Die Geschichte der Greys und ihrer Gäste geht weiter!
Uns erwartet noch ein letztes Abenteuer im magischen
Halfway House!

Weitere Informationen zur Reihe und zur Fortsetzung
findest du hier:

www.katesstark.com/greyshalfwayhouse

Du willst keine Neuerscheinung mehr verpassen?
Dann abonniere meinen kostenlosen Newsletter und bleibe
immer auf dem Laufenden, was meine Bücher und Rabatt-
Aktionen angeht!

www.katesstark.com/newsletter

NACHRICHT DER AUTORIN

LIEBE LESERINNEN, LIEBE LESER,

es ist geschafft. Das vorletzte Abenteuer mit den Greys ist im Kasten und nun auch als Taschenbuch erhältlich. Ich hoffe, ihr nehmt mir den Cliffhanger im Epilog nicht allzu krumm.

Normalerweise erzähle ich euch immer, wie schwer es war, das Buch zu schreiben, aber die Story von Louise und Markos war diesmal ganz anders. Zwischendurch hatte ich zwar auch ein paar Hänger, aber allein die Länge des Buchs zeigt schon, wie gerne ich ihnen das verdiente Happy End beschert habe.

Jetzt fehlt nur noch ein Band, dann haben wir diese Reihe abgeschlossen. Ich kann es noch nicht ganz glauben und bedanke mich bei jeder und jedem von euch, die und der die bisherigen Bücher gelesen hat.

Wir sehen uns im letzten Band wieder!

EURE KATE

(und die Greys)

PS: Keine buchigen Neuigkeiten mehr verpassen? Dann solltet ihr meinen Newsletter abonnieren:
www.katesstark.com/newsletter

ÜBER DIE AUTORIN

Kate S. Stark hatte schon immer ein Faible für alles Übersinnliche und Magische. Als Kind war sie fest überzeugt, eines Tages auf einem Besen durch die Weltgeschichte fliegen und mit Tieren sprechen zu können. Weil sie mittlerweile eingesehen hat, dass ihr das wohl nicht vergönnt sein wird, hat sie zunächst eine Ausbildung bei einem Verlag abgeschlossen, im Online-Marketing gearbeitet und konzentriert sich nun aufs Schreiben. Wenn man schon nicht hexen kann, erschafft man eben Charaktere, die diese Fähigkeiten besitzen, und einen ganzen Haufen gefährlicher magischer Wesen.

Website: www.katesstark.com

WEITERE BÜCHER

Witch's World Serie

Hexen, Nachtwesen und jede Menge gefährliche Intrigen an einer Akademie für junge Hexen in Schottland.

www.katesstark.com/witchsworld

Deine Seele Trilogie

Seelenführer, gefährliche Geheimnisse und ein alter Konflikt, der über das Schicksal aller Seelen entscheiden könnte.

www.katesstark.com/deineseeletrilogie